HEYNE BÜCHER

KAREN ROBARDS

SCHATTEN IM MONDLICHT

Roman

Aus dem Amerikanischen
von Gabriele Lichtner

Deutsche Erstausgabe

WILHELM HEYNE VERLAG
MÜNCHEN

HEYNE ALLGEMEINE REIHE
Nr. 01/10113

Titel der Originalausgabe
HUNTER'S MOON

Umwelthinweis:
Das Buch wurde auf
chlor- und säurefreiem Papier gedruckt.

Redaktion: Peter Woltmann

Printed in Germany 1997
Umschlagillustration: John Ennis / Agentur Schlück
Umschlaggestaltung: Atelier Ingrid Schütz, München
Gesamtherstellung: Ebner Ulm

ISBN 3-453-11714-x

Dieses Buch ist – wie immer – in Liebe meinen Söhnen Peter und Christopher und meinem Ehemann gewidmet. Außerdem erinnert es an die Geburt meiner Nichte Samantha Spicer am 28. Februar 1994 und meines Neffen Austin Johnson am 24. Februar 1995.

Prolog

15. November 1982

An einem Spätsommerabend kurz nach sieben Uhr hält die marineblaue Lincoln-Limousine vor dem Herrenhaus, und die zwölf Jahre alte Libby Coleman steigt aus. Eben erst der strengen Etikette ihres Tanzkurses entronnen, schlägt sie mit jugendlichem Überschwang die Tür zu, bevor sie sich hinunterbeugt und die Wageninsassen anlächelt. Madeline Weintraub, die Fahrerin und Mutter von Libbys bester Freundin, zuckt bei dem Knall zusammen. Das Auto ist neu und der ganze Stolz ihres Mannes.

Allison Weintraub kurbelt das Rückfenster herunter. »Ich ruf' dich gleich an, wenn ich zu Hause bin«, verspricht sie Libby.

»Geh rein, Libby. Ich möchte nicht losfahren, bevor du im Haus bist«, fordert Madeline das Mädchen auf, nachdem sie ihrerseits das Vorderfenster heruntergekurbelt hat. Die warme Luft duftet nach frisch gemähtem Heu und streicht ihr sanft übers Gesicht. Eine wunderschöne Nacht, denkt Madeline, während ihr Blick über die weite, sanft geschwungene Rasenfläche wandert, die in der Dunkelheit wie jadefarbener Samt schimmert. Sorgfältig beschnittene Buchsbaumhecken säumen den Steinweg, der von der Auffahrt zur Veranda führt. Tief über dem Horizont hängt ein riesiger, gelber Vollmond; Jägermond nennen ihn die Einheimischen, wie Madeline inzwischen weiß. Vereinzelt blinken ein paar Sterne am nachtblauen Himmel.

»Okay, Mrs. Weintraub. Hey, Allie, hab' ich dir schon erzählt, was, Du weißt schon wer, gesagt hat, nachdem ihr beide zusammen getanzt habt?« Libbys Lächeln wurde noch breiter.

»Russell Thompson? Was hat er gesagt?« kreischt Allison aufgeregt.

»Das kann Libby dir nachher am Telefon erzählen«, unterbricht Madeline und beginnt, mit der Zentralsteuerung beide Fenster zu schließen, um die Unterhaltung der Mädchen zu beenden. Aus Erfahrung weiß sie, daß sie die ganze Nacht dauern könnte.

»Mama!« protestiert Allison.

»Wir müssen noch Andrew abholen«, erinnert sie Madeline. »Geh jetzt rein, Libby.«

»Ich geh' schon. Nacht, Allie. Danke fürs Nachhause bringen, Mrs. Weintraub.«

Libby winkt, dann dreht sie sich um und läuft zum Haus. Es ist ein großes, imponierendes Haus, denn Libby Colemans Familie besitzt eines der größten Gestüte des Bluegrass-Gebiets von Kentucky. Madeline Weintraub, die noch nicht lange in der Gegend wohnt, ist glücklich, daß sich Allison gerade Libby als beste Freundin ausgesucht hat. Wieder einmal beglückwünscht sie sich, daß sie ihren Mann überzeugt hat, ihre einzige Tochter auf die teure Privatschule zu schicken, die die beiden Mädchen besuchen. In sozialer Hinsicht ist Libbys Freundschaft für Allison äußerst erfolgversprechend. Mit den Jahren wird Allison immer größere Vorteile daraus ziehen. Daher ist Madeline gerne bereit, für Libby den Chauffeur zu spielen und jedesmal stillschweigend zu leiden, wenn diese die Autotür allzu schwungvoll zuknallt.

»Wer ist Russell Thompson?« fragt Madeline über die Schulter, während ihr Blick Libby folgt, die die breite Steintreppe zu der von sechs Säulen gesäumten Veranda hinaufläuft. Wirklich, denkt sie, wenn man nicht wüßte, welchen Familien die Mädchen angehören, würde man der schlanken, blondhaarigen Allison eher einen blaublütigen Stammbaum mit alteingesessenem Wohlstand zutrauen als der stämmigen Libby mit ihren rosa Pausbacken, dem zerzausten Haar, in dem schräg eine Satinschleife hängt, und dem weißen, mit Orangensaft bekleckerten Tanzkleid.

Allison kichert und klettert über die Rücklehne des Vordersitzes, um sich auf dem Platz neben ihrer Mutter fallenzulassen.

»Er mag mich«, vertraut sie ihr an, dann zieht sie ihre Nase kraus. »Sagt Libby. Aber manchmal hat er ein ziemlich schlechtes Benehmen.«

»Ach ja?« murmelt Madeline ermunternd und hofft, daß ihre Tochter ihr mehr erzählen wird. Ihr Interesse für Allisons vorpubertäre Weltsicht ist grenzenlos. Nur schwer kann sie sich noch vorstellen, jemals so jung gewesen zu sein. Ganz bestimmt war sie jedenfalls nie so unbeschwert und sorglos.

»Wenn er gleichzeitig trinkt und lacht, spritzt Orangensaft aus seiner Nase.« Allison schüttelt mißbilligend und leicht angewidert den Kopf. »Können wir jetzt losfahren, Mama?«

Da Libby gerade die erleuchtete Veranda betreten hat, nickt Madeline und wendet den Wagen. Ihr letzter Eindruck von Libby ist, wie ihr Kleid, ihre Locken und ihre Haarschleife auf- und niederhüpfen, während sie fröhlich auf die Haustür zuhopst.

Dieses Bild wird für immer in Madelines Gedächtnis eingebrannt bleiben, auch wenn ihr das nicht bewußt ist, als sie jetzt die lange Auffahrt hinunterfährt. Unzählige Male wird sie sich diesen Moment in Erinnerung rufen, für Libbys Familie, für die Polizei, für ein halbes Dutzend Privatdetektive, für eine Armee von Zeitungsreportern, für Nachbarn und Freunde.

Denn dies ist das letzte Mal, daß Libby Coleman gesehen wird.

Trotz einer großangelegten Suchaktion, trotz öffentlicher Bitten ihrer von Schmerz erfüllten Eltern, trotz des Angebots einer hohen und ständig wachsenden Belohnung für Hinweise, die zu ihrer Entdeckung führen – von diesem Moment an ist und bleibt Libby Coleman verschwunden.

1

11. Oktober 1995

»Hey, Will! Will! Sieh dir das an!«

Will Lyman reagierte auf das dringliche Flüstern seines Partners, indem er die Augen einen Spaltbreit öffnete und auf den in der Decke des Transporters installierten Monitor schaute. Er war ziemlich müde und es dauerte eine Sekunde, bis ihm wieder einfiel, wo er sich befand. Der Wagen stand vor einem Stall der Keeneland-Rennbahn in Lexington, Kentucky, und sie waren mit der Aufgabe betraut, ein paar unbedeutende kleine Schurken zu entlarven. Will fühlte sich unter seinem Wert eingesetzt, denn immerhin hatte er an großen Fällen mitgearbeitet, von Michael Milken bis zu O. J. Simpson, vom Würger von Hillside bis zum Bombenattentat von Oklahoma City. Und nun sollte er einer Bande mickriger Pferdehalter das Handwerk legen, die ihr Einkommen aufbesserten, indem sie vor den Rennen abgehalfterte Vollblüter unbemerkt durch schnellfüßige Doppelgänger ersetzten.

Will Lyman haderte mit seinem Schicksal.

Es war jetzt kurz vor vier Uhr morgens, und in dem Wagen war es – bis auf den schwachen Schein des Bildschirms – dunkel wie in einem Grab. Das körnige Monitorbild hatte die Qualität eines alten Schwarzweißfernsehers, aber der Bildinhalt war deutlich zu erkennen. Eine schlanke, junge Frau in hautengen Jeans hatte den Sattelraum des Stalles betreten, den die beiden Männer seit Einbruch der Dunkelheit überwachten. Sie stand mit dem Rücken zur Kamera und beugte sich über den Köder: einen roten Futtersack, vollgestopft mit Geldscheinen im Wert von fünftausend Dollar.

Dieser Köder war eigentlich für den Manager der Wyland Farm, Don Simpson, bestimmt gewesen. Sobald er aufgetaucht wäre, um den Sack mitzunehmen, hätten sie ihn festgenommen, und der Fall wäre abgeschlossen gewesen.

Nur aber war dieses Mädchen – selbst bei Aufbietung aller Fantasie – nicht Don Simpson.

»Wer zum Teufel ist das?« Will war jetzt hellwach und sprang von der schäbigen Couch auf, die eine Hälfte des Transporters in Anspruch nahm. Das Fahrzeug war als Firmenwagen eines Rasenpflege-Unternehmens getarnt. Ungläubig starrte Will auf den Monitor. »Haben wir Informationen über sie? Lawrence hat nie ein Mädchen erwähnt. Er hat gesagt, daß Simpson das Geld selbst holen würde.«

»Hübscher Arsch«, murmelte Murphy, während er auf den Bildschirm starrte. Er hatte die Bemerkung in sachlichem Ton gemacht. Murphy war zweiundfünfzig, Vater von vier Kindern und seit über dreißig Jahren mehr oder weniger glücklich verheiratet. Was Frauen anging, beschränkte er sich auf das Vergnügen, sie anzusehen.

»Weißt du, wer sie ist?« Wills Stimme klang scharf. Es ärgerte ihn, daß er aufgrund Murphys Bemerkung seine Aufmerksamkeit auf das kleine, feste, unzweifelhaft weibliche Hinterteil gerichtet hatte, das sich ihm entgegenstreckte.

»Nein. Nie im Leben gesehen.«

»Reiß dir bloß kein Bein aus deswegen.« Will warf seinem Partner einen verärgerten Blick zu. Kaum, daß Murphy sich je beeilte, nie machte er sich Sorgen, nichts konnte ihn aus der Ruhe bringen, und das machte Will fast verrückt.

»Okay, okay.« Grinsend drehte Murphy seinen Stuhl herum, schaltete den Computer ein, der auf dem kleinen Tisch gegenüber der Couch stand, und begann zu tippen. »Weiblich, Alter zwischen, hm ... sagen wir mal zwanzig und fünfundzwanzig Jahren, ungefähr einsfünfundsechzig groß – oder, was meinst du? – und vielleicht hundertzehn, hundertfünfzehn Pfund schwer ... Welche Haarfarbe?«

»Woher soll ich das wissen? Das verdammte Bild ist schwarz-weiß.« Will besann sich und versuchte, seine Verärgerung zu zügeln. Er sah auf den Monitor. »Dunkel. Nicht blond.«

»Braun«, entschied Murphy und tippte.

»Sie öffnet den Sack!«

Das Klicken der Computertastatur verstummte, als Murphy sich umdrehte, um die Aktion mitanzusehen. Das Mädchen auf dem Monitor hockte jetzt vor dem Sack, der auf dem gesprenkelten Linoleumboden in der Ecke direkt gegenüber der versteckten Kamera stand. Mit geschickten Händen knüpfte sie die fransige Hanfschnur auf, mit der der Sack verschlossen war. Noch immer hatte sie ihren Rücken der Kamera zugewandt, aber wenigstens streckte sie ihnen nicht mehr ihren Po entgegen. Dichtes Haar fiel ihr bis zur Mitte des Rückens und verhinderte, daß Will einen Blick auf ihr Gesicht erhaschte. Allerdings hatte ihm der Anblick ihres Hinterteils ausgereicht, um sie bei einer eventuellen Gegenüberstellung eindeutig identifizieren zu können, da war er ganz sicher.

»Kannst du bitte versuchen, etwas über sie herauszufinden?« Will kniff die Lippen zusammen. Er ärgerte sich sowohl über Murphy als auch über die Wirkung, die das Mädchen auf ihn ausübte.

Murphy wandte sich wieder dem Computer zu.

»Sie hat das Geld gefunden.« Will hatte es eigentlich nicht laut sagen wollen, damit Murphy nicht schon wieder abgelenkt wurde. Aber die Umstände waren derart unerwartet, daß sein Verstand nicht so scharf wie üblich arbeitete. Er mußte herausfinden, wer sie war, und zwar schnell. Um zu entscheiden, was zu tun war, brauchte er mehr Informationen. Arbeitete das Mädchen, das jetzt auf ihre Fersen zurücksank und auf das Bündel Geldscheine starrte, für die Bande, hinter der sie her waren?

Wieder hörte das Klicken der Tastatur auf, als Murphy sich wie erwartet dem Monitor zuwandte. Will starrte seinen Partner ärgerlich an, woraufhin dieser die Schultern zuckte und sein Tippen wieder aufnahm. Das Mädchen griff in den Sack und förderte ein mit Gummi zusammengehaltenes Bündel von Zwanzig-Dollar-Scheinen zutage.

»Nichts ... nichts ... nichts«, murmelte Murphy, während der Bildschirm ein paarmal blinkte. Schließlich leuchtete nur noch eine fluoreszierende, grüne Fläche in der Dunkelheit. »Keine Frau in den Akten, auf die ihre Beschreibung zutrifft. Es sei denn, ich habe etwas falsch gemacht.«

Dieses fröhliche Eingeständnis machte Will rasend. Für jemanden wie ihn, der schnell sprach, schnell dachte und schnell handelte, war es eine Strafe, mit einem so trägen Burschen wie Murphy zusammenarbeiten zu müssen. Wahrscheinlich hatte Dave Hallum genau das im Kopf gehabt, als er ihm ausgerechnet Murphy als Partner zuordnete. Wills Chef war noch immer sauer über den Verlust seines Kajütenbootes. Zum Teufel noch mal, Will konnte schließlich auch nichts dafür, daß diese Gauner, denen er auf der Spur gewesen war, das Boot irrtümlich für seins gehalten und in die Luft gejagt hatten.

Aber Hallum war nachtragend. Ganz sicher war dieser Auftrag seinen Rachegelüsten zuzuschreiben.

»Sie nimmt das Geld!« Gebannt sah Will zu, wie die Unbekannte den Sack wieder zuschnürte, um sich blickte und mit der Beute im Arm aufstand. Dann drehte sie sich um und lief direkt auf sie zu. Widerwillig konstatierte Will, daß ihr Gesicht genauso bemerkenswert war wie ihr Hinterteil: Es hatte feine Züge und war auffallend hübsch. Aus reiner Selbstverteidigung blinzelte Will, und im nächsten Moment war die Schöne – und mit ihr das Geld des FBI – außerhalb der Kamerareichweite und wahrscheinlich schon nicht mehr im Stall.

Murphy lehnte sich in seinem Stuhl zurück und pfiff bewundernd. »Whao! Kluges Mädchen!«

Will ignorierte ihn und drückte auf einen Knopf unter dem Monitor. Er wartete darauf, daß das Bild der zweiten Kamera, die auf den Stall gerichtet war, übertragen wurde. Doch, obwohl Sommer war, sah man auf dem Bildschirm nur ein heftiges Schneegestöber.

»Sieht so aus, als ob es nicht funktioniert«, stellte Murphy fest, während Will grimmig an Knöpfen drehte und versuchte, eine deutlichere Einstellung zu bekommen.

»Intelligente Bemerkung.« Will biß die Zähne zusammen, gab auf und warf seinem Partner einen wütenden Blick zu, während er zum Telefon griff.

2

In der Mitte des Picknicktisches, der in der ärmlich ausgestatteten Küche als Familientreffpunkt diente, nahm der Sack einen Ehrenplatz ein. Jedesmal, wenn Mollys Blick darauffiel, überkam sie ein mulmiges Gefühl. Sie hatte aus dem Sattelraum von Stall 15 *fünftausend* Dollar gestohlen. Ob schon jemand das Geld vermißte?

Dumme Frage. Es war kurz nach zwölf Uhr mittags, und sie hatte die Scheune gegen vier Uhr morgens verlassen. Natürlich vermißte inzwischen jemand das Geld!

Die entscheidende Frage war, ob auch schon jemand die Polizei benachrichtigt hatte.

Wenn sie gefaßt würde, könnte das mehrere Jahre Gefängnis bedeuten.

Und es könnte sogar noch schlimmer kommen.

Denn wenn jemand so eine Menge Geld in einem Futtersack mitten in der Nacht in der Ecke eines verlassenen Sattelraums abstellte, dann ganz sicher nicht als Spareinlage. Höchstwahrscheinlich stammte das Geld aus illegalen Geschäften. Seit Monaten gingen in den Ställen Gerüchte um, daß irgend etwas Unrechtmäßiges passierte. Aber was? Ging es um Drogen? Um Glücksspiel? Oder um manipulierte Rennen? Molly wußte es nicht, und sie wollte es auch gar nicht wissen.

Wenn aber das Geld aus derartigen Geschäften stammte, dann würde sein Besitzer auch nicht die Polizei rufen. Das paßte nicht zusammen. Was aber würde er statt dessen tun, um das Geld zurückzubekommen? Beim Gedanken an bezahlte Killer, die man womöglich auf sie angesetzt hatte, lief es Molly kalt den Rücken herunter.

Aber es wußte ja niemand, daß *sie* das Geld hatte. Sie arbeitete nicht einmal mehr für Wyland Farm. Vor vier Tagen hatte sie spontan gekündigt, als ihr aufbrausendes Temperament wieder einmal über ihre Vernunft triumphiert hatte. Erst fünfzehn Minuten später war ihr bewußt geworden, daß sie und ihre Familie sich das einfach nicht leisten konnten; auch wenn Thornton Wyland, der widerwärtige Enkel des Stalleigentümers, ihren Po angefaßt hatte.

Gestern nacht – oder besser heute morgen – war sie zu der Scheune gegangen, um ihren letzten Scheck abzuholen. Don Simpson würde ihn nicht ohne Drängen herausrücken, das war ihr klar. Zwar stand ihr noch die Bezahlung für zwei Wochen zu, aber er hatte sich sehr über ihre Kündigung geärgert, und er war ein nachtragender und rachsüchtiger Mensch.

Molly hatte sogar erwogen, allen Mut zusammenzunehmen und ihn zu fragen, ob sie nicht einfach bei ihm weiterarbeiten könnte. Aber wahrscheinlich wäre das sinnlos. Denn wie Don Simpson gerne betonte, gehörte es nicht zu seinen Prinzipien, jemandem eine zweite Chance zu geben.

Molly machte sich große Vorwürfe; sie hätte nicht die Beherrschung verlieren dürfen. In ihrer Lage wäre es das Beste gewesen, einfach die Hand wegzuschlagen, die am Hinterteil ihrer Jeans herumfummelte, und über die ganze Sache zu lachen.

Statt dessen hatte sie den Enkel des Farmbesitzers in den Magen geboxt und ihm gedroht, weiter unten zuzuschlagen, wenn er sie noch einmal anfassen sollte.

Als dann auch noch ihr Boß den aufdringlichen Wyland-Enkel ignoriert und nur mit ihr geschimpft hatte, weil sie mit ihrem lauten Verhalten angeblich die Pferde erschreckte, war es mit ihrer Beherrschung vorbei. Wütend hatte sie ihn angefahren, er könne sich seinen Job sonstwohin stecken und war aus dem Stall gestürmt.

O ja, ihr aufbrausendes Temperament! Schon oft war sie deswegen in Schwierigkeiten geraten. Aber diesmal hätte sie wirklich an die Konsequenzen denken sollen, bevor sie Don Simpson anschrie.

Was sollte sie jetzt tun?

Außer den Pferden und einer Katze hatte sich niemand in der Scheune befunden. Simpson erschien immer um Punkt vier Uhr zur Arbeit, und Molly war eine gute halbe Stunde früher gekommen. Auch den für die Nachtschicht zuständigen Stallburschen hatte sie nirgends gesehen. Also konnte sie keiner beobachtet haben. Niemand wußte, daß sie in dem Stall gewesen war. Niemand wußte, daß sie das Geld hatte.

Sollte sie es zurückbringen?

Genau, tu das, forderte sie ihre innere Stimme auf. Warte einfach bis morgen früh um drei Uhr fünfundvierzig, schleich dich mit dem Geld in den Stall und bring es dorthin zurück, wo du es gefunden hat. Tu so, als hätte es bis jetzt niemand vermißt. Als würde überhaupt niemand bemerkt haben, daß es eine Zeitlang nicht da war.

Und wenn sie in dem Moment gefaßt werden würde? Molly schauderte bei dem Gedanken. Es wäre genauso schlimm, wie beim Stehlen des Sackes erwischt zu werden. Sie durfte gar nicht daran denken, was passieren würde.

Außerdem konnte sie das Geld gar nicht mehr zurückbringen; sie hatte schon einen der vielen Zwanzig-Dollar-Scheine ausgegeben. Auf dem Nachhauseweg war sie noch ganz außer sich vor Freude gewesen. Sie konnte kaum glauben, daß sich tatsächlich so viel echtes bares Geld in ihrem Besitz befand. In ihrer Euphorie hatte sie bei Dunkin' Donuts in der Versailles Road gehalten, und als die Kinder aufwachten, standen frische Doughnuts und Milch auf dem Tisch. Was für ein Frühstück! Sogar der vierzehn Jahre alte Mike hatte gestrahlt, obwohl er ansonsten in letzter Zeit viel zu cool war, um noch für irgend etwas Begeisterung zu zeigen.

Was auch immer passieren würde, auch wenn sie

schließlich ins Gefängnis käme – oder etwas noch Schlimmeres geschehen sollte –, Molly bereute nicht, daß sie die Doughnuts gekauft hatte.

Außerdem brauchten sie dieses Geld, gerade jetzt. Es war nicht richtig zu stehlen, aber es war immer noch besser, als zu verhungern. Wahrscheinlich würde man sie bald aus dem Haus jagen, denn es gehörte zur Wyland Farm. Weil sie dort gearbeitet hatte, brauchte sie nur eine reduzierte Miete von hundertfünfzig Dollar im Monat zu zahlen. Von ihrer Arbeit hingen sowohl ihr Dach über dem Kopf als auch das Essen auf dem Tisch ab – und diese Arbeit hatte sie nun nicht mehr.

Dafür besaß sie fünftausend Dollar.

Aber natürlich wollte sie auch nicht ins Gefängnis kommen – ganz zu schweigen von Schlimmerem. Was würde dann mit den Kindern passieren?

Das Geräusch von Schritten auf der Veranda riß Molly aus ihren Gedanken. Sie hörten sich fest und bestimmt an und stammten nicht von einem der Kinder, das die Schule schwänzte. Auch nicht von einem Angestellten der öffentlichen Versorgungsbetriebe, der kam, um Schulden einzutreiben oder um ihnen den Strom oder das Gas abzustellen. Sie gehörten auch keinem Sozialarbeiter oder Polizisten, die wegen der Kinder häufig hier herumschnüffelten. Aus bitterer Erfahrung kannte Molly all diese Schritte und wußte sie zuzuordnen.

Sie sprang von der Bank auf, auf der sie gesessen und nervös auf den Beweis ihrer Schuld gestarrt hatte. Sie hatte gerade noch Zeit, den Sack in das Schränkchen unterm Spülbecken zu stopfen und das Gewehr zu holen, das neben dem Kühlschrank in der Ecke stand, bevor es klopfte.

Das Gewehr war nicht geladen. Wegen der Kinder hielt Molly die Patronen in ihrem Schlafzimmer in einem Loch in der Unterseite ihrer Matratze versteckt. Aber das konnte ihr Besucher ja nicht wissen. Ihre Absicht war nur, ihn einzuschüchtern, erschießen wollte sie niemanden.

Quietschende Sprungfedern und lautes Bellen verkündeten, daß Pork Chop das Klopfen auch gehört hatte. Der riesige Hund, halb Schäferhund, halb Wer-weiß-was, hatte ein dichtes, schwarzbraunes Fell, das noch einige Zentimeter Umfang zu seiner ohnehin schon eindrucksvollen Größe hinzufügte. Er sah wild genug aus, um selbst den Teufel zu erschrecken, war in Wirklichkeit jedoch harmlos wie ein Kätzchen.

Aber die Person vor der Tür würde das nicht wissen.

Pork Chops Pfoten verursachten ein klackerndes Geräusch, als er zur Tür raste und Molly dabei fast umriß.

Tolpatsch, schalt Molly ihn im stillen. Als sie die Holztür öffnete, hatte sie das Gewehr fest unter den Arm geklemmt. Pork Chop hielt sie am Halsband fest, als befürchtete sie, er könnte den Besucher auf der anderen Seite des noch geschlossenen Fliegengitters anfallen und verschlingen.

Der würzige Duft des Spätsommers wehte ihr entgegen. Normalerweise hätte die Schönheit dieses Tages ausgereicht, um sie allen Ärger vergessen zu lassen, so sehr liebte sie den Oktober. Das helle Sonnenlicht brachte den Teppich aus roten und goldenen Blättern im Garten zum Leuchten, die Temperatur war mild, und ein Geruch von Holzfeuer lag in der Luft. Im Moment war Molly jedoch so sehr von Angst und Sorge geplagt, daß sie die Schönheit des Tages kaum wahrnahm.

Ein Mann stand auf der anderen Seite des Fliegengitters. Pork Chop wollte sich auf das Hindernis aus feinem schwarzen Maschendraht stürzen, aber Molly hielt ihn zurück. Der Hund bleckte seine riesigen Fänge, als wollte er dem Besucher drohen. Dabei enthüllte er zwei Reihen Zähne, die einem *Tyrannosaurus Rex* alle Ehre gemacht hätten. Der Mann auf der Veranda trat einen Schritt zurück.

Ein Blick genügte Molly, um zu wissen, daß sie ihn nie zuvor gesehen hatte. Er war um die vierzig, mittelgroß und schlank und trug einen dunklen Anzug mit Krawatte. Das sehr kurzgeschnittene Haar war mittelblond, in dem gebräunten Gesicht leuchteten durchdringende blaue

Augen, die sie grimmig ansahen. Ein Killer? Molly ließ Pork Chops Halsband los und richtete das Gewehr auf die Gürtelschnalle des Mannes. Der Hund bellte hysterisch.

»Was kann ich für Sie tun, Mister?« Ihre Begrüßung war offen feindselig.

»Miß Butler?« Er mußte fast schreien, um das ohrenbetäubende Gekläffe von Pork Chop zu übertönen. Molly widerstand dem Drang, den Hund zur Ruhe zu rufen. Das Gebelle ging ihr auf die Nerven, aber die offensichtliche Wirkung auf den fremden Besucher war ganz in ihrem Sinne.

»Nein.« Er wollte gar nicht zu ihr und kam auch nicht wegen der Kinder, dachte Molly erleichtert. Mit dem Knie drängte sie den Hund von dem Drahtgitter weg, um die Tür wieder zu schließen.

»Miß Molly Butler?«

Molly erstarrte. Der Name war dem ihren sehr ähnlich. Zu ähnlich. Aller Wahrscheinlichkeit nach wollte er doch zu ihr. Mißtrauisch sah sie ihn an, und ihre Finger schlossen sich fester um den Gewehrlauf. Ohne auf eine weitere Reaktion von ihr zu warten, griff er in die Innentasche seines Jacketts und holte eine lederne Brieftasche hervor.

»Will Lyman, FBI«, sagte er, während er die Brieftasche öffnete, um ihr eine Dienstmarke und einen Ausweis zu zeigen. »Ich muß mit Ihnen reden, Miß Butler. Würden Sie bitte das Gewehr herunternehmen und den Hund zurückrufen?«

Sie hätte es versuchen können – immerhin war er vom FBI –, aber Pork Chop zurückzurufen war leichter gesagt als getan. Und es war schon zu spät. Der Hund hatte draußen etwas Aufregendes erspäht und war nicht mehr zu halten. Mit einem hohen Jaulen sprang er mitten durch das Fliegengitter, das für seinen hundert Pfund schweren Körper kein ernsthaftes Hindernis darstellte. Er landete auf allen vieren und sprang sofort weiter, wobei er den unwillkommenen Besucher, der ihm im Weg stand, umriß. Der FBI-Mann fiel mit einem Schrei zu Boden. Fast wäre sein Kopf auf dem rostigen Gestänge der Hollywoodschaukel aufgeschlagen.

Die Katze des Nachbarn, die Pork Chops Raserei ausgelöst hatte, warf einen kurzen Blick auf das Ungetüm, das hinter ihr angerast kam. Im nächsten Moment war sie den knorrigen Stamm einer alten Eiche hochgeklettert.

Vergebens sprang Pork Chop immer wieder am Fuß des Baumes hoch und schnappte nach dem Eindringling. Die Katze hatte sich auf einem Zweig niedergelassen und fuhr in aller Ruhe fort, sich zu putzen. Nur ihre Schwanzspitze schlug verächtlich hin und her. Ein golden gefärbtes Blatt segelte hinunter und landete auf Pork Chops Schnauze. Er schüttelte es ab und tobte weiter.

»Ruhig jetzt, Pork Chop!« rief Molly. Wie zu erwarten, hätte sie sich die Mühe sparen können.

Die Gittertür, die noch nie sehr stabil gewesen war, hing schief in den Angeln. Mike würde ihr mit der Tür helfen müssen, wenn er aus der Schule zurückkam, dachte Molly zerstreut. Bestimmt würde er wieder protestieren, so wie er es in letzter Zeit dauernd tat, aber er konnte die Tür hochhalten, während sie die Scharnierschrauben festzog. Und sie mußte neuen Maschendraht kaufen.

Im stillen dankte sie dem Schicksal für die fünftausend Dollar, denn ohne das Geld könnte sie sich im Moment noch nicht einmal Maschendraht leisten.

Aber jetzt mußte sie als erstes diesen Mann loswerden, der lang ausgestreckt auf ihrer Veranda lag. Molly sah ihn prüfend an. Seine Augen waren geschlossen, er rührte sich nicht und gab keinen Ton von sich. Ihr kam der Gedanke, daß er vielleicht ernsthaft verletzt war, womöglich sogar tot. Angst beschlich sie. Was sollte sie dann machen? Mit dem Sack voll Geld, der unter ihrer Spüle versteckt war, konnte sie unmöglich die Polizei rufen.

Der FBI-Mann öffnete die Augen und blinzelte. Molly atmete auf. Sie konnte genau sehen, in welchem Moment er wieder ganz bei Bewußtsein war, denn gleich darauf spannten sich seine Gesichtsmuskeln an. Stirnrunzelnd setzte er sich auf. Mißtrauisch sah Molly zu, wie er sich mit der Hand durch das kurzgeschnittene Haar fuhr. Einen halben Meter von ihm entfernt lag seine geöffnete Brieftasche mit der Dienstmarke und dem Ausweis. Er sah sie, streckte seine Hand danach aus und stand auf. Mit der anderen Hand klopfte er seinen Anzug ab. Die geschmackvolle, marineblaue Krawatte mit rotbraunem Paisleymuster hing schief, das blütenweiße Oberhemd aus feinem, teuer aussehendem Material war mit Schmutzspuren gesprenkelt.

Durch den noch intakten Maschendraht der oberen Türhälfte trafen sich ihre Blicke. Sein Ausdruck, der vorher schon streng gewesen war, wurde noch eisiger.

Auf Mollys Gesicht breitete sich unwillkürlich ein Grinsen aus.

Ganz offensichtlich gefiel es ihm gar nicht, daß sie sich auf seine Kosten amüsierte. Er kniff die Lippen zusammen, während er die Brieftasche zurück in sein Jackett steckte, und trat auf sie zu.

»Miß Butler, ich sollte Ihnen wohl sagen, daß wir wissen, daß Sie heute morgen in einem Stall der Keeneland Rennbahn fünftausend Dollar gestohlen haben. Kann ich jetzt hereinkommen?«

Ohne auf eine Antwort zu warten, griff er nach dem Lauf des Gewehrs und entwand es ihrem Griff. Dabei kümmerte er sich nicht im mindesten darum, ob es losgehen würde. Er klemmte sich die Waffe unter den Arm und ging an ihr vorbei ins Haus.

3

Molly war wie versteinert vor Schreck. Als sie sich schließlich umwandte, stand er mit dem Rücken zu ihr in der Küche und schaute in den geöffneten Gewehrlauf. Nachdem er sich vergewissert hatte, daß die Waffe nicht geladen war, ließ er sie wieder zuschnappen und stellte sie an der Küchenwand ab. Dann sah er sich in der Küche um, ohne Molly weiter zu beachten.

Der Raum war sauber, aber das war auch alles, was zu seinem Vorteil zu sagen war, dachte Molly; sie stellte sich vor, die Küche durch seine Augen zu betrachten. Der alte Linoleumfußboden hatte eine undefinierbare Farbe, irgend etwas zwischen grau und braun. Die Wände waren gelblich, die Arbeitsflächen grün und zerschrammt. In einem Gestell neben der Spüle befand sich noch das zusammengewürfelte Frühstücksgeschirr, das sie dort am Morgen zum Trocknen stehengelassen hatte. Zwei mit Hand genähte, grünkarierte Küchenhandtücher dienten als Vorhänge für das einzige kleine Fenster. Die Türen der Küchenschränke waren mit dunkelbraunem Holzfurnier beschichtet, die abgeblätterte weiße Emaille des Gasherdes paßte nicht zu dem neueren, goldgelben Kühlschrank. In der Mitte des Raumes stand der Picknicktisch, den sie vor langer Zeit aus einem nahegelegenen Park mitgenommen hatten, weil ihnen das Geld für Möbel fehlte. Er war weiß gestrichen. Eine der beiden Bänke ragte schräg in die Küche hinein; Molly hatte sie weggestoßen, als sie das Klopfen an der Tür gehört hatte und nervös aufgesprungen war. In der Lücke zwischen Kühlschrank und Wand standen ein Besen, eine Kehrschaufel und ein Schrubber. Ein paar metallene Industrieregale ersetzten die Speisekammer. Wie der Tisch waren sie weiß gestrichen, und Einweckgläser mit Tomaten, grünen Bohnen und Mais standen darauf. Es waren die Reste eines Geschenks von Flora Atkinson, einer Nachbarin. Molly hatte sie im letzten Frühling als Dank für ihre Hilfe bei der Hochzeit von Floras Tochter bekommen. In der Spüle lagen drei Pfund Hamburger, die Molly heute morgen aus den Tiefen der Kühltruhe ausgegraben hatte, bevor sie sich auf den Weg nach Keeneland machte. In einer Ecke stand ein Mülleimer aus Metall, der passend zu Tisch und Regalen weiß gestrichen, dessen Farbe aber inzwischen von der häufigen Benutzung an vielen Stellen abgeblättert war. Niemand, der sich diese Küche ansah, konnte auch nur einen Moment lang daran zweifeln, daß hier arme Leute wohnten.

Aber das war völlig in Ordnung, fügte Molly in Gedanken trotzig hinzu und hob das Kinn. Man mußte sich nicht dafür schämen, arm zu sein. Es gab viele anständige Menschen, die arm waren. Die Ballards waren es eben auch.

»Kommen Sie herein, Miß Butler, und schließen Sie die Tür.« Der Mann vom FBI lächelte nicht. Tiefe Falten waren zwischen Mundwinkeln und Nasenflügel eingegraben, und von den Augenwinkeln gingen Krähenfüße aus. Wahrscheinlich war es sein sonnengebräunter Teint, der dem Blau der Augen ihre besondere Intensität verlieh.

Er *konnte* gar nichts von dem Geld wissen. Es war niemand in der Scheune gewesen, nicht einmal der Stallbursche. Nur die Pferde und eine Katze.

Aber irgendwie schien er es doch zu wissen.

Molly war eiskalt. Einen Moment lang spielte sie mit dem Gedanken, einfach wegzurennen. Er würde sie niemals einholen. Sie konnte sehr schnell laufen, und er war ein schwerfälliger, älterer Mann, noch dazu im Anzug. Aber dann dachte sie an die Kinder und die tausend anderen Dinge, die sie an diesen Ort banden. Es hatte keinen Sinn wegzulaufen. Sie mußte sich ihm stellen und ihn mit allen Mitteln davon überzeugen, daß er sich irrte.

Aber wieso eigentlich kam jemand vom FBI? War das nicht ein bißchen übertrieben? Sie hätte die Polizei erwartet, sogar einen bezahlen Killer, falls man sie erwischt hätte, aber doch keinen FBI-Agenten! Die Schmetterlinge in ihrem Bauch flogen davon.

»Ich weiß überhaupt nicht, wovon Sie reden«, sagte sie, verschränkte die Arme vor der Brust und blieb stehen, wo sie war. »Ist auch egal, wenn Sie nach einer Miß Butler suchen, stehen Sie vor der falschen Person. Ich heiße nicht Butler.«

»Und wie heißen Sie dann?« Er sprach schnell und abgehackt wie jemand aus dem Norden. Auf jeden Fall war er nicht aus der Gegend.

»Sie sind doch derjenige, der behauptet, vom FBI zu sein. Sagen Sie's mir.«

»Sie haben das Geld gestohlen.«

»Ich sagte Ihnen doch schon, ich weiß nicht, wovon Sie reden.«

Seine Augen verengten sich. »Ich warne Sie, treiben Sie keine Spielchen mit mir. Dafür fehlt mir im Moment die Geduld.«

»Oh, ist der Mann vom FBI hingefallen und hat sich weh getan? Hat er deswegen so schlechte Laune? Ich frage mich, was wohl mehr darunter gelitten hat, Ihr Stolz oder Ihr Hinterteil.«

Es gefiel ihm gar nicht, wie sie redete, das merkte Molly. Er ging nicht auf ihre Spöttelei ein, statt dessen griff er in seine Jackentasche und holte ein Funktelefon hervor. Die Art, wie er es hielt, war offensichtlich als Drohung gemeint.

»Wenn Sie sich stur stellen, Miß Butler, bleibt mir nichts anderes übrig, als Sie festnehmen zu lassen. Dafür genügt ein einziger Anruf.«

»Tragen die Helden vom FBI jetzt Telefone? Also in *Hawaii Five-o* tragen sie immer noch Waffen!« feixte Molly.

Sein strenger Ausdruck veränderte sich nicht. »Wollen Sie jetzt die Wahrheit sagen oder nicht?«

»Woher soll ich wissen, ob Sie wirklich vom FBI sind? Jeder kann sich einen gefälschten Ausweis besorgen.«

»Das mag in Ihren Kreisen der Fall sein. Mein Ausweis ist echt. Wenn Sie wollen, können Sie in meiner Dienststelle anrufen und nachfragen. Ich gebe Ihnen die Nummer.«

Molly spitzte die Lippen, dann ging sie zu dem Telefon, das in der Küche stand. »Ich glaube, ich werde statt dessen die Polizei anrufen«, sagte sie mit süßem Lächeln und sah ihn an, während sie den Hörer abhob.

»Tun Sie das.« Er steckte sein Telefon zurück in die Jackentasche, verschränkte die Arme und betrachtete sie ruhig.

Molly zögerte. Ihr Bluff war etwas voreilig gewesen,

was sollte sie jetzt tun? Natürlich wollte sie auf keinen Fall die Ortspolizei in diese Sache mit hineinziehen. Erstens war da dieser Futtersack voller Bargeld, der in dem Schränkchen auf ihren Putzutensilien stand. Dazu kam, daß die örtliche Polizei nur allzu bereit wäre, das Schlimmste von ihr zu glauben – von ihr und allen anderen Ballards. Sie hatte schon öfter mit ihr zu tun gehabt, meistens wegen der Kinder. Erst im letzten Sommer waren die elfjährigen Zwillinge dabei erwischt worden, wie sie Eier auf vorbeifahrende Autos warfen, und Weihnachten hatte man Mike festgenommen, als er in einem Geschäft eine Kassette von Pearl Jam stehlen wollte. Nur der Freundlichkeit des Ladenbesitzers war es zu verdanken gewesen, daß der Junge nicht bestraft worden war. Versailles war ein kleines Dorf, in dem jeder alles über jeden wußte. Man ordnete die Menschen in bestimmte Kategorien ein, und sie und ihre Familie gehörten in den Augen der Polizei zu den armen Weißen am Rande der Gesellschaft, die dauernd Ärger machten.

Nein, ganz bestimmt wollte sie nicht die örtliche Polizei rufen. Wenn sie deren Gnade ausgeliefert wäre, würde sie bestimmt im Gefängnis landen, und dann kämen die Kinder ins Heim. Wieder einmal.

»Nun?«

Molly hatte das unangenehme Gefühl, daß er ihre Gedanken lesen konnte. Sie legte den Hörer zurück.

»Na gut, vielleicht sind Sie ja wirklich vom FBI. Aber ich sage Ihnen, Sie haben die falsche Person. Mein Name ist nicht Butler.«

»Haben Sie einen Videorekorder?«

»Wie bitte?« Molly sah ihn verständnislos an, und er wiederholte die Frage.

»Und wenn ich einen habe?«

Tatsächlich hatte Mike einen Videorekorder. Im letzten Juni hatte er Mr. Higdon bei der Tabakernte geholfen. Teil seines Lohns war ein gebrauchter Videorekorder gewesen. Für etwas zu arbeiten, hatte Molly ihm mit allem Nachdruck versucht klarzumachen, war viel besser, als es zu stehlen. Fürs Arbeiten kam man nicht ins Gefängnis.

Wie würde sie jemals wieder Mike etwas über Moral erzählen können, mit diesen fünftausend Dollar, die wie ein Damoklesschwert über ihrem Kopf hingen? Höchstens konnte sie noch als lebendes Beispiel dafür dienen, welch böse Folgen die Sünde hatte, wenn sie nämlich die nächsten paar Jahre ihres Lebens hinter Gittern verbrachte.

Die Schmetterlinge in ihrem Bauch flatterten wieder wie wild hin und her.

»Wo ist der Rekorder?« Zu ungeduldig, um noch länger auf eine Antwort zu warten, drehte sich der FBI-Agent um und ging durch die schmale Tür, die ins Wohnzimmer führte. Da Molly ihn nicht unbeobachtet lassen wollte, folgte sie ihm.

Das Erdgeschoß des schäbigen schindelgedeckten Bauernhauses bestand aus drei Zimmern: Vorne lagen nebeneinander die Küche und das Wohnzimmer, hinten war Mollys Schlafzimmer. Das einzige Badezimmer befand sich in einem schuppenähnlichen Anbau, der von der Küche ausging und deutlich als nachträgliches Werk erkennbar war. Etwas entfernt standen noch immer die Überreste eines Seitengebäudes.

Die Wohnzimmereinrichtung war genauso zufällig zusammengewürfelt wie die in der Küche. Auf den im Laufe der Zeit dunkel gewordenen Holzdielen lag ein abgewetzter, ovaler Teppich mit einem verwaschenen braunen, grünen und rostroten Muster. An der der Küche gegenüberliegenden Wand klebte ein unechtes Holzpaneel, davor prangte eine orange Stoffcouch, deren Polsterung in der Mitte durchhing. Die Ballards hatten sie aus einem Container gerettet, der von der Heilsarmee zum Sammeln aufgestellt worden war. Neben der Couch stand auf der einen Seite ein alter, brauner Kunstledersessel; an mehreren Stellen waren Risse in seiner Bespannung, mit schwarzem Klebeband geflickt. Ein braun gestrichener Gartenstuhl mit Blumenkissen vervollständigte die Sitzgruppe. Auf zwei unterschiedlichen, zerschrammten Holztischen standen billige, weiße Schirmlampen. Die verblichenen goldgelben Gardinen des einzigen Fensters waren weit geöffnet, um so viel Licht wie möglich in den dunklen Raum gelangen zu lassen.

Der Videorekorder auf dem Fernseher war nicht zu übersehen. Er stand an der Wand, die Wohnzimmer und Küche trennte. Als Molly in der Tür erschien, stand der FBI-Agent schon davor und zog gerade eine Videokassette aus seiner Jackentasche. Nach einem kurzen Blick auf Molly drückte er eine Taste des Rekorders, legte die Kassette ein, drückte eine weitere Taste und schaltete den Fernseher an. Mit dem Zeigefinger machte er Molly ein Zeichen näherzukommen. Widerstrebend trat sie einige Schritte weiter ins Zimmer, während auf dem Bildschirm in den ersten paar Sekunden nur ein graues Flimmern zu sehen war. Gleich darauf wurde das Bild klar und deutlich erkennbar. Molly stand vor Entsetzen wie festgenagelt und sah sprachlos zu, wie sie selbst in die Scheune trat, den Futtersack mit dem Geld fand, ihn an sich nahm und damit verschwand.

Irgendwie hatte er es geschafft, alles auf Video aufzunehmen!

Er beobachtete sie, während sie auf den Fernseher starrte, dann schaltete er ihn wieder aus.

»Nun?« fragte er, richtete sich auf und sah sie erwartungsvoll an.

Molly preßte die Lippen aufeinander. Vor Schreck stand sie mit offenem Mund da, ohne daß auch nur ein Ton herauskam. Sie verschränkte die Arme und versuchte, sich die Panik nicht anmerken zu lassen, die sie beschlich. Ihre Blicke trafen sich. Wie konnte sie abstreiten, was dort auf dem Videoband zu sehen war? Sollte sie behaupten, daß sie eine böse Zwillingsschwester hatte?

4

»Okay«, sagte Molly schließlich. »Vielleicht habe ich das Geld genommen.«

»Ich denke, *vielleicht* ist jetzt nicht mehr der richtige Ausdruck.«

Molly schwieg.

»Wo ist es?« fragte er.

Ohne ein Wort drehte sich Molly um und ging in die Küche. Er nahm die Kassette aus dem Rekorder – sie konnte hinter sich das besondere Geräusch hören, mit dem sie hinausbefördert wurde – und folgte ihr. Natürlich würde er nicht so dumm sein und das Beweisstück vergessen. Von der Tür aus sah er zu, wie Molly den Futtersack aus dem Schränkchen unter der Spüle holte und ihn auf den Picknicktisch stellte. Er trat an den Tisch, band den Sack auf und sah hinein, als wollte er sich überzeugen, ob das Geld noch da war. Dann knotete er den Sack wieder zu.

»Warum haben Sie es genommen?«

Die Frage war so dumm, daß Molly verärgert den Kopf schüttelte. »Zum Spaß«, antwortete sie dann mit einem Schulterzucken. »Es gibt mir so einen besonderen Kick, wissen Sie. Warum sollte ein reiches Mädchen wie ich wohl sonst einen Sack voll Geld stehlen?«

»An Ihrer Stelle würde ich mir den Sarkasmus sparen, Miß Butler. Sie sitzen ganz schön in der Klemme.«

»Werden Sie jetzt anrufen und mich festnehmen lassen?« Mollys Ton war locker, und sie machte ein trotziges Gesicht, aber tatsächlich war ihr fast schlecht vor Angst, während sie auf die Antwort wartete.

»Was Sie getan haben, ist ein schweres Verbrechen«, sagte er. »Das gibt eine lange Haftstrafe. Vielleicht fünfzehn, zwanzig Jahre.«

O Gott. Molly fühlte, wie ihre Knie nachgaben. Auf keinen Fall wollte sie sich ihre Angst anmerken lassen, aber die Reaktionen ihres Körpers waren stärker als ihr Wille. Sie sank auf die Bank nieder.

»Vielleicht«, sagte er langsam, während er sie beobachtete, »kann ich erreichen, daß Ihre Verurteilung weniger hart ausfällt. Aber nur, wenn Sie sich kooperativ zeigen. Ich muß wissen, wer Sie geschickt hat, um das Geld zu holen.«

Erstaunt blickte Molly zu ihm auf. Er hatte eine Hand auf den Tisch gestützt, lehnte sich vor und sah sie durchdringend an. Unter der weißen Manschette seines Hemdes sah eine Armbanduhr hervor. Das Armband war aus schwarzem Leder und das Uhrgehäuse golden. Dazu der feine Wollstoff seines Anzugs, die Krawatte aus Seide – alles, was er trug, und sein ganzes Auftreten machten deutlich, daß er zum privilegierten Establishment gehörte. Nie im Leben würde er verstehen, wie man sich in ihrer Haut fühlte, wie es war, jung und arm zu sein und schon gefangen in einem täglichen Überlebenskampf, nur um jeden Tag ein Essen auf den Tisch stellen zu können.

Und nie im Leben könnte er sich vorstellen, was es für sie bedeutete, zu ihm aufschauen zu müssen und halb wahnsinnig zu sein aus Angst vor dem Gefängnis.

Der Blick seiner blauen Augen ließ sie nicht los. Molly entschied, daß jeder weitere Versuch, ihn anzulügen, eine Zeit- und Energievergeudung war. Mit diesem Videoband hatte er sie in der Hand.

»Niemand hat mich geschickt«, antwortete sie.

»Wenn Sie mir nicht die Wahrheit sagen, kann ich Ihnen nicht helfen.«

»Das ist die Wahrheit. Ich habe das Geld genommen, weil wir . . . weil ich es brauchte. Ich wußte gar nicht, daß es da war.«

»Was hatten Sie um Viertel vor vier in diesem Stall zu suchen?«

»Ich . . . ich arbeite da, für Wyland Farm. Zumindest tat ich es.«

»Was meinen Sie damit, Sie taten es?«

»Vor ein paar Tagen habe ich mich über etwas aufgeregt und gekündigt. Heute morgen bin ich dann zum Stall gegangen, um meinen letzten Scheck zu holen.«

»Worüber haben Sie sich aufgeregt?«

Molly spürte, wie sie rot wurde und ärgerte sich im selben Moment darüber. »Jemand hat mich angefaßt, und das paßte mir nicht.«

»Wer? Don Simpson?«

»Nein, nicht Mr. Simpson. Thornton Wyland. Seiner Familie gehören die Ställe.«

Er schwieg einen Moment, dann setzte er sein Verhör in einer anderen Richtung fort. »Sie gingen also *morgens um Viertel vor vier* in den Stall, um Ihren letzten Scheck abzuholen?«

»Ich habe immer um fünf Uhr angefangen zu arbeiten. Viertel vor vier ist im Pferdegeschäft nicht wirklich früh.«

»Bei wem wollten Sie den Scheck abholen?«

»Bei Mr. Simpson.«

»Er war nicht da.«

»Normalerweise kommt er ungefähr um vier. Er ist gerne der erste, der auftaucht. Ich kam ein bißchen früher, um ihn auf keinen Fall zu verpassen. Ich brauchte ... brauche diesen Scheck.«

»Wann sind Sie genau gekommen? Wen haben Sie gesehen? Wer war in der Scheune?«

»Ich glaube, ich war so gegen halb vier da. Ich habe niemanden gesehen. Normalerweise hat ein Stallknecht die ganze Nacht Dienst, aber anscheinend war keiner da.«

»Und was haben Sie in der verlassenen Scheune zwischen halb vier und dem Zeitpunkt gemacht, als Sie den Sattelraum betraten, Miß Butler?«

»Ich war bei den Pferden und habe mit Ophelia geredet.« Sie hatte keine Lust, ihn noch einmal darauf hinzuweisen, daß sie nicht Butler hieß. Irgendwie war es ihr sogar recht, daß er ihren wirklichen Namen nicht kannte. Und wer weiß, ob dieser Irrtum für sie nicht vielleicht irgendwann von Vorteil sein könnte.

»Mit wem?«

»Ophelia. Sie ist ein Maulesel. Vor einiger Zeit ist sie verletzt worden, und seitdem hat sie Angst vor Menschen. Zu mir hat sie Zutrauen. Ich wollte nur sehen, wie es ihr geht.« Tatsächlich war Ophelia vor zwei Monaten das Opfer eines äußerst bösartigen Überfalls geworden. Eines Nachts draußen auf den Feldern der Wyland Farm hatte ihr jemand mehrere tiefe Schnitte in den Hinterläufen beigebracht. Den Wunden nach zu urteilen war das Werkzeug eine scharfe Rasierklinge gewesen. Man hatte den Verbrecher nicht gefaßt. Um die Farm herum waren Sicherheitsposten aufgestellt worden, aber der Aufwand zur Ergreifung des Täters hatte sich in Grenzen gehalten, weil Ophelia für ihre Eigentümer keinen großen Wert darstellte. Sie war schließlich kein Vollblüter. Die Mauleselin wurde nur deshalb in Keeneland geduldet, weil sie eine beruhigende Wirkung auf Tabasco Sauce hatte, Wyland Farms große Hoffnung. Ophelia war seine beste Freundin.

»Was ist . . . was war Ihre Aufgabe auf Wyland Farm?«

»Ich arbeitete dort als Stallbursche.«

»Sie sagten, daß Don Simpson Ihr Boß ist. Ist das alles? Was für eine persönliche Beziehung haben Sie zu ihm?«

Die Anspielung in seiner Frage gefiel Molly überhaupt nicht. Sie sah ihm gerade in die Augen. »Es gab keine Intimitäten zwischen uns, wenn es das ist, worauf Sie hinauswollen.«

Er hatte nicht einmal den Anstand, verlegen auszusehen. »Hm. Und mit irgend jemand anders?«

»Was?« Ungläubig sah sie ihn an.

»Gehen Sie mit irgend jemand anders von Wyland Farm aus?«

»Ich glaube, das geht Sie überhaupt nichts an. Falls Sie daran denken, mich um ein Rendezvous zu bitten, ist die Antwort nein.« Sie wußte genau, daß er das nicht beabsichtigte, aber sie konnte der Versuchung nicht widerstehen, seinen indiskreten Fragen etwas entgegenzusetzen.

»Ich habe nicht vor, Sie um ein Rendezvous zu bitten, Miß Butler, das können Sie mir glauben. Ich möchte nur gerne wissen: Mit wem haben Sie privaten Umgang? Mit wem gehen Sie aus? Wer ist Ihr Freund?«

»Wieso wollen Sie das wissen?«

Er runzelte die Stirn. »Miß Butler, wenn Sie nicht ins Gefängnis kommen wollen, werden Sie meine Fragen schon beantworten müssen. Und zwar wahrheitsgemäß. Verstehen Sie das?«

Sie zog eine Grimasse. Offensichtlich interpretierte er ihren Ausdruck als Zustimmung, denn er fuhr fort: »Also, erzählen Sie mir etwas von Ihren Freunden, mit wem Sie ausgehen und über männliche Bekanntschaften.«

»Ab und zu geh' ich mit Jimmy Miller aus. Er arbeitet in der Autowerkstatt seines Vaters. Und manchmal mit Tom Atkinson, einem Nachbarn. Aber ich geh' auch noch mit anderen weg, wenn mich jemand fragt und ich Zeit und Lust hab'.«

»Haben Sie irgend eine persönliche Beziehung zu Bernie Caudill?«

»Bernie Caudill?« Der Name kam Molly bekannt vor, aber im Moment wußte sie nicht, wo sie ihn hinstecken sollte.

»Er identifiziert die Pferde für die Rennen in Keeneland.«

»Oh, Sie meinen den fetten alten Burschen, der die Maultätowierungen der Pferde überprüft?«

»Genau.«

»Nein. Den kenne ich kaum.«

»Und Tim Harden? Jason Breen? Howard Lawrence?«

Molly schüttelte bei jedem Namen – alle waren Pferdetrainer aus der Gegend – wahrheitsgemäß den Kopf.

Nachdem der FBI-Agent einen Moment geschwiegen hatte, fuhr er fort: »Sie behaupten also, Sie waren nur deshalb um Viertel vor vier morgens in der Scheune, um Ihren Scheck abzuholen.«

»So war es.«

»Was haben Sie dann in dem Sattelraum getan?«

»Ich wollte eine Handvoll Süßfutter für Ophelia holen.«

»Ophel . . . oh, ja, der Esel.«

»Sie ist ein Maulesel.«

Er zuckte ungeduldig die Achseln, diese Unterscheidung interessierte ihn nicht. »Und Sie hatten keine Ahnung, daß das Geld da war, für wen es bestimmt war oder irgend etwas? Sie sahen es nur rein zufällig und nahmen es, weil Sie es brauchten, ist das richtig?«

»Das ist richtig.«

»Dann sagen Sie mir noch etwas anderes: warum haben Sie überhaupt in diesen Futtersack hineingesehen?«

»Weil er nicht von der richtigen Firma war. Unser Futter ist von Southern Farms. Der Sack war von Benton's, und das Futter ist nicht so gut. Also durften unsere Pferde es nicht bekommen, und wenn der Sack dort herumstand, hätte jemand es aus Versehen nehmen können. Das falsche Futter bringt das Verdauungssystem der Pferde durcheinander, mit Vollblütern muß man da sehr vorsichtig sein. Ich wollte den Sack also zur Sicherheit wegnehmen, aber als ich ihn anhob, wußte ich sofort, daß er kein Futter enthielt. Also habe ich reingeschaut.«

»Waren Sie erstaunt, Geld darin zu finden?«

Das war die Untertreibung des Jahres. »O ja.«

Er schwieg, während sein nachdenklicher Blick über ihr Gesicht und den Teil ihres schlanken Körpers wanderte, den er sehen konnte. Molly war klar, daß er ihre Worte abwog, um zu entscheiden, ob er ihr glauben sollte oder nicht.

»Wie alt sind Sie?« fragte er abrupt.

»Vierundzwanzig.«

»Sie leben hier mit Ihren Brüdern und Schwestern, richtig? Sie haben mehrere?«

»Vier. Zwei Brüder, zwei Schwestern.«

»Und Sie sind die älteste.«

»Haben Sie das alles überprüft, bevor Sie kamen? Natürlich haben Sie das, Sie sind ja vom FBI.« In ihren Worten lag Feindseligkeit. »Dann wissen Sie ja schon, daß ich die älteste bin, wieso fragen Sie also noch?«

Ihre Widerborstigkeit hatte offenbar keinerlei Wirkung auf ihn. Ungerührt fragte er weiter: »Wo sind Ihre Eltern?«

Molly zuckte innerlich zusammen. Das ging zu weit, es berührte einen persönlichen Bereich, den sie mit niemandem teilen wollte. »Hören Sie, das ist Ihnen doch sowieso egal. Wo meine Eltern sind, hat nichts mit dem Ganzen hier zu tun.«

»Ich will es wissen.«

Nun, sie wollte auch eine Menge Dinge, zum Beispiel, daß er endlich ging. Aber sie würde ihren Wunsch nicht erfüllt bekommen, weil er dieses Video hatte und sie ihn nicht einfach wegschicken konnte. Diese Kassette gab ihm eine Macht über sie und das Recht, Antworten zu verlangen, wie indiskret die Fragen auch sein mochten. »Meine Mutter ist tot. Und mein Vater hat sich davongemacht, als ich noch ein Baby war. Okay?«

Einen Moment lang sah er sie schweigend an. Dann verzog sich sein Mund zu einem trockenen Grinsen. »Heute ist Ihr Glückstag, Miß Butler. Ich glaube Ihnen, daß Sie die Wahrheit gesagt haben, die ganze Wahrheit und nichts als die Wahrheit. Ich werde also das Geld nehmen, wieder gehen und vergessen, daß Sie es gestohlen haben. Es sei denn, ich finde heraus, daß Sie mich angelogen haben. In diesem Fall bin ich umgehend wieder da.«

Er ergriff den Sack, deutete eine Verbeugung in ihre Richtung an und ging. Molly konnte noch nicht fassen, daß er sie einfach so davonkommen ließ. Sie wirbelte auf der Bank herum, um zuzusehen, wie er durch das Loch in der schräg herabhängenden Fliegengittertür verschwand.

»Einen schönen Tag noch, Miß Butler«, rief er über die Schulter zurück, als hätten sie gerade nett zusammengesessen und einen freundlichen Schwatz gehalten. Molly schüttelte ungläubig den Kopf, eine Welle der Erleichterung überschwemmte sie. Sie würde nicht ins Gefängnis kommen.

Allerdings wußte er noch nicht von dem fehlenden Zwanzig-Dollar-Schein.

Während sie das dachte, blieb der FBI-Mann plötzlich zwei Schritte vor der Treppe stehen. Hatte er seine Meinung geändert? Ein Gefühl der Panik beschlich sie. Konnte er ihre Gedanken lesen?

Pork Chops Auftauchen beantwortete ihre Frage. Sein Nackenfell war aufgestellt, und er bleckte seine leuchtend weißen Fänge. Offensichtlich hatte der Hund auf der Veranda ein Schläfchen gehalten.

Man mußte dem FBI-Mann zugutehalten, daß er Courage hatte, denn er wich keinen Schritt zurück. Ruhig streckte er dem Hund seine Hand hin und ließ ihn daran schnüffeln. Dabei sagte er etwas Beruhigendes, was Molly nicht verstand. Pork Chop schmolz dahin wie das weichherzige, gutmütige Ungetüm, das er nun mal war. Er wedelte mit dem Schwanz, denn da dieser Mann ihn an seiner Hand schnüffeln ließ, mußte er ja wohl ein Freund sein. Als Belohnung wurde ihm der Kopf gekrault.

Schließlich hörte der FBI-Mann auf, ihren verräterischen Hund zu streicheln, stieg die Verandastufen hinab und verschwand aus ihrer Sicht. Und, so hoffte Molly inbrünstig, auch aus ihrem Leben.

5

Will hielt vor einem 7-Eleven-Laden in der Versailles Road und rief Murphy an. Er war auf keine aufregende Nachricht gefaßt, und die Hiobsbotschaft, die Murphy verkündete, verschlug ihm die Sprache: Howard Lawrence war tot. Lawrence war Trainer der Cloverlot Ställe und ihr Informant gewesen. Er war derjenige, von dem sie über den Ablauf des Betruges unterrichtet worden waren, und er hatte auch den vorgetäuschten Handel mit Don Simpson in die Wege geleitet und den Sack voll Geld im Sattelraum von Stall 15 abgestellt. Jetzt war er die längste Zeit ihr Informant gewesen! Dank dieses Mädchens, dem Will gerade großzügig zur Straffreiheit verholfen hatte, besaßen sie nun auch nicht den geringsten Beweis mehr gegen irgend jemand anders.

»Was meinst du damit, Lawrence ist tot?« fragte Will fassungslos.

»Nun, du weißt schon, er hat den Löffel abgegeben, ist verschieden, ins Reich der ewigen Jagdgründe eingegangen!«

»Er ist *tot*?«
»So ist es.«
»Wie in drei Teufels Namen konnte das passieren?«
»Er hat Selbstmord begangen.«
»Er hat Selbstmord begangen?«
»Hmm.« Murphy klang niedergeschlagen.
»Du solltest ihn überwachen!«
»Das habe ich auch. Ich folgte ihm im Auto, und er fuhr in einen Drive-in-Imbiß, bekam sein Tablett und stellte sich dann auf den Parkplatz, um zu essen. Dachte ich jedenfalls. Sah aus, als würde es eine Weile dauern, also bin ich ums Gebäude rumgefahren und schnell mal aufs Klo gegangen. Als ich zurückkam, war er noch immer in seinem Wagen. Er saß zurückgelehnt und ganz ruhig, aber da fand ich nichts bei. Ich dachte, er ruht sich eben einen Moment lang aus. Wie hätte ich denn wissen sollen, daß er beschlossen hatte, gerade dort auf dem Parkplatz von Dairy Queen sein Leben auszuhauchen?« Offensichtlich war Murphy ehrlich gekränkt, weil Will ihm Vorwürfe gemacht hatte.
»Mist!«
»Das habe ich auch gesagt.«
»Verdammt noch mal, Murphy, du hättest es verhindern müssen!«
»Aber wie denn? Was hätte ich denn tun können?«
»Mist!« wiederholte Will.
»Tut mir leid, Mann.«
Will konnte geradezu sehen, wie Murphy entschuldigend die Achseln zuckte. Er biß die Zähne zusammen.
»Ich nehme an, die Ortspolizei hat sich des Falles angenommen?«
»O ja. Ein Mädchen, das dort arbeitet, hat schließlich entdeckt, daß er tot war. Sie kam gerade mit einer Spezialbestellung, und als sie an seinem Auto vorbeilief, ließ sie das Essen fallen und fing an zu schreien. Die Polizei war in weniger als fünf Minuten da.«
»Hast du mit ihnen geredet?«
»Nein. Ich bin gar nicht aus dem Auto gestiegen, nach-

dem das Mädchen angefangen hatte zu schreien. Als die Polizei kam, fuhr ich weg. Ich wollte nicht, daß sie merken, daß wir ein Interesse an Lawrence hatten.«

»Bist du sicher – hundert Prozent sicher –, daß Lawrence tot ist?«

»Ja.«

»Wenn du aber gar nicht aus dem Auto gestiegen bist, nachdem das Mädchen angefangen hatte zu schreien, wie kannst du dann so sicher sein?« Wills Geduld wurde wirklich auf eine harte Probe gestellt. Zur Hölle mit Hallum, ihn mit diesem Strohkopf zusammenzustecken!

»Ich hab' das Ganze in den Mittagsnachrichten im Fernsehen gesehen. Es war natürlich *die* Sensation: Pferdetrainer begeht Selbstmord im Dairy Queen. Glaub mir, der ist tot. Es werden schon Vorbereitungen für das Begräbnis getroffen.«

»Es war schon im Fernsehen? Verdammt noch mal!«

»Wenigstens weiß niemand, daß er was mit uns zu tun hatte.« Murphy hörte sich an, als wollte er Will einen Trost anbieten. »Sowieso hat er uns schon alles gesagt, was er weiß. Wir haben genügend Beweismaterial.«

Will schloß für einen Moment die Augen. »Eben nicht, Murphy. Wir haben nicht das Geringste in der Hand. Lawrence wäre ein Zeuge gewesen, aber ohne ihn können wir keinem anderen etwas nachweisen. Nichts, verstehst du, gar nichts! Kein Zeuge, kein Beweis, nichts! Alles, was wir jetzt noch haben, ist ein Haufen Gerüchte.« Und das bedeutete, daß eine verdammte Menge harte Arbeit umsonst gewesen war, dachte er wütend.

»Vielleicht können wir einen der anderen dazu bringen zu gestehen. Wir könnten sie zum Beispiel vorladen und ihnen sagen, daß Lawrence uns alles erzählt hat, bevor er starb.«

»Und wenn sie nicht gestehen – was sie nicht tun werden, wenn sie auch nur ein Fünkchen Verstand besitzen –, dann haben wir immer noch nichts. Außer, daß wir dumm dastehen und uns wieder umsonst abgemüht haben. Und sie wissen, daß ihr Schwindel aufgefallen ist, was bedeutet, daß sie sofort damit aufhören werden. Dann können wir unverrichteter Dinge abziehen.«

»Wenigstens begehen sie dann keine Verbrechen mehr.«

»Oh, großartig, das werde ich Hallum sagen. Vielleicht schlägt er uns als Bürger des Jahres vor.«

»Also können wir im Moment gar nichts machen.« Wieder konnte Will Murphys Schulterzucken fast hören.

Er schwieg einen Moment. Nicht weit entfernt von dem Münztelefon raste der Verkehr auf einer vierspurigen Autobahn vorbei. Aus dem 7-Eleven-Laden kamen ein paar Dorftrottel in Overalls, stiegen in einen klapprigen Pickup und ließen den Motor laut aufheulen, als sie losfuhren. Eine stinkende Wolke Auspuffgase kam auf Will zugeweht. Er lehnte sich angewidert zurück und wedelte mit der Hand vor seinem Gesicht herum.

Der Himmel war von einem strahlenden Blau, das von langsam dahinsegelnden weißen Federwölkchen noch betont wurde. Für die Jahreszeit zu warme Luft strich Will übers Gesicht. In Chicago wäre es Mitte Oktober gute zehn Grad kälter und die Luft wäre frisch, wie man es im Herbst erwartete. Die Straßen dort würden wimmeln von Leuten, die wichtigen Geschäften nachgingen, und durch die tiefen Wolkenkratzerschluchten würde der Wind pfeifen ...

»Etheline, vergiß meine Zigaretten nicht, hörst du?« Eine fette Frau in einem Chevy rief die Ermahnung ihrer ebenfalls sehr umfangreichen Tochter im Teenageralter zu, die gerade in den Laden ging und nur mit einem abwehrenden Handwedeln antwortete. In Chicago rauchte niemand mehr. Hier dagegen könnte man meinen, das Motto der Gegend hieße *Tabak ist ein Gemüse*. Die Hälfte der Bevölkerung qualmte. O Gott, wie sehr wünschte er sich, endlich wieder zurück in der Zivilisation zu sein. Für ihn käme es der Hölle gleich, den Rest des Lebens hier festzusitzen.

»Bist du sicher, daß es Selbstmord war?« fragte er Murphy.

»In den Mittagsnachrichten hieß es, daß man die Waffe in Lawrences Wagen gefunden hat und nur seine eigenen Fingerabdrücke drauf waren. Niemand außer ihm war im Auto. Wie hätte es also sonst passieren sollen?«

Ja, wie sonst? Zwar war Lawrences Tod für die Männer, die er verraten hatte, das Beste, was ihnen passieren konnte; aber das hieß noch nicht, daß es sich um einen Mord handeln mußte. Trotzdem ... »Hast du die Kennzeichen der Autos notiert, die sich noch auf dem Parkplatz befanden?«

»Nein.« Murphys Stimme klang überrascht. »Hätte ich das tun sollen? Daran habe ich gar nicht gedacht, da es doch von Anfang an wie Selbstmord aussah.«

Du hast nicht gedacht und fertig, ging es Will durch den Kopf, aber er sagte nichts dergleichen.

»Hast du das Geld zurück?« fragte Murphy.

»Ja.« In Gedanken versunken, antwortete Will mit kaum mehr als einem Knurren.

»Äh, Will ...« Murphy machte eine Pause.

»Was?« Die Pause ließ Will aufhorchen. Er befürchtete, daß sie weitere schlechte Nachrichten ankündigte.

»Der Name des Mädchens ist Ballard, nicht Butler. Molly Ballard. Ich glaube, ich habe es falsch gelesen.« Murphys Stimme klang kleinlaut.

»Vielen Dank für die Information«, antwortete Will trocken. Mit Murphy als Partner gewöhnte er sich langsam daran, daß dauernd etwas schiefging. Wenigstens hatte das Mädchen die Wahrheit gesagt, als sie darauf bestand, daß sie nicht Miß Butler war. Will verzog das Gesicht, als er sich daran erinnerte. Er haßte es, wie ein Dummkopf dazustehen. Plötzlich sah er das Bild vor sich, wie er selbst lang ausgestreckt auf ihrer Veranda lag. Gemessen an diesem Vorfall verblaßte die Tatsache, daß er sie immer wieder mit falschem Namen angeredet hatte.

»Du hast das Geld, also nehme ich an, es war nicht so wichtig«, sagte Murphy hoffnungsvoll.

Will nahm den Hörer vom Ohr und betrachtete ihn eingehend. Dann führte er ihn langsam wieder zurück und sagte ganz ruhig: »Nein, ich denke, wenn man es so sieht, war es nicht wichtig.«

»Möchtest du, daß ich ein paar Leute anrufe und versuche, den Polizeibericht über Lawrences Tod zu bekommen oder so?«

»Nein«, antwortete Will; beim Gedanken an Murphy in Aktion beschlich ihn Panik. »Tu erst mal nichts. Ich bin in zwanzig Minuten da.«

Ohne seinem Partner die Möglichkeit zur Antwort zu lassen, hängte er auf.

Als Will zurück zum Auto ging, entdeckte er mit einem Gefühl von Abscheu, daß an seiner Schuhsohle ein Kaugummi klebte. Ein großer, dicker, ekliger rosa Klumpen mit langen, klebrigen Fäden, die sich zwischen seiner teuren Lederschuhsohle und dem Überbleibsel der zähen Masse auf dem Asphalt in die Länge zogen. Will war nicht einmal überrascht. Alle Leute hier, die nicht rauchten, kauten Kaugummi, und sie spuckten ihn wieder aus, wo immer sie gerade Lust dazu hatten.

An diesem Tag war von Anfang an alles schiefgegangen, von dem Moment an, als dieses Mädchen sich mit dem Sack voll Geld aus dem Staub gemacht hatte. Von da an hatte sich ein Mißgeschick nach dem anderen ereignet. Und nun hatte er eben Kaugummi am Schuh.

Wie es so schön heißt, manchmal ißt du den Bären, und manchmal frißt der Bär dich.

Oder, wie Will es für sich etwas deutlicher ausdrückte, manchmal ist das Leben einfach zum Kotzen.

Will kratzte den Kaugummi am Bordstein ab, so gut es eben ging, und lief zu dem unscheinbaren weißen Ford Taunus, den ihm das FBI als Dienstwagen zur Verfügung gestellt hatte. Seiner Meinung nach fiel er auf wie ein bunter Hund, gerade weil er so völlig nichtssagend war. Will stieg ein und machte sich auf den Weg nach Lexington, das etwa zwanzig Kilometer entfernt lag.

Ein plötzliches Verlangen nach Milch, einem Bagel und einer *Chicago Tribune* überfiel ihn. Seit einiger Zeit trank er wegen eines bei zuviel Streß immer wieder aufflackernden Magengeschwürs keinen Kaffee mehr. Statt dessen entspannte er für eine Viertelstunde bei einem Glas Milch, einem Bagel und der Zeitung, wenn eine Situation zu sehr an seinen Nerven zerrte.

Sein Bemühen stellte sich als reine Zeitverschwendung heraus. Die Leute hier hatten noch nicht einmal von Bagels gehört. Als er in einigen Imbißbuden und Restaurants danach gefragt hatte, war er in den meisten Fällen nur mit leerem Blick angestarrt worden. Ganz besonders witzig war sich der Clown vorgekommen, der ihm geantwortet hatte, er solle es doch im Tierladen nebenan versuchen, dort gäbe es Beagles. Beagles – Beagles, ha-ha-ha.

Er mußte aufpassen, sonst lachte er sich noch tot, bei dem Humor, den die Einheimischen hier an den Tag legten.

Jetzt war er gerade eine gute Woche in dieser finsteren Provinz, aber schon konnte er spüren, daß sein Blutdruck schwindelnde Höhen erreicht hatte. Auf seinen Genen war nun einmal Großstadtleben programmiert. Von ›frischer‹ Landluft – tatsächlich roch sie oft ziemlich penetrant nach Mist – wurde ihm übel, seine Lungen waren an Smog gewöhnt und wollten es auch nicht anders.

Es war schon schlimm genug, daß er diese Untersuchung überhaupt durchführen mußte. Aber noch viel schlimmer war, daß nun alles völlig vermasselt zu sein schien. Wenn er nicht noch irgend etwas aus den Trümmern retten konnte, würde seine Personalakte einen tiefschwarzen Flecken aufweisen. Seine Karriere wäre ruiniert, und das nur wegen eines miesen kleinen Wettbetrugs, noch nicht einmal wichtig genug für eine offizielle Untersuchung. Kein Mensch hätte sich überhaupt darum geschert, wenn nicht Senator Charles Paxton aus Kentucky und seine Freunde letzten Frühling bei den Rennen eine Menge Geld verloren hätten. Die Untersuchung, die er und Murphy durchführten, war ein Freundschaftsdienst für den Senator. Außer Dave Hallum wußte niemand, daß sie hier waren.

Während er nach Lexington fuhr, suchte Will angestrengt nach einer neuen Möglichkeit, sich dem Fall zu nähern. Die Fakten sahen folgendermaßen aus: Als Senator Paxton immer wieder bei Rennen verloren hatte, bei denen er normalerweise gewann, vermutete er, daß im Land der Vollblüter etwas nicht in Ordnung war. Daraufhin hatte er George Rees, seinen engen Freund und Hallums Chef beim FBI, gebeten, der Sache nachzugehen. Rees hatte den Ball an Hallum weitergegeben, der ihn seinerseits mit boshaftem Grinsen an Will weiterreichte.

Will hatte eingewandt, daß die Agenten aus dem Büro in Louisville für den Fall zuständig seien. Man klärte ihn jedoch auf, daß er sich im Irrtum befand. Dort unten kannte jeder jeden, einschließlich der örtlichen FBI-Agenten. Unter diesen Umständen wäre es fast unmöglich, eine Untersuchung geheimzuhalten, deren Gegenstand die berühmtesten Pferdegestüte der Gegend waren.

Was gebraucht wurde, war ein Außenseiter – nämlich Will. Unterstützen würde ihn John Murphy, der erst vor kurzem aus West Virginia in das Chicagoer Büro gekommen war. Will konnte sich gut vorstellen, wie er während der vorangegangenen fünfzehn Jahre seine Zeit verbracht hatte: er hatte sich ein leichtes Leben gemacht und ab und zu jemanden wegen eines Marihuanavergehens eingesperrt.

Will mochte weder seinen Auftrag noch seinen neuen Partner, aber so war die Arbeit für das Büro nun mal. Begleitet von Murphy hatte er sich ins Flugzeug gesetzt und im nächsten akzeptablen Hotel Quartier aufgeschlagen. Er schwor sich selbst, den Schwindel spätestens bis zum Ende der dreiwöchigen Rennsaison in Keeneland am 29. Oktober aufgeklärt zu haben.

Und es sah ganz so aus, als wäre es kein Problem, dieses selbsterklärte Ziel zu erreichen. Es erforderte kein Genie, um diejenigen, die in letzter Zeit beständig gewonnen hatten, als Hauptverdächtige auszumachen. Er ordnete hier und da eine elektronische Überwachung an, stöberte in Akten und sammelte Gerüchte über die Leute von Keeneland und einige andere Gestüte, die damit zusammenhingen. Schon bald hatte er eine ungefähre Idee, was hier gespielt wurde, und ein Quintett von Verdächtigen. Was ihm fehlte, waren Beweise und eine Methode, wie er die fünf einsperren und den Anklagen gegen sie eine solide Grundlage geben konnte.

Die Erkundigungen, die er über seine Tatverdächtigen einholte, erwiesen sich als äußerst fruchtbringend: Einer von ihnen, Howard Lawrencce, schlief mit einem minderjährigen Mädchen. Das war genau das Druckmittel, das er brauchte. Will besuchte Lawrence und schilderte ihm die Aussicht auf eine Anklage wegen Unzucht mit einer Minderjährigen und deren Beförderung über Staatsgrenzen zu unmoralischen Zwecken. (Lawrence hatte das Mädchen vor einem Monat mit auf einen Vergnügungstrip nach Nashville genommen.) Gleich darauf bot er ihm eine Möglichkeit, diesem Schicksal zu entgehen und außerdem noch finanziell gut belohnt zu werden für seine Mitarbeit in einer laufenden Untersuchung. Er versprach ihm sowohl Schutz vor Vergeltungsmaßnahmen seiner Mittäter als auch Straffreiheit. Lawrence war intelligent genug, um zu erkennen, daß er unter den gegebenen Umständen keine Wahl hatte. Er erzählte alles, was er wußte, und willigte ein, den anderen eine Falle zu stellen.

Im Grunde genommen war der Schwindel relativ unbedeutend. Keiner der fünf Beteiligten konnte dabei reich werden, nur ihre Gehälter wurden etwas aufgebessert. Die Mechanismen waren einfach: Vier Pferdetrainer – Lawrence, Don Simpson von Wyland Farm, Tim Harden von Greenglow Stables und Jason Breen von Sweet Meadow Stud – hatten eine unheilige Allianz mit Bernie Caudill gebildet. Caudill identifizierte die Pferde vor den Rennen, indem er ihre Maultätowierungen mit den Angaben in den Registrierungspapieren verglich. So wurde garantiert, daß das für ein bestimmtes Rennen angekündigte Pferd auch wirklich dasjenige war, das an den Start ging. Die vier an dem Betrug beteiligten Trainer setzten nun Doppelgänger ein, die viel schneller waren als die angekündigten Pferde, und Caudill identifizierte sie fälschlicherweise als die angemeldeten Pferde. Die Trainer setzten auf sie und gewannen dabei relativ viel, weil niemand an ihren Sieg geglaubt hatte und die Quote daher hoch war.

Niemand wurde unglücklich dadurch, außer Senator Paxton, der Verlieren persönlich nahm.

Will verzog das Gesicht, als er sich vorstellte, wie er Hallum mitteilte, daß die Untersuchung gescheitert war, weil ihr Informant Selbstmord begangen hatte. Ganz sicher würde er während der nächsten zwanzig Jahre auf Hallums schwarzer Liste stehen.

Wills Vorgesetzter war berüchtigt für das genüßliche Ausleben seiner Rachegelüste. Da er wußte, wie sehr Will das Landleben haßte, würde er ihn womöglich für immer in die Provinz verbannen. Für ewig in diesen endlosen, grünen Wiesen festzusitzen, was für eine schreckliche Vorstellung!

Irgendwie mußte er es schaffen, den Fall doch noch zu lösen. Aber wie?

Plötzlich fiel ihm das hübsche Gesicht und die nicht minder hübsche Figur von Miß Molly Butler – uhps, Ballard – ein.

Sie kannte sich hier aus, kannte alle Leute, war im Pferdegeschäft. Und solange er dieses Videoband von ihrem kleinen Ausflug in die Gefilde des Verbrechens besaß, war sie ihm ausgeliefert.

Die Frage war, wie konnte er sie zu seinem Nutzen einsetzen?

6

Molly und ihre Familie saßen beim Abendessen, als es klopfte. Vier der Ballards sahen sofort auf. Die fünfte, Ashley, hatte eine langsamere Reaktionszeit. Als jedoch Pork Chop mit kratzenden Nägeln und wildem Japsen seinen Platz unter dem Tisch verließ, blickte auch Ashley hoch.

»Ich mach' auf.« Ohne ein sichtbares Zeichen des Bedauerns ließ Mike seine Mahlzeit stehen. Schon zu Beginn des Essens hatte er die ganze Familie laut und deutlich informiert, daß er Hamburger zum dritten Mal in dieser Woche zum Kotzen fand. Mike war dünn wie eine Bohnenstange und mit seinen vierzehn Jahren schon größer als Molly. Er trug die übliche Teenageruniform: Jeans, Turnschuhe und ein offenes Flanellhemd über einem weißen T-Shirt. Sein schulterlanges Haar war im Nacken zusammengebunden, und ein kleiner goldener Ring zierte ein Ohr.

Seine Frisur oder sein Ohrring störten Molly nicht. Wenn sie in der Zeit, seit sie diese Truppe großzog, eine Sache gelernt hatte, dann war es, sich das Leben nicht mit unwichtigen Dingen schwer zu machen. Gegen Diebstahl lohnte es sich zu kämpfen, gegen Ohrringe nicht.

»Du gehst nirgends hin, bevor du nicht deine Hausaufgaben gemacht hast«, warnte Molly ihn, denn wie er nahm auch sie an, daß der Besucher einer von Mikes Freunden sei.

»Ich hab' dir doch schon gesagt, daß ich sie in der Schule gemacht hab'.«

»Ja, ja, na klar«, schnaubte der elf Jahre alte Sam und gab damit genau Mollys Gefühlen Ausdruck. Mit Hausaufgaben stand Mike auf Kriegsfuß, und leider wurde es zur Zeit immer schlimmer. Molly hatte alles mögliche versucht, Druck, Bestechung, Drohungen, aber ihr Erfolg war minimal. Die Schule war Mike im Moment nun mal völlig egal, und Molly hatte keine Idee, was sie noch dagegen machen konnte.

»Ich habe *meine* Hausarbeiten gleich gemacht, als ich von der Schule zurück war, und Sam auch«, sagte Susan. Molly lächelte ihr liebevoll zu, während Mike ihr einen giftigen Blick zuwarf.

Susan und Sam waren Zwillinge und sahen sich sehr ähnlich. Beide hatten einen zierlichen Körperbau, eine sehr helle Haut und die großen, braunen, mit dichten schwarzen Wimpern umkränzten Augen, die alle fünf

Ballard-Geschwister von ihrer Mutter geerbt hatten. Anders als Molly und Mike, die auch das dichte kaffeebraune Haar ihrer Mutter besaßen, war das der Zwillinge seidig und blond. Sam hatte einen Kurzhaarschnitt, während Susans Haar ihr bis zur Schulter reichte. Die beiden sahen sanft, geradezu engelhaft aus, was sie weiß Gott nicht waren.

Aber welches Ballard-Kind war schon engelhaft, fragte sich Molly mit einem kleinen Seufzer, als Mike gerade die Tür öffnete. Nun, vielleicht kam Ashley dem nahe.

»Hallo«, sagte der Besucher von der anderen Seite der Gittertür, die von Molly wieder in ihren Rahmen gezwängt worden war. Allerdings hatte sie bis jetzt weder die Zeit noch das Geld gehabt, sie zu reparieren. Auf der Veranda war es dunkel, und durch den noch intakten oberen Maschendraht konnte man nicht mehr erkennen, als daß auf der anderen Seite ein männlicher Erwachsener stand. »Ist deine Schwester zu Hause?«

»Welche?« Mikes Rücken versteifte sich, und Mißtrauen lag in seiner Stimme. Der abendliche Besuch eines Fremden, der noch dazu nach einer seiner Schwestern fragte, war etwas höchst Ungewöhnliches für ihn. Mike fügte eine ungeduldige Aufforderung an den bellenden Hund hinzu, als dieser gegen seine Beine drückte: »Halt die Klappe, Pork Chop!«

Natürlich bellte Pork Chop weiter, aber er wedelte mit dem Schwanz dabei. Wer auch immer draußen stand, offensichtlich kannte der Hund ihn. Das Tier steckte den Kopf durch das Loch in dem unteren Teil der Tür und schnüffelte an einer dunklen Anzughose. Eine gebräunte, langgliedrige Hand mit einer weißen Manschette, unter der eine goldgefaßte Armbanduhr hervorlugte, tätschelte den Kopf des Hundes.

»Molly«, antwortete der Besitzer der Hand.

Die vier Ballards, die noch am Tisch saßen, stellten jegliche Aktivität ein und sahen gebannt zur Tür. Sie wußten, was es normalerweise bedeutete, wenn ein Fremder nach Molly fragte: einer von ihnen war in Schwierigkeiten.

Molly, die inzwischen die Hosen, die Hand und die Stimme erkannt hatte, wußte auch, wer es dieses Mal war.

»Ja, ich bin hier«, krächzte sie, stand auf und ging so schnell zur Tür, wie ihre weichen Knie es zuließen. Was immer der Mann vom FBI ihr zu sagen hatte, sie wollte nicht, daß er es vor den Kindern tat.

Sie hatte auch schon eine Idee, weshalb er hier war. Er mußte entdeckt haben, daß in dem Sack zwanzig Dollar fehlten.

O Gott, hieß das, daß sie doch ins Gefängnis mußte?

Ihre Geschwister starrten sie an. Mike trat einen Schritt zur Seite, um sie vorbeizulassen.

»Mach Platz, Pork Chop«, sagte Molly zu dem Hund, dessen riesiger, wackelnder Körper zwischen ihr und der Tür stand. Pork Chop gehorchte und tapste schwerfällig durch das Loch, das er morgens erzeugt hatte, um neben seinem neuen Freund auf der Veranda zu warten. Molly trat an Mike vorbei, wobei sie es geflissentlich vermied, ihn anzusehen. Dann schob sie den Riegel zurück und stieß die Gittertür auf.

Die Tür kippte sofort nach unten, aber Molly faßte rasch nach dem Griff und drückte sie hoch, während sie sie nach außen aufstieß.

»Hallo«, sagte der Mann vom FBI, als sie sich schließlich direkt gegenüberstanden. »Haben Sie unsere Verabredung vergessen?«

Das Licht aus der Küche fiel auf ihn. Leuchtend blaue Augen signalisierten ihr eine Warnung. Molly war einen Moment vor Überraschung stumm. Wovon um alles in der Welt redete er da? Er lächelte, aber das Lächeln war nur eine Bewegung seiner Lippen, ohne daß die Augen davon erreicht wurden. Er wollte etwas von ihr, das war klar, aber sicher wollte er sie nicht festnehmen. Sonst würde er nicht diesen Unsinn von einer Verabredung erzählen.

»Hallo«, brachte sie schließlich hervor. Ihr war klar, daß nicht nur er, sondern auch Mike neben ihr und die anderen am Tisch gespannt auf ihre Reaktion warteten. »Ich . . . ich glaube, ja.«

Der Mann vom FBI bemerkte, daß sie immer noch die Tür festhielt und griff hilfreich nach dem Rahmen, um sie von dem Gewicht zu befreien. Molly ließ los und verschränkte die Arme vor der Brust, wobei ihr Blick auf sein Gesicht geheftet blieb.

»Sie wollten mich doch nicht versetzen, oder?« Seine Stimme war locker, fast scherzhaft, aber sein Blick fest und bestimmt.

»Nein, natürlich nicht«, antwortete Molly. »Lassen Sie mich nur . . .« Ihr Blick wanderte zu Mike, der ihren Besucher anstarrte. Molly war so nervös, daß es ihr schwerfiel, einen klaren Gedanken zu fassen. Aber sie konnte unmöglich einfach so zur Tür hinausspazieren, ohne ihrer Familie eine Erklärung abzugeben.

»Aber bitte, lassen Sie sich Zeit.« Der Mann vom FBI klang liebenswürdig und geduldig, sie wußte jedoch genau, daß die Freundlichkeit, die er zur Schau stellte, reine Heuchelei war. »Ich warte.«

Mit diesen Worten trat er vorwärts, so daß sie gezwungen war, ihm auszuweichen und den Weg ins Haus freizugeben. Mike sah stirnrunzelnd von Molly zu ihrem Gast, der sorgfältig die Tür hinter sich schloß. Pork Chop quetschte sich durch das Loch im Maschendraht und stellte sich schwanzwedelnd neben ihn.

Ein angespanntes Schweigen hing in der Luft.

Der Mann vom FBI sah Molly mit einem Blick an, der in deutlichem Widerspruch zu dem Lächeln auf seinem Gesicht stand und ihr in Erinnerung rief, daß ein vierköpfiges Publikum gespannt auf ihre Reaktion wartete. Ihr wurde klar, daß sie ihn – wahrscheinlich voller Schrecken – die ganze Zeit über angestarrt hatte. Sie hoffte nur, daß ihre Familie ihn ihrerseits zu aufmerksam beobachtet hatte, um ihren Gesichtsausdruck zu bemerken.

»Dies . . . dies ist mein Bruder Mike«, sagte Molly jetzt eilig. Panik überfiel sie, als ihr der Name des Mannes vom FBI nicht mehr einfiel.

Er schien ihr Problem zu spüren. Während er auf Mike zutrat, streckte er ihm die Hand hin. »Will Lyman«, sagte er lächelnd.

Erleichtert atmete Molly auf. Was sollten die Kinder denken, wenn sie noch nicht einmal seinen Namen kannte?

»Dies sind Ashley, Susan und Sam.« Molly deutete auf das Trio am Abendbrottisch.

»Hallo.« Er nickte ihnen zu, und die drei erwiderten seinen Gruß ebenso. Mit wachsender Hysterie bemerkte Molly, daß sie ihn dabei anstarrten, als sei er ein außerirdisches Wesen. Auch Mike musterte den Besucher noch immer mit gerunzelter Stirn und vor der Brust verschränkten Armen. Er sah aus wie ein mißtrauischer Vater, der den Mann einer Kontrolle unterzog, mit dem seine Tochter ausgehen wollte.

Und Molly mußte zugeben, daß es gute Gründe für das Erstaunen ihrer Lieben gab. Zum einen ging sie niemals mitten in der Woche aus, zum anderen war sie noch nie mit jemandem weggegangen, der auch nur im entferntesten diesem Mann ähnelte. Erstens sah er aus, als sei er etwa vierzig Jahre alt, und die Jungen, mit denen sie sonst zu tun hatte, waren immer etwa so alt wie sie gewesen. Außerdem konnte man schon den paar Worten, die er gesprochen hatte, deutlich entnehmen, daß er nicht aus der Gegend war. Und seine Aufmachung fiel völlig aus dem Rahmen. Zwar war sie schon ab und zu von jemandem abgeholt worden, der einen Anzug trug; doch dann hatten sie etwas Besonderes vorgehabt, und der Anzug war eine Ausnahme gewesen: man sah den Jungen an, daß sie sich in ihrem Sonntagsstaat nicht allzu wohl fühlten. Für den Mann vom FBI dagegen war es offensichtlich völlig normal, einen Anzug zu tragen. Obwohl er jetzt keine Krawatte mehr umhatte und sein Hemd am Hals aufgeknöpft war, machte seine Kleidung alles andere als einen lockeren Eindruck. Schwarze Lederschuhe glänzten unter den tadellos gebügelten Hosenbeinen. Der schmale, schwarze Gürtel war ebenfalls aus Leder und mit einer diskreten silbernen Schnalle geschlossen. Alles sah teuer aus. Darüber hinaus war etwas an ihm, das deutlich erkennen ließ, daß er in einer völlig anderen Welt als den Farmen und Dörfern Kentuckys zu Hause war. Noch nie war Molly mit jemandem wie ihm ausgegangen.

Aber er hatte entschieden, sich als derjenige vorzustellen, mit dem sie heute abend verabredet war. Und sie war nicht in der Position, ihm widersprechen zu können. Sie war ihm sogar dankbar für diese Lüge. Denn was immer er von ihr wollte, offenbar war er bereit, es erst zu enthüllen, wenn sie allein waren.

Molly gab sich einen Ruck und versuchte, ihre Gedanken zu ordnen. Sie mußte sich jetzt erst einmal um die Kinder kümmern. »Äh, Sam und Susan, ihr seid heute mit Abwaschen dran. Danach könnt ihr bis zum Schlafengehen fernsehen, wenn ihr wollt. Das heißt, wenn ihr alle Hausaufgaben gemacht habt. Mike, *du machst deine Hausaufgaben,* bevor du irgendwas anderes tust. Und wenn du weggehst, sei bitte um halb zehn zu Hause. Ashley . . .«

»Ich pass' auf, daß alles gemacht wird, sei unbesorgt«, sagte Ashley, während sie aufstand und um den Tisch herum auf sie zukam. Ihre Hornbrille war ihre Nase heruntergerutscht, und sie schob sie wieder hoch. Dann fragte sie: »Wirst du lange wegbleiben?«

Molly öffnete den Mund. Als ihr einfiel, daß sie die Antwort auf Ashleys Frage nicht kannte, drehte sie den Kopf und warf dem Mann hinter ihr einen verzweifelten Blick zu. Er schüttelte den Kopf.

»Nein, ich bleibe nicht lange«, antwortete sie und drehte sich dann zu ihm um. »Ich bin fertig. Wir können gehen.«

»Molly . . .« Ashley, groß und dünn wie die anderen auch, trug noch immer die braunen Cordsamthosen und den beigefarbenen Pullover, die sie zur Schule angehabt hatte. Ihr hellbraunes Haar ringelte sich in Locken, und sie spielte nervös mit einer schulterlangen Strähne, während sie ihre Schwester ansah.

»Was?« Es bereitete Molly Mühe, ihre Stimme locker

klingen zu lassen. Sie kämpfte darum, einen Eindruck der Normalität zu vermitteln, bis sie endlich aus dem Haus war. Ashley spürte offenbar, daß etwas nicht in Ordnung war.

»Deine Schuhe.«

Molly folgte der Richtung von Ashleys Blick und sah auf ihre bloßen Füße. Alle anderen einschließlich des Mannes vom FBI sahen ebenfalls darauf. Verlegen krümmte Molly ihre unlackierten Zehen auf dem Linoleumboden.

»Oh.« Ihr einsilbiger Kommentar hörte sich irgendwie lahm an, aber unter den Umständen fiel ihr keine andere Reaktion ein. Fast wäre sie barfuß in die kühle Herbstnacht hinausgegangen. Noch dazu mit jemandem, mit dem sie angeblich verabredet gewesen war. Es mußte zumindest für Ashley und Mike völlig klar sein, daß sie äußerst durcheinander war. Aber sie wußten nicht, warum, und wenn sie es verhindern konnte, würden sie es auch nicht erfahren.

Der Anblick ihrer bloßen Füße rief ihr in Erinnerung, wie unzulänglich ihre andere Kleidung war. Sie trug alte, ausgewaschene und zerfranste Jeans und dazu ein ebenfalls verblichenes graublau-kariertes Flanellhemd von Mike. Ihr Haar war im Nacken mit einem alten braunen Gummiband zusammengebunden, und sie war überhaupt nicht geschminkt.

Niemals, unter keinen Umständen, wäre sie so, wie sie jetzt aussah, zu einem Rendezvous gegangen. Schon gar nicht mit einem Mann wie ihm: einem älteren, souverän wirkenden Fremden im teuren Anzug.

Ashley wußte das genau, und Mike wahrscheinlich auch.

»Ähm, ich sollte mich umziehen«, sagte Molly mit einem gezwungenen Lachen und einem unsicheren Blick auf den Mann, mit dem sie angeblich verabredet gewesen war.

Er schüttelte den Kopf und lächelte wieder das Lächeln, das keines war.

»Sie sehen großartig aus. Und sowieso wollten Sie mir nur ein bißchen die Gegend zeigen, erinnern Sie sich nicht? Es kann sein, daß wir nicht einmal aussteigen. Also nehmen Sie Ihre Schuhe und lassen Sie uns gehen.«

Sein Ton war locker; der Blick, der das Gesagte begleitete, duldete jedoch keinen Widerspruch. Molly sah suchend auf dem Fußboden umher. Ihre Turnschuhe – alte, abgetragene Lederschuhe, die früher Mike gehört hatten aber nun so zerschlissen aussahen, daß er sie nicht mehr trug – standen vor der Spüle. Molly zog sie an, schnürte sie zu und richtete sich auf.

»Sind Sie sicher, daß es Ihnen nichts ausmacht, wenn ich mich nicht umziehe?« fragte sie mit dem Versuch eines fröhlichen Lächelns. Die Frage und das Lächeln waren ausschließlich für ihre Geschwister gedacht. Ashley runzelte die Stirn, während sie von Molly zu dem fremden Besucher sah, und Mikes Ausdruck war auch nicht gerade freundlich zu nennen.

»Wie ich schon gesagt habe, Sie sehen großartig aus. Gehen wir.« Der Mann vom FBI öffnete die Gittertür, und Molly schickte sich an, ihm zu folgen.

»Molly . . .« Mike legte ihr eine Hand auf den Arm, als sie an ihm vorbeiging, und sah sie besorgt an.

»Mach deine Hausaufgaben«, befahl sie mit ihrer strengsten Stimme. Dann lächelte sie und zupfte ihn liebevoll an der Nase. Er schien nicht völlig beruhigt zu sein, aber er ließ ihren Arm los.

»Ich hab' dir schon gesagt, ich hab' sie in der Schule gemacht.«

Molly zog eine Grimasse und trat aus dem Haus. Die Nacht war kühl und still, nur ein leises Rascheln in den Blättern der großen Eiche deutete auf eine leichte Brise hin. Am Rand der Veranda holte ihr Begleiter sie ein und nahm ihren Arm. Sie mußte sich zusammennehmen, um nicht zurückzuzucken.

Mike und Ashley standen in der Tür, und Susan und Sam blickten rechts und links an ihnen vorbei. Wie ein Gewicht fühlte Molly ihre Blicke auf sich lasten, als sie die

Treppe hinunterging und den Rasen überquerte. Hinter ihrem alten blauen Plymouth parkte sein weißer Wagen.

Will Lyman griff an ihr vorbei und öffnete die Beifahrertür. Molly sah zu ihm auf; in dem schwachen Licht, das vom Haus herüberschien, zeigte sein Gesicht einen gelassenen Ausdruck. »Steigen Sie ein«, sagte er.

Sie tat es, und er schloß die Tür.

Molly winkte ihrer Familie zu und atmete tief durch, während er um die Motorhaube herum zur Fahrertür ging.

7

Pork Chop bellte ihnen von der Veranda aus nach, während das Auto mit knirschenden Reifen auf dem Kies rückwärts aus der Zufahrt fuhr. Mit einem mulmigen Gefühl im Magen starrte Molly auf die vertrauten Umrisse des Hauses und die dunklen Silhouetten ihrer Geschwister, die sich in der Haustür abzeichneten, bis das Auto die Straße erreicht hatte und ihr Zuhause außer Sichtweite geriet.

Zuerst sah Molly stur geradeaus, bis sie schließlich einen verstohlenen Blick auf den Mann an ihrer Seite warf. Er hatte ein gutgeschnittenes Profil, die Stirn war hoch, die Nase gerade und weder zu groß noch zu klein, der Mund schmal und sein Kinn männlich. Für eine Frau um die dreißig aus seinen Kreisen, mit Perlenkette und Nerz, wäre er sicher eine attraktive Erscheinung. Auf Molly mit ihren vierundzwanzig Jahren, fast immer in Jeans und Turnschuhen, machte er eher einen beängstigenden Eindruck.

Im Moment wandte er seine ganze Aufmerksamkeit der engen und kurvenreichen Straße zu. Es war erst kurz nach sieben und schon völlig dunkel. Noch stand kein Mond am Himmel, so daß nur die Autoscheinwerfer die Landschaft erhellten. Sie schnitten zwei helle Kegel in die undurchdringliche Dunkelheit, die die grobkörnig asphaltierte Straße anstrahlten und auf Mollys Seite ab und zu eine alte Steinmauer. Sie umgab das etwa fünfhundert Hektar große Gelände von Wyland Farm. Das große Farmhaus, in dem die Familie wohnte, lag mehr als einen Kilometer entfernt inmitten der weiten, geschwungenen Rasenflächen. Mit seiner weißgestrichenen Backsteinfassade im Renaissancestil hätte das riesige Zwanzig-Zimmer-Herrenhaus die Vorlage für Tara sein können. Das Gästehaus mit zehn Zimmern war eine Miniaturausgabe des großen Hauses, und sogar in den Ställen fand sich die Eleganz des Stils wieder. Aber die Farm hatte ihre besten Tage in den siebziger und frühen achtziger Jahren gehabt. Damals hatten reiche Araber aus dem Ölgeschäft den Preis in schwindelnde Höhen getrieben, der auf Keenelands jährlicher Juli-Auktion für Einjährige gezahlt wurde. Dann zogen die Araber mitsamt ihrem Geld weiter nach Süden, und seitdem hatte sich die Situation der Farm, wie die der Pferdezucht im allgemeinen, verschlechtert. Als Mollys Familie vor sieben Jahren in die Gegend gekommen war, befand sich Wyland Farm mitten in einem Abschwung. In den siebziger Jahren besaß die Familie noch vierzig Rennpferde, siebenundvierzig Zuchtstuten, achtundfünfzig Fohlen und vier wertvolle Hengste, während jetzt nur noch fünfzehn Rennpferde, neun Zuchtstuten, elf Fohlen und ein Hengst übriggeblieben waren. Die private Veterinärklinik der Farm war nicht mehr in Betrieb, und auch die Kantine für die Farmarbeiter war geschlossen. Der Pferdeswimmingpool, früher mit Unterwassertretwerken und Jacuzzis für die Rehabilitation von Rennpferden ausgestattet, enthielt kein Wasser mehr. Blätter und aller mögliche Abfall hatten sich darin angesammelt. Der Stall für die Hengste, in dem nur ein einziger verblieben war, wurde gleichzeitig als Farmbüro genutzt. Die anderen Ställe waren reparaturbedürftig und brauchten einen neuen Anstrich. Sogar die fröhlichen Kuppeln, die die Stalldächer krönten, wiesen nicht mehr das einst leuchtende Smaragdgrün auf, das eine der Rennfarben der Farm war. Zeit und Vernachlässigung hatten die Farbe der Kuppeln in ein helles, moosiges Grün verwandelt. Mollys Haus, eines der vielen über das Gelände verstreuten Miethäuschen, war einst ebenfalls in demselben frischen Weiß und strahlenden Grün gestrichen gewesen. Jetzt blätterte die weiße Farbe in langen Streifen ab, während die Verzierungen nur noch ein schmutziges Graugrün aufwiesen.

Aber, obwohl das Glücksrad sich inzwischen andersherum drehte, besaß der Name Wyland Farm noch immer etwas von einem Zauber. Dies hier war das Land der Pferde, Bluegrass Country, eine Oase der Herrenhäuser und Traditionen inmitten des ländlichen Südens. Die Bevölkerungsdichte war gering. Die meisten Menschen, die in dieser hügeligen Savanne lebten, stammten auch aus dieser Gegend. Sie wohnten hier, weil schon ihr Großvater und Urgroßvater und Ururgroßvater hier gelebt hatten. Die Besitzer der ganz großen Pferdegestüte konnten sich mit dem Reichtum der Wohlhabenden dieser Welt messen und waren seit Generationen in dieser glücklichen Position. Aber die Mehrheit der Bevölkerung lebte davon, daß sie für eben jene Großgrundbesitzer arbeitete.

Die Bezeichnung Whiskey-Adel, die die weniger Ehrerbietigen den Herren der Region verliehen hatten, bezog sich einerseits auf die sagenhafte ›saure Maische‹, die neben Rennpferden die Lebensader des Landes bildete, und andererseits darauf, daß sich diese Herrschaften genauso aristokratisch vorkamen und verhielten sich wie die geadelten Ladys und Lords aus England. Tatsächlich besuchte Großbritanniens Königin Elisabeth II oft heimlich das Land, und man sagte ihr nach, daß sie sich in der Gesellschaft der hiesigen Blaublütigen sehr zu Hause fühlte. Kinostars und reichgewordene Industrielle siedelten sich hier an und hofften, damit jene Patina der Vornehmheit zu erwerben, die aus Neureichen Reiche macht. Die ruhige südliche Gastfreundschaft und die träge, schleppende Sprache, mit der Neuankömmlinge begrüßt wurden, täuschten jedoch. In Bluegrass Country wurden Menschen genauso beurteilt wie Pferde: nach ihrem Stammbaum. Unter der weichen Samtschicht des Willkommens lag ein Fundament aus kaltem Stahl, und das Establishment konnte gnadenlos seinen kollektiven Rücken all jenen zuwenden, die seiner Meinung nach nicht dem Maßstab gerecht wurden.

Molly hatte nicht das Glück gehabt, in eine der gemachten Familien hineingeboren zu werden. Ihre Angehörigen waren nie mehr gewesen als eins der winzigen Rädchen in dem Getriebe, die dem Wohlergehen der Reichen dienten. Ihres Wissens hatten ihre Vorfahren niemals auch nur ein Stückchen Land besessen, und niemand von ihnen hatte sich mehr Bildung als einen Schulabschluß leisten können.

Molly hatte daher ihr Leben lang gegen das Gefühl ankämpfen müssen, sich klein und wertlos zu fühlen. Und genau dagegen mußte sie sich im Moment wieder wehren. Der Mann neben ihr hatte die Macht über sie, sie mußte sich von ihm durch die Nacht fahren lassen, ohne zu wissen, wohin und zu welchem Zweck.

»Und ist Erpressung Ihre übliche Art, an ein Rendezvous zu kommen?« Molly konnte das Schweigen keinen Moment länger ertragen. Trotzig hielt sie ihr Kinn hoch, ihre Stimme war bissig. Um die Kälte abzuwehren, die ihr bis in die Knochen drang, verschränkte sie die Arme fest vor der Brust.

»Nein, allerdings ist es für mich auch durchaus nicht üblich, daß ich ein Rendezvous mit einer Diebin habe.« Seine Antwort war kühl, und ohne zu lächeln, warf er ihr einen kurzen Blick zu.

Es traf Molly, als Diebin bezeichnet zu werden. Ihr herausfordernder Ton verwandelte sich in offene Feindseligkeit. »Was wollen Sie von mir?«

»Darüber werden wir beim Essen sprechen.«

»Ich habe schon gegessen.«

»Ich nicht.«

Molly konnte nichts mehr entgegnen. Zu deutlich schwang in seiner Stimme mit, daß sie wohl oder übel tun mußte, was er wollte. Molly hatte angespannt aufrecht gesessen, aber als ihr erneut bewußt wurde, welche Macht er über sie hatte, drückte sie sich in die Rücklehne des Sitzes, als wollte sie darin verschwinden.

»Wenn es wegen der zwanzig Dollar ist . . .«

»Zwanzig Dollar?« Seine Augen wurden schmal, und er warf ihr einen aufmerksamen Blick zu.

»Ich habe sie für Doughnuts und Milch für die Kinder ausgegeben, okay? Und ich werde sie zurückzahlen.«

Wieder sah er sie an. »Sie haben einen Zwanzig-Dollar-Schein aus dem Futtersack genommen, um Doughnuts und Milch für Ihre Geschwister zu kaufen.«

»Sie hatten es gar nicht bemerkt«, stellte sie statt einer Antwort mißmutig fest; seine Frage und der Ton seiner Stimme hatten das deutlich gemacht. Sie hatte sich selbst verraten.

»Nein.«

»Aber was wollen Sie dann von mir?«

»Ich sagte Ihnen bereits, wir werden beim Essen darüber sprechen.«

Er hielt an einem Stoppschild und bog in die Frankfort Pike ein. Offenbar fuhren sie Richtung Lexington. In dem sehr ländlichen Woodford Country, in dem Wyland Farm lag, gab es nur wenige und einfache Restaurants. Man war jedoch schnell in Lexington, der kleinen, aber rührigen Stadt, die das Herz von Bluegrass Country war.

»Wie verdienen Sie jetzt Ihr Geld, nachdem Sie Ihren Job für Wyland Farm gekündigt haben?« fragte er leichthin, als führten sie eine lockere Konversation.

»Geht Sie das etwas an?«

»Ja«, antwortete er ruhig. »Ich glaube schon.«

Die unausgesprochene Botschaft war klar: er hatte das Recht, sie nach allem zu fragen, und wenn sie sich nicht in Schwierigkeiten bringen wollte, war es am besten, ihm zu antworten.

»Ich bekomme von Don Simpson noch den Lohn für fast zwei Wochen. Danach suche ich mir einen neuen Job.« Um nichts in der Welt würde sie sich anmerken lassen, wie verzweifelt ihre Situation tatsächlich war. Wenn man bei einem Stall gekündigt hatte, war es fast unmöglich, noch bei einem anderen Arbeit zu finden. Die Leute im Pferdegeschäft hielten zusammen.

»Ihr Telefon ist abgestellt.«

Mollys Haltung versteifte sich. Das Telefon war seit heute morgen abgestellt; dabei hatte sie erst vor einer Woche die Mahnung mit der Ankündigung der Stillegung erhalten. Die Telefongesellschaft Southern Bell, seit langem an den Ärger mit den mittellosen Ballards gewöhnt, räumte ihnen keinen langen Aufschub mehr ein. »Woher wissen Sie das?«

»Ich habe versucht anzurufen, bevor ich kam. Ich dachte, Sie wären vielleicht lieber vorgewarnt worden.«

»Da hatten Sie allerdings recht.« Sie war mit einemmal wütend auf ihn, und ihre Stimme klang äußerst scharf. Molly war froh über dieses Gefühl. So konnte sie die Verlegenheit leichter ertragen, die so überwältigend war, daß Molly sich am liebsten in ihrem Sitz gekrümmt hätte. Es war nichts Neues für sie, daß das Telefon oder der Strom oder das Gas abgestellt wurden, aber sie haßte es, wenn andere davon erfuhren. Besonders schlimm fand sie es in seinem Fall.

»Haben Sie vergessen, die Rechnung zu bezahlen?«

»Ich hatte das Geld nicht, verstehen Sie?« Ein merkwürdiges Gefühl des Stolzes ließ Molly die Wahrheit sagen. Und was für eine einigermaßen glaubhafte Ausrede hätte sie auch erfinden können? Daß die Familie verreist gewesen war und sie vergessen hatte, vorher zu bezahlen? Damit hatte sie sich einmal in der Schule vor versammelter Klasse herausreden wollen; das Lachen, das sie geerntet hatte, würde sie nie vergessen.

»Hm. Und die fünftausend Dollar hätten Ihnen die Möglichkeit gegeben, Ihre Telefonrechnung zu bezahlen.«

»So ist es.«

Er schwieg einen Moment, dann fragte er: »Wieviel haben Sie mit der Arbeit auf Wyland Farm verdient?«

Das geht Sie gar nichts an, war die Antwort, die Molly

sofort im Kopf hatte, aber sie sprach sie nicht aus. Er würde sie doch dazu bringen, es ihm zu sagen. Widerwillig nannte sie ihm eine Ziffer, die ihn erstaunt die Augenbrauen heben ließ.

»Das ist nicht sehr viel«, kommentierte er.

»Genug, um damit über die Runden zu kommen.«

»Und ist das Ihr ganzes Einkommen? Kriegen Sie kein Geld von anderswo?«

»Sie meinen, Zinsen aus einem Vermögen oder Wertpapieren oder so was? Leider hat meine Familie ihr vieles Geld immer gleich ausgegeben.«

Er ignorierte ihren Sarkasmus. »Zum Beispiel eine staatliche Unterstützung für Ihre Geschwister«, entgegnete er ernsthaft.

»Nein.«

»Warum nicht?«

»Weil ich eben nichts bekomme, okay?«

»Ich kann mir vorstellen, daß Sie durchaus berechtigt wären.«

»Nun, das sind wir nicht«, entgegnete sie ruppig. Das Gesprächsthema ging ihr auf die Nerven.

»Und arbeitet niemand von Ihren Geschwistern?«

»Sam und Susan sind elf Jahre alt. Nein, sie arbeiten nicht. Mike ist vierzehn; manchmal hilft er Nachbarn bei der Feldarbeit, aber es gibt hier nicht viele Jobs für einen Jugendlichen in dem Alter. Und Ashley ist mit der Schule völlig ausgelastet.«

»Könnte sie nicht für nachmittags einen Job finden? Sie sieht alt genug dafür aus.«

»Sie ist siebzehn und im letzten High School-Jahr. Ihr Notendurchschnitt ist so gut, daß sie ein volles Stipendium fürs College bekommt, wenn sie ihn bis zum Schulabschluß beibehalten kann. *Das* ist ihre Fahrkarte in ein besseres Leben, nicht irgendein Job für einen miesen Lohn, bei dem sie Hamburger umdreht oder Lebensmittel auspreist. Okay, also Ashley arbeitet nicht. Und sie weiß auch genau, daß ich es ihr niemals erlauben würde.«

Plötzlich war es Molly unangenehm, daß sie sich zu einer so langen Rede hatte hinreißen lassen. Zu ihrer Erleichterung reagierte der Mann vom FBI überhaupt nicht darauf, sondern verfiel in Schweigen. Langsam ließ Mollys Anspannung nach. Am Horizont tauchte ein einzelner Stern auf, dann ein zweiter, während die dunkle Wolkendecke sich nach Westen entfernte, ohne daß auch nur ein einziger Regentropfen gefallen wäre. Ein anderes Auto kam ihnen entgegen und erhellte mit seinen Scheinwerfern kurz das Innere des Taurus. Molly warf einen Blick auf den Mann an ihrer Seite. Er schien tief in Gedanken versunken zu sein.

Das Auto erklomm eine Steigung, und mit einemmal lag in der Ebene das malerische, hell erleuchtete Lexington vor ihnen. Da Lexington eine Universität beherbergte, war während des Semesters abends um sieben Uhr dreißig selbst an einem Mittwochabend noch viel Betrieb in der Stadt. Trotzdem fuhren heute erstaunlich viele Autos Richtung Stadtmitte. Der Taurus wurde langsamer, als er sich in das Gedränge einfädelte.

Sie bogen rechts in die Limestone Road ein, und als sie am Rathaus vorbeifuhren, entdeckte Molly den Grund für den ungewöhnlich dichten Verkehr. Im Festzelt spielten heute abend um acht Uhr die Indigo Girls.

Natürlich. Sie hatte schon vor Wochen davon gelesen, dann aber wieder vergessen, daß es heute abend war. Es gab keinen Grund für sie, es im Gedächtnis zu behalten. Zwar waren Ashley und sie beide begeisterte Fans der Indigo Girls, den Besuch der Show konnten sie sich jedoch nicht leisten. Nicht, daß es Molly viel ausmachte. Ein derartiger Luxus hatte nie zu ihrem Leben gehört, und sie erwartete ihn auch einfach nicht.

»Mögen sie die Indigo Girls?« fragte der Mann vom FBI. Molly befürchtete, daß sie, ohne sich dessen bewußt gewesen zu sein, mit begehrlichem Blick auf die Menge gestarrt hatte, die in das Festzelt strömte.

»Sie sind nicht schlecht«, antwortete sie mit gleichgültigem Achselzucken.

»Ich mag sie sehr«, sagte er zu ihrer Überraschung. Molly entgegnete nichts.

Ein paar Minuten später fuhren sie auf den Parkplatz von Joe Balogna's, einem italienischen Restaurant, das zur Zeit in Mode war. Eigentlich hatte Molly erwartet, daß er zu einem McDonald's oder Kentucky Fried Chicken fahren würde.

»Sie glauben doch nicht, daß ich da mit reinkomme?« fragte sie, während er den Wagen einparkte.

»Warum nicht?« Er schaltete den Motor aus, zog den Zündschlüssel ab und ließ ihn in seine Jackentasche gleiten.

»Weil ich dafür nicht richtig angezogen bin«, gab sie verärgert zurück. Aber er war schon ausgestiegen.

Als er ihr die Beifahrertür öffnete, blieb Molly mit verschränkten Armen stur sitzen. Er sah sie an, ohne etwas zu sagen.

»Ich kann da nicht reingehen, so, wie ich angezogen bin«, sagte Molly schließlich. Sie warf ihm einen trotzigen Blick zu. »Als wir losgefahren sind, haben Sie gesagt, daß wir noch nicht mal aussteigen würden.«

»Hören Sie«, entgegnete er mit einem Seufzer. »Ich bin heute noch nicht dazu gekommen, etwas Ordentliches zu essen, und ich bin kurz vorm Verhungern. Das Essen in diesem Restaurant ist das, was hier in dieser Provinz italienischem Essen am nächsten kommt. Und auf italienisches Essen habe ich im Moment Appetit. Und Sie werden mitkommen, weil ich mit Ihnen reden möchte. Es ist mir egal, wie Sie aussehen. Außerdem ist die Universität in der Nähe, die Hälfte der Leute hier drin werden auch Jeans tragen; also fallen sie gar nicht auf.«

»Es sind nicht nur die Jeans, es ist auch mein Haar, und ich bin überhaupt nicht geschminkt, und dieses Hemd ist von Mike und ... ich komme nicht mit!«

»Molly, steigen Sie aus.«

Wieder klang in seinen Worten mit, daß sie keine Wahl hatte. Molly preßte die Lippen zusammen und stieg aus. Sie ging an ihm vorbei, ohne ihn eines Blickes zu würdigen und hörte ihn hinter sich die Autotür schließen. Während sie auf das Restaurant zuging, entfernte sie das Gummiband aus ihren Haaren und fuhr sich mit den Fingern durch die dichten, dunklen Strähnen. Sie hoffte, daß sie damit der welligen Haarmähne wenigstens den Anschein einer Frisur gab. Ohne Spiegel hatte sie nicht die Möglichkeit, den Erfolg ihrer Bemühungen zu überprüfen, aber ohne Bürste oder Kamm konnte sie ohnehin nicht mehr tun.

»Ich nehme an, Sie waren schon einmal hier.« Er war dicht hinter ihr auf den Treppen, die zum Eingang führten.

»Ja.« Genau gesagt nur einmal, als sie mit einem Verehrer verabredet gewesen war. Aber anders als heute hatte sie an jenem Abend ein leichtes Sommerkleid von Ashley getragen und dazu ihre einzigen guten Absatzschuhe. Ihr Haar war sorgfältig frisiert gewesen und ihr Gesicht geschminkt. Als Molly vor der polierten Eichentür mit den seitlichen farbigen Glasfenstern stand, holte sie tief Luft, streckte sich und griff nach dem verzierten Messingknopf. Wenn sie schon in ihrer Aufmachung in ein Restaurant wie dieses ging, sollte wenigstens niemand merken, daß sie am liebsten im Boden versinken würde.

Seine Hand war schneller als ihre. Er zog die Tür auf und ließ sie als erste eintreten.

»Was für ein Gentleman«, höhnte sie und bedachte ihn mit einem alles andere als freundlichen Lächeln.

»Ich gebe mir Mühe«, entgegnete er trocken und trat nach ihr ein.

Mit hoch erhobenem Kopf schritt Molly in das schwach erleuchtete Vestibül und ein paar Stufen hoch. Eine chic angezogene Hostess, die hinter einem Eichentisch saß, blickte auf. Sie war nicht älter als Molly, und nachdem sie sie kurz gemustert hatte, erschien ein überlegenes Lächeln auf ihrem Gesicht.

»Kann ich Ihnen helfen?« fragte sie.

»Einen Tisch für zwei bitte, zum Essen«, erklang die Stimme des FBI-Mannes hinter Molly.

»Hatten Sie reserviert?« Nach einem blitzschnellen Blick auf den Mann hinter Molly klang die Stimme der Hostess schon viel respektvoller.

»Nicht für heute abend.« Er lächelte sie an.

»Sie haben Glück, die Leute, die zum Konzert wollen, sind schon weg, sonst hätten wir keinen Tisch mehr frei. Aber so wie es jetzt aussieht . . .« Sie sah auf ihre Liste und griff dann nach zwei Speisekarten. »Ich denke, wir können Sie unterbringen. Folgen Sie mir bitte.«

Nach einem Lächeln für den Mann vom FBI und einem schnellen, neugierigen Blick auf Molly ging die Hostess ihnen voraus ins Restaurant. Goldenes Kerzenlicht, Nischen mit burgunderroten, ledernen Bänken und dazwischen Trennwände aus farbigem Glas erinnerten Molly an das Innere einer Kirche.

»Möchten Sie etwas zu trinken? Wiskey sour ist heute abend unser spezielles Angebot.« Die Hostess überreichte ihnen die Speisekarten.

»Nein«, antwortete der Mann vom FBI, bevor Molly etwas sagen konnte. Seine Ablehnung war eindeutig auch für sie gemeint. Molly trank selten Alkohol, aber es ärgerte sie, daß er einfach für sie mitbestimmte.

»Ich nehme einen Whiskey sour«, sagte sie. Der Blick, den sie ihrem Begleiter zuwarf, war eine Herausforderung. Sie war darauf gefaßt, daß er ihrer Bestellung widersprach. Aber er reagierte nicht, sondern öffnete seine Speisekarte.

»Gene wird Ihnen sofort Ihren Drink bringen«, versprach die Hostess und ließ sie mit einem letzten Lächeln allein. Molly sah zu, wie ihre mit einem Minirock bekleideten Hüften den Gang entlang hin- und herschwangen und wünschte fast, daß sie zurückkäme. Es machte sie nervös, mit dem Mann vom FBI allein zu bleiben.

»Essen Sie gern italienisch?« Er sah von seiner Speisekarte auf.

»Ich habe noch niemals italienisch gegessen.« Ihr Ton war feindselig. Er konnte ihr befehlen, mit ihm zu kommen, aber mehr auch nicht. Sie würde essen, trinken und seine Fragen beantworten. Molly warf verstohlene Blicke auf die Gäste an den anderen Tischen und stellte fest, daß alle, auch diejenigen, die Jeans trugen, äußerst gepflegt waren. Im Vergleich dazu sah sie aus wie eine Obdachlose, fand sie. Vor lauter Verlegenheit krümmte sie die Zehen in Mikes alten Schuhen, während sie ihren Kopf noch ein Stückchen höher hielt.

»Sie haben gesagt, daß Sie schon hiergewesen sind. Wenn Sie nicht italienisch gegessen haben, was dann?«

»Steak.«

»Nicht allzu abenteuerlustig, hm?«

»Nein.«

»Haben Sie noch nie Pizza gegessen?«

»O Pizza«, entgegnete Molly wegwerfend.

»Mögen Sie Pizza?«

»Natürlich. Wer mag keine Pizza?«

»Dann mögen Sie auch italienisches Essen. Versuchen Sie Lasagne. Ich habe noch nie jemanden getroffen, der keine Lasagne mag.«

»Ich habe Ihnen doch gesagt, daß ich schon gegessen habe.«

Mit einem Achselzucken wandte er seine Aufmerksamkeit wieder der Speisekarte zu. »Wie Sie wollen.«

»Hallo, ich bin Gene, und ich werde Sie bedienen.« Zwei Gläser Wasser und Mollys Whiskey sour wurden auf den Tisch gestellt. Gene, nach seinem Aussehen zu urteilen wahrscheinlich ein Student, strahlte sie über das runde Tablett hin an, das er in der Hand hielt. »Brauchen Sie noch ein bißchen Zeit?«

»Wir sind fertig«, entgegnete der Mann vom FBI. Gene sah Molly erwartungsvoll an.

»Nichts für mich, danke«, sagte sie und fühlte im selben Moment Bedauern darüber, daß dieses Treffen ihr nun noch nicht einmal ein gutes Essen bescherte. Restaurantbesuche waren selten in ihrem Leben, und das Steak, das sie hier auf Kosten Jimmy Millers gegessen hatte, war ungeheuer gut gewesen. Ihr Stolz zwang sie jedoch, bei ihrer Behauptung zu bleiben, daß sie keinen Hunger hatte.

Der Mann vom FBI bestellte Lasagne, davor eine Suppe, dazu einen Salat und als Getränk Milch.

Als der Kellner gegangen war, lehnte sich Mollys Begleiter in seinem Sitz zurück. Während er sie ansah, trommelte er mit den Fingerspitzen leise auf den Tisch. Sein Gesichtsausdruck machte sie schon wieder nervös.

»Und jetzt«, sagte er, »lassen Sie uns darüber reden, was ich von Ihnen will.«

8

»Sie wollen, daß ich die Tätowierungen der Pferde überprüfe, die in Keeneland starten, und das vor jedem Rennen?« fragte Molly ungläubig.

»Nicht von jedem. Nur von denen, die Sie nicht selbst ganz genau kennen und denen nicht viel Chancen eingeräumt werden. Ich werde Ihnen vor jedem Rennen sagen, um welche Pferde es sich handelt.« Der Mann vom FBI sah sie eindringlich an. Sie schwiegen, während der Kellner mit einer Schüssel dampfender Minestrone erschien, die er zusammen mit einem Korb Knoblauchbrot auf den Tisch stellte. Nachdem er gefragt hatte, ob sie sonst noch etwas brauchten und eine negative Antwort erhalten hatte, ließ er sie wieder allein.

»Das kann ich nicht.« Molly sah zu, wie er sich die Suppe schmecken ließ. Als er sie abholen gekommen war, hatte sie erst etwa die Hälfte ihrer Hamburger gegessen. Trotzdem war sie vorhin überzeugt gewesen, satt zu sein. Als sie ihn jedoch jetzt so genußvoll seine Suppe löffeln sah, überkam sie ein Hungergefühl. Als Kompensation trank Molly noch einen Schluck Whiskey sour.

»Und warum nicht?« Er griff nach einem Stück Brot und hielt auch ihr den Brotkorb hin. Molly schüttelte den Kopf. Hunger oder nicht, sie war zu stolz, um etwas anzunehmen, was sie bereits abgelehnt hatte.

»Erstens arbeite ich nicht mehr für Wyland Farm, und

das wissen Sie auch. Ich habe gekündigt und kann mich nicht mehr einfach im Startbereich herumtreiben.«

»Dann lassen Sie sich wieder einstellen.« Er nahm einen großen Bissen Brot, dann wandte er sich erneut der Suppe zu. Molly schüttelte den Kopf und trank noch einen Schluck Whiskey sour. Er schmeckte wirklich sehr gut, fand sie. »So leicht ist das nicht. Don Simpson gehört nicht zu denjenigen, die einem eine zweite Chance geben. Und ich war nicht gerade höflich, als ich gekündigt habe.«

»Dann entschuldigen Sie sich. Sagen Sie ihm, daß es nie wieder vorkommen wird und daß Sie auf das Geld angewiesen sind.«

»Und wenn er mir antwortet, daß ich mich zum Teufel scheren soll?«

»Sie sind ein sehr hübsches Mädchen. Machen Sie Gebrauch davon.«

Mollys Haltung versteifte sich. »Was meinen Sie damit?«

»Klimpern Sie mit Ihren langen Wimpern. Wackeln Sie mit dem Po. Weinen Sie. Tun Sie, was Frauen eben so tun, um Männer weich zu stimmen. Aber sehen Sie zu, daß Sie Ihren Job wiederkriegen.«

Der Kellner erschien, nahm die leere Suppenschüssel vom Tisch und stellte statt dessen den Salat hin. Molly betrachtete den kleinen Berg aus grünen Blättern, Croutons und Schinkenstückchen, gekrönt von Parmesankäse und glitzernder Vinaigrette und trank voller Neid noch einen Schluck Whiskey sour.

»Also nehmen wir mal an«, sagte sie, während er mit Begeisterung eine Gabel voll Salat aß, »daß ich es schaffe, meinen Job zurückzukriegen. Dann muß ich mich um die mir anvertrauten Pferde kümmern. Ich kann nicht im Startbereich herumrennen und allen Pferden ins Maul schauen. Erstens hätte ich gar nicht die Zeit dazu, und außerdem würde es auffallen.«

»Sie müssen nicht *allen* Pferden ins Maul schauen. Es werden vielleicht vier, fünf, höchstens sechs pro Rennen sein. Das werden Sie schon schaffen.«

»Und was passiert, wenn ich dabei erwischt werde? Ist die Sache gefährlich?«

Er sah sie geradeheraus an. »Ich will Ihnen nichts vormachen; es könnte sein.«

»Großartig.« Molly nahm noch einen Schluck Whiskey, entdeckte, daß das Glas fast leer war und trank bedauernd die letzten Tropfen. »Wenn es so ist, Mister FBI-Mann, schlage ich vor, daß Sie diese Arbeit selbst machen.«

»Das kann ich nicht, aber Sie können es.«

»Und wenn ich nein sage?«

»Vielleicht haben Sie Glück, und man steckt Sie in das Bundesgefängnis hier in Lexington. Das ist recht gemütlich, verglichen mit anderen Gefängnissen.« Er spießte ein letztes Salatblättchen auf und verspeiste es. »Ihre Geschwister könnten Sie besuchen.«

»Das ist Erpressung.«

»Sie sind in diese Sache hineingerutscht, weil sie fünftausend Dollar gestohlen haben, erinnern Sie sich? Sie haben Glück, daß ich Ihnen diesen Handel anbiete.«

»Möchten Sie noch einen Drink, Miß?« Der Kellner war erschienen, um die leere Salatschüssel durch eine noch blubbernde, mit Käsekruste überzogene Lasagne zu ersetzen. Sie roch himmlisch. Mollys Magen zog sich zusammen.

»Ja«, antwortete sie im selben Moment, als ihr Begleiter nein sagte.

Der Kellner sah von einem zum anderen.

»Ja«, sagte Molly noch einmal, und sah den FBI-Mann herausfordernd an. Er zuckte die Achseln, und der Kellner verschwand.

»Sehen Sie es doch mal folgendermaßen: Sie werden ein paar Wochen für die Bundesregierung arbeiten. Beim FBI verdient man ziemlich gut.« Er begann, seine Lasagne zu essen.

»Ich würde Geld dafür kriegen?« Mollys Augen wurden groß. Der Kellner kam zurück, stellte ihren zweiten Whisky sour auf den Tisch und verschwand wieder.

»Was halten Sie von fünftausend Dollar?«

»Das meinen Sie nicht ernst, oder?«

»Doch.«

»Sie zahlen mir fünftausend Dollar nur dafür, daß ich die Tätowierungen der Pferde überprüfe?«

»Ist doch besser, als im Gefängnis zu landen, nicht?«

»Und wann bekomme ich das Geld?«

Er stieß ein Geräusch aus, das nach einer Mischung aus einem Schnauben und einem Lachen klang. Seine Augen glitzerten amüsiert, während er sie über eine Gabel voller Lasagne hinweg ansah. »Wenn der Job beendet ist.«

»Und dann sehe ich Sie nie mehr wieder, und die Geschichte mit dem Sack voll Geld ist vergessen?«

»Wenn Sie mir helfen, sind wir quitt. Ich verbrenne das Video – oder ich gebe es Ihnen. Dann können Sie es selbst verbrennen.«

Molly starrte vor sich hin, während sie an ihrem Whiskey nippte und er mit seinem Essen beschäftigt war. »Und niemand wird erfahren, daß ich mit der Sache zu tun hatte?«

»Niemand. Nur Sie und ich wissen davon.«

»Ich muß weiter hier leben. Wenn irgend jemand herausfindet, daß ich für Sie gearbeitet habe, werde ich nie wieder im Renngeschäft arbeiten können. Wahrscheinlich müßten wir sogar Kentucky verlassen.«

»Wenn es dazu käme – was es nicht wird, wenn Sie vorsichtig sind –, würde sich das FBI darum kümmern und alles für Sie erledigen. Darauf gebe ich Ihnen mein Wort.«

Molly sah ihn abschätzend an. »Ich möchte ja nicht Ihre Gefühle verletzen, Mister FBI-Mann, aber Ihr Wort bedeutet nicht gerade ungeheuer viel für mich. Ich kenne Sie ja überhaupt nicht.«

»Sie werden mir vertrauen müssen.«

Molly zog eine Grimasse. »Großartig.«

»Sie können's tun oder auch lassen.«

»Ich hab' ja wohl kaum eine Wahl, nicht wahr? Wenn ich tue, was Sie wollen, werde ich bezahlt und Sie verschwinden. Wenn nicht, komme ich ins Gefängnis.«

»Ich würde sagen, das ist eine richtige Zusammenfassung.« Er beendete seine Lasagne, betupfte seinen Mund mit einer Serviette und legte die Serviette auf den Tisch. Wie aus dem Nichts tauchte der Kellner auf. Molly, die während des Gesprächs immer wieder einen Schluck getrunken hatte, war erstaunt, daß ihr Glas schon wieder leer war.

»Nachtisch?« fragte der Kellner lächelnd, während er von einem zum anderen sah. »Oder einen Digestif?«

Der Mann vom FBI schüttelte zu beidem den Kopf und lehnte auch das Angebot von Kaffee ab. Auch Molly verneinte. Schweigend saßen sie nebeneinander, während der Kellner abräumte und die Rechnung brachte.

»Wenn wir das nächste Mal herkommen, müssen Sie unbedingt Lasagne probieren«, sagte Mollys Begleiter, nahm ein paar Geldscheine aus seiner Brieftasche, legte sie auf die Rechnung auf dem kleinen Plastikteller und stand auf. »Ein bißchen Abenteuer.«

»Was meinen Sie damit, wenn wir das nächste Mal herkommen?« fragte Molly, während sie aufstand. Er ließ sie vorgehen und folgte ihr zur Tür. Molly spürte seine Gegenwart in ihrem Rücken. Sie fühlte sich davon bedrängt, so als wäre sie tatsächlich seine Gefangene.

»Gute Nacht, kommen Sie bald wieder«, sagte die Hostess, als sie an ihr vorbeigingen. Molly lächelte automatisch. Ihr Begleiter hob zum Abschied eine Hand.

»Auf dem Parkplatz wiederholte Molly ihre Frage.

»Was ich gesagt habe. Ich bin jetzt seit acht Tagen hier in der Gegend, und ich habe fast jeden Tag hier gegessen. Also werde ich wohl wiederkommen. Lexington hat keine große Auswahl an italienischen Restaurants, und ich habe nun mal eine Schwäche für italienisches Essen.« Er öffnete die Autotür für sie, und Molly stieg ein.

»Aber was meinen Sie mit *wir*?« fragte Molly, als er ums Auto herumgegangen und dann eingestiegen war.

»Sie werden mich oft sehen, bis diese Geschichte vorbei ist, und das schließt wahrscheinlich ein, daß wir zusammen essen gehen.« Der Wagen bog in die Straße ein. »Ich habe gelernt, daß es falsch ist, einen Informanten heimlich zu treffen. Irgend jemand sieht einen immer, und dann fliegt die Sache auf. Es ist besser, sich ganz offen zu treffen. Die alte Strategie, wissen Sie, man versteckt sich am besten, indem man sich vor aller Augen zeigt!«

»Ach, die! Ich muß wohl gefehlt haben, als sie im Spionagekurs dran war.« Molly drückte sich tiefer in ihren Sitz.

Er warf ihr einen forschenden Blick zu, dann fuhr er fort: »Es würde die Sache für mich auch einfacher machen, wenn ich in Keeneland vorbeikommen könnte, ohne daß die Leute sich fragen, wer ich bin und was ich da will. *Sie* werden mein Grund sein. Für die Dauer dieser Ermittlung bin ich Ihr neuer Freund.«

Molly starrte ihn sprachlos an, ihr Blick strich über sein kurzgeschnittenes Haar, sein markantes Gesicht, seinen breitschultrigen, schlanken und muskulösen Körper in dem eleganten, konservativen Anzug.

»Das glaubt uns niemand«, sagte sie schließlich voller ehrlicher Überzeugung.

»Nun, wir müssen eben dafür sorgen, daß man es glaubt«, gab er ungerührt zurück.

9

»Sie sind zu alt für mich«, entgegnete Molly. »Und zu . . .«

Sie brach ab, nicht, weil sie zu höflich war, um zu sagen, was sie meinte, sondern weil sie keine Worte fand, um es auszudrücken.

»Zu was?«, drängte er.

»Zu spießig«, entschied sie mit einem Stirnrunzeln.

»Nun, dann glauben die Leute vielleicht, daß Sie sich einen alten Knacker geangelt haben, der Sie aushält.«

»Wie ekelhaft!« entfuhr es Molly entrüstet.

»Ich habe ein ziemlich hohes Spesenkonto und kann selbst über seine Verwendung entscheiden. Ich könnte Ihnen ein paar neue Kleider kaufen, Sie finanziell unterstützen, Ihnen vielleicht ein Auto leasen . . .«

»Hören Sie auf!«

»Dann müssen Sie eben überzeugend genug sein, damit man glaubt, daß Sie sich aus Liebe mit mir treffen und nicht wegen des Geldes.« Etwas in seinem Ton ließ Molly vermuten, daß er sie vielleicht aufziehen wollte. Falls ein Mann, der so humorlos zu sein schien, überhaupt jemals jemanden aufzog. Bei näherer Überlegung bezweifelte sie das eigentlich.

»Wie auch immer, ich habe noch gar nicht gesagt, ob ich es tun werde«, erinnerte sie ihn und sank wieder tiefer in ihren Sitz. Ihr Kopf brummte, und sie hatte das unangenehme Gefühl, zu keiner klaren Entscheidung fähig zu sein. Eine Ahnung überkam sie, daß es ein schrecklicher Fehler sein könnte zuzustimmen. Er war spätestens in ein paar Wochen wieder weg, während sie weiter auf Wyland Farm wohnen und arbeiten würde, mitten unter Leuten, die sie betrogen hatte und die unter Umständen gefährlich werden konnten. Jeder, der im Renngeschäft gearbeitet hatte, kannte die Gerüchte: Man injizierte Pferden Drogen, um ihre Fähigkeiten entweder zu verbessern oder zu verschlechtern; es sollte sogar vorkommen, daß man Pferde wegen der Versicherung tötete. Scheunen brannten gerade rechtzeitig nieder, um ihre Besitzer vor dem Bankrott zu retten. Verwaltungsbeamte wurden für ihr Schweigen bestochen. Und Zeugen dieser Vorgänge, die ihren Willen bekundeten zu reden, fanden häufig ein unglückliches Ende. Die glänzende Oberfläche des Renngeschäfts hatte eine häßliche Kehrseite, und Molly wollte damit nichts zu tun haben.

»Nun, Sie werden es tun«, sagte er ruhig.

»Sie sind sich dessen ziemlich sicher, nicht wahr?« Der Wagen war jetzt auf dem Weg nach Woodford Country, und während er über die hügelige und kurvenreiche Straße fuhr, fühlte Molly sich immer miserabler.

»Wie Sie selbst gesagt haben, Sie haben kaum eine Wahl.«

»Es könnte sein, daß Ihre Drohung mit dem Gefängnis nur ein Bluff ist.«

»Probieren Sie's aus.«

Molly schaute ihn an. Er sah kühl und gelassen aus und etwa so gnädig wie ein Henker. Sie hatte keine Lust, ›es auszuprobieren‹.

»Okay. Ich tu's.« Ihre Kapitulation war schroff. Sie fühlte sich, als hätte sie einen Bienenschwarm im Kopf, und ihr Magen krampfte sich zusammen. Ihr kam die Idee, daß es vielleicht ein Fehler gewesen war, zwei Whiskey sour zu trinken, ohne dazu etwas zum Abschwächen des Effekts zu essen. Sie war nicht daran gewöhnt, Alkohol zu trinken.

»Braves Mädchen.« Er lächelte sie an. Es war das erste Mal, daß sie ihn lächeln sah. Richtig lächeln jedenfalls, nicht dieses falsche, humorlose Grinsen, mit dem er sie vorher bedacht hatte. Das Lächeln machte ihn jünger.

Molly lehnte den Kopf in den Sitz zurück. Inzwischen war der Mond aufgegangen, ein bleicher Halbmond, der über der welligen Landschaft hing.

»Wenn irgend jemand fragt, ich bin ein Geschäftsmann aus Chicago, der hier Urlaub macht«, sagte er. »Wir haben uns in Keeneland getroffen, als ich heute morgen da war, um die Pferde beim Training zu beobachten. Sie standen an der Umzäunung. Ich habe Sie gefragt, ob Sie mit mir ausgehen, und wir haben uns von Anfang an gut verstanden. Die nächsten Wochen werden wir uns ziemlich viel sehen, und dann muß ich leider wieder nach Chicago zurück. Ende der Romanze. Hört sich das für Sie akzeptabel an?«

»Ja, in Ordnung«, brachte Molly hervor. Sie schloß die Augen.

»Wiederholen Sie die Geschichte.«

»Keine Angst, ich werde sie behalten. Könnten Sie bitte etwas langsamer fahren?«

»Es ist wichtig, daß wir beide genau dasselbe erzählen.«

Das Auto segelte über einen Hügel; Mollys Magen segelte mit. Sie biß die Zähne zusammen, preßte ihre Fäuste in das weiche Velourspolster und versuchte, die aufsteigende Übelkeit zurückzudrängen. Neben ihr redete der

Mann vom FBI weiter, aber sie verstand kein einziges Wort mehr.

»Mister FBI-Mann, ich glaube, Sie halten besser an«, sagte sie schließlich und öffnete die Augen.

»Was?« Er sah sie an.

»Halten Sie an«, preßte sie hervor, denn nun war es wirklich dringend.

Er hielt. Kaum stand der Wagen still, stolperte Molly hinaus und ein paar Schritte weiter. Auf einem dunklen Grasflecken neben der Straße fiel sie auf die Knie nieder und mußte sich auch schon übergeben.

Nach ein paar furchtbaren, demütigenden Minuten stand sie auf und ging zurück zum Auto, das einige Meter hinter ihr parkte. Der Mann vom FBI war auch ausgestiegen, lehnte am Kofferraum und beobachtete sie. Natürlich, er hatte nicht das Taktgefühl, sie in solchem Moment alleinzulassen.

»Möchten Sie Wasser?« fragte er und hielt ihr eine grüne Plastikflasche hin. »Ich habe immer etwas im Wagen. Besser als Limo.«

»Danke.« Mit einem Gefühl echter Dankbarkeit griff sie nach der Flasche, ging einige Schritte weiter und spülte sich den Mund aus, um den widerlichen säuerlichen Geschmack loszuwerden. Das Wasser war warm, aber es erfüllte seine Funktion. Sie wusch sich Gesicht und Hände.

»Ein Handtuch?« Er stand hinter ihr. Sie nickte und nahm das weiche Tuch, das er ihr hinhielt. Als sie sich abtrocknete, merkte sie, daß das Handtuch in Wirklichkeit ein T-Shirt war. Seins, sie nahm es an.

»Sind Sie immer so gut auf solche Zwischenfälle vorbereitet?« fragte sie ironisch, warf das Haar zurück, richtete sich auf und sah ihn an. Das Ganze war ihr peinlich, ungeheuer peinlich sogar, aber sie würde sich das nicht anmerken lassen. Es gab vieles im Leben, wovon sie zu wenig hatte, aber an Stolz mangelte es ihr nicht.

»Ich war früher Pfadfinder.« Er nahm ihr das T-Shirt ab, hob die leere Flasche auf, die sie achtlos fallengelassen hatte und legte beides wieder in den Kofferraum. Leise schloß er den Deckel, lehnte sich mit vor der Brust verschränkten Armen dagegen und musterte sie. In dem silbernen Mondlicht sah sie voller Ärger, daß ein überhebliches Lächeln um seine Lippen spielte.

»Anscheinend sind Sie nicht sehr trinkfest, hm?« stellte er fest.

»Ich habe gerade erst eine Grippe hinter mir«, log sie. Sie hatte gelernt, daß man verletzlich wurde, wenn man eine Schwäche zugab. »Mein Magen war die ganze letzte Woche nicht in Ordnung.«

»Oh«, sagte er, und sein Lächeln wurde eine Spur breiter.

»Können wir fahren?« fragte Molly, wandte sich von ihm ab und ging zur Beifahrertür.

»Sind Sie sicher, daß es Ihnen gut genug geht?« Er war schon hinter ihr und öffnete die Tür, bevor sie selbst es tun konnte.

»Ja.« Erleichtert sank Molly in den Sitz. Sie fühlte sich noch etwas schwach, aber viel besser. Ihren Magen zu entleeren und ein bißchen frische Luft zu schöpfen, hatte geholfen.

»Schnallen Sie sich an.« Er schloß die Beifahrertür und ging um das Auto herum.

»Wir können noch eine Minute sitzen bleiben, wenn Sie möchten«, bot er an, während er einstieg.

»Nein, nein, es geht mir wieder gut«, antwortete Molly fast schroff. Er zuckte die Achseln und ließ den Motor an. Als sie die Fahrt fortsetzten, war Molly erleichtert, daß er jetzt langsamer fuhr.

»Haben Sie mitbekommen, was ich vorhin zu Ihnen gesagt habe?« Noch immer lag ein Lächeln auf seinen Lippen.

Molly zögerte. Sein überlegenes Grinsen brachte sie in Versuchung zu lügen, aber dann schüttelte sie den Kopf. »Nicht viel.«

»Das dachte ich mir.« Geduldig wiederholte er die Geschichte, die er sich ausgedacht hatte, um ihre Beziehung zu erklären. Ihr kam sie etwas lahm vor, aber sie hatte keine Lust, sich mit ihm darüber auseinanderzusetzen.

»Wie Sie wünschen, Mister FBI-Mann«, sagte sie ironisch. Sie fühlte sich noch sehr schlapp, aber sie glaubte nicht, daß er es merkte.

Er sah sie an, und Molly freute sich zu sehen, daß sein Lächeln verschwunden war.

»Molly, hören Sie zu. Wenn Sie das auch nur einmal zu mir sagen und es jemand anders hört, ist meine Tarnung aufgeflogen. Beziehungsweise *unsere* Tarnung ist aufgeflogen. Alles war umsonst, und es ist möglich, daß einer von uns oder auch wir beide in Gefahr geraten. Ich bin Ihr neuer Freund, verstehen Sie? Ich heiße Will. Nennen Sie mich also bitte Will, und versuchen Sie möglichst, auch als Will an mich zu denken, damit nichts schiefgeht. Außerdem ist es unter den Umständen wohl auch passender, wenn wir uns duzen. Okay?«

»Wie Sie wünschen, Will. Oh, Entschuldigung! Wie du wünschst, Will«, berichtigte Molly, wobei sie nun ihrerseits überlegen lächelte. Nur aus taktischen Gründen würde sie Will zu ihm sagen und ihn duzen, in ihren Gedanken würde er immer der FBI-Mann bleiben.

Sie verließen die Old Frankfort Pike und bogen in die schmale Straße ein, die zu Mollys Haus führte. Der Mond warf sein silbernes Licht durch die Windschutzscheibe.

»Wie spät ist es?« fragte Molly.

»Ein paar Minuten nach zehn«, antwortete der FBI-Mann, nein, Will. Molly war überrascht, wieviel Zeit vergangen war. Bestimmt waren die Zwillinge schon im Bett, und Mike und Ashley würden wahrscheinlich noch fernsehen. Wenn Mike nicht weggegangen war. Zwar sollte er während der Woche um halb zehn zu Hause sein, aber meist kam er trotzdem erst um zehn oder noch später.

Mike war in einer schwierigen Phase. Molly wußte oft nicht, ob es besser war, streng zu sein oder ihm etwas mehr Freiheit zu lassen.

Mollys Haus kam in Sicht, und ihr fiel sofort auf, daß es hell erleuchtet war. Dann sah sie in der Auffahrt ein Polizeiauto mit blinkendem Blaulicht stehen.

»O mein Gott!« stieß sie hervor. Sofort schossen ihr die schrecklichsten Gedanken durch den Kopf.

Will warf ihr einen kurzen Blick zu und fuhr schneller. Innerhalb von Sekunden hielten sie hinter dem Streifenwagen. Ein uniformierter Polizist trat gerade aus dem Haus auf die Veranda. Pork Chop, der ihm auf den Fersen folgte, setzte sich sofort bellend in Richtung des neuangekommenen Autos in Bewegung.

»Molly!«

Als Molly aus dem Wagen sprang, liefen Ashley, Susan und Sam schon die Veranda hinunter und auf sie zu. Mit einem kurzen prüfenden Blick stellte Molly erleichtert fest, daß sie alle drei unverletzt waren. Pork Chop schnüffelte kurz an Mollys Hand und trottete dann weiter, während sie auf ihre Geschwister zulief.

Susan und Sam umfaßten ihre Taille, und Molly legte die Arme um ihre mageren Schultern, während sie Ashley fragend ansah. Alarmiert stellte sie fest, daß Ashley blaß und besorgt aussah.

»Was ist passiert?« fragte Molly.

»Mike . . .« begann Ashley im selben Moment.

»Miß Ballard?« Der Polizist von der Veranda kam auf sie zu. Ein zweiter Polizist stieg aus dem Streifenwagen. Molly hatte gar nicht bemerkt, daß noch jemand darin saß.

»Ist Mike etwas passiert?« fragte Molly Ashley drängend.

Ashley schüttelte den Kopf. »Er ist weggegangen und noch nicht wieder zurückgekommen«, antwortete sie. Die beiden Polizisten standen jetzt vor ihnen. Einer war stämmig, mit einem runden Gesicht und einem beträchtlichen Bierbauch, der über seinem tiefsitzenden Gürtel hervortrat. Der andere war größer und schlaksig und hatte kaum Haare auf dem Kopf. Beide trugen die braune Uniform des Woodford Country Sheriff's Department, und das silberne Abzeichen eines Hilfsheriffs prangte auf ihren Brusttaschen.

»Warum sind Sie hier?« fragte Molly, die keinen von

beiden bisher gesehen hatte, obwohl sie dank ihrer Mutter und der Kinder viele Polizeibeamte der Gegend kannte.

»Wir müssen mit Ihrem Bruder Mike reden, Miß Ballard. Wann wird er zurück sein?« Der Beamte war höflich, fast freundlich.

»Warum wollen Sie mit ihm reden?« Mollys Gegenfrage klang schroff. Sie ließ die Zwillinge los und richtete sich gerade auf, während sie mit trotzig vorgeschobenem Kinn die Männer ansah. Sie hatte schon oft mit Polizisten zu tun gehabt und die Erfahrung gemacht, daß ihr Auftauchen nie etwas Gutes bedeutete.

Die Polizisten sahen sich an. Dann sprach der stämmigere. »Vor etwa einer Stunde erhielten wir einen Anruf, daß ein paar Jugendliche sich in einer Scheune von Sweet Meadow Stud befanden, wo sie nichts zu suchen hatten. Als wir dort ankamen, rannten etwa ein Dutzend Jugendliche zum Hintereingang der Scheune hinaus. Wir fanden Bierdosen und die Reste von Marihuanazigaretten. Wir glauben, daß einer der Jugendlichen Ihr Bruder war.«

»Wieso glauben Sie das?« Jetzt war Mollys Stimme offen feindselig, vor allem als Reaktion auf ihre eigene Angst. Wenn Mike Drogen nahm, mein Gott, was sollte sie dann bloß tun?

»Einer der Jungen trug eine Jacke der Woodford County High School. Wir haben einer Zeugin ein paar Jahrbücher der Schule mit Bildern der Schüler gezeigt, und sie hat einen Jungen als Ihren Bruder identifiziert.«

»Das glaube ich nicht«, sagte Molly mit fester Stimme, obwohl tief in ihr die Furcht saß, daß Mike dabei gewesen war.

»Haben Sie die gesetzliche Vormundschaft für Ihren Bruder, Miß Ballard?« fragte der größere Polizist.

»Ja!« Tatsächlich hatte sie sie nicht. Seit Jahren sorgte Molly wie eine Mutter für ihre Geschwister, aber sie hatte nie versucht, ihre Lebensumstände gesetzlich absegnen zu lassen, aus Angst, daß es irgendwelche Hindernisse geben könnte. Und nun gesellte sich eine zweite Angst um ihre Familie zu der Angst um Mike. Was würde passieren, wenn herauskäme, daß sie gar nicht die Vormundschaft für ihre Geschwister hatte?

»Wenn das alles erst vor einer Stunde geschehen ist, wie Sie sagen, dann war es doch dunkel. Wie konnte die Zeugin dann jemanden deutlich genug sehen, um ihn wiederzuerkennen?« fragte Ashley, die einen bewundernswert klaren Kopf behielt. Molly warf ihr einen dankbaren Blick zu. Mit ihren siebzehn Jahren hatte Ashley manchmal die Reife einer Dreißigjährigen. Molly fragte sich oft, wie sie ihr Leben bewältigen würde, wenn Ashley im College wäre.

»Die Zeugin war in ihrem Auto auf dem Heimweg, und die Jungen liefen ihr auf der anderen Straßenseite entgegen. Im Licht ihrer Scheinwerfer waren sie deutlich zu erkennen.«

»Sagt sie«, konterte Molly, sich innerlich für einen Kampf rüstend.

»Sagt sie«, echote Ashley, und die Zwillinge nickten heftig.

Der größere Polizist sah die vier Geschwister einen Moment lang schweigend an. Dann fragte er: »Raucht Ihr Bruder Marihuana, Miß Ballard?«

»Nein, natürlich nicht!«

»Wenn er jetzt dabei erwischt werden würde, wäre es für ihn vielleicht sogar gut. Es könnte ihn davon abhalten weiterzumachen, bevor er womöglich auf härtere Drogen umsteigt. Sie wollen doch auch nicht, daß das passiert, nicht wahr?«

»Ich glaube nicht, daß Mike in der Scheune war«, sagte Molly im Brustton der Überzeugung. Doch in Wirklichkeit glaubte sie es, oder zumindest hatte sie fürchterliche Angst, daß es so gewesen sein könnte.

Das Gesicht des größeren Polizisten nahm einen strengen Ausdruck an. »Wir müssen mit Ihrem Bruder reden, Miß Ballard. Wann erwarten Sie ihn zurück?«

In Mollys Kopf tauchte ein furchtbares Bild auf. Sie hatte eine Vision von Mike, der genau in diesem Moment betrunken oder bekifft oder womöglich betrunken und bekifft die Auffahrt hinaufstolperte und auf der Stelle von den Polizisten mit ins Gefängnis genommen wurde.

»Ich weiß es nicht.« Ihre Stimme war kalt.

»Und außerdem, ich glaube nicht, daß Miß Ballard Sie mit ihrem Bruder reden lassen wird, ohne daß ein Rechtsanwalt dabei ist«, ertönte Wills Stimme hinter Molly. Molly hatte Wills Gegenwart ganz vergessen. Sie wandte ihm den Kopf zu und sah ihn an. Er erwiderte ihren Blick. »Nicht wahr, Molly?«

»Genau.« Sie sah wieder die Polizisten an. Die Idee, einen Rechtsanwalt zu engagieren, bevor Mike mit der Polizei sprach, war ihr noch nie gekommen. Es kostete einfach zu viel. Und außerdem kannte sie auch gar keine Rechtsanwälte. Aber darum würde sie sich später kümmern. Im Moment griff sie nach jedem Strohhalm, der sich ihr bot. Etwas erstaunt bemerkte sie, daß sie sich besser fühlte in dem Bewußtsein, daß Will auf ihrer – und Mikes – Seite war, welchen Grund er auch dafür haben mochte.

»Darf ich Sie fragen, wer Sie sind?« erkundigte sich der kleinere Polizist.

»Ein Freund von Miß Ballard.« Die Lüge kam ihm ohne jedes Zögern und völlig glaubhaft über die Lippen. Er konnte also gut lügen, registrierte Molly und schwor sich, das im Gedächtnis zu behalten.

»Aha.« Der Polizist sah wieder Molly an. »Miß Ballard, Sie wollen doch wohl nicht wirklich für diese Sache einen Rechtsanwalt heranziehen. Es wäre viel einfacher, wenn wir direkt mit Mike reden könnten, uns anhören, was er selbst zu sagen hat. Ich meine, wir sollten die ganze Geschichte mehr unter uns regeln, verstehen Sie?«

Soso. Das war ein Ton, auf den Molly schon gar nicht ansprang. »Wenn Sie mit meinem Bruder reden wollen, möchte ich, daß ein Rechtsanwalt dabei ist.«

Die Ankündigung schien die Polizisten zu verärgern, und das war ihr gerade recht. Die Polizei war der Feind, so war es immer gewesen.

»Verstehe.« Die beiden tauschten einen Blick aus. Dann sprach der Größere: »Dann gibt es keinen Grund mehr für uns, hier zu warten. Würden Sie uns bitte morgen anrufen und eine Zeit vereinbaren, zu der Sie mit Mike vorbeikommen? Natürlich mit seinem Rechtsanwalt.« Er zog eine Visitenkarte aus der Tasche, kritzelte etwas auf die Rückseite und reichte sie Molly. Sie nahm sie und steckte sie ein, ohne auch nur einen Blick darauf geworfen zu haben.

»Sie *werden* uns anrufen, nicht wahr?« Der Polizist ließ es mehr wie eine Drohung als wie eine Frage klingen.

»Natürlich«, antwortete Molly mit einem unguten Gefühl. Morgen würde sie einen Rechtsanwalt beschaffen müssen. Und das Geld, um ihn zu bezahlen.

»Bis die Sache erledigt ist, behalten Sie Ihren Bruder gut im Auge, Miß Ballard. *Wir* werden es jedenfalls tun«, sagte der Größere der beiden. Mit einem Nicken für Molly und die anderen drehte er sich um und ging zum Streifenwagen. Sein Kollege folgte ihm. Schweigend sah Molly zu, wie sie abfuhren, bis die roten Rücklichter zu winzigen Punkten wurden und schließlich nicht mehr zu sehen waren.

Dann wandte sie sich wieder den anderen zu. Ashley und die Zwillinge standen nahe bei Will. Selbst Pork Chop saß vertrauensvoll zu seinen Füßen.

Molly verzog das Gesicht, als ihr klar wurde, wie töricht sie alle waren, auf einen Mann als Verbündeten zu zählen, den sie heute das erste Mal gesehen hatten. Er war nur zufällig da, und er hatte ihr nur geholfen, weil er etwas von ihr wollte. Jederzeit konnte er seine Unterstützung wieder zurückziehen. Und er würde es tun, wenn er ihre Hilfe nicht länger brauchte.

Durch den Schleier gelben Lichts hindurch, der aus dem Haus fiel, sah Molly Will an.

»Wir haben kein Geld, um einen Rechtsanwalt zu bezahlen«, sagte sie unvermittelt und rieb ihre Arme, um die Kälte abzuwehren.

Er zuckte die Achseln und steckte die Hände in die Hosentaschen. »Mach dir deswegen keine Sorgen.«

»Aha, ich soll mir keine Sorgen machen . . .«, begann Molly, brach jedoch plötzlich ab. Sie hatte gesehen, daß sich im Schatten am Haus etwas bewegte. Will und die Kinder folgten ihrem gebannten Blick. Eine Gestalt kam auf sie zu.

»Was wollten *die* denn?« fragte Mike, als er zu ihnen trat.

10

»Oh, sie wollten nur wissen, wo du dich aufhältst«, antwortete Molly mit übertrieben süßlicher Stimme. Sie sah ihren Bruder von oben bis unten an. Er hatte sein Jeans-T-Shirt-Flanellhemd-Ensemble mit einer schwarzen Steppweste mit Kapuze ergänzt. Eine Strähne dunkelbraunen Haares hatte sich aus dem Pferdeschwanz gelöst und fiel ihm ins Gesicht. Sein einzelner Ohrring glänzte. Molly mußte zugeben, daß er nicht allzu vertrauenerweckend aussah. Unauffällig trat sie einen Schritt näher und sog die Luft ein, um festzustellen, ob er nach Alkohol oder Marihuana roch. Zu ihrer Erleichterung nahm sie nichts als frische Nachtlüft und den leichten Modergeruch verwesender Blätter wahr. »Und das wüßten wir alle gern. Du kommst eine ganze Stunde zu spät nach Hause. Wo warst du?«

Mike zuckte die Achseln. »Nirgends. Die Bullen waren nicht wirklich meinetwegen da, oder?«

»Sie haben gesagt, daß du Marihuana geraucht hast, Mike!« rief Sam aufgeregt, bevor Molly antworten konnte. »Und daß du Bier getrunken hast!«

»Du bist ja so ein Lügner, Sam«, entgegnete Mike und sah seinen kleinen Bruder mit einem verächtlichen Blick an.

»Ist er nicht!« kam Susan ihm sofort zu Hilfe. »Sam lügt nie!«

»Das stimmt, Mike, das haben sie behauptet«, bestätigte Ashley. Mike sah Molly an, die schweigend nickte.

»Sie haben gesagt, daß eine Gruppe Jugendlicher sich in

einer Scheune drüben in Sweet Meadow Stud aufgehalten hat. Als die Polizei kam, liefen die Jugendlichen weg. Aber in der Scheune lagen Bierdosen und Reste von Marihuanazigaretten. Und eine Zeugin hat dich als einen der Jugendlichen identifiziert.«

»Wie denn das?« Mikes trotziger Ton ließ Molly nichts Gutes ahnen.

»Du warst tatsächlich dabei, Mike, stimmt's?« O Gott, was sollte sie nur tun? Einen Bruder in dem Alter zu erziehen, war wirklich eine Herkulesaufgabe. Ihn nicht mehr fernsehen oder telefonieren zu lassen, schienen für eine derartige Krise viel zu schwache Mittel zu sein. Aber was blieb ihr sonst noch? Stubenarrest? Körperliche Züchtigung? Schon weil er größer und stärker war als sie kam das nicht in Frage.

Mike zögerte. »Kann schon sein«, antwortete er schließlich.

»*Kann schon sein?*« Mollys Stimme war höher als sonst.

Mike wollte etwas sagen, dann fiel sein Blick plötzlich auf Will, der schweigend neben Molly stand und noch immer die Hände in den Taschen vergraben hatte.

»Was hat *der* denn hier verloren?« fragte er und deutete mit dem Kopf in Wills Richtung.

»Er ist auf unserer Seite«, ertönte Susans Stimme. Ashley und Sam nickten. Molly konnte sich gerade noch zurückhalten, um nicht das gleiche zu tun.

»Und er besorgt dir einen Rechtsanwalt«, meinte Ashley. »Der ist dann dabei, wenn du mit der Polizei redest.«

»Ich werde nicht mit den Bullen reden, und ich brauche keinen Rechtsanwalt. Ich war auch gar nicht in der Scheune.« Mikes Gesicht hatte einen finsteren und verschlossenen Ausdruck angenommen, den Molly in letzter Zeit nur allzu häufig an ihm gesehen hatte. Er log, das fühlte sie. Wut stieg in ihr auf. Wie konnte er nur so etwas tun, dachte er nicht an die Konsequenzen, für sich selbst, für sie, für sie alle? Am liebsten hätte sie ihn angeschrien, ihm gesagt, was sie von seinem Benehmen hielt. Aber sie biß die Zähne zusammen, um die Worte zurückzuhalten. Denn sie wußte genau, daß es nichts nützen würde, ihn anzuschreien. Nur wußte sie nicht, was überhaupt etwas nützen könnte.

»Du glaubst mir nicht, stimmt's?« fragte Mike trotzig. Plötzlich sah Molly den unterernährten achtjährigen Mike vor sich, der mehrere Jahre in verschiedenen Kinderheimen verbracht hatte, bevor er wieder zurück in die Familie kam. Ihre Wut legte sich. Auch damals hatte er oft seine Angst mit herausforderndem, trotzigem Verhalten kaschiert.

»Ob ich dir glaube oder nicht, du steckst in Schwierigkeiten«, antwortete sie ruhig. »Die Polizisten, die hier waren, wollen mit dir sprechen, und ich soll sie morgen anrufen, um einen Termin auszumachen. Bestimmt werden sie auch mit anderen Verdächtigen reden, und ich denke, die Wahrscheinlichkeit ist ziemlich groß, daß die Wahrheit rauskommt. Aber das ist noch nicht mal das Schlimmste. Das Schlimmste ist, was du dir selbst antust. Wenn du Alkohol trinkst oder Marihuana rauchst, muß ich das wissen. Du mußt mir die Wahrheit sagen.«

Mike starrte sie an. »Und warum? Du glaubst mir doch sowieso nie ein Wort.«

Bevor Molly etwas erwidern konnte, hatte sich Mike umgedreht und stapfte davon. Mit einem Gefühl der Hilflosigkeit sah sie ihm nach, wie er die Verandatreppe hochsprang und im Haus verschwand.

»Er ist in einer schwierigen Phase«, sagte Ashley, offensichtlich, um Molly zu trösten und gleichzeitig Mike zu entschuldigen.

Molly holte tief Luft. »Ich weiß.«

Unzählige Male hatte sie sich das gleiche gesagt, aber im Moment war es ein schwacher Trost. Sie blickte zu Will auf. »Meinst du, er braucht wirklich einen Anwalt?«

»Das mußt du entscheiden«, antwortete Will mit unbeteiligter Stimme. »Du könntest ihn auch einfach mit zur Polizei nehmen und ihn die Sache zugeben lassen. Wenn er wirklich Marihuana geraucht und Bier getrunken hat, könnte der Geschmack des Jugendgefängnisses vielleicht genau das sein, was ihn in Zukunft davon abhält.«

»Er ist erst vierzehn«, entgegnete Molly scharf.

»Wenn er mit vierzehn Bier trinkt und Gras raucht, was wird er dann mit zwanzig tun?« Das war eine vernünftige Frage, und Molly hatte sie sich selbst oft genug gestellt.

»Es wäre schön, wenn du uns einen Rechtsanwalt besorgen könntest«, sagte sie in dem Bewußtsein, daß es vielleicht eine falsche Entscheidung war. Aber sie konnte nicht anders, als ihrem Bruder im Moment soviel Hilfe wie möglich zukommen zu lassen.

»Mike kommt nicht ins Gefängnis, nicht wahr?« fragte Susan und sah zu Molly hoch. Sie klang ängstlich.

Molly drückte beruhigend ihre Schultern. »Nein, natürlich nicht«, antwortete sie mit fester Stimme.

Ihre Geschwister sahen erleichtert aus, als wäre Mollys Wort Gesetz. Wills Gesicht war ausdruckslos.

Susan gähnte.

»Müde, Susie Q?« fragte Molly. Susan schüttelte heftig den Kopf, aber Molly lächelte nur. »Wir sind alle müde, laßt uns ins Haus gehen.«

»Er auch?« fragte Sam hoffnungsvoll und sah Will an. Da er niemals einen Vater oder einen Vaterersatz gehabt hatte, hängte sich Sam sofort begierig an jeden verfügbaren männlichen Erwachsenen.

»Nein!« antwortete Molly mit mehr Nachdruck als nötig, was sie im selben Moment selbst übertrieben fand. Sie wandte sich Will zu und streckte ihm die Hand hin. »Tut mir leid, daß der Abend so endete. Danke, daß du uns mit dem Rechtsanwalt helfen willst. Gute Nacht.«

»Kann ich dich einen Moment sprechen?« fragte Will und ignorierte ihre ausgestreckte Hand. Für jeden anderen mochte es wie eine Frage klingen, aber Molly erkannte einen Befehl, wenn sie einen hörte.

Ashley sah von ihrer Schwester zu Will. »Okay, gehen wir schon mal rein«, sagte sie dann zu Sam und Susan, und die drei gingen ins Haus.

Wahrscheinlich dachte Ashley, daß Will mit ihr allein

sein wollte, um ihr einen Gute-Nacht-Kuß zu geben. Das fing ja gut an! »Was ist?« fragte Molly ungeduldig.

»Ich erwarte, daß du dich morgen darum kümmerst, deinen Job zurückzubekommen.«

Molly, die eher darauf gefaßt gewesen war, sich von ihm einen Vortrag über das Verhalten ihres Bruders anhören zu müssen, hatte ihren Handel fast vergessen gehabt. »Ich werd's versuchen.«

»Versuchen ist nicht genug. Es muß klappen«, entgegnete Will. Er faßte in die Innentasche seines Jacketts und holte seine Brieftasche hervor. »Wieviel Geld brauchst du, um dein Telefon wieder anschließen zu lassen?«

»Ich will dein Geld nicht.«

»Es ist nicht mein Geld, es ist das Geld der Regierung. Du arbeitest jetzt für Onkel Sam, hast du das vergessen? Und ich muß die Möglichkeit haben, dich schnell zu erreichen, wenn es nötig ist. Also mußt du dein Telefon wieder anschließen lassen.«

Widerstrebend nannte Molly einen Betrag.

»Gut. Ich werde dafür sorgen, daß dich morgen ein Rechtsanwalt anruft«, sagte Will, während er ihr fünf Zwanzig-Dollar-Scheine reichte. »Wenn ich du wäre, würde ich deinem Bruder nicht allzu viel durchgehen lassen.«

»Das ist zu viel.« Molly machte eine abwehrende Handbewegung, ohne die Scheine zu nehmen. »Und im übrigen – wie viele Jugendliche hast du in letzter Zeit großgezogen?«

»Nimm das Geld. Womöglich überfällt dich wieder ein plötzlicher Drang nach Doughnuts, und es würde mir überhaupt nicht in den Kram passen, wenn du im Moment einen 7-Eleven-Laden ausraubst.« Sein Mund verzog sich zu einer Art Lächeln. »Und was das Großziehen von Jugendlichen angeht, ich habe einen achtzehnjährigen Sohn. Er ist ein guter Junge. Aber ich habe auch eine Menge gesehen, die auf die schiefe Bahn geraten sind.«

»Mike wird nicht auf die schiefe Bahn geraten!« Seine Worte hatten sie getroffen.

»Nein?« Will zuckte die Achseln. »Du kennst ihn besser als ich. Also gute Nacht. Du hörst von mir.«

Mit einer leichten Neigung des Kopfes drehte Will sich um und ging zu seinem Auto. Molly sah ihm nach. Wind strich durch die Baumkronen und löste einen Blätterregen aus, der um sie herum niederfiel. Das Auto fuhr die Zufahrt hinunter und bog rechts ab, Richtung Stadt.

Molly fror plötzlich. Sie verschränkte die Arme vor der Brust, wandte sich um und ging zum Haus. Trotz der Kälte hatte sie es nicht eilig hineinzukommen. Denn dort würde sie sich mit Mike auseinandersetzen müssen.

Und sie wußte einfach nicht, was sie machen sollte.

Und das nicht nur, was Mike anging.

11

12. Oktober 1995

Es war drei Uhr morgens. Die alte Frau saß aufrecht im Bett, aus tiefem Schlaf hochgeschreckt. Es passierte wieder, sie spürte es.

Sie hatte die Schreie im Traum gehört, Schreie, die sie aus längst vergangener Zeit kannte. Schreie einer aufgeschlitzten Maus, eines verstümmelten Kätzchens. Schreie eines Wellensittichs, dessen Flügel und Schwanz in Brand gesteckt worden waren. Schreie eines Hundes, eines Pferdes, eines Kindes.

O Gott, das Kind. Und sie hatte nie darüber gesprochen.

Ein trockenes Schluchzen erschütterte ihren Körper. Sie versuchte, sich zu beruhigen. Es konnte nicht wieder passieren, es konnte einfach nicht so sein. Alles war so lange her, dreizehn Jahre und mehr. Vorbei, vorüber. Vergessen, beinahe von allen. Und für die, die sich immer erneut daran erinnern würden, hatte die Zeit ihren barmherzigen Schleier darüber gebreitet, um Erinnerung und Schmerz zu dämpfen.

Natürlich waren die Schreie, die sie geweckt hatten, nur ein Alptraum gewesen. Nicht mehr.

Obwohl die Luft mild war, zitterte die alte Frau. Sie zwang sich, sich wieder hinzulegen. Als sie die Bettdecke hochzog, wurde ihr klar, warum ihr so kalt war. Ihr dünnes Seidennachthemd war klitschnaß vor Schweiß.

Den Rest der Nacht lag sie wach. Sie hatte Angst, die Augen zu schließen und wieder einzuschlafen; der Alptraum könnte wiederkehren.

12

12. Oktober 1995

Der vom Tau noch feuchte Rasen schimmerte in der frühen Morgensonne, als Molly den Weg zum Stall 15 entlangging. Das Labyrinth der Wege, die von den Ställen zu den Rennbahnen und der Tribüne führten, war von sorgfältig gestutzten Ligusterhecken und einer Fülle goldgelber Chrysanthemen gesäumt. In der Luft lag ein leichter Geruch von Pferdemist und Sägemehl.

Keeneland, aus grauem Kalkstein errichtet und tadellos gepflegt, war eine der schönsten Rennbahnen der Welt. Das an die fünf Quadratkilometer große Gelände wurde durch eine hohe, efeubewachsene Steinmauer begrenzt. 1930 erbaut, strahlte Keeneland eine Atmosphäre von Vornehmheit und Reichtum aus, und genau das sollte es auch. Lange nicht so bekannt wie Churchill Downs, Saratoga oder Belmont, besaß es die Exklusivität eines wohlgehüteten Geheimnisses.

Obwohl es noch sehr früh war, saßen auf der Terrasse schon einige Besucher und frühstückten. Die Herren waren lässig elegant gekleidet, trugen dunkelblaue oder graue Jacketts und beugten ihre Köpfe über Wettformulare. Die Kleidung der wenigen Frauen war farbiger, demonstrierte jedoch gleichfalls geschmackvolles Understatement, das dem inoffiziellen Kleidungskodex dieser Rennbahn entsprach. Niemand würde hier mit extravaganten Kleidern oder riesigen Hüten aus dem Rahmen zu fallen versuchen.

Ein Jockey stand aufrecht in den Steigbügeln und ritt ein unruhiges Jungpferd den Weg hinunter zu den Rennbahnen. Molly trat zur Seite, um Platz zu machen. Als das Pferd auf ihrer Höhe war, trat es mit einem Huf nach ihr, eher übermütig als bösartig. Molly wich gelassen aus und ging weiter, während der Reiter das Tier scharf zur Ordnung rief. Wie alle, die viel mit Pferden zu tun hatten, war sie unzählige Male getreten, gebissen und abgeworfen worden. Die Unberechenbarkeit der Tiere war etwas, was Professionelle als selbstverständlich hinnahmen und einkalkulierten.

An dem Stampfen von Pferdehufen, das von der Rennbahn herüberscholl, war zu erkennen, daß noch andere Pferde auf der Bahn trainiert wurden. Kurz vor sieben Uhr war das Morgentraining in vollem Gange.

»Guten Morgen.« Ein uniformierter Wachtposten warf einen prüfenden Blick auf den Ausweis, den Molly vorne an ihrem grauen Reißverschluß-Sweatshirt befestigt hatte. Er war extra für das bevorstehende Rennen eingestellt worden und Molly nicht bekannt. Sie nickte ihm grüßend zu und ging weiter.

Die weißgestrichenen Ställe duckten sich in den Schutz einer hohen Baumgruppe. Vor Stall 15 parkten zwei Pferdetransporter und der Wagen einer Rasenpflegefirma. Marta Bates, ebenfalls Stallbursche und eine gute Freundin von Molly, führte gerade Tabasco Sauce zum Sattelring. Da das Pferd dazu neigte, verrückt zu spielen, war sie so sehr auf Tabasco Sauce konzentriert, daß sie Molly nur mit einem kurzen Kopfnicken grüßte.

Molly kam es vor, als sei sie nie weggewesen.

Im Stall war es bis auf das gelegentliche Stampfen von Pferdehufen ruhig. Das weitläufige Gebäude machte einen so blitzsauberen Eindruck wie ein Krankenhaus. Von den Fußleisten bis zu den Dachsparren in luftigen

Höhen leuchtete das Holz in einem frischen, weißen Farbanstrich. An jeder Seite des Stalles befand sich eine schwere, doppelte Schiebetür. Im Moment war nur die Seite geöffnet, durch die Molly eingetreten war, und von dort wehte ein Schwall frischer Morgenluft in den Stall. Zweiunddreißig Boxen lagen an beiden Seiten eines breiten Mittelganges einander gegenüber. Jede der quergeteilten Boxtüren trug auf ihrer unteren Hälfte eine Plakette, auf der der Name des entsprechenden Pferdes eingraviert war. Vor jeder dritten Box standen große Kübel mit dunkelvioletten Chrysanthemen. Der Stall roch nach Sägemehl, Desinfektionsmittel und Pferden.

Der erste Stallbursche von Wyland Farm, Rosario Arguello, pfiff leise vor sich hin, während er eine Box gleich am Eingang ausmistete. Molly lehnte sich über die Tür, deren obere Hälfte offenstand.

»Hey, Rosey, wo ist Mister Simpson?« fragte sie. Rosey war ein dunkelhäutiger, gedrungener Mann von etwa vierzig Jahren. Er stammte aus Argentinien und hatte einst die Hoffnung gehegt, es zum Jockey zu bringen. Molly war mit ihm noch enger befreundet als mit Marta. Jetzt blickte er hoch, und sein gutmütiges Gesicht nahm einen erstaunten Ausdruck an.

»Molly!« sagte er mit starkem Akzent, legte seine Mistforke weg und kam auf sie zu. »Verdammt, Molly, was machst du denn hier? Wie kannst du uns einfach so im Stich lassen? Und ohne uns auf Wiedersehen zu sagen?«

Molly lächelte ihn an, als er ihre Schultern umfaßte und sie umarmte. Rosey war verheiratet und hatte vier Kinder. In den sieben Jahren, die sie ihn jetzt kannte, war sie von ihm immer nur als Arbeitskollegin und gute Freundin behandelt worden, und das rechnete sie ihm hoch an.

»Nun, wie geht es Mr. Simpson heute?« fragte Molly, was die übliche Art war, sich zu erkundigen, ob der Trainer wieder einmal seine berüchtigte schlechte Laune hatte. Rosey verstand und rollte mit den Augen.

»Schlecht, ja?« Molly zog eine Grimasse. Ihr Pech.

»Lady Valor lahmt seit heute morgen.«

»O nein!« Lady Valor war auf Wyland Farm geboren worden und eines von Mollys Pferden gewesen. Von ihrer Geburt an hatte Molly für sie gesorgt und sie besonders ins Herz geschlossen.

»Mr. Simpson wird wohl bei ihr sein«, rief Rosey ihr nach, aber Molly eilte bereits davon. Die meisten der geräumigen Boxen waren leer, da die Pferde zum Training auf der Bahn waren. In der Box neben der von Tabasco Sauce lag Ophelia. Als Molly vorbeiging, erhob sich der Maulesel und stellte seine Ohren auf. Das Tier wollte sein Süßfutter, das Mollys Gegenwart normalerweise ankündigte.

»Später, Ophelia«, versprach Molly und lief weiter.

Lady Valors Box war die vorletzte auf der linken Seite. Der Tierarzt, Dr. Mott, ein zerbrechlich wirkender älterer Herr, kniete neben Lady Valor und strich über ihr verletztes Bein. Simpson stand hinter ihm, mit dem Rücken zu Molly, und sah ihm über die Schulter. Er trug Khakihosen und ein blaues Sporthemd mit hochgerollten Ärmeln. Sein dichtes graues Haar, sonst immer sorgfältig frisiert, stand in die Höhe, als hätte er sich die Haare gerauft. Die Stellung am Kopf des Pferdes hielt Angie Archer, eine junge Aushilfskraft, von der Molly annahm, daß sie für sie neu eingestellt worden war. Lady Valors Ohren waren angelegt. Molly wußte, was das bedeutete. So sanft Lady Valor im allgemeinen war, biß sie doch schnell, wenn ihr etwas nicht paßte.

»Kann ich helfen?« Ohne eine Antwort abzuwarten, betrat Molly die Box. Die Stute begrüßte Molly mit leisem Wiehern und heftigem Kopfnicken. Angie, die Molly kannte, verließ mit einem Ausdruck der Erleichterung ihren Platz. Auf ihrem kräftigen Arm bemerkte Molly eine kleine Reihe Flecken und verkniff sich ein Lächeln. Lady Valors Bisse waren ziemlich schmerzhaft, vergleichbar etwa einem kräftigen Kneifen.

»Ihr verdammtes Kniegelenk ist nicht in Ordnung!« Simpson warf Molly einen gequälten Blick zu.

»O nein!« erwiderte Molly alarmiert.

»Über Nacht, in ihrem Stall«, fuhr Simpson mit einem verzweifelten Schnauben fort.

»Wird sie am Sonntag beim Spinster mitlaufen können?« fragte Molly. Bei dem renommierten Rennen gab es einen Großen Preis zu gewinnen, und Lady Valor war einer der Favoriten.

»Sieht nicht so aus«, knurrte Simpson.

Der Tierarzt blickte hoch und schüttelte bestimmt den Kopf. Simpson fluchte.

»Tut mir leid, Don«, sagte Dr. Mott, während er aufstand. »Diese Verletzung braucht viel Zeit, um zu heilen.«

»Ich weiß.« Simpson wischte sich mit der Hand übers Gesicht, schüttelte den Kopf und seufzte tief auf. Dann ging er mit dem Arzt zur Boxtür.

»In einem Monat, sechs Wochen wird sie wieder okay sein.«

»Ich weiß.«

Dr. Mott ging. Simpson schloß die Tür hinter ihm und drehte sich um. Sein Blick blieb an Molly hängen.

»Manchmal frage ich mich wirklich, warum gerade mir dauernd so etwas passieren muß.« Er sprach mehr zu sich selbst als zu Molly, und sie wußte, daß er keine Reaktion erwartete. Plötzlich rutschten seine dichten grauen Augenbrauen zusammen, und er runzelte die Stirn.

»Was zum Teufel tust du denn hier?« fragte er. »Ich habe dich doch entlassen.«

»Sie haben mich nicht entlassen, ich habe gekündigt«, antwortete Molly und sah ihn geradeheraus an. Unterwürfigkeit war bei Don Simpson die völlig falsche Taktik, das hatte sie gelernt, seit er vor einem Jahr angefangen hatte, für Wyland Farm zu arbeiten. Er war jetzt zweiundsechzig und früher einmal ein erstklassiger Trainer gewesen. Eine Reihe von Mißerfolgen in den letzten fünf Jahren hatte ihn jedoch gezwungen, kleinere Brötchen zu backen. So war er nach Wyland Farm gekommen, einst als Rennstall so renommiert wie Don Simpson als Trainer. Heute wußten die Insider, daß sowohl Wyland Farm als auch sein Trainer Vergangenheit waren. Aber Simpson hielt sich noch immer für einen Superstar; sein Selbstwertgefühl war nicht im gleichen Maß geschrumpft wie sein Prestige. Er war ein kräftig gebauter Mann mit einem bösartigen Charakter; es machte ihn glücklich, jede arme Seele zu terrorisieren, die sich von ihm terrorisieren ließ. Das einzig Gute an ihm war in Mollys Augen, daß er eine tiefe Liebe zu Pferden und ein intuitives Verständnis für sie hatte.

»Ach ja?« knurrte Simpson. »Und was hast du dann hier noch zu suchen?«

»Sie schulden mir noch den Lohn für zwei Wochen.« Molly schob trotzig das Kinn vor.

»Den behalte ich als Ausgleich dafür, daß du deine zweimonatige Kündigungsfrist nicht eingehalten hast.«

»Das dürfen Sie nicht! Außerdem – wie kann man eine Kündigungsfrist einhalten, wenn man rausgeschmissen wird?«

»Ich denke, du hast gekündigt.«

»Wenn mich das zwei Wochen Lohn kostet, bin ich rausgeschmissen worden.« Molly funkelte Simpson wütend an. Für einen Moment hatte sie vergessen, weshalb sie hier war. Als es ihr wieder einfiel, nahm sie sich zusammen und zwang sich zu einem Lächeln. »Nun, ich habe gedacht, daß Sie mich vielleicht doch brauchen, wenigstens, bis Keeneland vorbei ist.«

Simpson starrte sie mit zusammengekniffenen Augen an. »Eigentlich sind wir ganz gut ohne dich klargekommen.«

»Ach ja?« Molly warf einen bedeutungsvollen Blick auf Lady Valors Bein. »Sieht ganz so aus.«

Simpsons Gesichtsausdruck verfinsterte sich. »Also du willst deinen Job wiederhaben?«

»Ja.«

»Und werde ich mir weiter von dir anhören müssen, daß ich ein Arschloch bin und wo ich mir was hinstecken soll?«

Mollys Augen blitzten, aber sie wagte nicht zu lächeln. »Nicht, wenn ich es schaffe, mich zurückzuhalten.«

»Ich rate dir, das zu schaffen«, knurrte er. »Wenn du dir noch einmal so was rausnimmst, bist du für immer von hier verschwunden. Klar?«

Molly nickte.

»Dann beweg deinen Arsch und ran an die Arbeit. Du da!« Simpson wandte sich zu Angie um. »Verschwinde hier! Du arbeitest wieder als Aushilfe. Sowieso bist ein lausiger Stallbursche.«

Wütend starrte er Angie an, die rot anlief und sofort an ihm vorbei aus dem Stall hastete. Mit offensichtlicher Genugtuung sah Simpson ihr nach.

Dann schaute er herausfordernd Molly an, als erwarte er einen Kommentar von ihr. Sie sagte kein Wort. Lady Valor stupste mit der Schnauze ihren Arm, woraufhin Molly der Stute den Hals rieb. Wenn man Lady Valor nicht die Aufmerksamkeit zukommen ließ, die sie verlangte, bekam man schnell blaue Flecken.

»Also an die Arbeit«, blaffte Simpson und verließ den Stall.

Mit vor der Brust verschränkten Armen stand Will in dem Wagen der Rasenpflegefirma, der vor Stall 15 parkte, und beobachtete mit gerunzelter Stirn das Geschehen auf dem Monitor. Murphy saß in dem Stuhl vor dem Bildschirm. »Wouh! Ich dachte schon, er würde sie abblitzen lassen!«

Will gab ein Knurren von sich. Das Überwachungssystem war repariert worden, und seit Molly die Scheune betreten hatte, wurde sie von den beiden Männern beobachtet. Will hatte schon befürchtet, daß sie gar nicht mehr käme, denn am Morgen davor war sie drei Stunden früher dagewesen. Daher saßen sie nun schon seit vier Uhr hier und überwachten den Stall. Nun, die Hauptsache war, daß Molly jetzt ihre Arbeit zurückbekommen hatte. Damit gab es wieder ein Verbindungsglied mit direktem Kontakt zum Renngeschehen.

Flüchtig dachte Will daran, was mit seinem letzten Informanten geschehen war, unterdrückte das aufkommende Gefühl des Skrupels jedoch sofort wieder. Lawrences Tod hatte mit Molly nichts zu tun. Es war Selbstmord gewesen, Lawrence mußte ein psychisch labiler Mensch gewesen sein.

Molly hatte begonnen, die Hinterhand des Pferdes in dem Stall zu bandagieren, während sie beruhigend auf das Tier einredete.

»Sie ist nicht gerade ein Musterbeispiel für sanftes, mädchenhaftes Benehmen, hm?« stellte Murphy fest.

Wieder antwortete Will nur mit einem Knurren.

»Aber verdammt sexy.« Murphy grinste und stand auf, um die Einstellung der Videokamera zu verändern. Die Kamera zoomte auf Molly zu und schwenkte sie von oben bis unten ab. Will fand, daß sie mit ihrem dunklen Haar, das zu einem Pferdeschwanz zusammengebunden war, und ihrem feingeschnittenen Gesicht ohne erkennbares Make-up wie siebzehn aussah. Er fragte sich, warum ihn das ärgerte.

»Sie macht was aus T-Shirt und Jeans«, sagte Murphy bewundernd. Will spürte, wie er immer gereizter wurde. Er hatte versucht zu ignorieren, wie die abgetragenen Jeans die volle Kurve von Mollys Hinterteil und ihre langen, schlanken Beine hervorhoben. Auch die hohen, runden Brüste, die sich unter dem einfachen weißen T-Shirt abzeichneten, war er bemüht, nicht weiter zu beachten. Das T-Shirt war in die Hose gesteckt, so daß die Rundungen ihres Körpers durch die schlanke Taille noch betont wurden. Das graue Sweatshirt, das Molly anfangs getragen hatte, hing jetzt über der Stalltür.

Will, einmal die Augen auf Mollys Figur richtend, konnte nicht mehr von einer bestimmten Stelle wegschauen; ihre Brustwarzen drückten deutlich erkennbar gegen die weiche, weiße Baumwolle, und ihre Brüste unter dem Hemd schienen sich ohne Einschränkung zu bewegen. Trug sie denn keinen Büstenhalter?

»Ich wette, sie ist 'ne ganz heiße Nummer im Bett«, fuhr Murphy fort. Bei dem Bild, das diese Bemerkung in Wills Kopf hervorrief, schoß ihm ein Hitzestoß durch die Lenden. Schweigend biß er die Zähne zusammen und veränderte die Einstellung am Monitor. Mollys Bild wurde durch ein Panorama der Scheune ersetzt.

»Hey, wir müssen doch unsere Informantin im Auge behalten«, protestierte Murphy mit anzüglichem Lachen und griff seinerseits wieder nach den Bedienungsknöpfen. Will mußte sich zurückhalten, um Murphys Hand nicht beiseite zu schlagen. Als Molly wieder den Bildschirm ausfüllte, sah er weg.

13

Molly saß auf einer kleinen Anhöhe hinter ihrem Haus auf einem Bretterzaun, der den Garten von den umliegenden Weiden der Wyland Farm trennte. Es war kurz nach sechs und fing schon an zu dämmern. Auf der hügeligen Landschaft lagen dunkle Schatten, die Silhouetten der grasenden Pferde sahen unwirklich und geisterhaft aus. Ein würziger Geruch nach verbrannten Blättern lag in der Luft. Nur gelegentlich unterbrach das Geräusch eines vorbeifahrenden Autos oder das Bellen eines Hundes die Stille.

Molly trug Turnschuhe, Jeans, ein T-Shirt und ein graues Sweatshirt mit Kapuze; sein Reißverschluß war fast bis obenhin zugezogen, denn es war schon abendlich kühl. Vor Molly stand eine dunkelbraune Stute mit sanften Augen, die mit der Schnauze ihr Knie anstupste. Molly griff in die Tasche ihres Sweatshirts und förderte eine Handvoll Hundefutter zutage. Sheila liebte Hundefutter. Wenn sie die Möglichkeit hätte, würde sie sich den Rest ihres Lebens nur noch von Hundefutter ernähren, daran zweifelte Molly nicht.

Sie lächelte, als Sheilas samtene Schnauze gierig ihre Handfläche beschnupperte. Die Stute war sechzehn Jahre alt und lief schon seit langem keine Rennen mehr. Trotzdem durfte sie auf Wyland Farm bleiben, um hier wohlgenährt und glücklich ihre Tage zu beschließen. Sheila war

Molly ans Herz gewachsen, sie war für sie fast wie ein eigenes Pferd.

Die Abendstimmung strahlte Ruhe und Frieden aus, und Molly genoß die Momente des Alleinseins mit der Stute. Es war ihre Art, nach der harten Arbeit des Tages wieder neue Kraft zu schöpfen; gleich würde sie wieder ins Haus gehen müssen, um das Abendbrot zuzubereiten, bei den Hausaufgaben zu helfen und sich mit einem trotzigen und aufsässigen Mike auseinanderzusetzen.

Molly hatte ihm für einen Monat verboten, wegzugehen oder auch nur mit seinen Freunden zu telefonieren. Da er abstritt, Bier getrunken oder Marihuana geraucht zu haben und sie es nicht beweisen konnte, war ihre Begründung für die Bestrafung, daß er an dem betreffenden Abend mehr als eine Stunde zu spät nach Hause gekommen war. Natürlich war er jetzt böse mit ihr, aber was war daran neu? Molly war auch klar, daß ihre Reaktion keine Lösung für das eigentliche Problem war, aber etwas Besseres war ihr nicht eingefallen. Wenigstens konnte er kein Bier trinken und kein Marihuana rauchen, solange er das Haus nicht verließ.

Heute hatte sich kein Rechtsanwalt mit ihr in Verbindung gesetzt, allerdings war das Telefon auch noch nicht wieder angeschlossen. Sie hatte es erst auf dem Weg von der Arbeit nach Hause geschafft, die Rechnung zu bezahlen. Aber erwartete sie im Ernst, daß der Mann vom FBI – Will – ihr einen Rechtsanwalt für ihren Bruder besorgen würde? Eigentlich glaubte sie eher, daß sein Versprechen nur leeres Geschwätz gewesen war. Trotzdem hielt sie die Idee für sinnvoll; Mikes wegen würde sie daran festhalten. Morgen in der Mittagspause wollte sie selbst einen Rechtsanwalt aus dem Telefonbuch heraussuchen. Heute hatte ihre kurze Pause gerade gereicht, um am Telefon einen Termin mit der Polizei zu vereinbaren. Nach langem Hin und Her hatten sich die Beamten schließlich darauf eingelassen, daß das Gespräch mit Mike erst Montag kommender Woche stattfinden würde. Montag war Mollys freier Tag, so daß sie Mike begleiten konnte. Auf keinen Fall wollte sie ihn allein gehen lassen, auch nicht, wenn ein Rechtsanwalt dabei wäre.

Später würde sie sich Gedanken darüber machen, wie sie den Rechtsanwalt bezahlen könnte. Sie war daran gewöhnt, daß es immer irgend etwas gab, worüber sie sich Gedanken machen mußte.

Als Ashley heute von der Schule nach Hause gekommen war, hatte sie Molly überglücklich anvertraut, daß sie zum Schulball eingeladen worden war. Ashley, sonst eher ein Mauerblümchen, hatte gestrahlt vor Freude. Molly freute sich mit ihr, aber natürlich brauchte sie für diesen Anlaß ein neues Kleid. Ein besonderes Kleid, und das hieß ein teures Kleid.

Sam und Susan würden nächsten Mittwoch an einer Exkursion teilnehmen, für die jedes Kind zehn Dollar zahlen mußte.

Auch die Post war wie meist nicht sehr erfreulich gewesen. Sie enthielt eine Karte mit der Information, daß Pork Chops Tollwutimpfung überfällig war sowie eine Ankündigung der Stromgesellschaft, daß ihr noch sieben Tage eingeräumt wurden, um ihre letzte Rechnung zu begleichen. Zahlte sie innerhalb dieser Frist nicht, würde der Strom abgestellt werden.

Irgend etwas machte ihr immer Sorgen. Aber so war das Leben.

»Das war's, Süße, mehr hab' ich nicht«, sagte Molly zu Sheila, die sie anstupste, um mehr Hundefutter zu ergattern. »Tut mir leid.«

Liebevoll streichelte sie den Hals des Pferdes, dann sprang sie vom Zaun und wollte sich auf den Rückweg zum Haus machen. Als sie einen Mann auf sich zukommen sah, blieb sie stehen. Inzwischen war es so dunkel, daß sie sein Gesicht nicht mehr erkennen konnte. Im Haus war das Licht angegangen, und Molly sah Ashley, wie sie am Küchenfenster vorbeiging. Auf der anderen Seite des Hauses parkte hinter ihrem eigenen blauen Plymouth ein weißes Auto.

Doch auch ohne sein Auto gesehen zu haben, hätte

Molly den Mann, der auf sie zukam, sofort erkannt. Vielleicht wegen des Anzugs, der heute grau war. Es war Mister FBI-Mann, Will. In der Hand trug er eine flache weiße Schachtel.

Mit einem leisen Wiehern begrüßte Sheila den Neuankömmling. Molly lehnte sich gegen den Zaun, beugte ein Knie und stützte sich mit dem Fuß auf einem Brett auf. Ihre Hände steckten in den Taschen ihres Sweatshirts. Als Will so nah war, daß sie sein Gesicht erkennen konnte, blickte er auf. Sein Mund verzog sich zu einem eigentümlichen, schiefen Lächeln.

»Pizza?« fragte er und hielt ihr die Schachtel entgegen. »Ich habe versucht anzurufen.«

»Das Telefon ist erst morgen wieder angeschlossen.« Molly lief bei dem köstlichen Duft, der von der Pizzaschachtel zu ihr herüberwehte, das Wasser im Mund zusammen. Nur selten gönnten sich die Ballards den Luxus, sich Pizza zu bestellen. »Die Kinder lieben Pizza. Wenn es dir nichts ausmacht, gebe ich sie ihnen. Ich kann genausogut ein Sandwich essen.«

»Ich habe zwei große Pizzen und einen Sechserkarton Cola bei den Kindern im Haus gelassen. Deine Schwester hat mir gesagt, daß du hier oben bist – sie hat mir sogar den Weg gezeigt.«

»Ashley oder Susan?« wollte Molly wissen. Sie stand noch immer bewegungslos an den Zaun gelehnt, ohne auf sein Pizzaangebot einzugehen, obwohl sie ein sehnliches Grummeln im Magen verspürte.

»Die ältere.«

»Ashley.« Mit schräggelegtem Kopf sah Molly ihn an. »Wir sind nicht am Verhungern, weißt du. Wir haben eine Menge zu essen im Haus.«

»Ich weiß.« Einen Augenblick sah er sie schweigend an, dann zuckte er die Schultern und blickte sich um. Bei einer nahestehenden Baumgruppe entdeckte er einen liegenden Baumstamm, ging hinüber und setzte sich darauf. Den Pizzakarton legte er auf seine Knie. Nachdem er eine Halblitertüte Milch aus seiner Jackettasche geholt und neben sich auf den Baumstamm gestellt hatte, riß er den Deckel des Pizzakartons auf. Zum Vorschein kam eine große, reichlich mit Käse und Pepperoni beladene Pizza.

Mollys Magen knurrte bei dem Anblick. Bis auf eine Schüssel Corn Flakes am frühen Morgen hatte sie den ganzen Tag nichts gegessen.

»Du willst doch nicht, daß ich das alles alleine esse?« fragte er nach einem zweiten Bissen. »Du bist verantwortlich, wenn ich dick werde.«

Bei dem Gedanken mußte Molly lächeln. Es war wirklich absurd, sich ihn als dick vorzustellen. Er war eher zu dünn.

»Besser du als ich«, entgegnete sie, ging zu dem Baumstamm und blickte auf ihn und die Pizza nieder. Der verführerische Duft der Pepperonis und der Pizzasauce stieg ihr in die Nase. Ihr fiel auf, daß sein kurzes blondes Haar von oben betrachtet sehr dicht war. Es gab keine Stelle, an der es sich lichtete.

»Ich habe noch nie gesehen, daß jemand zu Pizza Milch getrunken hat«, stellte sie fest.

»Hey, Milch ist gesund.« Er sah zu ihr auf. »Für dich habe ich eine Cola mitgebracht.« Nachdem er seine Hände an einer Papierserviette abgewischt hatte, griff er in seine andere Jackettasche, holte eine vertraute rote Dose hervor und hielt sie ihr hin.

»Danke.« Molly nahm die Dose und setzte sich neben ihn auf den Baumstamm. Sie hatte Hunger, und er hatte ihr Pizza mitgebracht. Es wäre töricht von ihr, sich deren Genuß aus purem Stolz zu versagen. »Und danke auch für die Pizza. Aber das hättest du nicht tun müssen.«

»Ich weiß, daß ich das nicht hätte tun müssen. Aber ich hab's trotzdem getan. Also kannst du jetzt genausogut mitessen.«

Molly nahm eine Ecke und biß hinein. Erleichtert stellte sie fest, daß er sich nicht weiter um sie kümmerte, sondern sich auf sein eigenes Essen konzentrierte. Die Kruste der Pizza war knusprig, die Soße schmeckte aromatisch, der

Käse köstlich, und die Pepperoni waren nicht zu scharf. Hingebungsvoll genoß Molly den ersten Bissen.

»Sehr gut«, sagte sie schließlich, nachdem sie eine Weile schweigend nebeneinander gegessen hatten.

»Du hast kein Mittag gegessen, stimmt's?« Es war mehr eine Feststellung als eine Frage, als hätte er ihr angesehen, daß sie großen Hunger gehabt hatte.

Molly schüttelte den Kopf. »Ich hatte keine Zeit. Ach, übrigens habe ich meine Arbeit wieder.«

»Ich wußte, daß du das hinkriegen würdest.« Er schien nicht im mindesten überrascht. Aber schließlich, dachte Molly, kannte er auch Don Simpson nicht.

»Und der Handel gilt? Fünftausend Dollar dafür, daß ich die Tätowierungen der Pferde überprüfe?«

»Klar.«

»Großes Ehrenwort?«

Er nahm sich noch ein Stück Pizza aus dem Karton, der zwischen ihnen stand, und sah Molly an. »Du vertraust den Menschen nicht gerade blindlings, nicht wahr?«

Molly zuckte die Achseln, trank einen Schluck Cola und nahm sich auch noch ein Stück Pizza. »Wenn du wirklich möchtest, daß ich dir vertraue, könntest du mich im voraus bezahlen.«

Er grinste. »Dann wäre es an mir zu überlegen, wie weit ich *dir* trauen kann. Mir gefällt es besser, wie es jetzt ist.«

»Das glaube ich gern.« Molly lächelte ihn an, etwas spöttisch, aber freundlich.

»Gehört das Pferd dir?« Er zeigte auf Sheila. Die Stute hatte den Kopf über den Zaun gestreckt und beobachtete sie aufmerksam. ›Wahrscheinlich überlegte sie, wie Pizza schmeckte‹, dachte Molly.

»Nein. Sie gehört Wyland Farm. Früher war sie ein Rennpferd, und was für eins, jetzt bekommt sie ihr Gnadenbrot. Über eine Million Dollar hat sie während ihrer Karriere gewonnen.«

Will stieß einen bewundernden Pfiff aus. »Sehr eindrucksvoll.«

»Wahrscheinlich ist sie deshalb nicht in einer Leimfabrik gelandet.«

»Passiert das sonst mit den Pferden, wenn ihre Rennkarriere beendet ist?«

»Manchmal. Oder sie werden zu Hundefutter verarbeitet oder zu Düngemittel.«

»Du machst Spaß, oder?«

»Du kennst dich in dem Metier nicht gerade besonders gut aus, nicht wahr?«

»Das gebe ich zu.«

»Woher kommst du überhaupt? Irgendwo Richtung Norden, dem Akzent nach zu urteilen.«

»Aus Chicago.« Er grinste. »Eigentlich dachte ich, ich rede ganz normal, und du hast einen Akzent.«

Sie ignorierte die Spöttelei über ihre typische breite, die Endsilben verschluckende Art zu sprechen und sah ihn ernsthaft an. »Und wie kommt es, daß du hier in Kentucky bei Pferderennen ermittelst?«

Will zuckte die Achseln und sah ins Leere. »Reiner Zufall.«

»Du bist aber wirklich ein FBI-Agent, oder?«

»Schon wieder dieses völlig unbegründete Mißtrauen.«

»Das ist keine Antwort.«

Will seufzte. »Ja, ich bin wirklich ein FBI-Agent. Nimm das letzte Stück Pizza.«

Molly schüttelte den Kopf, woraufhin er selbst zugriff.

»Wie ist die Sache mit deinem Bruder weitergegangen?« fragte er.

»Ich hab' ihn zu einem Monat Stubenarrest verdonnert. Er darf während dieser Zeit auch nicht fernsehen, und es dürfen ihn keine Freunde besuchen. Obwohl er schwört, daß er nicht in der Scheune war.«

»Und glaubst du ihm?«

»Nein.«

»Ich habe inzwischen mit einem Rechtsanwalt gesprochen. Er heißt Tom Kramer. Er wird deinen Bruder begleiten, wenn er zur Polizei geht.« Will hatte seine Pizza aufgegessen und wischte sich die Finger an einer Serviette ab.

Dann faßte er in seine Jackettasche und holte ein zusammengefaltetes Stück Papier heraus. »Hier ist seine Telefonnummer. Ruf ihn an.«

»Danke.« Molly nahm das Papier und steckte es in die Tasche ihres Sweatshirts. Sie zögerte einen Moment, aber so unangenehm ihr das Thema war, es mußte geklärt werden. »Hat er gesagt, wieviel das kostet?«

»Ich hab' dir schon gesagt, darum brauchst du dich nicht zu kümmern. Er wird bezahlt.«

»Aber *du* bezahlst ihn nicht, oder?«

»Dafür, daß du noch vor kurzem mal eben fünftausend Dollar mitgenommen hast, die dir nicht gehörten, machst du dir jetzt ganz schön viel Gedanken über die Herkunft von Geld.«

Molly wurde rot. »Kannst du das nicht vergessen?«

»Nein«, erwiderte er, während er seine Milchtüte öffnete.

»Im allgemeinen stehle ich nicht, weißt du. Tatsächlich stehle ich nie, das war das einzige Mal. Es war nur . . . ein Impuls. Ich hab' in den Sack geschaut, das Geld gesehen . . . und hab' es ohne zu überlegen mitgenommen.«

»Jeder hätte das gleiche getan.«

»Jeder in meiner Situation hätte das bestimmt.« Sein Kommentar hatte nicht sarkastisch geklungen, aber Molly meinte, sich verteidigen zu müssen. Es war ihr selbst unangenehm, daß sie das Geld genommen hatte.

»Es gibt nicht viele Leute in deiner Situation. Mit vierundzwanzig alleine vier jüngere Geschwister großzuziehen, ist sicher nicht gerade einfach. Wie lange ist es her, daß deine Mutter gestorben ist?«

Statt einer Antwort trank Molly einen Schluck Cola. Sie redete im allgemeinen nicht über ihre Eltern – die Wunden waren zu tief, und das Thema war ihr viel zu persönlich.

»Also wenn wir schon dabei sind, uns auszufragen, Mister FBI-Mann, dann kann ich dir genausogut ein paar Fragen stellen: Leben deine Eltern noch?«

»Will.« Auf ihren verständnislosen Blick hin wiederholte er: »Will. Nicht Mister FBI-Mann.«

»Okay, also Will. Leben deine Eltern noch?«

»Ja. Beide.«

»Sind sie geschieden?« Molly wußte, daß ihre Stimme fast hoffnungsvoll klang. Sicher hatte es auch in seinem Leben irgendwelche Probleme gegeben.

Er schüttelte den Kopf. »Nächsten Monat sind sie seit vierundfünfzig Jahren verheiratet.«

»Und wie lange bist du schon verheiratet?«

»Ich bin nicht verheiratet.«

»Du hast gesagt, du hast einen achtzehn Jahre alten Sohn.«

»So ist es.«

»Also bist du geschieden.«

»Nein.«

»Was dann, bist du ein unverheirateter Vater?« fragte sie ungeduldig, weil er so ausweichend antwortete.

»Meine Frau ist vor fünfzehn Jahren gestorben.« In seinen Worten lag kein Schmerz oder Kummer, sie waren nicht mehr als eine Feststellung.

»Oh, das tut mir leid«, sagte Molly bestürzt.

»Es ist Vergangenheit.« Offensichtlich ungerührt trank Will seine Milch.

Molly entgegnete nichts mehr. Zwar war sie darauf aus gewesen, einen dunklen Flecken in seinem Leben zu finden, aber sie hatte ihm nicht weh tun wollen.

Als sie das Motorengeräusch eines sich nähernden Autos hörte, war sie froh über die Ablenkung. Sheila wieherte, drehte sich um und galoppierte mit hoch erhobenem Kopf und wehendem Schwanz davon. Molly lächelte Will an, stellte ihre Colabüchse ab, erhob sich und ging zum Zaun.

Ein schwarzer Cherokee Jeep hielt an der Stelle, wo eben noch Sheila gestanden hatte. Auf der Fahrerseite stieg ein großer, kräftig gebauter Mann aus, der einen braunen Stetson, Jeans, Cowboystiefel und einen leichten, offenen Mantel trug. In der Hand hielt er ein Gewehr, dessen Lauf zu Boden gerichtet war. Auf dem Beifahrersitz saß ein gutaussehender Mann um die dreißig. Er hatte dunkle Augen, blasse Haut und glattes, pechschwarzes Haar. Nachdem er das Fenster hinuntergekurbelt hatte, steckte er seinen Kopf heraus, und beide Männer sahen Molly an.

14

»Hi, Molly«, grüßte der große Mann. Er war Ende Zwanzig, hatte breite, grobknochige Gesichtszüge und schulterlanges, dunkelblondes Haar.

»›Schönheit ist Macht, ein Lächeln ihr Schwert‹«, zitierte sein schwarzhaariger Begleiter und warf dem anderen einen Seitenblick zu, bevor er Molly mit ironischem Lächeln bedachte.

»Hi, J. D. Hi, Tyler.« Molly überging die rätselhafte Äußerung, von der sie annahm, daß sie eine Anspielung auf sie und J. D. sein sollte.

»Alles in Ordnung?« J. D. starrte mit finsterer Miene auf einen Punkt hinter Molly. Als sie sich umdrehte, sah sie, daß er Will fixierte, der sich erhoben hatte und auf sie zukam. Sie mußte lächeln. J. D. wirkte gegen den FBI-Mann wie ein Riese, und es wäre nur allzu einfach für sie, ihn auf Will zu hetzen. Natürlich hatte sie das nicht vor, aber die Vorstellung bereitete ihr doch Vergnügen.

»Alles in Ordnung, danke, J. D. Das ist Will Lyman. Will, J. D. Hatfield, Tyler Wyland.« Will stand jetzt neben ihr am Zaun und nickte den Männern grüßend zu. J. D. antwortete mit einer eher grimmigen Kopfbewegung, und auch sein Gesichtsausdruck blieb finster. Tyler Wyland neigte ebenfalls den Kopf, während sich sein Mund zu einem amüsierten Lächeln verzog.

»Ich glaube nicht, daß Mr. Lyman eine Bedrohung ist, J. D., weder für die Pferde noch für Molly«, bemerkte er.

»In den letzten Nächten soll sich hier jemand herumgetrieben haben«, sagte J. D., der rot geworden war, zu Molly. »Ich bin vorbeigekommen, um dich zu fragen, ob du irgend etwas Ungewöhnliches gesehen oder bemerkt hast.«

»Nein, nichts.« Molly schüttelte den Kopf und unterdrückte ein Lächeln. Seit Jahren war es ein offenes Geheimnis, daß J. D. für sie schwärmte. Trotz seiner Größe und seiner einschüchternden Erscheinung war er sanft wie ein Lamm. Molly behandelte ihn wie einen guten Freund und ignorierte seine schüchternen Andeutungen, die darauf hinwiesen, daß er sich eigentlich mehr wünschte. Zum Glück war er nie so deutlich geworden, daß sie ihn offen hätte zurückweisen müssen. Molly mochte ihn und wollte ihn ungern verletzen.

»Nun, hätte ja sein können.« J. D. warf Will noch einen argwöhnischen Blick zu. »Dann werde ich mich wieder an die Arbeit machen. Halt Augen und Ohren offen, Molly, und wenn du irgendwas Ungewöhnliches bemerken solltest, sag mir Bescheid.«

»Das werde ich«, versprach Molly.

Mit einer schwungvollen Bewegung glitt J. D. zurück in den Jeep, ließ das Gewehr wieder an seinen Platz über dem Armaturenbrett gleiten und legte den Rückwärtsgang ein. Mit einem »Also bis dann!« und einem Winken wendete er den Jeep in einem scharfen Halbkreis, und schon holperte der Wagen über die Weide davon.

»Was war das denn?« fragte Will halb erstaunt, halb amüsiert.

»J. D. bewacht Wyland Farm während der Nacht. Er patrouilliert die Grenze entlang, hält ein Auge auf die Pferde, die Scheunen und so.«

»Ob er für dieses Gewehr einen Waffenschein hat? Wahrscheinlich nicht. Kommt er jeden Abend vorbei und fragt, ob du etwas Ungewöhnliches gesehen oder gehört hast?«

»Nein.« Mollys Stimme war sachlich, und der Blick, den sie Will zuwarf, machte deutlich, daß sie nicht wollte, daß er sich über J. D. lustig machte. »Wahrscheinlich wollte er nur Tyler damit imponieren, wie gut er seinen Job macht. Sie sind befreundet, aber Tyler ist auch so etwas wie sein Boß.«

»Ich glaube, es war weniger Tyler, dem er imponieren wollte«, entgegnete Will trocken, während sie nebeneinander wieder zu dem Baumstamm zurückgingen. Er sah sie von der Seite an. »Der Arme, ich glaube, ich war ihm im Weg.«

Molly verzog das Gesicht und stieß hörbar die Luft aus. »Schon gut. J. D. ist ein wirklich netter Bursche, und er ist auch ein guter Freund von mir. Aber das ist auch alles.«

»Wenn du meinst.«

»Allerdings!«

»Ich widerspreche ja gar nicht«, stellte Will ruhig fest. Molly schwieg, und sie setzten sich auf den Baumstamm.

»Tyler Wyland, ist das der Dichter?« fragte Will nach einer Weile.

Molly nickte, überrascht, daß ihm der Name ein Begriff war. Zwar wurde behauptet, daß Tyler Wylands Arbeiten sogar internationale Anerkennung fanden, aber Molly zweifelte im stillen daran. Es erschien ihr einfach zu unwahrscheinlich, daß jemand, der in Woodford County geboren und aufgewachsen war, ein wirklich guter Dichter werden könnte. Außerdem hatte sie aus purer Neugier einige seiner Gedichte gelesen, und sie hatten ihr nicht besonders gefallen. Aber sie war auch keine große Liebhaberin von Gedichten, also konnte sie sich wohl kein Urteil über deren Qualität erlauben.

»Er ist gut«, sagte Will nachdenklich.

»Hast du seine Gedichte gelesen?« In Mollys Stimme schwang Erstaunen mit.

»Ich habe einige überflogen, du mußt also nicht gleich vor Bewunderung rückwärts vom Baumstamm fallen«, antwortete Will. »Für mich ist es bei einer Ermittlung immer wichtig, daß ich über die Leute, die irgendwie mit dem Fall zu tun haben, möglichst viel weiß. Das macht sich langfristig bezahlt.«

»Du hast *Tyler Wyland* überprüft? Aber du kannst ihn unmöglich verdächtigen, in den Fall verwickelt zu sein. Er geht nie zu Pferderennen, ich glaube, er *interessiert* sich noch nicht mal für Pferde. Einmal hat er mir erzählt, daß er nur deshalb nachts mit J. D. herumfährt, um Inspirationen für seine Gedichte zu bekommen.«

»Aber er gehört zur Wyland-Familie, und deren Ställe sind Gegenstand der Ermittlung. Also habe ich ihn überprüft, so wie ich jeden anderen überprüft habe, der irgendwie mit der Sache zusammenhängt. Allerdings habe ich offensichtlich J. D. übersehen.« Seine Mundwinkel kräuselten sich.

»Du hast *mich* überprüft«, sagte Molly, ohne zu lächeln.

Er sah sie ebenfalls ernst an. »Ja.«

In seinem Blick und seiner Stimme lag keine Entschuldigung.

»Und warum stellst du mir dann noch Fragen?« Sie funkelte ihn empört an, ihre Hände ballten sich zu Fäusten, als sie sich vorstellte, wie er methodisch ihre Vergangenheit durchwühlt hatte. »Wenn du schon alles über mich weißt, wieso fragst du dann noch irgendwas?«

»Bei diesen Überprüfungen geht es natürlich nur um irgendwo gesammelte Daten. Geburtsdatum, Ausbildung, Vorstrafen und so etwas. Nur die Fakten, Madame, das ist alles. Keine Tausend-Seiten-Abhandlung mit allen intimen Einzelheiten deines Lebens.«

Seine blauen Augen sahen sie eindringlich an. Trotz seiner Versicherung fühlte sich Molly ihm ausgesetzt, verletzlich, kam sie sich nackt vor – der Gedanke, daß er alles über sie wußte, war unerträglich. ›Nur die Fakten, Madame‹ – aber was umfaßten diese Fakten tatsächlich?

»Hattest du einen weiteren Grund vorbeizukommen, außer uns mit Pizza zu versorgen?« fragte Molly kalt.

»Ich hatte einen Grund.« Er sah sie nachdenklich an. Als er weitersprach, war seine Stimme geschäftlich.

»Ich möchte, daß du morgen vor dem ersten Rennen diese Pferde überprüfst. Wenn eine Nummer nicht stimmt, sag mir Bescheid.« Will zog eine Visitenkarte aus der Brusttasche seines Jacketts und reichte sie ihr. Auf der Vorderseite stand ›Die Rasenpflege-Profis, Eigentümer: John Murphy‹ und eine Telefonnummer. Auf die Rückseite waren die Namen von drei Pferden gekritzelt.

»Und wie soll ich dir Bescheid geben, mit Rauchzeichen?«

»Ich werde in der Gegend sein.«

»Aha.«

»Wenn eines dieser Pferde gewinnen sollte, mußt du seine Identifikationsnummer sofort nach dem Rennen noch einmal überprüfen.«

»Wie soll ich das denn machen? Der Gewinner ist immer von vielen Menschen umgeben, ich kann schlecht durch die Leute drängeln und dann dem Pferd die Unterlippe herunterziehen.«

Will zuckte die Achseln. »Du mußt dir irgendwas einfallen lassen, das ist dein Problem. Aber es muß sein. Und paß auf, daß dich keiner erwischt.«

»Aha. Danke für die Fürsorge«, murmelte Molly sarkastisch, während sie mit Mühe die Namen der Pferde entzifferte; mittlerweile war es schon ziemlich dunkel geworden. Natürlich stammten alle Pferde aus verschiedenen Ställen, aber was hatte sie erwartet? »Warum gerade diese Pferde?« fragte sie.

»Ihre Wettchancen stehen zwanzig zu eins oder noch besser.«

»Und du glaubst wirklich, daß eines von ihnen gewinnen wird?« Eine Idee nahm in Mollys Kopf Gestalt an, und gleichzeitig legte sich ihre Verärgerung. Einem FBI-Agenten übelzunehmen, daß er seine Informantin überprüfte, machte ungefähr so viel Sinn, wie einem Vogel böse zu sein, daß er flog. Es lag eben in seiner Natur. Sie war dumm gewesen, es nicht erwartet zu haben.

»Wieso?« Er sah sie mißtrauisch an.

»Nun, weil ich vielleicht Lust habe, eine Wette abzuschließen. Bei den Chancen bekäme man bei einem Einsatz von zwanzig Dollar vierhundert Dollar raus.«

Will griff nach der leeren Pizzaschachtel. »Wenn sich herausstellt, daß bei einem Gewinn betrogen wurde, wird er natürlich für ungültig erklärt. Also würde ich an deiner Stelle meine zwanzig Dollar lieber behalten.«

Er lächelte sie an, legte die leere Milchtüte auf die Pizzaschachtel und stand auf. »Ich muß gehen. Komm, ich bring' dich nach Hause.«

»Das ist nicht nötig. Ich bin absolut in der Lage, allein nach Hause zu finden.«

»Es ist fast dunkel.«

»Na und? Glaubst du vielleicht, daß hier irgendwo der ›Schwarze Mann‹ lauert, um mich anzufallen, wenn du weg bist? Wir sind in Versailles, Kentucky, nicht in Chicago.«

Er zuckte die Achseln. »Mach dich ruhig lustig über mich. Ich brauche dich, damit du morgen die Pferde überprüfst, also passe ich auf dich auf. Und außerdem – hat dein Freund J. D. nicht eben gesagt, daß sich hier nachts jemand herumtreibt?«

Molly verzog das Gesicht. Will grinste, und ihr war klar, daß sie soeben seine Zweifel an J. D.'s Geschichte bestätigt hatte. Tatsächlich glaubte sie genau wie er, daß J. D. nur einen Grund gesucht hatte, um sie zu besuchen. Molly warf Will einen verärgerten Blick zu.

»Ich glaube, ich werde noch ein bißchen hier sitzen bleiben.«

»Wie du willst.« Mit einem erneuten Achselzucken setzte er sich ruhig wieder neben sie, stützte das Kinn auf seine verschränkten Hände und sah versonnen vor sich hin.

»Was ist jetzt los?« fragte Molly gereizt.

»Ich warte.«

»Worauf?«

»Daß du nach Hause gehen willst. Ich lasse dich nicht allein hier im Dunkeln.«

»Nun, dann kannst du noch eine ganze Weile hier herumsitzen«, entgegnete Molly mit eisigem Lächeln.

Will erwiderte nichts. Einige Minuten lang saßen sie schweigend nebeneinander auf dem Baumstamm. Als Molly an die vielen Dinge dachte, die sie im Haus zu erledigen hatte, wurde sie unruhig. Will dagegen sah aus, als sei er bereit, die ganze Nacht hier zu verbringen. Im Moment schien er ganz in Gedanken versunken.

Sie mußte jetzt ins Haus gehen. Es war lächerlich, hier herumzusitzen, nur um ihm zu beweisen, daß sie tun konnte, was sie wollte.

Sie stand auf. »Ich gehe rein.«

Als er zu ihr aufblickte, sah er aus, als hätte er gerade ihre Gegenwart völlig vergessen gehabt. Dann stand er auch auf. »Ich bring' dich zum Haus.«

»Hmm.« Molly lief los.

»Molly«, rief er ihr leise nach. Seine Stimme hörte sich an, als würde er lachen. Sie wirbelte herum, bereit für den nächsten Kampf. Er verzog jedoch keine Miene, während er auf eine Stelle neben dem Baumstamm deutete.

»Du hast deine Cola-Büchse vergessen.«

Das hellrote Metall leuchtete im Dunkeln. »Zum Teufel mit meiner Cola-Büchse«, entgegnete Molly ausgesucht höflich, drehte sich um und ging mit hocherhobenem Kopf den Hügel hinunter.

Sie hörte, wie er ihr folgte. Obwohl sie nicht zurücksah, hätte sie einen Monatslohn gewettet, daß er die Büchse selbst aufgehoben hatte.

Natürlich hatte er das. Mister FBI-Mann würde niemals irgendwo Abfall liegen lassen. Dafür war er viel zu perfekt.

»Bis morgen«, rief er ihr leise nach, als sie die Treppen zur Veranda erreicht hatte.

Molly nahm sich zusammen, um ihm nicht zu zeigen, wie sehr sie sich über ihn ärgerte. Was konnte sie schon machen? Wenn er sie morgen sehen wollte, hatte sie keine Wahl.

Sie hob den Kopf noch etwas höher, ging ins Haus und warf die Tür hinter sich zu.

15

13. Oktober 1995

Die Mittagssonne brannte auf Mollys Rücken, als sie Winnebagos Sattelgurt festzog und die Steigbügel herunterließ. Am Rande des nicht eingezäunten Sattelplatzes stand eine schwatzende Menge Zuschauer. Nicht weit von Molly entfernt flammte ein Blitzlicht auf. Winnebago, ein sechsjähriger Grauer, der seine besten Rennjahre hinter sich hatte, stand völlig ruhig mitten in dem Gewimmel. Offensichtlich störte es ihn genauso wenig wie die Tatsache, daß er von einer Fremden anstatt von seinem eigenen Stallburschen gesattelt wurde. Molly belohnte seine Sanftmut, indem sie ihn hinter den Ohren streichelte. Er war das letzte Pferd auf der Liste, die Will ihr am vorigen Abend gegeben hatte. Und wie die beiden anderen hatte sich auch Winnebago als Niete herausgestellt; es war kein Doppelgänger dabei gewesen.

Winnebago gehörte Cloverlot Stables, bei dem seit dem Selbstmord von Howard Lawrence noch nicht alles wieder reibungslos funktionierte. Daher hatte der Trainer, der Lawrence so gut es ging ersetzte, gerne Mollys Angebot angenommen, Winnebago zum Sattelplatz zu führen und zu satteln. Molly hatte sich alle drei Identifikationsnummern gemerkt und brauchte nur einen kurzen Blick auf Winnebagos Unterlippe zu werfen, um festzustellen, daß auch dieses Pferd tatsächlich das ursprünglich angekündigte war.

Die beiden anderen Pferde zu überprüfen, war sogar noch leichter gewesen. Sie war einfach in die Ställe gegangen, und unter dem Vorwand, dem einen den Hals zu reiben und dem anderen eine Mohrrübe zu geben, hatte sie unauffällig ihre Unterlippen untersucht. Die Tatsache, daß sie nicht zu den erwarteten Gewinnern gehörten, machte es Molly leicht. An die Stars des Rennens war nicht so unauffällig heranzukommen.

Molly fragte sich, ob sie auch dann die versprochenen

fünftausend Dollar bekäme, wenn Will seine Doppelgänger niemals finden würde. Vielleicht war seine ganze Theorie ja falsch, und es gab überhaupt keine.

»Fertig?« Steve Emerson, der Jockey, erstrahlte in den grünen und goldenen Farben Cloverlots. Molly nickte, und er saß auf. Von der Rennbahn war ein Hornsignal zu hören. Es war ein paar Minuten vor ein Uhr, und gleich würde das erste Rennen des Tages beginnen.

Molly sah Winnebago nach, während er sich seinen Weg durch die Menge bahnte. Dann wandte sie sich ab, um zurück zu Stall 15 zu gehen.

Am Rande der Menge stand Will und beobachtete sie. Sein dunkelblaues Sportjackett und die khakifarbenen Hosen hoben sich vor dem bewegten Hintergrund von Damenkleidern in hellen Farben deutlich ab. Im Schutze der brusthohen Buchsbaumhecke wartete er auf Molly in der Nähe des Weges, der zu den Ställen führte. In einer Hand hielt er ein zusammengerolltes Wettformular.

Es kam für Molly völlig überraschend, ihn dort zu sehen, während sie mit mäßiger Neugier ihren Blick über die Reihen der Zuschauer gleiten ließ. Sie war selbst erstaunt, daß ihre spontane Reaktion nicht Unmut oder Ärger war, sondern ein Gefühl der Freude.

Will hatte die Arme vor der Brust verschränkt. In der strahlenden Sonne leuchtete sein Haar golden und seine gebräunte Haut bronzefarben. Er sah vornehm aus, dachte Molly, sogar recht attraktiv, jedenfalls für einen Herrn über vierzig.

Unwillkürlich lächelte sie ihn an.

Auch auf seinem Gesicht erschien ein Lächeln. Es breitete sich langsam aus, und in seinen Augenwinkeln bildeten sich Fältchen. Molly fand, daß es ein besonderes Lächeln war, es drückte eine Verbundenheit zwischen ihnen aus. Einen Moment lang war sie erstaunt, daß er ihre Verbindung so offen preisgab; dann fiel ihr wieder ein, daß ihre Beziehung ja gar kein Geheimnis sein sollte, sondern im Gegenteil seine Tarnung darstellte.

Während Molly auf Will zuging, wurde sie plötzlich

von hinten von zwei starken Armen gepackt und umgedreht. »Hey, wenn das nicht die hübsche Molly ist!« Sofort entwand sie sich dem Griff und funkelte ihr Gegenüber wütend an.

»Arbeitest du jetzt für Cloverlot?« Thornton Wyland grinste sie an, nicht im geringsten beeindruckt von ihrer ablehnenden Haltung. »Ich hab' schon gedacht, nachdem du Simpson so nette Sachen gesagt hattest, würdest du hier nie wieder einen Job kriegen!«

»Dann hast du falsch gedacht. Ich arbeite immer noch für Wyland Farm.« Thornton Wyland war ungefähr so alt wie sie, ein gutaussehender, schwarzhaariger Casanova, hinter dem fast alle Mädchen der Gegend her waren. Seit er im vergangenen März die Cornell University verlassen hatte und wieder auf Wyland Farm lebte, tat er nichts weiter, als seinen Vergnügungen nachzujagen. Molly vermied es möglichst, ihn zu treffen, aber das war nicht so einfach. Er war ganz offensichtlich der Meinung, daß er für alle Frauen ein Geschenk des Himmels darstellte, und offenbar war er nicht in der Lage zu verstehen, warum Molly nicht endlich ihren Widerstand aufgab und wie alle anderen mit ihm ins Bett fiel.

Molly lächelte ihn an, aber es war kein freundliches Lächeln. »Und wenn du mich noch einmal anfaßt, dann werde ich dir die Hände abschlagen, das kannst du mir glauben.«

Er lachte, und seine Augen blitzten amüsiert. »Du bist süß, Molly, wirklich. Wie wär's, gehst du Freitag mit mir aus? Wir gehen auf eine tolle Party.«

»Lieber würde ich mit dem Teufel ausgehen«, sagte Molly freundlich, drehte sich um und ging auf Will zu, der sie mit einem merkwürdigen Gesichtsausdruck ansah. Jedenfalls lächelte er nicht mehr. Molly befürchtete schon, daß ihr Thornton einen Klaps auf den Po geben würde, denn das war seine bevorzugte Methode, um sie zu reizen. Offenbar war er aber nicht völlig dumm, denn heute hielt er sich zurück.

»Du solltest etwas netter zu deinem zukünftigen Boß

sein.« Er ging neben ihr her. »Ich könnte dir die Dinge sehr erleichtern.«

»Der Tag, an dem du mein Boß wirst, ist der Tag, an dem ich kündige«, sagte Molly und ging schneller.

»Du weißt genau, daß es dazu kommen wird. Ich werde den Laden eines Tages erben.«

»Oh, bis dahin bist du ein alter Mann, und ich bin längst nicht mehr hier. Gott sei Dank.«

»Seit Großvaters Tod redet Tante Helen davon, mir die Farm zu überlassen. Onkel Boyce will, daß wir einen Manager einstellen, aber Onkel Tyler ist dafür, alles in der Familie zu belassen. Und du weißt, daß Tante Helen mehr auf Onkel Tyler hört.«

Der alte John Wyland war im Dezember gestorben. Schon vor zwölf Jahren hatte er sich von seiner Frau Sarah scheiden lassen, und sie lebte zur Zeit in der Schweiz. Sie hatte sich der Familie entfremdet und war nicht einmal zur Beerdigung ihres ehemaligen Ehemannes gekommen. Ihre einzige Tochter Helen, die mit ihrem Ehemann, Walt Trapp, und ihrer Tochter Neilie in dem Herrenhaus wohnte, managte seit dem Tod ihres Vaters das Gestüt. Ihr acht Jahre jüngerer Bruder Boyce war ein renommierter Rechtsanwalt und pendelte zwischen seinen Häusern in Lexington, Lake Placid, New York und Palm Beach hin und her. Tyler, der jüngste der Geschwister, wohnte im Gästehaus der Farm. Tad Wyland, Thorntons Vater und der älteste Junge der vier Geschwister, war vor etwa zehn Jahren gestorben. Danach hatte seine Tante Helen Trapp Thornton aufgezogen, und daher sah Thornton Wyland die Farm als sein Eigentum an.

»Dein Onkel Boyce hat recht«, gab Molly schnippisch zurück.

Wieder lachte Thornton. »Es ist so süß, wie du dagegen ankämpfst. Ich weiß genau, daß du nur die Kratzbürste spielst und mich in Wirklichkeit magst. Was machst du am Sonnabend?«

»Meine Haare waschen.«

»Das könnten wir zusammen machen.«

»Vergiß es.«

»Wir könnten eine Menge Spaß haben, wenn du endlich deinen Widerstand aufgeben und es einfach passieren lassen würdest.«

»Ich bin allergisch gegen deine Art Spaß.«

Er griff nach ihrer Hand, hielt sie fest und küßte scherzhaft ihre Knöchel. Als er anfing, an ihren Fingerspitzen zu saugen, bekam Molly ihre Hand endlich frei.

»Verschwinde, Thornton, okay?«

Molly hatte Will erreicht, stellte sich neben ihn, drehte sich um und funkelte Thornton an.

»Tschüs«, sagte sie mit zuckersüßem Lächeln.

Thornton blieb abrupt stehen und sah überrascht und neugierig Will an, der wiederum ihn kühl und souverän von oben bis unten musterte. Die beiden Männer waren etwa gleich groß, und beide trugen dunkelblaue Sportjacketts. Thornton hatte jedoch graue Hosen an, und seine Krawatte war mit roten Dreiecken gemustert, während Wills von Streifen geziert wurde. Neben dem gutaussehenden, jugendlichen Thornton mit seiner verwegenen Ausstrahlung sah Will, in dessen ernsthaftem Gesicht zwei dünne Falten zwischen Mund und Nase eingegraben waren, kühl und hart aus.

Aber wenn Molly sich zwischen den beiden entscheiden müßte, würde sie ohne zu zögern Will wählen; bei ihm fühlte sie sich sicher und geborgen.

Gerade fragte sie sich, was dieser Gedanke überhaupt in ihrem Kopf zu suchen hatte, als zu ihrer Überraschung schon wieder ihre Hand ergriffen und hochgehoben wurde. Sie versuchte, ihr Erstaunen nicht zu zeigen, als Will langsam und betont ihren Handrücken gegen seinen Mund preßte. Dabei ließ er die Augen nicht von Thornton.

Seine Lippen waren trocken und warm. Molly spürte seinen Atem auf ihrer Haut, während er ihre Hand an seinen Mund gedrückt hielt. Dann drehte er sie um und küßte ihre Handfläche. Ein angenehmes Prickeln durchströmte sie.

Die ganze Zeit sah Will sie nicht einmal an. Molly wurde klar, daß er ihre Hand nur küßte, um Thornton gegenüber sein inniges Verhältnis zu ihr zu beweisen.

Tatsächlich hob dieser erstaunt die Augenbrauen. »Neuer Freund, Moll?« fragte er.

Schließlich ließ Will ihre Hand sinken, aber noch immer hielt er sie fest in der seinen. Molly war so von ihren Gefühlen überwältigt, daß sie kaum denken konnte, geschweige denn antworten. Will tat es an ihrer Stelle.

»Ganz genau«, sagte er überaus freundlich. Trotzdem hörte auch Molly in diesen zwei Worten die unausgesprochene Warnung.

»Schon gut, man kann's ja mal versuchen, oder?« erwiderte Thornton mit einem Schulterzucken.

»Thorn! Thorn, komm! Das Rennen fängt gleich an!«

Thornton sah sich um, entdeckte das hübsche blonde Mädchen, das von der anderen Seite des Sattelplatzes auf ihn zukam und zog eine Grimasse.

»Ich muß gehen. Allie wartet auf mich. Sie nehmen mir doch nichts übel, nicht wahr?« fragte er Will. Molly begann sich langsam wie ein Knochen zwischen zwei Hunden zu fühlen. Die beiden benahmen sich, als hätte sie selbst nichts zu sagen. Aber noch war sie zu sehr von ihrer Reaktion auf Wills Berührung bewegt, um etwas dagegen zu tun.

Thornton hatte ihre Hand geküßt, sogar an ihren Fingerspitzen gesogen, aber sie hatte nichts als Verärgerung gespürt. Will preßte seine Lippen gegen ihre Handfläche, und schon überzog eine prickelnde Wärme ihren ganzen Körper.

Das war mehr als beunruhigend.

»Bis jetzt nicht.« Will hielt noch immer Mollys Hand, eine Geste, die weder auf Thornton noch auf Molly ihre Wirkung verfehlte.

»Wir sehen uns, Miß Molly.« Thornton zwinkerte ihr zu und ging.

»Nicht, wenn ich dich zuerst sehe.« Dabei war Molly so abgelenkt, daß ihr die Bemerkung erst einfiel, als Thornton schon ein ganzes Stück entfernt war. Wahrscheinlich hatte er sie nicht einmal mehr gehört.

»Thornton Wyland, nehme ich an«, sagte Will trocken und ließ endlich ihre Hand los. Er tat es so nebenher, als hätte er nichts von dem Feuer gespürt, das sich in Mollys Körper ausgebreitet hatte. Während sie noch versuchte, ihre Benommenheit abzuschütteln, sah sie Thornton Wyland nach. Das blonde Mädchen hatte sich zu ihm gesellt, und zusammen gingen sie in Richtung der Tribüne.

»Woher weißt du das? Oh, ich vergaß, du weißt ja alles. Hast du über jeden in Bluegrass County eine Akte?«

Will lächelte. »Nur über die, die mich interessieren. Und nur die Fakten, wie ich schon sagte. Seit wann kennst du diesen Wyland?«

»Seit ich achtzehn bin.«

»Bist du jemals mit ihm ausgegangen? Oder hast du ihn irgendwie ermutigt?«

Molly schnaubte höhnisch. »Thornton Wyland braucht keine Ermutigung.«

»Magst du ihn nicht?«

»Er ist eine Nervensäge.« Ohne Wills Berührung konnte Molly wieder normal denken. Aber noch immer war sie beunruhigt von dem, was passiert war. Es war doch nicht möglich, daß der FBI-Mann sie sexuell reizte!

»Tatsächlich?« Will schien das Interesse zu verlieren.

»Nun, ich glaube nicht, daß er dich so schnell wieder belästigen wird. Hast du die Nummern überprüft?«

»Ja.« Molly nahm den gleichen geschäftlichen Tonfall an wie er. »Sie waren alle in Ordnung. Kein Doppelgänger dabei.«

»Verdammt.« Will runzelte die Stirn. »Bist du sicher?«

»Ich bin sicher.« Es fiel ihr schwer, ihm in die Augen zu sehen, aber sie zwang sich dazu.

»Verdammt«, wiederholte er und starrte mit nachdenklichem Gesichtsausdruck an ihr vorbei. Schließlich löste er sich von seinen Gedanken und sah sie an. »Nun, wir müssen Geduld haben. Hattest du Probleme?«

»Nein.«

»Das habe ich auch nicht erwartet.«

»Und was passiert, wenn wir überhaupt keine Doppelgänger finden?« fragte Molly.

»Ich bin sicher, daß es welche gibt. Wir werden sie finden.«

»Und falls doch nicht, werde ich dann trotzdem bezahlt?«

Er lächelte spöttisch. »Immer die Hauptsache im Auge behalten, hm? Es wundert mich, daß du dich Thornton Wyland gegenüber so ablehnend verhältst. Seine Familie ist reich. Er wäre ein guter Fang für ein Mädchen wie dich.«

»Er will mich nicht kaufen, nur eine Zeitlang mieten«, erwiderte Molly. »Ich bin nicht dumm. Und was meinst du damit, ein Mädchen wie ich?«

»Nun, eins, das völlig pleite ist.« Wills Lächeln vertiefte sich, sein Blick glitt über ihre Figur und zurück und blieb wieder an ihrem Gesicht haften. »Aber wunderschön.«

Das Kompliment kam so unerwartet, daß Molly keine Antwort einfiel. Will strich ihr mit dem zusammengerollten Wettformular über die Wange.

»Du gehst jetzt besser wieder an die Arbeit. Wenn du rausfliegst, habe ich keine Informantin mehr – und dann kannst du auch den fünftausend Dollar auf Wiedersehen sagen.« Er drehte sich um und ging in Richtung Tribüne. »Bis später.«

Molly sah ihm regungslos und völlig verwirrt nach. Dann gab sie sich einen Ruck, ging zurück in Stall 15 und verbot sich, weiter an Will Lyman zu denken.

16

Am selben Abend kam er mit Kentucky Fried Chicken.

Molly stand am Herd und rührte Käse in die Makkaroni, während sie gleichzeitig Sam, der neben ihr stand, Wörter buchstabieren ließ. Susan saß am Küchentisch und mühte sich mit ihren Mathematikaufgaben ab. Gerade versuchte Ashley ohne viel Erfolg, ihr zu erklären, warum die Lösung, zu der sie mit viel Mühe gekommen war, nicht stimmte. Mike saß mit Lexikon und Schreibblock im Wohnzimmer und war mit einem Geschichtsreferat beschäftigt, das er in der kommenden Woche abgeben mußte. Molly konnte nur hoffen, daß er tatsächlich arbeitete. Normalerweise wartete er mit seinen Hausaufgaben bis zum letzten Moment. Dann blieb er die halbe Nacht auf und brachte etwas zustande, was nur halb so gut war, als wenn er sich rechtzeitig und mit genügend Zeit daran gesetzt hätte. Heute abend tat er nur deswegen etwas, weil sie darauf bestanden hatte und weil er sowieso nichts anderes tun konnte. Seit er Hausarrest hatte und weder fernsehen noch telefonieren durfte, lief er wie ein mürrischer Gefangener durchs Haus.

»Thermometer«, sagte Molly zu Sam.

»T-e-r . . .«

Ein Blick von Molly genügte.

»Ich meine T-h-e-r . . .«

Molly hörte zu, rührte um, nickte Sam zustimmend zu, als er das Wort richtig zu Ende buchstabiert hatte. Sie las das nächste Wort vor, legte den Löffel beiseite und schaltete die Gasflamme herunter. Die Buletten brutzelten in der Pfanne, und ein Blick zeigte ihr, daß sie gewendet werden mußten. Auf den beiden hinteren Flammen blubberte in einem Topf eine aromatisch riechende braune Soße und daneben köchelten grüne Bohnen aus Mrs. Atkinsons Garten mit angebratenen Speckstückchen. Im Backofen wurden zum Nachtisch Kekse aufgebacken.

»Heizung wird ohne t geschrieben, nur mit z«, sagte Molly, während sie die Buletten umdrehte. Sam wiederholte das Wort richtig. Er war im allgemeinen kein guter Schüler, aber in Rechtschreibung war er besonders schlecht. Susans Waterloo war Mathematik. Bei ihr war es das einzige Fach, in dem sie nicht gut war.

»Molly, weißt du, was mit der besonderen Nulleigenschaft der Zahlen gemeint ist?« fragte Ashley verzweifelt und sah von dem Buch auf, über dem sie und Susan brüteten. »Susan weiß es nicht, ich kann mich auch nicht erinnern, und in diesem blöden Buch können wir es nicht finden.«

»Tut mir leid, nein«, antwortete Molly mit entschuldigendem Schulterzucken.

»Ich hasse Mathe«, murmelte Susan. »Es ist doof.«

»Mathe ist leicht«, tönte Mikes verächtliche Stimme aus dem Nebenzimmer. »Die Nulleigenschaft von Zahlen bedeutet, daß, wenn man eine x-beliebige Zahl mit Null malnimmt, ganz egal welche, das Ergebnis immer Null ist.«

»Danke, Mike«, rief Ashley ins Nebenzimmer. Ohne die geringste Begeisterung begann Susan, die Worte ihres Bruders aufzuschreiben.

»Apotheke«, sagte Molly zu Sam, als es an der Tür klopfte.

Erfreut über die willkommene Ablenkung von den Hausaufgaben sahen Sam, Ashley und Susan auf. Pork Chop kam bellend unter dem Tisch hervor, und Mike erschien mit dem Lexikon unterm Arm in der Wohnzimmertür.

»Ich mach' auf«, riefen Sam und Susan gleichzeitig und liefen zur Tür. Susan war den Bruchteil einer Sekunde vor Sam an der Tür und riß sie auf, wobei sie Pork Chop fast auf die Pfote trat. Der Hund wich jedoch kein Stück zurück, sondern drängelte sich zwischen die beiden Kinder, wobei er ohrenbetäubend bellte.

Auf der Veranda stand Will. Trotz der Dunkelheit draußen und des schwarzen Maschendrahtes erkannte Molly ihn sofort. Ihr wurde merkwürdig warm in der Magengegend, und unwillkürlich verzog sich ihr Gesicht zu einem Lächeln. Als sie sich dessen bewußt wurde, unterdrückte sie es rasch wieder.

»Hallo«, sagte Will zu Susan, die sofort die noch immer nicht reparierte Gittertür öffnete, um ihn einzulassen. Die Tür kippte nach unten, und nachdem Will rasch eine große Tüte von einer Hand in die andere gewechselt hatte, griff er zu und hielt sie hoch. Dann trat er ein und schloß die Tür hinter sich. Mit einem Nicken begrüßte er Ashley und Mike und grinste Sam an. Pork Chop hatte aufgehört zu bellen, wofür er von Will mit einem leisen ›Guter Hund‹ belohnt wurde. Schließlich blickte Will Molly an.

»Ich habe etwas zum Abendbrot mitgebracht«, sagte er mit seinem gewinnenden schiefen Lächeln und hielt eine Tüte mit Kentucky Fried Chicken hoch. Unter den anderen Arm hatte er eine Litertüte Milch geklemmt. Die Wärme in Mollys Magengegend breitete sich in ihrem Körper aus. Sie war froh, ihn zu sehen, keine Frage. Und das hatte nichts mit den Fried Chicken zu tun.

»Er glaubt wohl, daß der Weg zu deinem Herzen durch unsere Mägen geht, was?« bemerkte Mike gehässig, zog eine Grimasse und verschwand wieder im Wohnzimmer.

Molly warf ihm einen warnenden Blick zu, den er nicht mehr sah.

»Danke«, sagte sie zu Will, blieb jedoch am Herd stehen und bemühte sich um einen unbeteiligten Ton. »Aber wie du siehst, mache ich gerade Abendbrot. Ich kann kochen, auch wenn du das nicht zu glauben scheinst.«

Sam schnupperte abfällig, woraufhin Susan ihm den Ellbogen in die Rippen stieß. Mit einem Protestschrei ging Sam auf sie los.

»Hausaufgaben!« sagte Molly scharf und beendete damit den beginnenden Geschwisterstreit, bevor er zu einem handfesten Krieg ausartete. »Susan, wenn du deine Matheaufgaben nicht vor dem Abendessen fertig hast, kannst du nachher nicht fernsehen. Sam, komm her, wir bringen diese Buchstabiererei hinter uns.«

»Ich wette, er ist gut in Mathe«, sagte Susan. Während sie die Holztür schloß, hingen ihre großen braunen Augen hoffnungsvoll an Will. Sie trug Jeans und eine geblümte Bluse mit Rüschenkragen, ihre blonden Locken waren mit einem blauen Band zu einem Pferdeschwanz zusammengebunden. Sie sah bezaubernd aus, und offensichtlich davon angetan, lächelte Will ihr freundlich zu.

»Ich bin nicht schlecht«, erwiderte er dann bescheiden, während er auf Molly zuging und ihr die Tüte und die Milch übergab.

»Es ist nett, daß du etwas mitgebracht hast«, sagte Molly ohne Begeisterung. »Aber bei uns gibt's heute Buletten mit brauner Soße. Du kannst gerne mitessen.«

»Buletten mit brauner Soße sind mein Lieblingsgericht.« Er sah Molly an und lächelte. Obwohl Molly sich bewußt war, warum Will in Wirklichkeit kam und daß es ihm nur um die Lösung seines Falls ging, war sie machtlos gegen die Wirkung dieses Lächelns. Unwillkürlich lächelte sie zurück. Sie bezweifelte, daß er jemals Buletten mit brauner Soße gegessen hatte. Aber er schien in ihrer kleinen, ärmlichen Küche ganz zu Hause zu sein – obwohl er ein Fremder war, jemand aus dem Norden und noch dazu vom FBI.

»Kannst du Bruchzahlen miteinander malnehmen?« fragte Susan ihn und zog an seinem Jackettärmel.

»Ich glaube schon«, antwortete Will gutgelaunt. »Wenn es mir gelingt, mich zu erinnern.«

»Ich bringe es immer wieder durcheinander. Bruchzahlen sind sowieso was ganz Blödes.« Susan zog Will zum Tisch. Molly war gleichzeitig amüsiert und alarmiert von der Selbstverständlichkeit, mit der sie davon ausging, daß Will bereit war, ihr bei den Hausaufgaben zu helfen. Im allgemeinen faßte Susan nicht allzu schnell Zutrauen, und Will würde in ihrem Leben nur eine kurze Rolle spielen. Molly wollte nicht, daß sie oder irgend jemand von ihnen sich zu sehr an Will gewöhnte, denn spätestens in ein paar Wochen würde er wieder weg sein.

»Du mußt das nicht machen«, sagte sie über die Köpfe der Kinder hinweg zu Will. Ashley war schon dabei, Will mit einem freundlichen Lächeln ihren Platz neben Susan zu überlassen. Sie trat zu Molly und befreite sie von der großen Papiertüte und der Milch, die sie immer noch, ohne es überhaupt zu merken, in der Hand hielt. Molly, der es unangenehm war, daß sie die Sachen nicht längst abgestellt hatte, wandte sich wieder dem Herd zu.

»Kein Problem«, erwiderte Will. »Tatsächlich macht es mir sogar Spaß, Bruchzahlen zu multiplizieren.«

Diese faustdicke Lüge brachte ihm einen Seitenblick voller Skepsis ein. Will grinste.

»Jedenfalls macht es mehr Spaß als eine Menge Sachen, die ich bisher getan habe. Also, Susan, einen kleinen Moment, dann sehen wir, wie wir mit diesen störrischen Bruchzahlen fertigwerden.«

Susan strahlte. Molly tat, als sähe sie nach den Keksen, in Wirklichkeit beobachtete sie die beiden aus den Augenwinkeln. Will zog sein Jackett aus und legte es über die Banklehne, löste den Knoten seiner Krawatte, nahm sie ab und warf sie zu dem Jackett. Als nächstes öffnete er die zwei obersten Knöpfe seines blauen Baumwollhemdes und rollte dann mit übertriebenen Bewegungen die Ärmel hoch, als wollte er sich an eine schwere Arbeit machen. Susan kicherte.

Während Will sich neben ihrer jüngsten Schwester niederließ, bemerkte Molly, daß er breite Schultern hatte und die Haut seiner Unterarme genauso sonnengebräunt war wie sein Gesicht.

Das offenstehende Hemd ließ wenige blonde Haare auf seiner Brust sehen.

»Die Kekse brennen an«, flüsterte Ashley Molly ins Ohr.

Erschrocken griff Molly nach den Topflappen und zog das Blech mit den Keksen aus dem Ofen. Da die Hitze sich unregelmäßig verteilte, waren die hinteren etwas zu braun, aber man konnte sie noch immer essen. Ashley hatte bereits eine mit einer Serviette ausgelegte Porzellanschüssel bereitgestellt, um die Kekse darin anzurichten.

»Können wir jetzt nicht Schluß machen mit den Hausaufgaben? Es ist doch Freitag abend.« Sam lehnte an dem Küchenschrank neben dem Herd und beobachtete Susan und Will. Offenbar war er eifersüchtig. An ihre Verpflichtungen erinnert, griff Molly wieder nach einem Löffel, um die Soße umzurühren, und sah auf den Zettel mit den Wörtern für Sams Buchstabierübung. Jeden Montag morgen ohne Ausnahme schrieb Sam einen Rechtschreibtest, und er hatte nur dann eine Chance, eine nicht allzu schlechte Zensur zu bekommen, wenn er jeden Tag des Wochenendes dafür übte.

»Du kennst die Antwort auf diese Frage«, antwortete Molly unerbittlich. »Medikament.«

»M-e-«, begann Sam ohne Begeisterung.

»Laß mich das machen.« Ashley trat dicht an Molly heran, die mit entschlossenen Bewegungen die Buletten in der Pfanne flach drückte und wendete. »Geh du dich kämmen«, flüsterte sie dann. »Und zieh dir Schuhe an. Und Lippenstift wär' gut.«

»-i-k-a-« fuhr Sam fort.

Molly, die Ashley und Sam gleichzeitig zuhörte, sah auf ihre Füße. Wie üblich, wenn sie zu Hause war, hatte sie keine Schuhe an. Heute trug sie eine graue Jogginghose, die ihr etwas klein war, und wieder eins von Mikes riesigen Flanellhemden, diesmal mit einem rotschwarzen Karomuster. Die Ärmel hatte sie bis zu den Ellbogen hochgerollt. Ihr Gesicht war völlig ohne Make-up, ihr Haar im Nacken zusammengebunden. Man konnte nicht gerade sagen, daß sie besonders zurechtgemacht war.

Aber das war auch heute mittag nicht der Fall gewesen, als Will gesagt hatte, daß er sie wunderschön fand.

»-m-e-n-t.«

Ashley wollte also, daß sie Will imponierte. Und das bedeutete, daß sie Will mochte und gerne wollte, daß er ihr Freund blieb. Was unmöglich war. Nur konnte Ashley das nicht wissen.

Unter den Umständen war es nicht Mollys Ziel, für Will besonders gut auszusehen. Keinen Moment lang wollte sie vergessen, wer er wirklich war und warum er ihr und ihrer Familie so viel Aufmerksamkeit widmete.

Er wollte etwas von ihr. Und während er darauf wartete, daß sie es lieferte, spielte er die Rolle ihres Freundes, und das perfekt. Er hätte Schauspieler werden sollen anstatt FBI-Agent.

»Findest du nicht, daß ich sexy aussehe, so wie ich bin?« flüsterte Molly Ashley mit schmerzhaftem Lächeln zu.

Ashley schüttelte heftig den Kopf.

»Molly, hörst du überhaupt zu?« fragte Sam empört.

»Natürlich«, antwortete Molly, während sie Ashley ansah und die Schultern zuckte, als wollte sie sagen: »Na, dann eben nicht.«

»Das tust du nicht. Ich habe eben absichtlich das d weggelassen, und du hast es nicht gemerkt!«

»Wie kommst du darauf? Ich wollte dir gerade sagen, daß du es noch einmal buchstabieren sollst.«

»Du lügst!«

»Medikament«, sagte Molly scharf und sah Sam warnend an.

»M-e-«

»Ich decke den Tisch.« Ashley hatte aufgegeben, ihre Schwester beeinflussen zu wollen, und holte die Teller aus dem Schrank.

»-i-k-«

»Halt, was ist mit dem d?«

»Ich wollte nur sehen, ob du zuhörst.«

»Ich höre zu. Jetzt buchstabier's noch einmal. Wenn es diesmal nicht richtig ist, mußt du es fünfmal aufschreiben.«

»Ich hasse buchstabieren«, sagte Sam mit Abscheu. »M-e-d-i-«

»Ich kapier's einfach nicht! Warum muß ich oben und unten mit vier malnehmen?« beschwerte sich Susan verzweifelt bei Will.

»-k-a-«

»Auf die Art findet man den kleinsten gemeinsamen Nenner«, antwortete Will geduldig und begann noch einmal, die Regeln der Multiplikation von Bruchzahlen zu erklären.

»Du hörst schon wieder nicht zu!« warf Sam Molly vor.

»Doch«, log Molly, nahm die Buletten aus der Bratpfanne und ließ sie in die weiße Glasschüssel gleiten, die Ashley neben sie gestellt hatte. »Es war richtig. Gut. Patient.«

»P-a-«

Das Telefon klingelte. Molly nahm den Hörer ab und hielt ihn zwischen Schulter und Ohr geklemmt, während sie die Soße über die Buletten goß und gleichzeitg dem Anrufer und Sam zuhörte. Der Anruf war natürlich für Mike. Mollys Blick wanderte zur Wohnzimmertür, blieb in der Luft hängen, dann verhärtete sich ihr Gesichtsausdruck, und sie sagte Mikes Freund, daß ihr Bruder nicht ans Telefon kommen könne.

Sie hängte auf, las Sam das letzte Wort zum Buchstabieren vor, wechselte bedeutungsvolle Blicke mit Ashley, die ihre Sorge um Mike teilte, und füllte die grünen Bohnen in eine Schüssel.

»Essen!« rief sie, während sie die beiden Schüsseln zum Tisch trug. Im selben Moment schlug Susan mit einem Knall ihr Buch zu. Ihr strahlendes Lächeln verkündete deutlich, daß sie ihre Hausaufgaben beendet hatte.

17

Während des Essens klingelte das Telefon noch dreimal. Zweimal waren es Freunde von Mike, der zunehmend gereizter wurde, weil er nicht mit ihnen sprechen durfte. Der dritte Anruf war für Ashley.

»Es ist ein *Junge*«, verkündete Sam, während er seiner Schwester den Hörer hinhielt.

Ashleys Gesicht färbte sich rosa, sie warf einen unsicheren Blick in die Runde und stand auf. Als sie an Sam vorbeigegangen war, rollte dieser bedeutungsvoll mit den Augen und grinste. Molly warf ihm einen warnenden Blick zu und begann dann ein belangloses Gespräch, um Ashley das Gefühl zu geben, daß ihr niemand zuhörte. Dabei sperrte sie selbst die Ohren groß auf, um möglichst alles zu verstehen. Sie konnte aber nur ab und zu ein Wort aufschnappen, denn Ashley stand mit dem Rücken zum Eßtisch und sprach noch leiser als gewöhnlich. Ihre Schultern hatte sie nach vorne gebeugt und den Kopf eingezogen, um soviel

Intimität wie möglich zu erreichen. Daß ein Junge Ashley anrief, war so gut wie noch nie vorgekommen, und natürlich löste es brennendes Interesse bei allen Ballards aus.

Als Ashley zum Tisch zurückkehrte, war sie noch immer rot. Sie lächelte, und ihre Augen leuchteten.

»Hey, hast du jetzt einen Freund, Ash?« fragte Mike neckend.

»Wie heißt er?« stieß Susan atemlos vor Spannung hervor. Ihr Teller war noch halb voll, sie hatte vor Aufregung ganz vergessen weiterzuessen. Essen war für Susan nicht so wichtig wie für Mike und Sam, und sie mußte oft daran erinnert werden.

»Iß, Susie Q!« ermahnte Molly.

»Ich hoffe, du wirst nicht wie Molly«, sagte Sam zu Ashley. »All die Jungen, die hier immer rumhingen, das konnte einen ja fertigmachen. Und die meisten waren Trottel.«

»Sam!« zischte Susan leise und wies mit den Augen bedeutungsvoll in Wills Richtung. Ein Geräusch unter dem Tisch und Sams schmerzverzerrtes Gesicht verrieten, daß Susan ihrem Bruder einen wohlplazierten Tritt versetzt hatte. Mike kicherte hinter vorgehaltener Hand. Mollys Augen verengten sich, und warnend sah sie zwischen ihren beiden Brüdern hin und her.

»Oh, ich habe nicht dich gemeint, Will.« Sam sah Will entschuldigend an. »Dich mag ich.«

»Danke, Sam, ich mag dich auch.« Will aß weiter, offensichtlich völlig ungerührt. Trotz Mollys Bedenken schien ihm das Essen zu schmecken.

»Das war Trevor.« Ashleys Wangen waren rosig, und in ihren Augen leuchtete eine solche Freude, daß Molly am liebsten aufgestanden und zu ihr gegangen wäre, um sie in die Arme zu nehmen. Um der anderen willen hielt sie sich jedoch zurück und lächelte sie nur warmherzig und verständnisvoll an.

»Er wollte wissen, welche Farbe das Kleid hat, das ich bei dem Ball trage. Er will mir passende Blumen kaufen! Stell dir vor, Molly, er wollte wissen, ob ich lieber Blumen möchte, die man ans Kleid steckt, oder welche fürs Handgelenk.«

»Oh, whaou!« sagte Susan mit großen Augen und legte ihre Gabel beiseite.

»Frauen!« murmelte Mike verächtlich, während er mit gesundem Appetit weiteraß.

»Was hast du geantwortet?« fragte Molly. Obwohl sie es nicht zeigte, war sie fast genauso aufgeregt wie ihre Schwester. Ashley redete zwar nie darüber, aber Molly wußte, daß sie darunter litt, so wenig Kontakte zu haben. Besonders für die Jungen schien sie im allgemeinen gänzlich unsichtbar zu sein.

»Ich hab' geantwortet, daß ich ihm noch Bescheid sage, weil ich noch nicht weiß, welches Kleid ich tragen werde. Oh Molly, was soll ich denn anziehen?« Ashley wandte sich wieder ihrem Essen zu, aber es war klar, daß sie kein Interesse mehr daran hatte. Molly bezweifelte, ob sie überhaupt wußte, was sie aß.

»Der Ball ist nächsten Freitag?« fragte Molly, obwohl sie die Antwort kannte. Dann ermahnte sie wieder sanft: »Iß, Susie Q!«

Susan griff zu ihrer Gabel.

Ashley nickte.

»Wir gehen nächste Woche einkaufen.«

»Ich könnte ja das gelbe Kleid tragen, das ich letztes Jahr für Rosalees Hochzeit bekommen habe.« Offenbar war Ashley jetzt erst eingefallen, daß ein neues Kleid eine ziemlich große Ausgabe darstellte. Keinesfalls wollte sie dem geringen Haushaltsbudget besonders zur Last fallen. Ein Anflug von Sorge trat in ihre Augen.

Molly schüttelte mit Bestimmtheit den Kopf. »Du brauchst ein langes Kleid, Schatz. Außerdem macht es Spaß, etwas Neues zu kaufen.«

Irgendwie würde sie das Geld zusammenkratzen, das schwor sich Molly. Und wenn sie den Fernseher zum Pfandleiher brachte. Vielleicht könnten sie ja etwas in den Second-Hand-Läden finden, von denen in letzter Zeit mehrere in Lexington aufgemacht hatten.

»Kauf ein rosa Kleid«, riet Susan. »Rosa steht dir wirklich gut, Ash. Mit einem weiten Rock wie Aschenputtel. Und vielen Rüschen.«

»Aschenputtel, puuh!« Sam legte beide Hände an den Hals und machte Geräusche, als müßte er sich übergeben.

»Sam, iß auf!« sagte Molly scharf. Erst jetzt fiel ihr wieder ein, daß ein Gast mit am Tisch saß, und sie erklärte: »Ashley ist zu dem Schulball am nächsten Wochenende eingeladen.«

»So etwas habe ich mir schon gedacht.« Will lächelte Ashley an. »Hört sich nach einem tollen Ereignis an.«

Ashley nickte und erwiderte sein Lächeln etwas schüchtern, aber glücklich. Dann wurde sie plötzlich ernst und sagte zu Molly: »Aber mir fällt gerade ein, daß ich ja gar nicht tanzen kann.«

Mike prustete los. »Kein Problem, Ash. Du brauchst nur deine Beute zu packen, und dann schüttelt ihr eure Knochen. So in der Art.« Er stand halb auf und machte mit allen Gliedmaßen übertrieben zuckende Bewegungen.

»Mike, setzt dich und iß«, sagte Molly. Dann wandte sie sich Ashley zu. »Glaubst du denn, die anderen können richtig tanzen? Vielleicht reicht es wirklich, sich nur irgendwie nach der Musik zu bewegen.«

Ashley schüttelte bekümmert den Kopf. »Viele sind zum Cotillion gegangen, Trevor auch. Das hat er mir erzählt, bevor er mich eingeladen hat. Er sagte, daß er es furchtbar fand, aber seine Mutter hat darauf bestanden, daß er hingeht.«

»Was ist Cotillion?« fragte Will.

»Du weißt nicht, was Cotillion ist?« Susan konnte es nicht fassen.

»Er ist aus Chicago«, entschuldigte Molly ihn und warf Will einen amüsierten Blick zu.

»Geh'n sowieso nur Muttersöhnchen hin«, sagte Mike. »Ist absolut ätzend. Nur was für Spießer.«

»*Ich* geh' nicht«, fiel Sam ein. »Nie im Leben.«

»Du könntest ja gar nicht«, hielt ihm Susan entgegen.

»Niemand von uns könnte hingehen. Man muß eingeladen werden, von einem dieser Frauenvereine.«

»Man muß reich sein«, ergänzte Mike. »Ein reicher Snob.«

»Trevor ist kein Snob«, wandte Ashley ein. »Er ist nett.«

»Ashley ist verli-i-iebt.« Mike machte Küßgeräusche.

»Mike!« tadelte Molly. Dann sagte sie zu Will: »Cotillion ist eine Art Tanzstunde, in die einige Kinder ungefähr von der fünften bis zur achten Klasse gehen. Sie treffen sich zweimal im Monat und lernen Standardtänze.«

»Und gutes Benehmen«, ergänzte Ashley.

»Die Mädchen sind alle schön angezogen, und die Jungen müssen einen Anzug und eine Krawatte tragen«, fügte Sam mit Abscheu hinzu.

»Woher weißt du *das* denn?« Mike sah seinen Bruder überrascht an.

Sam zuckte die Achseln, während er eine Gabel mit einem Berg Makkaroni in den Mund schob. »Aus meiner Klasse gehen ein paar hin. Sie reden manchmal darüber«, nuschelte er mit halbvollem Mund.

»Du warst doch schon oft tanzen, Molly! Kannst du's mir nicht zeigen?« Hoffnungsvoll sah Ashley ihre ältere Schwester an.

»Klar«, antwortete Molly, ohne ihre Zweifel durchklingen zu lassen. Auch sie hatte niemals richtig tanzen gelernt.

»Aber eigentlich brauchst du immer nur deinem Partner zu folgen. Er führt, und du machst einfach das, was er auch macht. Nur eben andersherum.«

Ashley sah skeptisch aus. »Na, wunderbar. Ich weiß noch nicht mal die Schritte, und dann soll ich sie noch verkehrt herum machen.«

»Sie wird auf ihren A ... äh, Hintern fallen«, spottete Sam und warf Molly einen schnellen Blick zu. Fast hätte er ein verbotenes Wort gesagt.

»Sam!« sagte Molly warnend; sie hatte es bemerkt.

»Wird sie nicht!« verteidigte Susan ihre Schwester.

»Wahrscheinlich werde ich das wirklich«, sagte Ashley

und traktierte mißmutig ihr Fleisch mit der Gabel. »Trevor wird mich für einen Tolpatsch halten.«

»Wenn du vorher ein bißchen übst, wird dir so etwas bestimmt nicht passieren«, warf Will ein. »Und mir wäre es ein Vergnügen, mit dir zu üben, wenn du möchtest.«

»Du kannst tanzen?« entfuhr es Ashley und Susan gleichzeitig, während alle überrascht Will ansahen.

»Nun, ich bin nicht John Travolta«, erwiderte er bescheiden, »aber das ist Trevor ja wahrscheinlich auch nicht. Jedenfalls kann ich dir die Grundkenntnisse beibringen.«

»Das ist toll!« rief Susan begeistert und klatschte in die Hände.

»Danke, Will«, nahm Ashley das Angebot freudig an. »Natürlich möchte ich.« Sie schob ihren Teller weg und wollte aufstehen.

»Nach dem Abendbrot, ja?« sagte Will lächelnd, und mit einem verlegenen Grinsen sank Ashley zurück auf ihren Stuhl.

Man sah Sam deutlich an, daß Wills Eingeständnis, tanzen zu können, ihn etwas durcheinanderbrachte. Mikes Lippen kräuselten sich verächtlich, aber er sagte nichts und konzentrierte sich auf sein Essen. Susan und Ashley strahlten, während Molly sich fragte, weshalb sie überhaupt überrascht war. Eher wäre es doch erstaunlich gewesen, wenn ein Mann in Wills Alter und mit seinem Hintergrund nicht hätte tanzen können.

»Eßt bitte weiter«, ermahnte Molly allgemein. Ein paar Minuten lang aßen alle schweigend.

»Ich bin fertig.« Mike stand auf.

»Darf ich aufstehen?« korrigierte Molly ihn automatisch.

»Ist doch egal«, erwiderte Mike mit einer abfälligen Handbewegung und verschwand im Wohnzimmer. Molly dachte daran, ihn zurückzurufen oder wenigstens zu ermahnen, entschied jedoch, daß es die Szene nicht wert wäre, die höchstwahrscheinlich daraus resultieren würde.

»Ich bin auch fertig«, schloß sich Sam seinem großen Bruder an und stand ebenfalls auf. Molly öffnete den Mund, dann seufzte sie nur und sagte nichts.

»Zeigst du Ashley jetzt, wie man tanzt?« fragte Susan Will mit leuchtenden Augen.

»Gerne, ich bin bereit, wenn sie auch so weit ist«, antwortete Will und sah Ashley lächelnd an. Ashleys Wangen röteten sich, aber sie lächelte zurück. Es sprach Bände, wie die sonst so schüchterne Ashley Will anlächelte und daß sie sich von ihm das Tanzen beibringen lassen wollte. Sie betrachtete Will offenbar nicht mehr als Fremden, sondern schon jetzt als Freund, dem sie vertrauen konnte.

»Ich bin soweit, aber mir fällt gerade ein, daß ich mit Abwaschen an der Reihe bin«, sagte Ashley.

»Ich wasch' für dich ab«, bot sich Molly sofort an. Was war dagegen einzuwenden, wenn Will Ashley das Tanzen beibrachte, und ihre Schwester sich so offensichtlich darauf freute.

Allerdings mußte sie darauf achten, ihr und auch den anderen klarzumachen, daß Will nicht für längere Zeit zu ihrem Leben gehören würde. Sie wollte nicht, daß sie eines Tages enttäuscht sein würden, wenn er plötzlich wieder weg wäre.

»Kann ich zusehen?« fragte Susan, als alle aufstanden.

»Von mir aus gerne«, antwortete Will lächelnd, während Ashley nickte.

»Von mir aus auch«, warf Molly ein, »wenn du währenddessen auch das Geschirr abräumst. Du bist nämlich an der Reihe.«

Susan stöhnte.

»Sam, du bist dran mit Fegen«, erinnerte Molly. Dann rief sie ins Wohnzimmer: »Mike, du mußt heute abend Pork Chop füttern und den Müll rausbringen.«

»Ja, ja«, kam Mikes mürrische Antwort. Als er in der Wohnzimmertür erschien, hatte Susan schon einen großen Berg Essensreste auf einem Teller gesammelt. Mike brauchte nur noch Trockenfutter hinzuzufügen, und Pork Chops Abendbrot war fertig.

»Okay, geh' mit deinem linken Fuß zurück«, instruierte Will Ashley.

Molly gab einen Spritzer Spülmittel zu dem einlaufenden Wasser und beobachtete aus den Augenwinkeln das Paar. Ashley sah in ihren weißen Hosen und dem flauschigen, hellblauen Rollkragenpullover zart und zerbrechlich aus. Sie lachte, während sie versuchte, Wills Anweisungen zu folgen. Ihre Brille rutschte ihr auf den Nasenrükken, und sie schob sie wieder hoch. Dann legte sie die Hand zurück auf Wills Schulter. Ihre rechte Hand ruhte in seiner linken, und seine andere Hand, gebräunt und mit langen, schmalen Fingern, hatte er um ihre Taille gelegt.

Will lächelte Ashley an.

Überrascht stellte Molly fest, daß der Anblick der beiden in ihr ein Gefühl auslöste, das Eifersucht ähnelte. Sollte sie etwa eifersüchtig auf Ashley sein? Das schien absurd.

Dann wurde ihr klar, daß es nicht Ashley war, auf die sie eifersüchtig war, sondern Ashleys linke Hand, weil sie auf Wills breiter Schulter ruhte; Ashleys rechte Hand, weil Wills Finger sich darum schlossen; Ashleys Taille, weil Wills Hand dort lag.

Der Wunsch, an Ashleys Stelle zu sein, war so überwältigend, daß Molly erschrak.

»Und nun nach links«, unterwies Will seine Schülerin. Ashley trat statt dessen nach rechts und wurde wohl oder übel von Wills Bewegung in die andere Richtung mitgezogen.

»Entschuldigung«, sagte Ashley. Ihre Stirn war gefurcht, ihr Gesicht rot und ihr Körper steif in dem Bemühen, bloß nichts falsch zu machen.

»Macht doch nichts«, antwortete Will beruhigend. »Jetzt mach mit dem rechten Bein einen Schritt vorwärts und dann mit dem linken zur Seite.«

»Komm, Pork Chop«, sagte Mike zu dem Hund, der um seine Beine herumsprang, und ging hinaus. Susan ließ ihre Augen kaum von Will und Ashley, während sie den Stapel leerer Teller zur Spüle trug.

»Gut, jetzt links nach vorn, dann rechts zur Seite.« Will trat zurück, Ashley vorwärts, aber mit dem falschen Fuß. Ihr kleiner, schlanker Fuß in der hellblauen Socke landete auf Wills blankpolierter schwarzer Schuhspitze.

18

Susan stöhnte vor Mitgefühl auf, während Sam, der sich auf den Besen gelehnt hatte und den beiden spöttisch zusah, laut losprustete.

»Sam!« ermahnte Molly ihn. Sie versuchte mit nicht allzu großem Erfolg, sich aufs Abwaschen zu konzentrieren. Wenn sie sich gegen jede Vernunft von diesem Mann angezogen fühlte, überlegte sie, dann war das eine rein chemische Reaktion. Leider folgte die Chemie ja nicht immer dem Willen des Menschen. Aber wenn sie das Gefühl einfach ignorierte, würde es auch wieder verschwinden, genau wie er bald wieder verschwinden würde.

»Tut mir leid«, sagte Ashley wieder.

»Nichts passiert«, antwortete Will lächelnd. »Weiter geht's. Denk dran: links, links, links, rechts.«

»Das kann ich nie«, stöhnte Ashley.

»Genau, das kann sie nie«, echote Sam im Brustton der Überzeugung.

»Sei ruhig, Sam!« zischte Susan.

»Feg' die Küche, Sam!« befahl Molly, während sie die Teller abspülte. Aber sie konnte der Versuchung einfach nicht widerstehen, das Paar dabei weiter verstohlen zu beobachten. Will sah völlig entspannt aus und viel zu sexy für Mollys Seelenfrieden. Ashley schien diese Seite an ihm gar nicht wahrzunehmen. Sie war ganz in Anspruch genommen vom Tanzen, was für sie harte Arbeit bedeutete, kaute auf ihrer Unterlippe und konzentrierte sich völlig darauf, wohin sie als nächstes ihren Fuß setzen mußte.

Molly, Mike und Sam waren die Sportler in der Familie und hatten ein natürliches körperliches Geschick. Molly tanzte mit Begeisterung, auch wenn sie es nie richtig gelernt hatte. Dagegen hatten Susan und Ashley Schwierigkeiten mit allem, was körperliche Koordination verlangte. Als Ashley lernen wollte, Rollerskate zu laufen, war sie so oft gefallen, daß sie es schließlich aufgegeben hatte. Genauso war es ihr mit dem Reiten ergangen. Sie war eine langsame Läuferin, und beim Baseball war sie sowohl im Werfen als auch im Schlagen schlecht. Sie konnte keinen Spagat, kein Rad schlagen und noch nicht einmal eine Rolle. Turnen war das einzige Fach, in dem Ashley nicht die beste Zensur hatte.

Und nun sah es auch nicht so aus, als wäre sie eine von Natur aus gute Tänzerin.

»Links, links, links, rechts«, zählte Ashley ihre Schritte, während sie steif Wills Führung folgte.

»Du kannst es, Ashley«, ermunterte sie Susan.

»Mann, ist das bescheuert«, murmelte Mike, als er von draußen wieder in die Küche kam. Mit einem letzten verächtlichen Blick auf Ashley und Will verschwand er im Wohnzimmer.

»Der Müll, Mike!« rief Molly ihm nach.

»Links, links, links, rechts.«

»Du machst es sehr gut«, lobte Will.

»Du siehst aus, als hättest du einen Stock verschluckt«, sagte Mike zu Ashley, als er wieder in die Küche kam. Er nahm den Mülleimer und ging zur Tür. »Du mußt locker sein.«

»Halt die Klappe, Mike!« riefen Molly und Susan fast gleichzeitig, sahen sich an und lachten.

»Ich hoffe, es sieht nicht so blöd aus wie ich mich fühle.« Ashleys Stimme klang entmutigt, als sie und Will zum soundsovielten Mal anhielten, um ihre Füße zu entwirren.

»Es *sieht* blöde aus«, versicherte Sam. Er war fertig mit dem Fegen und lehnte am Küchentisch, von wo aus er das Paar mit kritischem Interesse beobachtete. Er trug Jeans, Turnschuhe und ein leuchtend blaues Kentucky Wildcats Sweatshirt. Eine Strähne hellblonden Haares hing ihm in die Stirn, und auf seine Art sah er genauso bezaubernd aus wie seine Zwillingsschwester.

Zu schade, daß sein Verhalten nicht seinem Aussehen entspricht, dachte Molly seufzend.

»Es sieht *nicht* blöd aus«, widersprach sie und warf Sam einen strafenden Blick zu.

Susan, die gerade Butter und Milch in den Kühlschrank zurückbrachte, fiel plötzlich etwas ein. »Musik!« rief sie. »Ihr braucht Musik.« Und schon war sie aus dem Zimmer gelaufen.

»Du machst es wirklich schon sehr gut«, sagte Will noch einmal zu Ashley. »Du brauchst nur noch ein bißchen Übung.«

»Sie kann üben, bis sie alt und grau ist, sie wird es niemals lernen«, bemerkte Mike, der schon wieder auf dem Weg ins Wohnzimmer war. »Sieh den Tatsachen ins Auge, Ashley, du kannst nicht tanzen.«

»Mike!« rief Molly empört.

»Vielleicht sollte ich Trevor am besten absagen.« Ashley blieb stehen, ließ Will los und sah ihre Schwester voller Verzweiflung an.

»Ach, Unsinn. Natürlich gehst du zu dem Ball. Du wirst wunderschön aussehen, genauso gut wie alle anderen tanzen, und du wirst dich großartig amüsieren.«

»Glaubst du?« fragte Ashley mit zaghaftem Lächeln.

»Ich bin ganz sicher«, gab Molly bestimmt zurück.

»Ich wünschte, jemand würde *mir* beibringen, wie man tanzt«, sagte Susan, als sie mit einer kleinen Spieluhr aus Messing zurückkehrte, die sonst in Mollys oberster Kommodenschublade aufbewahrt war. »Wer hat es dir gezeigt, Will?«

Er zuckte die Achseln. »Ich hab's mir nur so abgeguckt.«

»Und dir, Molly?« fragte Susan, während sie die Spieluhr aufzog.

»Ich auch. Man braucht wirklich nur der Musik zuzuhören und den Schritten des Partners zu folgen.«

Susan öffnete den Deckel der Spieluhr. Die klare, fröhliche Melodie von ›Edelweiß‹ klang durch die Küche.

›... weiß und klein, strahlend rein, grüßt du mich jeden Morgen ...‹

»Jetzt probiert es mal zu der Musik«, forderte Susan Will und Ashley auf.

Will streckte Ashley die Arme entgegen. Seufzend verdrehte sie die Augen und nahm dann ihre Position ein.

›... seh' ich dich, so wunderfein, vergeh'n all meine Sorgen ...‹

Während Will und Ashley ihren Tanz wiederaufnahmen, stiegen Molly Tränen in die Augen.

›Sterne aus Schnee sind deine Blüten ...‹

Die Spieluhr war ein Geschenk ihrer Mutter. Jedesmal wenn sie die fröhliche Melodie hörte, wurde sie an die wenigen glücklichen Momente, aber auch an das viele Leid erinnert, das sie besser vergessen sollte. Deswegen holte sie die Spieluhr fast nie hervor. Sie war erstaunt, daß Susan überhaupt wußte, wo sie sich befand.

›... sollst meine Heimat auf ewig behüten.‹

»Molly, bitte mach's mir einmal vor«, hörte Molly plötzlich Ashleys Stimme.

Die Musik brach ab. Erstaunt sah Molly sich um. Ashley und Will waren stehengeblieben und sahen sie beide an.

»Wenn du mit Will tanzt, kann ich vielleicht was dabei lernen.«

Molly schob ihre Erinnerungen beiseite. In Ashleys sanften braunen Augen stand ein bittender Ausdruck.

»Bitte, Molly, mach's ihr vor«, flehte nun auch Susan. Ihr Finger drückte den kleinen Knopf herunter, der die Musik anhielt. »Ich möchte gern sehen, wie du tanzt.«

»Jedenfalls bestimmt besser als Ash«, murmelte Sam kopfschüttelnd.

»Ashley macht es schon sehr gut«, sagte Will. »Aber vielleicht hilft es ihr, wenn sie jemand anders zusehen kann. Molly?«

Diesmal streckte er die Arme nach ihr aus. Molly mußte daran denken, wie er heute mittag ihre Hand geküßt und sie damit völlig durcheinandergebracht hatte.

Er selbst schien allerdings nicht dergleichen empfunden zu haben, und auch jetzt schien er ihre Gefühle nicht zu teilen.

»Meine Hände sind ganz naß«, protestierte Molly. Susan, die gerade das Besteck abtrocknete, reichte ihr wortlos das Handtuch. Eine andere Ausrede fiel Molly nicht ein. Schließlich dachten die Kinder, er sei ihr Freund, und außerdem ging es um nichts weiter als einen Tanz.

Unter dem feinen, weichen Baumwollstoff seines Hemdes fühlte sich seine Schulter hart an. Seine Finger, die ihre Hand umschlossen, waren warm und stark, und der feste Griff um ihre Taille hatte etwas Beschützendes.

Susan ließ den Knopf an der Spieluhr los, und wieder ertönten die fröhlichen Klänge von ›Edelweiß‹, die so voller Erinnerungen für sie waren.

›... grüßt du mich jeden Morgen ...‹

Molly versuchte, nicht zuzuhören. Sie war so damit beschäftigt, ihre Reaktion sowohl auf den Mann, der sie hielt, als auch auf die Musik zu verbergen, daß sie ohne bewußte Überlegung tanzte. Sich ganz Wills Führung überlassend, flogen ihre nackten Füße über den Küchenboden. Es sah aus, als sei sie Spezialistin im Walzertanzen, obwohl sie in Wirklichkeit vielleicht nur dreimal in ihrem Leben die Gelegenheit dazu gehabt hatte.

›... Sterne aus Schnee ...‹

Zwischen seinen goldblonden Haaren über den Ohren waren einige silberne, und die Falten um seinen Mund waren tiefer als die um seine Augen. Seine Lippen waren dünn, aber schön geformt, und im Moment lächelten sie auf sie herab.

›... sind deine Blüten ...‹

Seine Augen waren von einem intensiveren Blau als Ashleys Pullover.

›... Edelweiß ...‹

Ihr Kopf endete genau unter seiner Nasenspitze.

›... Edelweiß ...‹

Trotz ihrer goldenen Spitzen waren die Haare auf seiner Brust dunkler als die auf seinem Kopf. Molly ertappte sich bei der Überlegung, ob seine Brust wohl sehr behaart war. Wahrscheinlich nicht, entschied sie. Nicht bei so blondem Haar.

›. . . sollst meine Heimat auf ewig behüten.‹

Von seinem Körper übertrug sich eine wohlige Wärme auf Molly.

Die Musik verstummte. Mit einem theatralisch anmutenden Wirbel schwang Will sie herum, dann ließ er sie los.

Molly war schwindelig geworden. Susan, Sam und Ashley applaudierten.

»Du tanzt gut«, sagte Will und lächelte sie an.

»Danke«, antwortete Molly und war froh, daß ihre Stimme viel normaler klang als sie sich fühlte. »Du auch.«

»Ashley? Du bist wieder dran.« Molly ging hinüber zu Susan und lehnte sich an die Küchenschränke, und Ashley und Will setzten ihre Übung fort.

Plötzlich ertönte ein lauter Schrei. Mit weitaufgerissenen Augen starrte Susan auf das kleine Küchenfenster, ihr Gesicht war weiß vor Schreck. Die Spieluhr war ihr aus der Hand gefallen und hatte aufgehört zu spielen. Die Gardinen, die sowieso in der Mitte nie ganz zusammentrafen, waren offen. Hinter dem Glas war außer undurchdringlicher Dunkelheit nichts zu sehen.

»Was ist los? Was ist passiert? Was hast du?« Alle standen dicht bei Susan und redeten durcheinander.

Susan zeigte auf das Fenster.

»Es war jemand am Fenster, ein Gesicht.«

»Ich sehe nach, ihr bleibt hier«, sagte Will und rannte hinaus. Mike, der sofort nach Susans Schrei in der Küche aufgetaucht war, nahm das Gewehr aus der Ecke neben dem Kühlschrank und folgte ihm.

Draußen begann Pork Chop zu bellen. Nach wenigen Minuten kam Mike zurück und schmiß die Tür hinter sich zu. Molly, die die zitternde Susan im Arm hielt, sah ihn fragend an.

»Er ist ein Arschloch«, stieß Mike wütend durch zusammengebissene Zähne hervor und trat gegen ein Tischbein.

Molly hob die Augenbrauen, aber noch bevor sie etwas sagen konnte, kam Will wieder herein.

»Es ist niemand draußen«, sagte er und schloß die Tür hinter sich. Molly fiel auf, daß Will jetzt das Gewehr trug. Das war also der Grund für Mikes Wut, Will hatte es ihm weggenommen.

»Aber es war jemand da«, beharrte Susan. »Ich habe es genau gesehen.«

»Dann muß es wohl ein Geist gewesen sein. Pork Chop hat ruhig gefressen, als wir rauskamen. Er hat niemand gesehen, aber wahrscheinlich können Hunde ja keine Geister sehen«, spöttelte Mike.

»Aber jetzt bellt er«, bemerkte Ashley.

»Eine Katze«, sagte Will. »Er hat sie bis zum Zaun gejagt, und dann kam er nicht rüber.«

»Oh.« Alle wußten, wie Pork Chop auf Katzen reagierte.

Will ging durch die Küche und stellte das Gewehr an der hinteren Wand ab.

»Du solltest so etwas nicht haben, schon gar nicht irgendwo, wo Kinder rankönnen«, sagte er zu Molly.

»Es ist nicht geladen. Das habe ich dir doch gesagt.«

Mikes Stimme war gereizt und wütend.

Will sah ihn ruhig an. »Trotzdem ist es gefährlich. Stell dir vor, draußen wäre ein Polizist gewesen. Er hätte denken können, daß du bewaffnet bist, und dann hätte er womöglich geschossen.«

»Es war aber kein Bulle. Es war überhaupt niemand. Nur ein Hirngespinst meiner kleinen Schwester!« höhnte Mike.

»Mike!« wies Molly ihn zurecht.

»Das stimmt nicht!« widersprach Susan heftig. »Es war jemand am Fenster, ich schwöre es!«

»Vielleicht hast du ja Libby Coleman gesehen«, schlug Mike boshaft vor. »Vielleicht hat sie die Musik gehört und wollte tanzen.«

Susans Augen weiteten sich entsetzt, und sie gab einen erschrockenen Laut von sich.

»Mike!« Molly funkelte ihn drohend an.

»Wer ist Libby Coleman?« fragte Will. Er stand am Küchenfenster, dessen Verschluß er überprüft hatte, und sah hinaus in den rückwärtigen Teil des Gartens. Erkennen konnte er dort allerdings nichts, dachte Molly. Selbst die Augen von FBI-Agenten waren nicht mit Röntgenstrahlen ausgerüstet.

»Sie spukt hier in der Gegend herum, zumindest in den Köpfen von vielen«, erklärte Molly und sprach absichtlich in einem leichten, fröhlichen Ton. »Allerdings weiß man nicht genau, ob sie wirklich tot ist.«

»Sie ist irgendwann einfach verschwunden«, fügte Ashley hinzu. »Das ist schon ganz lange her, mindestens zehn Jahre. Und seitdem hat nie wieder jemand etwas von ihr gehört.«

»Und sie ist verschwunden, nachdem sie in der Tanzstunde war«, warf Mike ein und sah Susan spöttisch an. »Deswegen war sie vorhin da. Ich wette, sie wollte mittanzen.«

»Hör' jetzt auf damit!« fuhr Susan ihn böse an.

»Es ist jetzt dreizehn Jahre her. Ich weiß es genau, weil sie ungefähr so alt war wie ich. Es stand in den Zeitungen, und auch im Fernsehen wurde dauernd darüber berichtet. Noch Monate danach durfte niemand von uns auch nur einen Fuß allein aus dem Haus setzen«, erinnerte sich Molly.

»War das in der Zeit, als du im Heim warst?« fragte Ashley. Molly nickte und warf Will einen verstohlenen Blick zu.

Er hatte sich vom Fenster abgewandt und sah nachdenklich vor sich hin. Sie hoffte, daß er Ashleys Frage nicht gehört hatte. Vielleicht wußte er aber auch schon von seinen Überprüfungen, daß sie einen großen Teil ihrer Jugend im Heim verbracht hatte. Vielleicht aber auch nicht. Bei den Routineüberprüfungen ging es nur um die Fakten, hatte er gesagt. Wieder einmal fragte sich Molly, was ›nur die Fakten‹ eigentlich bedeutete.

Offensichtlich hatte er Ashleys Frage nicht gehört, oder

zumindest war er nicht interessiert daran, das Thema weiter zu verfolgen. »Coleman«, sagte er nachdenklich. »Ist das die Familie, der Greenglow Stables gehört?«

Molly nickte, froh, daß ihre Person aus dem Spiel war.

»Libby war ihre jüngere Tochter. Sie haben noch eine ältere Tochter und einen Sohn.«

»Und sie ist vor dreizehn Jahren nach der Tanzstunde verschwunden?« Will rieb sich das Kinn. »Das ist interessant, aber ich glaube nicht, daß sie gerade durchs Fenster gesehen hat.«

»Aber es war jemand da«, wiederholte Susan hartnäkkig. »Ich habe wirklich jemand gesehen.«

»Jedenfalls ist jetzt niemand mehr da. Mach' dir keine Sorgen.« Will sah Molly an. »Aber trotzdem würde ich für alle Fälle gern die Fenster und Türen überprüfen. Hast du was dagegen?«

Molly schüttelte den Kopf. Nachdem Will im Erdgeschoß alle Fenstersicherungen und Türen kontrolliert hatte, ging er nach oben. Zurück in der Küche sagte er zu Molly: »Der Verschluß am Fenster des Jungenzimmers ist kaputt. Ich habe es mit einem Stück Holz gesichert. Nächstes Mal, wenn ich vorbeikomme, bringe ich es in Ordnung.«

»Danke«, sagte Molly und lächelte ihn an.

Mikes Gesicht verfinsterte sich. »Ist er jetzt hier schon der Hausherr oder was?« murmelte er verärgert und verließ die Küche. Sie konnten hören, wie er mit lauten Schritten die Treppe hochstapfte.

Einen Moment schwiegen alle.

»Er ist in einer kritischen Phase«, sagte Ashley dann entschuldigend zu Will. Der nickte nur.

»Ich muß jetzt gehen«, wandte er sich an Molly. »Es sei denn, ihr habt Angst. Wenn ihr wollt, kann ich auch hierbleiben.«

»Nein, nein, alles in Ordnung«, antwortete Molly, die immer noch die Arme um Susans Schultern gelegt hatte. »Aber danke für das Angebot. Und danke auch für die Hühnchen. Jetzt brauche ich morgen nicht zu kochen.«

Molly nahm sein Jackett und seine Krawatte von der Küchenbank und hielt sie ihm hin. Er rollte seine Ärmel herunter, schlüpfte in das Jackett und band die Krawatte um.

»Wir üben diesen Schritt noch ein paarmal, und nächsten Freitag bist du dann ein Profi«, versprach er Ashley.

»Das wäre wunderbar.« Ashley lächelte ihn an. »Und danke, Will.«

»Tschüs, Will, bis bald«, sagte Sam.

Molly staunte, wie schnell die Kinder ihn wie einen vertrauten Freund behandelten. Außer Mike natürlich.

»Tschüs, Sam, tschüs, Susan. Und mach dir keine Sorgen mehr. Wahrscheinlich hast du nur ein Opossum oder eine Eule gesehen. Dein Schrei hat das Tier erschreckt, und es ist weggeflogen.«

»Ja, kann sein.« Susan war ganz eindeutig nicht überzeugt von seiner Interpretation.

»Ich komm' noch mit zum Auto«, bot Molly an, weil sie dachte, daß er ihr vielleicht noch Instruktionen erteilen wollte. Schon war sie ihm bis zur Tür nachgegangen.

»Nein, bleib hier«, wehrte er ab. Er nahm ihre Hand, zog sie nah an sich heran und beugte sich zu ihr hinunter. Dann flüsterte er ihr ins Ohr: »Ich hab' zwar draußen nichts gesehen, aber wer weiß ... Ich möchte, daß ihr zur Sicherheit heute nicht mehr rausgeht und die Tür verschlossen haltet. Okay?«

Molly nickte nur. Er hielt noch immer ihre Hand, und sie fühlte seinen warmen Atem an ihrem Ohr. Merkwürdigerweise wurde ihr davon warm bis in die Zehenspitzen.

»Du hast meine Nummer, falls etwas ist. Aber ruf erst die Polizei an, sie können schneller hier sein.«

Wieder nickte Molly. Er machte ihr fast Angst – aber das war natürlich lächerlich. In Woodford County passierten so gut wie keine Verbrechen; es war auch höchst unwahrscheinlich, daß sich ein Spanner hier herumtrieb.

Außerdem war J. D. die ganze Nacht über auf Patrouille.

Will ließ ihre Hand los, winkte den anderen zu und öffnete die Tür. Draußen drehte er sich noch einmal um und sagte: »Schließ die Tür ab. Gute Nacht.«

19

14. Oktober 1995

Als Molly um halb sechs von der Arbeit nach Hause kam, war sie hundemüde. Samtags war in Keeneland immer am meisten los, und heute war es ganz besonders hektisch gewesen. Außerdem hatte der Ausfall von Lady Valor im Spinster-Rennen die Stimmung auch nicht gerade gehoben. Die Erzrivalin der Stute, Alberta's Hope von Nestor Stables aus Kalifornien, hatte gewonnen. Molly war überzeugt, daß Lady Valor ihre Zeit auf jeden Fall übertroffen hätte. Dasselbe dachte Don Simpson, und folglich war er so schlecht gelaunt wie ein Bär mit einem Splitter in der Pfote. Ausgerechnet heute war es auch noch ziemlich schwierig gewesen, die sechs Pferde zu überprüfen, deren Namen Will ihr am vorherigen Abend zugesteckt hatte. Bei allen hatten die Identifizierungsnummern mit denen der Registrierungspapiere übereingestimmt.

So war der Tag alles in allem äußerst anstrengend und enttäuschend gewesen.

Als Molly aus dem Auto stieg, kam gerade Ashleys beste Freundin Beth aus dem Haus. Sie begrüßte Molly, und für eine Weile blieben sie stehen und unterhielten sich. Beth erkundigte sich verschmitzt nach Mollys neuem Freund, woraufhin Molly lächelte und eine nichtssagende Antwort gab; innerlich schalt sie ihre Schwester für ihre Indiskretion.

Endlich ging Beth, und Molly betrat das Haus.

»Hallo, Leute, ich bin da!« rief sie, warf ihre Handtasche auf den Küchentisch und ging direkt zum Kühlschrank. Sie hatte den ganzen Tag keine Zeit zum Essen gehabt und war am Verhungern. Als sie überlegte, welches Abendbrot am schnellsten ginge, fielen ihr die Hühnchen ein, die Will am letzten Abend mitgebracht hatte. Wunderbar! Mit ein paar Scheiben Brot und einem Salat würden sie ein gutes und schnelles Essen ergeben.

»Hallo, Moll.« Ashley kam in die Küche. Ein grünes Handtuch war wie ein Turban um ihr Haar geschlugen.

»Hast du dir nicht gestern erst die Hare gewaschen?« fragte Molly, die gerade den Topf mit den Hühnchen aus dem Kühlschrank genommen hatte.

»Beth und ich haben Frisuren ausprobiert. Sie hat mein Haar auf Lockenwickler aufgedreht und einen Wellschaum aufgetragen. Nur sah ich nachher leider aus, als hätte ich in die Steckdose gefaßt. Je mehr ich gebürstet habe, desto krauser wurden die Haare, also hab' ich alles wieder rausgewaschen.«

»Ach so.« Molly nahm schon mal einen Bissen von einem Hühnerbein. »Geht Beth auch zu dem Ball?«

»Ja.« Ashley strahlte. »Mit Andy Moorman. Wir vier gehen vorher zusammen essen. Ist das nicht toll?«

Die aufgeschlossene Beth war bei den Jungen beliebter als die schüchterne Ashley, obwohl Molly fand, daß Ashley die Hübschere von beiden war.

»Oh, ja«, stimmte Molly zu und biß heißhungrig noch einmal in das kalte Fleisch. »Wo sind Mike und die Zwillinge?« fragte sie zwischen Kauen und Schlucken.

»Mike ist oben, er hört eine Kassette, die ihm ein Freund geliehen hat. Sam ist drüben bei Ryan Lutz, und Susan ist bei Mary Shelton. Susan hat angerufen, um zu fragen, ob sie bei Mary schlafen kann. Ich habe gesagt, das ist okay. Sam wollte gegen acht Uhr zurück sein.«

»Aha. Dann sind zum Abendbrot also nur du, Mike und ich da«, sagte Molly, die inzwischen sämtliches Fleisch von dem Hühnerbein geknabbert hatte und die Reste jetzt mit bemerkenswerter Treffsicherheit in den Mülleimer warf.

»Das kommt darauf an.« Ashley sah sie streng an. »Jimmy Miller hat angerufen. Er hat gesagt, er holt dich um Viertel vor sieben ab.«

»Oh, meine Güte! Das habe ich ganz vergessen!« Vor ein paar Tagen – noch bevor Will aufgetaucht war – hatte Molly Jimmy versprochen, heute abend mit ins Kino und essen zu gehen.

»Scheint ja zur Gewohnheit zu werden, daß du deine Verabredungen vergißt.« Ashley verschränkte die Arme und sah Molly mit schräggelegtem Kopf an. »Du gehst doch nicht mit Jimmy aus, oder?«

Tatsächlich hatte Molly eben gedacht, ob es nicht besser wäre, Jimmy anzurufen und ihm abzusagen. Aber dann wurde ihr bewußt, weshalb sie keine Lust mehr hatte, mit ihm auszugehen. Der Grund dafür gefiel ihr überhaupt nicht: Er hieß Will.

Er ist nicht wirklich mein Freund, erinnerte sie sich selbst grimmig.

»Natürlich gehe ich.« Mit bedauerndem Blick stellte Molly den Topf wieder in den Kühlschrank zurück. »Warum sollte ich nicht?«

»Das kannst du doch nicht machen!«

»Warum denn nicht?«

»Was wird Will denken?« platzte Ashley heraus.

»Hat das was zu sagen?« fragte Molly leichthin und ging aus der Küche. Wenn sie mit Jimmy ausging, mußte sie jetzt duschen und sich umziehen.

»Molly!« Ashley kam ihr nach.

Molly durchquerte ihr winziges Schlafzimmer und zog den Vorhang beiseite, der als Schranktür diente. Dann begutachtete sie ihre bescheidene Garderobe und versuchte, Ashley gar nicht zu beachten, die in der offenen Tür stehengeblieben war.

»Das kannst du nicht machen«, wiederholte Ashley.

»Was?« Molly nahm einen schwarzen Rock von der Kleiderstange und betrachtete ihn. Er war sauber und gebügelt und sogar noch in Mode. Mit einem Pullover oder einem T-Shirt und einem Jackett wäre sie damit passend angezogen. »Borgst du mir dein graues Jackett?«

»Nein!« antwortete Ashley empört. »Nicht für ein Rendezvous mit Jimmy Miller! Was ist mit Will?«

»Was soll mit ihm sein?« Molly wühlte weiter in ihren Kleidungsstücken und fand schließlich den schwarzen Rollkragenpullover, den sie gesucht hatte.

»Bist du nicht mit ihm verabredet?«

»Nein.« Das stimmte, sie waren nicht ausdrücklich verabredet. Allerdings würde er wahrscheinlich vorbeikommen, mit ziemlicher Sicherheit sogar. Trotzdem hatten sie genaugenommen kein Rendezvous. Und wenn er ihr geschäftliche Instruktionen erteilen wollte, hatte das auch Zeit bis morgen auf der Rennbahn.

»Also kommt er heute abend nicht?«

Molly zuckte die Achseln. »Kann schon sein. Falls er kommt, sag ihm, daß ich schon eine Verabredung hatte.«

»Und was glaubst du, wie er das findet, wenn du mit Jimmy Miller ausgehst?«

»Weißt du was?« Molly ging in die Knie, um auf dem Boden des Schranks nach ihren guten schwarzen Absatzschuhen zu suchen.

»Was?«

»Das ist mir ziemlich egal.«

»Habt ihr euch gestritten?« Ashley klang plötzlich besorgt.

»Nein, wir haben uns nicht gestritten.« Molly hatte die Schuhe gefunden. Sie stand auf und legte den schwarzen Rock und den Pullover auf die etwas ausgeblichene, aber noch immer sehr hübsche gelbgeblümte Überdecke auf ihrem Bett.

»Aber warum ...« begann Ashley, doch Molly unterbrach sie.

»Ich gehöre nicht Will Lyman«, sagte sie grimmig und ging zur Kommode. Sie öffnete die oberste Schublade und warf frische Unterwäsche auf ihr Bett, dann grub sie unter der Spieluhr und den anderen Wäschestücken nach einer Strumpfhose. In dem rechteckigen Spiegel über der Kommode sah sie ihr Gesicht. Es sah trotzig und wild entschlossen aus. Aber wozu war sie eigentlich so wild entschlossen?

»Ich mag Will sehr, Molly.«

»Dann geh du doch mit ihm aus.«

Ashley ignorierte diese Bemerkung. »Wir mögen ihn alle. Bis auf Mike, aber du weißt ja, wie er ist. Er wird schon irgendwann zur Vernunft kommen.«

»Ashley, hör zu.« Molly hatte die schwarze Perlonstrumpfhose gefunden, nach der sie gesucht hatte. Sie schloß das Schubfach und drehte sich zu ihrer Schwester um. »Erstens ist Will viel zu alt für mich. Zweitens ist er eigentlich gar nicht mein Typ. Und drittens ist er aus Chicago und wird dorthin zurückfahren, wenn Keeneland vorbei ist. Also denk bitte nicht, wir hätten eine unsterbliche Romanze. Haben wir nicht.«

»Ich wette, du könntest eine unsterbliche Romanze daraus machen, wenn du wolltest.«

»Ashley, würdest du mir *bitte* dein graues Jackett borgen?« Molly schmiß die Strumpfhose auf das Bett zu den anderen Sachen und kramte in ihrem Schmuckkästchen nach ihrer silbernen Kette und den passenden Ohrringen.

»Ihr wart die letzten beiden Abende zusammen. Sonst verabredest du dich nie an Wochentagen außer freitags. Also mußt du ihn doch auch sehr mögen.«

»Ash, es ist nichts Ernstes, wirklich nicht.« Molly hatte die Kette und einen Ohrring gefunden und suchte weiter nach dem zweiten.

»Du solltest mal deinen Blick sehen, wenn du ihn anschaust.«

»Ach was, das bildest du dir nur ein.« Molly hatte den zweiten Ohrring gefunden und schloß das Schmuckkästchen.

Ashley schüttelte den Kopf. »Ich kenne dich, Molly. Ich seh' genau, daß du verliebt in ihn bist. Mir kannst du nichts vormachen.«

»Jetzt reicht's aber, Ashley. Hör endlich auf!« Molly griff nach ihren Toilettensachen, und ohne Ashley eines Blickes zu würdigen, rauschte sie an ihr vorbei Richtung Badezimmer.

»Ich wette, du könntest es schaffen, ihn in dich verliebt zu machen«, rief Ashley ihr nach.

»Du hast zu viele Liebesromane gelesen«, gab Molly zurück und schloß die Tür hinter sich.

Eine halbe Stunde später kam sie wieder heraus, geduscht, mit gewaschenen und gefönten Haaren und Make-up. In der einen Hand trug sie ihre Toilettentasche und ihre Kleidung, mit der anderen hielt sie das Handtuch zu, das sie sich umgeschlungen hatte. Ashley war nicht in Sicht. Schnell eilte Molly in ihr Zimmer. Vielleicht konnte sie darin verschwinden und die Tür schließen, bevor Ashley sie bemerkte.

Ihre Schwester saß in Mollys Zimmer auf einer Ecke des Bettes. Sie hatte das grüne Handtuch abgenommen und knetete mit einer Hand ihr Haar. Über ihrem Schoß lag ihr graues Jackett und darauf ein Fläschchen Parfum.

Molly blieb im Türrahmen stehen. Ashley sah auf, und die beiden Schwestern maßen sich einen Moment schweigend mit Blicken.

»Du kannst mein graues Jackett haben«, sagte Ashley. »Und ich habe noch eine Probe von Poison, die ich beim Einkaufen bekommen habe. Die kannst du auch haben.«

»Danke.« Molly betrat das Zimmer und nahm das Parfumfläschchen entgegen, das Ashley ihr hinhielt. »Und wieso dieser plötzliche Umschwung?«

»Ich habe mir überlegt, daß es die Sache vielleicht vorantreibt, wenn du Will eifersüchtig machst. Du weißt ja, wie Männer sind.«

Molly stöhnte auf und verdrehte die Augen. »Jetzt aber raus hier. Es ist halb sieben, und ich bin noch nicht mal angezogen.«

Ashley stand auf. »Will ist genau der Richtige für dich, Moll«, sagte sie hartnäckig. »Wenn ihr beide zusammen wärt, bräuchte ich mir keine Sorgen zu machen, wenn ich im Herbst zum College gehe. Er würde gut für dich sorgen. Und auch für Susan, Sam und Mike.«

»Raus jetzt!« Molly schob Ashley aus dem Zimmer, knallte die Tür zu und schloß ab. Sie lehnte den Kopf gegen das weißgestrichene Holz und atmete ein paarmal tief ein und aus. Dann streckte sie sich wieder.

»Will ist in zwei Wochen wieder in Chicago! Kapier das endlich!« rief sie durch die geschlossene Tür.

»Jimmy Miller ist gerade vorgefahren!« rief Ashley statt einer Antwort zurück. Molly stieß einen Fluch aus und begann, sich anzuziehen.

Jimmy Miller hatte dichtes mittelbraunes Haar, einen stämmigen, aber wohlproportionierten Körperbau und ein ausgesprochen strahlendes Lächeln. Sein eckiges Gesicht mit der breiten Nase war nicht besonders hübsch, aber sympathisch. Bei den Mädchen der Gegend galt Jimmy als gute Partie. Schließlich würde er eines Tages der alleinige Inhaber von Millers Garage sein. Und da dies die einzige Reparaturwerkstatt in Versailles war, gingen die Geschäfte gut. Hinzu kam, daß Molly ihn mochte.

Das Problem war, daß ihre Gefühle nicht darüber hinausgingen.

Er lud sie zum Essen im Sizzler ein, und sie lächelte ihn an, während er ihr alles über seine Pläne erzählte, eine neue Werkstatt in der nahe gelegenen Landeshauptstadt Frankfort zu eröffnen. Im Kino hielt er ihre Hand, und sie ließ es geschehen. Anschließend wollte er sie überreden, noch in einen Nachtclub in Lexington zu gehen, aber sie lehnte mit der Begründung ab, daß sie am nächsten Morgen früh aufstehen und arbeiten mußte.

Er bewunderte ihr Verantwortungsgefühl und sagte, daß das etwas sei, was ihm schon immer an ihr gefallen hätte. Dann fuhr er sie nach Hause. Es war kurz vor halb zwölf.

In der Einfahrt parkte Wills weißer Taurus hinter ihrem blauen Plymouth. Molly richtete sich in ihrem Sitz auf, jeder Muskel ihres Körpers spannte sich.

»Neues Auto?« fragte Jimmy, während er den Motor abstellte und sein Arm um ihre Schultern glitt.

»Gehört einem Freund der Familie«, antwortete Molly leichthin. Gleich würde Jimmy ihr einen Gute-Nacht-Kuß geben, wie er das schon bei früheren Gelegenheiten getan hatte. Sie würde es zulassen, und sie würde ihm mehr zurückgeben, als er erwartete.

Denn Will war bei ihr zu Hause. Und tief in ihrem Herzen wußte sie, daß eigentlich er es war, von dem sie geküßt werden wollte.

Will hatte seine Schuhe ausgezogen und lag auf dem erstaunlich bequemen alten Liegestuhl im Wohnzimmer der Ballards, als er das Geräusch von Autoreifen auf Kies hörte. Pork Chop, der draußen war, begann zu bellen.

Will trug ein blaues Sporthemd und graue Hosen. Seine Finger schlossen sich fester um die Armlehnen des Liegestuhls, während er überlegte, wie er am besten reagieren sollte. Er konnte im Haus bleiben und warten, bis Molly hereinkam. Oder er konnte wie ein überängstlicher Vater hinaus auf die Veranda gehen und dem Abschiedskuß der beiden zuschauen und ihn damit verkürzen.

Es ärgerte Will, daß der Gedanke an diesen Gute-Nacht-Kuß ihm gar nicht gefiel. Und noch mehr ärgerte es ihn, daß seine Gefühle Molly gegenüber nicht im mindesten väterlich waren.

Sam hatte sich auf der Couch zusammengerollt und war schon eingeschlafen, als noch der Abspann des Films lief, den Will ausgeliehen und mitgebracht hatte. Zu seinen Füßen saß Ashley und hielt ihre müden Augen auf den Bildschirm gerichtet, auf dem Jay Leno mit Elizabeth Taylor plauderte. Mike, der trotz seiner offen zur Schau getragenen Feindseligkeit der Versuchung nicht hatte widerstehen können, Arnold Schwarzenegger in *True Lies* zu sehen, war sofort nach Ende des Films wieder nach oben in sein Zimmer gegangen ...

»Molly kommt«, murmelte Ashley und warf Will einen Seitenblick zu. Wie schon häufiger an diesem Abend fragte sich Will, was wohl in Ashley vorging. Als er gegen sieben Uhr dreißig mit Tüten voller Essen und Getränke und dem Video angekommen war, erfuhr er zu seiner Überraschung und seinem Ärger, daß Molly ausgegangen war. Ashley hatte darauf bestanden, daß er trotzdem blieb. Um mit ihnen zusammen den Film zu sehen. Und um mit ihr tanzen zu üben – wenn es ihm nichts ausmachte. Dann hatte sie noch behauptet, daß sie und Mike sich auch sicherer fühlen würden, wenn er bliebe, und daß sie immer ein bißchen Angst hatten, wenn Molly nicht da war.

Allerdings war Mike nicht im Zimmer, als sie das sagte. Und Will glaubte auch nicht, daß Ashley Angst hatte. Da ihr Wunsch jedoch mit dem seinen übereinstimmte, war er dageblieben. Er hatte die Gittertür und das Schloß am Schlafzimmerfenster im ersten Stock repariert, mit Ashley tanzen geübt und mit Sam gebalgt. Dann hatten alle zusammen den Film gesehen.

»Ah ja?« Will starrte weiter auf den Fernseher, als sei er ungeheuer interessiert an Elizabeths Schilderung ihrer letzten Krankheit. Tatsächlich hätte der Bildschirm auch leer sein können, soviel bekam er davon mit.

Es dauerte ganz schön lange, bis Molly aus diesem Auto stieg und hereinkam.

»Ich glaube, ich gehe jetzt schlafen«, sagte Ashley laut gähnend und stand auf. »Danke, daß du geblieben bist, Will.«

»Es war mir ein Vergnügen.« Er beugte scherzhaft den Kopf und sah dann wieder auf den Fernseher, während Ashley Sam hochzog und vor sich her aus dem Zimmer schob.

»Gute Nacht«, rief sie leise.

»Gute Nacht«, antwortete Will und hoffte, man hörte ihm seinen Ärger nicht an.

Es brauchte nicht viel Fantasie, um sich vorzustellen, was Molly in dem Auto so lange tat.

Ein wohlhabender Geschäftsmann aus dem Ort, so hatte Ashley Mollys Galan beschrieben. Und völlig verrückt nach Molly. Himmel, die Hälfte aller Männer des Bluegrass-Landes schienen verrückt nach ihr zu sein. Und auf keinen Fall würde er sich einreihen. Er war zu alt und zu erfahren, um sich mit einer Frau einzulassen, die die Männer anzog wie das Licht die Motten. Eine Frau, die fünfzehn Jahre jünger war als er, mit einem Gesicht wie ein Engel und einem Körper, der einem den Verstand rauben konnte. Er war beherrscht genug, um einen kühlen Kopf zu behalten.

Aber was zum Teufel trieb sie so lange im Auto?

Dumme Frage.

Will hielt es nicht mehr aus. Wenn sie es mit diesem Typen treiben wollte, dann sollte sie wenigstens den Anstand besitzen, das nicht in ihrer eigenen Einfahrt zu tun. Er würde hier nicht eine Stunde wie ein dummer Junge herumsitzen und auf sie warten, während sie auf dem Autorücksitz irgendeines Trottels dem Abend die Krone aufsetzte. Er würde sie aus diesem Auto ziehen, ihr sagen, was er ihr zu sagen hatte, und dann zurück in sein Hotel und endlich ins Bett gehen.

Schon war er aufgestanden, als er eine Autotür zuschlagen hörte und sofort danach eine zweite. Entweder hatte der Trottel nicht genug Benehmen, um einer Dame die Autotür zu öffnen, oder Molly hatte nicht solange gewartet.

Die Schritte von zwei Personen überquerten die Veranda und die Gittertür wurde geöffnet. Jemand steckte einen Schlüssel in das Schloß der Holztür, dann war es plötzlich still.

Will ging ein paar Schritte, blieb jedoch im Türrahmen zur Küche stehen, lehnte sich an und wartete.

Es dauerte eine Ewigkeit, bis Molly die Tür öffnete.

»Noch einen, Molly, nur noch einen«, flehte der Trottel, während die schwere Holztür aufgestoßen wurde.

»Gute Nacht, Jimmy«, entgegnete Molly lachend und trat ins Haus. Neben ihr drängelte sich Pork Chop herein, entdeckte Will und lief schwanzwedelnd durch die Küche auf ihn zu. Molly und ihr Anbeter sahen sich noch nicht einmal um.

»Nächsten Samstag?« O Gott, wie unterwürfig sich dieser Trottel anhörte! Will mußte an die Reaktion seines eigenen Körpers denken, als er am Tag vorher in Keeneland nur die Hand dieses Mädchens geküßt hatte. Und erst beim Tanzen mit ihr! Er hatte befürchtet, daß die zuschauenden Geschwister ihm seine Erregung ansehen könnten.

Sie war tatsächlich eine Bedrohung für die Männer. Aber er würde sich der Meute nicht anschließen, die hinter ihr her war. Nach diesem Tanz hatte er beschlossen, daß er auf jeden Fall die Hände von ihr lassen würde.

»Ruf mich an«, antwortete Molly. Der Trottel griff nach ihrer Hand und zog Molly an sich, um sie zu küssen. Er hatte braunes Haar, einen stämmigen Körper, und zwei Bügelfalten zierten die Hosenbeine seiner Jeans. Seine zweite Hand vergrub sich tief in Mollys Haar, als er sie küßte.

Falls es ihm an Technik und Erfahrung fehlen sollte, so machte er dieses Manko durch seine Leidenschaftlichkeit wett.

Will richtete sich auf. Als ihm bewußt wurde, wie aggressiv seine Haltung war, entspannte er sich. Sie gehörte nicht ihm, rief er sich ins Gedächtnis. Nicht tatsächlich, nur für die anderen war sie seine Freundin. Und er wollte es auch gar nicht anders.

»Gute Nacht, Jimmy.« Molly riß sich los, lächelte und faßte nach dem Griff der äußeren Tür. Sichtlich widerstrebend trat der Trottel einen Schritt zurück, und Molly zog die Tür ins Schloß.

»Ich ruf' dich morgen an«, sagte er mit belegter Stimme.

»Okay. Gute Nacht«, antwortete Molly durch das Fliegengitter. Nach einem letzten Lächeln und Winken schloß sie endlich auch die Holztür und drehte sich um.

Will griff um den Türrahmen herum und schaltete das Küchenlicht ein.

20

Mollys Blick fiel auf Will. Die üppige Fülle ihres offenen, dunklen Haares umrahmte ihre feinen Gesichtszüge. In ihren Augen, die durch die Umrandung mit Kajal und die mit Mascara betonten Wimpern noch größer als sonst wirkten, lag ein sinnlicher Ausdruck. Am Rand des sanft geschwungenen Mundes waren Spuren eines dunkelroten Lippenstiftes zu sehen.

Will wollte gar nicht daran denken, was mit dem restlichen Lippenstift passiert war.

Der schwarze Rock, den Molly trug, schaute nur einige Zentimeter unter dem langen, grauen Jackett hervor, und ihr schwarzer Pullover saß eng wie eine zweite Haut. Ihre Beine in ebenfalls schwarzen Absatzschuhen und Strumpfhosen waren schlank, wohlgeformt und endlos. Dieser Eindruck wurde noch dadurch verstärkt, daß der Rock bereits in der Mitte der Oberschenkel endete.

»Was machst du denn hier?« Ihre Stimme klang schnippisch.

»Ich warte auf dich.« Will hatte die Kontrolle über sich zurückgewonnen und lehnte wieder lässig am Türrahmen.

»Wenn ich das gewußt hätte, wäre ich länger weggeblieben.« Während Molly zum Kühlschrank ging, streifte sie ihr Jackett ab und warf es achtlos auf den Tisch. Sie nahm sich eine Dose Cola.

»Möchtest du auch eine Cola?« fragte sie dann über die Schulter, als wäre ihr gerade eingefallen, was sich gehörte. Bevor er antworten konnte, fügte sie hinzu: »O ich hab' ganz vergessen, du trinkst ja keine. Ein Glas Milch?«

»Nein.« Ihre Kleidung war zu kurz, zu eng, zu aufreizend. Sie schloß den Kühlschrank, drehte sich zu ihm um und sah ihn herausfordernd an. In den schwarzen, engen Sachen wirkte sie schmal, fast zerbrechlich, bis auf die verführerische Kurve ihres Hinterteils und die vollen Rundungen ihrer Brüste, die sich unter dem engen Pullover deutlich abzeichneten. Will kam zu Bewußtsein, daß er sie bis jetzt noch nie mit Make-up oder mit Rock und Absatzschuhen gesehen hatte.

In Sweatshirt und Jeans und mit zurückgebundenen Haaren war sie auf eine natürliche Art schön. So, wie sie heute abend zurechtgemacht war, verschlug es ihm einfach die Sprache.

Sie war so ungeheuer sexy, er konnte sich nicht erinnern, daß ihn der bloße Anblick einer Frau schon einmal derartig gereizt hatte.

»Wolltest du etwas Bestimmtes? Wenn nicht, würde ich jetzt gern ins Bett gehen.« Molly öffnete die Dose, nahm einen Schluck und sah ihn trotzig an.

Vergeblich versuchte Will, das sofort auftauchende erotische Bild von Molly im Bett zu verbannen. Seine Augen verengten sich.

»Hast du getan, was ich dir aufgetragen habe?« fragte er leise. Der Fernseher im Nebenraum lief laut genug, um ihre Unterhaltung zu übertönen, außerdem waren Mike und Ashley im Bett. Trotzdem wollte er ganz sichergehen, daß man sie nicht hören konnte. Als er heute nachmittag in Keeneland gewesen war, um Molly nach dem Ergebnis ihrer Überprüfungen zu fragen, hatte er ihr einen zusätzlichen Auftrag gegeben. Sie sollte mit einer Minikamera, die genau wie ein Füllfederhalter aussah, die Akten von Don Simpsons Büro fotografieren.

»Hatte ich eine Wahl?« Molly trank noch einen Schluck Cola.

»Nein.«

Sie schwieg und führte wieder die Cola-Dose zum Mund.

»Und?« Nur mit Mühe behielt Will die Geduld.

Schweigend ging sie zu einem der Schränke, öffnete einen Schub, holte die als Füllfederhalter getarnte Kamera heraus und warf sie ihm ohne Vorwarnung zu.

»Fang.«

Geschickt fing Will das kleine Gerät mit einer Hand auf und verstaute es in seiner Jackettasche.

»Gut gemacht«, lobte er.

»Es gehörte nicht zu unserer Abmachung, daß ich mich in Mr. Simpsons Büro schleichen und Fotos machen muß. Ich möchte extra dafür bezahlt werden.«

»Ich bezahle dir genug.«

»Ich dachte, die Regierung bezahlt mich, nicht du.«

»Aber in dem Fall bewillige ich, was sie bezahlt.«

»Aha. Deshalb glaubst du also, daß du der Boß bist.«

»Genau.«

Man konnte deutlich sehen, daß Molly die Lage der Dinge gar nicht gefiel. Sie trank noch einen Schluck Cola.

»Okay, jetzt hast du die Fotos, würdest du also bitte gehen? Ich bin müde.«

»Das kann ich mir vorstellen.« Kaum waren die Worte mit ihrem abfälligen Unterton gesagt, da bereute Will sie auch schon.

Mollys Augen verengten sich. »Hab' ich nicht allen Grund dazu? Ich bin um vier Uhr aufgestanden, habe den ganzen Tag gearbeitet, dann war ich essen und im Kino, und jetzt ist fast Mitternacht. Und morgen muß ich wieder um vier Uhr aufstehen.«

»Morgen ist Sonntag.«

»Ach ja? Pferden ist das ganz egal. Sie fressen auch am Sonntag und müssen genauso gepflegt werden wie an allen anderen Tagen.«

»Aber ich brauche dich morgen bei der Beerdigung von Howard Lawrence.« Das war der zweite – offizielle – Grund, warum Will auf Molly gewartet hatte.

»Da kann ich nicht hingehen. Ich muß arbeiten.«

»Ruf an und sag, du bist krank.«

Molly lachte nur.

Will überlegte. »Die Beerdigung ist um zehn. Das erste Rennen fängt um ein Uhr an. Wenn du dich nicht krank melden kannst, mußt du für eine Stunde verschwinden.«

»Ah ja? Und dann gehe ich in Jeans und T-Shirt zur Beerdigung?«

»Bring andere Sachen mit und zieh dich im Auto um.«

»Das würde dir gefallen, das kann ich mir vorstellen.« Spöttisch verzog Molly den schönen Mund.

»Glaubst du, ich würde im Rückspiegel zusehen?«

Molly hob bedeutungsvoll die Augenbrauen und zuckte die Schultern.

»Du verwechselst mich mit deinem geilen Freund.«

»Alle Männer sind geil.«

»Kann schon sein, aber nicht unbedingt auf dich.« Das klang, als fühlte er sich nicht erotisch von ihr angezogen, und es war eine glatte Lüge. Aber Will hielt sie für nötig, um sich selbst zu schützen. Er befürchtete enorme Schwierigkeiten, wenn sie wüßte, wie stark seine physische Reaktion auf sie war.

Molly entgegnete nichts. Einen Augenblick fixierte ihr Blick die rote Dose in ihrer Hand, dann fragte sie: »Und wozu brauchst du mich bei der Beerdigung?«

»Um für mich einige Leute zu identifizieren und mir zu erzählen, was du über sie weißt.«

»Aha. Dazu sind deine Computer wohl nicht geeignet, was?«

Will schüttelte den Kopf und sah sie ruhig an.

»Na gut«, gab Molly nach. Was konnte sie machen, er hatte sie in der Hand. »Ich werde Mr. Simpson sagen, daß ich zur Beerdigung gehe. Es wird ihm bestimmt nicht gefallen, aber deswegen wird er mich nicht gleich rausschmeißen.«

»Ich hol' dich um neun Uhr dreißig vor dem Stall ab.«

Molly schüttelte entschieden den Kopf. »Nicht vor dem Stall, überhaupt nicht auf dem Gelände. Ich möchte nicht, daß Mr. Simpson denkt, ich stehle mich von der Arbeit weg, um einen Mann zu treffen. Er wird so schon sauer genug sein.«

»Und wo sollen wir uns treffen?«

»In welcher Kirche ist der Gottesdienst?«

»In der St. Luke's Kirche in Versailles.«

»Wie wär's dann mit dem 7-Eleven-Laden in der Versailles Road? Weißt du, wo der ist?«

»Allerdings.« In Wills Kopf tauchte das Bild des klebrigen rosa Kaugummis an seiner Schuhsohle auf, und er zog eine Grimasse. »Also dort um halb zehn.«

»Nein. Um Viertel vor zehn. Ich kann nicht so lange wegbleiben.«

»Gut, also Viertel vor zehn.«

»Ist das alles?« Molly stellte die Cola-Büchse auf die Arbeitsplatte und verschränkte die Arme vor der Brust. Ihre Haltung verkündete eindeutig ihren Wunsch, ihn loszuwerden.

»Vor ein paar Minuten hattest du's noch gar nicht so eilig, deinen Freund zu verabschieden.« Obwohl Will die feste Absicht hatte, möglichst schnell zu gehen, konnte er sich diese spitze Bemerkung einfach nicht verkneifen.

»Aber du bist nicht mein Freund«, antwortete Molly mit zuckersüßem Lächeln und warf ihr Haar zurück. »Jedenfalls nicht wirklich.«

»Du hast einen Knutschfleck.« Der kleine, blaurote Fleck prangte an der Seite ihres makellosen weißen Halses, nur zwei Zentimeter unterm Kinn. Bis jetzt war er durch ihre Haare verborgen gewesen. Will ärgerte sich über sich selbst, als er registrierte, welchen innerlichen Aufruhr der Anblick dieses kleinen Flecks in ihm hervorrief.

Molly wurde rot und hob eine Hand zum Hals. »Tatsächlich?« fragte sie trotzig.

»Verdeck ihn morgen bitte mit Make-up. Ich möchte nicht, daß jemand denkt, ich bin dafür verantwortlich. Knutschflecken sind nicht mein Stil.«

»Das kann ich mir vorstellen.« Wieder lächelte Molly das viel zu süße Lächeln und ließ ihre Hand, die den Knutschfleck verdeckt hatte, sinken. »Dafür bist du viel zu alt.«

»Ich bin neununddreißig«, protestierte er.

»Das ist alt«, beharrte Molly.

Will spürte das altbekannte Brennen in seinem Magen. Es war die übliche Reaktion seines Körpers auf Streß, Frustration, Ärger.

»Neununddreißig kommt einem nur dann alt vor, wenn man selbst vierundzwanzig ist.«

»Ich werde nächsten Monat fünfundzwanzig, und

trotzdem finde ich neununddreißig alt. Jemand, der Milch anstatt Cola trinkt und keine Knutschflecken mehr macht, ist eben alt.«

Ohne etwas zu entgegnen, drehte Will sich um und ging ins Wohnzimmer.

»Falls du es vergessen hast, die Haustür ist in der anderen Richtung.« Molly stand in der Türöffnung und beobachtete ihn.

»Ich hole meine Schuhe. Und mein Jackett. Und meine Krawatte. Damit ich gehen kann.« Während er sprach, sammelte Will die Sachen ein. Mit den Schuhen in der Hand und dem Jackett und der Krawatte überm Arm drehte er sich um und sah Molly an. Im Fernsehen riß Jay Leno Witze. Bis auf das Leuchten des Fernsehschirms und das Licht, das aus der Küche hereinfiel, war das Wohnzimmer dunkel.

Die Witze und das Gelächter gingen Will auf die Nerven. Im Vorbeigehen stellte er mit einer heftigen Bewegung den Fernseher ab und fühlte sich schon besser.

Molly rührte sich nicht, als er auf sie zuging. Er blieb stehen und stellte erstaunt fest, daß sie in ihren Absatzschuhen fast genauso groß war wie er auf Socken. Ihr Mund war beinahe auf derselben Höhe wie seiner.

Als er ihn ansah, fühlte er ein so starkes Bedürfnis, den seinen daraufzupressen, daß er fürchtete, sie könnte es in seinen Augen lesen. Er senkte den Blick, aber nun sah er auf den Knutschfleck, den ein anderer Mann ihr gemacht hatte, und fühlte sich kein bißchen ruhiger.

»Ich möchte, daß du mit niemand anders mehr ausgehst, solange die Untersuchung andauert«, sagte er plötzlich und hoffte, daß seine Stimme für sie nicht genauso belegt klang wie für ihn selbst. »Schließlich soll es so aussehen, als hätten wir beide eine Liebesaffäre.«

»Du kannst mir nicht verbieten, mich mit anderen Männern zu verabreden.« Ihre Stimme war trotzig und streitlustig, und noch immer blockierte sie seinen Weg.

Will sah ihr in die Augen. »So?«

Molly schüttelte den Kopf. Ein Hauch von ihrem Parfum wehte zu ihm hinüber. Ihre Augen forderten ihn heraus, ebenso wie ihr Körper.

Mit aller Macht rief Will sich in Erinnerung, daß dieses langbeinige, großäugige Wesen vor ihm die menschliche Version einer Venusfliegenfalle darstellte, bei der die Männer die Fliegen waren. Er führte sich vor Augen, daß sie gerade eine halbe Stunde mit einem anderen Mann im Auto geschmust hatte, daß er niemals Berufliches mit Persönlichem verquickte, daß er vierzehn Jahre älter war als sie und daß sie für ihn arbeitete.

»Würdest du mich bitte vorbeilassen?« fragte er höflich.

Ihre Augen verengten sich, aber sie ging zur Seite. Während Will sich in der Küche auf eine Bank setzte und seine Schuhe anzog, spürte er, wie sie jede seiner Bewegungen beobachtete. Er stand auf, schlüpfte in sein Jackett und stopfte die Krawatte in eine Tasche.

»Schließ bitte hinter mir ab«, sagte er auf dem Weg zur Tür.

»Mit dem größten Vergnügen«, gab sie schnippisch zurück.

Als er die Tür schon geöffnet hatte, drehte er sich noch einmal um. »Ich möchte dich bitten, morgen etwas mehr . . . mehr Konservatives zu tragen.«

»Gefallen dir diese Sachen nicht?« Mit hochgezogenen Augenbrauen und gespieltem Erstaunen sah sie an sich herunter.

Will schüttelte den Kopf. »Sie sind viel zu kurz und viel zu eng«, antwortete er und ging in die willkommen kühle Nacht hinaus.

21

15. Oktober 1995

Molly zog sich in dem Toilettenraum des 7-Eleven-Ladens um. Aus lauter Trotz trug sie denselben kurzen schwarzen Rock wie am Abend zuvor, schwarze Strumpfhosen und ihre schwarzen hohen Pumps. Natürlich hatte sie bemerkt, daß Wills Blick magisch von ihren Beinen angezogen worden war.

Eine bis oben zugeknöpfte weiße Nylonbluse und eine zweireihige Jerseyjacke machten ihren Aufzug züchtig genug für die Kirche. Rüschenbesätze zierten die Vorderseite der Bluse, und glänzende kleine Perlen steckten in Mollys Ohrläppchen.

Ihr Haar trug sie offen und sorgfältig in Form gebürstet, so daß es den Knutschfleck überdeckte. Zusätzlich hatte sie ihn noch mit Abdeckstift und Puder unsichtbar gemacht.

Molly war sehr in Versuchung gewesen, diese Maßnahmen aus Protest gegen Wills Anweisungen zu unterlassen; aber die Vorstellung, mit einem für alle sichtbaren Knutschfleck in der Kirche zu sitzen, hatte ihr selbst nicht gefallen.

Ihr Rock war Provokation genug, hatte sie beschlossen. Sie mußte sich nicht öffentlich einer peinlichen Situation aussetzen, nur um Will zu reizen.

Warum sie das überhaupt wollte, darüber machte sie sich lieber keine Gedanken. Das Bedürfnis war eben da, und es war unwiderstehlich.

Sie tuschte ihre Wimpern mit Mascara, puderte sich die Nase und legte einen dunkelrosa Lippenstift auf.

Süß und unschuldig, befand sie zufrieden, als sie ihr Spiegelbild betrachtete. Außer natürlich der Länge ihres Rocks. Molly schloß ihre Handtasche und öffnete die Tür. Sie hoffte nur, daß Will schon draußen im Wagen saß und auf sie wartete. Denn ihr Gang über den Parkplatz sollte die nächste Herausforderung werden.

Die beiden Männer in dem weißen Taurus sahen Molly aus dem Toilettenraum treten. Will warf einen Blick auf den kurzen Rock, die langen Beine in den schwarzen Strümpfen und den hohen Schuhen, und schon spürte er, wie sein Blutdruck stieg. Sie trug diesen Rock, weil er ihr gesagt hatte, daß sie es nicht tun sollte. Das wußte er so sicher wie seinen eigenen Namen.

Molly hatte das Auto entdeckt und kam auf sie zu. Aber ihre Art zu gehen hatte absolut keine Ähnlichkeit mit dem Vorgang, wie seine eigenen zwei Füße ihn über den Boden trugen.

Murphy stieß einen leisen Pfiff aus. »Ich glaub's einfach nicht. Mir wird schon heiß, wenn ich ihr nur beim Gehen zuschaue.«

Will fühlte einen Stich in der Magengegend und drehte sich um. »Halt die Klappe, ja?« Er bedachte Murphy mit einem tödlichen Blick.

»'tschuldigung«, sagte Murphy verdutzt. Gleich darauf breitete sich jedoch ein verständnisvolles Grinsen auf seinem Gesicht aus, und er zwinkerte Will verschwörerisch zu.

Da Molly inzwischen den Wagen erreicht hatte, biß Will die Zähne zusammen und stieg aus. Er ging um die Motorhaube herum, um ihr die Wagentür zu öffnen. Innerlich kochte er vor Wut, auf sie, auf Murphy und auf sich selbst. Aber er war fest entschlossen, es nicht zu zeigen.

Molly lächelte ihn so süß und unschuldig an, daß Will sich dadurch nur noch mehr verspottet fühlte. Während er ihr die Tür öffnete, trug er einen heftigen inneren Kampf aus. Er schaffte es, jede scharfe oder höhnische Bemerkung zu unterdrücken und sie auch nicht auf andere Art erkennen zu lassen, wie sehr sie ihn durcheinandergebracht hatte.

»Dies ist John Murphy«, stellte er seinen Partner vor, der ebenfalls ausgestiegen war. »Er wird mit uns in die Kirche gehen. Murphy, Molly Ballard.«

»Hallo«, grüßte Molly lächelnd.

»Sehr erfreut, Miß Ballard«, erwiderte Murphy. Nachdem Molly eingestiegen war, grinste er Will über das Auto hinweg noch einmal verständnisvoll zu.

Während des Gottesdienstes saßen Will, Molly und Murphy nebeneinander in einer der hintersten Kirchenbänke. Da Howard Lawrences Leiche bereits im Krematorium verbrannt worden war, stand kein aufgebahrter Sarg neben dem Altar. Molly war froh darüber, denn auch so ging ihr die Atmosphäre schon ans Herz.

Auf Wills leise Aufforderungen hin lieferte Molly geflüsterte Kurzbiographien. Das Personal von Cloverlot Stables war fast vollständig erschienen, um dem Kollegen die letzte Ehre zu erweisen. Außerdem waren beinahe alle großen Gestüte des Blue Grass Landes vertreten, auf den ersten Blick sah Molly Angehörige von Sweet Meadow Stud, Greenglow Stables, Wyland Farms, Rock Creek Stables, Oak Hill, Mobridge Stud und Hillside Farm.

»Das sind die Wylands«, flüsterte Molly. Will hatte sie leicht mit dem Ellbogen berührt, als aus einer Kirchenbank einer nach dem anderen vor den Altar trat, um das Abendmahl entgegenzunehmen. »Die Frau mit dem Hut ist Helen Wyland Trapp. Hinter ihr ist ihre Tochter Neilie. Tyler und Thornton kennst du schon. Die Blonde neben Thornton ist Allison Weintraub. Sie und ihre Mutter – die andere Frau ist ihre Mutter – sind seit Jahren hinter Thornton her.«

»Eifersüchtig?« fragte Will mit einem Seitenblick.

»Nein«, erwiderte Molly nur knapp; die Frage verdiente noch nicht einmal Empörung. Da die Kirche überfüllt war, saß sie sehr dicht neben Will, ihre Schulter berührte den Ärmel seines dunkelblauen Anzugs. Sie fragte sich, ob ihre Nähe irgendeine Wirkung auf ihn ausübte, sie selbst jedenfalls war von dem direkten körperlichen Kontakt mit ihm wie elektrisiert.

Dagegen nahm sie kaum wahr, daß auf ihrer anderen Seite Murphys Hosenbein ihre Wade streifte. Ihr Körper reagierte auf ihn, als wäre er eine Holzpuppe.

Molly fiel auf, wie sehr Will in der Atmosphäre von Gediegenheit und selbstverständlichem Luxus, die in der Kirche herrschte, zu Hause zu sein schien. Sein Anzug und seine Krawatte waren ebenso elegant wie die der anderen Männer. Langsam bekam Molly den Eindruck, daß ihr Minirock vielleicht doch ein Fehler gewesen war. Zwar hatte sie Wills unterdrückte Reaktion sehr wohl mit einem Gefühl der Befriedigung wahrgenommen, aber alle anderen Frauen trugen knielange oder noch längere Kostüme oder Kleider in sehr konservativem Stil. Jedesmal wenn Molly sich umsah, wurde sie daran erinnert, daß ihre Bluse aus Nylon anstatt aus Seide war und daß sie ihr zweireihiges Jerseyjackett schon vor zwei Jahren bei T. J. Maxx für nur 29,99 Dollar gekauft hatte.

Will hielt seinen Kopf leicht gesenkt, sein Profil war asketisch und auf strenge Art schön. Gegen das makellose Weiß seines Hemdes wirkte seine Haut wie dunkle Bronze, und sein kurzgeschnittenes Haar leuchtete sogar in dem gedämpften Licht golden. Molly ertappte sich dabei, wie sie mit den Augen sein Gesicht abtastete. Rasch senkte sie den Blick wieder auf ihre gefalteten Hände.

Eine leichte Bewegung von Wills Ellbogen lenkte ihre Aufmerksamkeit auf die nächste Gruppe, die ihre Kirchenbank verließ.

»Das sind die Colemans, ihnen gehört Greenglow Stables. Erinnerst du dich, daß wir über Libby Coleman gesprochen haben, das kleine Mädchen, das vor dreizehn Jahren verschwunden ist?«

Will deutete ein Nicken an.

»Die weißhaarige Frau, die vorangeht, ist ihre Mutter Clarice. Hinter ihr kommt ihre Tochter Donna Coleman Pierce mit ihrem Mann Ted Pierce. Dann Clarices Sohn Lincoln Coleman mit seiner Frau Diane. Hinter ihnen ist Tim Harden, der Trainer von Greenglow, mit seiner Frau. Dann kommen Jason Breen, Trainer von Sweet Meadow Stud. Und Mr. und Mrs. Armitage, die Besitzer von Sweet Meadow.«

Leise und unauffällig fuhr Molly fort, Will die Informationen zu geben, die er haben wollte. Schließlich waren sie selbst an der Reihe, das Abendmahl entgegenzunehmen. Will trat aus der Bank und ließ dann Molly höflich den Vortritt. Wie alle anderen vor ihr ging Molly den Gang hinunter und kniete vor dem Altar nieder.

Will kniete neben ihr, an seiner anderen Seite Murphy.

Aus dem Augenwinkel beobachtete Molly, wie Will die Oblate in den Mund nahm. Neben Will in der Kirche zu knien, kam Molly so richtig vor, daß sie erschrak und sich ein derartiges Gefühl sofort selbst verbot. Er war ein guter Mann, dachte sie, anständig, freundlich und stark. Ein Mann, der Verantwortung übernahm für die, die zu ihm gehörten.

Aber sie gehörte nicht zu ihm, das durfte sie nicht vergessen.

Als sie zu ihrer Bank zurückgingen, achtete Molly sorgfältig darauf, daß sie genügend Abstand zwischen sich hatten, um sich nicht zu berühren.

Nachdem alle das Abendmahl empfangen und noch ein gemeinsames Lied gesungen hatten, war der Gottesdienst beendet. Von Orgelspiel begleitet, verließen sie die Kirche.

Will brachte Molly zurück zu dem 7-Eleven-Laden in der Versailles Road. Während der Fahrt sprach sie kaum ein Wort. Ihr fiel nicht auf, daß auch Will die meiste Zeit schwieg.

»Mir geht einfach der Gedanke nicht aus dem Kopf, daß der Tod von Lawrence für die Ganoven genau im richtigen Moment kam«, sagte Will zu Murphy, nachdem sie Molly abgesetzt hatten.

»Im Polizeibericht steht, daß es Selbstmord war«, entgegnete Murphy, der wieder auf dem Beifahrersitz saß und auf seinem Daumennagel kaute.

»Ich weiß, was im Polizeibericht steht.«

»Die Leiche ist ohne Obduktion verbrannt worden. Es bleibt uns nichts weiter übrig, als von den Aussagen des Polizeiberichts auszugehen.«

Will schwieg und starrte nachdenklich durch die Windschutzscheibe. Es war ein trüber Tag, und die dicken, grauen Wolken sahen nach Regen aus.

»Molly hat bei ihren Überprüfungen noch keine Unrichtigkeit festgestellt. Lawrence hat aber gesagt, daß sie mehrere Male die Woche Doppelgänger laufen lassen. Vielleicht finden wir deshalb keine, weil jemand sie gewarnt hat. Kann sein, daß irgendeiner weiß, wer wir sind und daß sie nun abwarten, bis wir aufgeben.«

»Glaubst du wirklich, daß sie wissen, wer wir sind?« fragte Murphy stirnrunzelnd.

Will zuckte die Schultern. »Ich weiß es nicht. Aber wär' doch möglich. Vielleicht haben sie mitbekommen, daß Lawrence gesungen hat und haben ihn deswegen umgebracht. Dann wäre der nächste logische Schritt, die Rennen nicht mehr zu manipulieren, bis wir wieder verschwunden sind.«

»Kann aber auch sein, daß Lawrence Selbstmord verübt hat, und daß wir bisher nur Pech hatten, weil rein zufällig bisher kein Doppelgänger eingesetzt wurde.«

»Ja, klar, auch möglich.«

Beide schwiegen eine Weile und brüteten vor sich hin. Dann sah Murphy Will an.

»Hast du schon mal daran gedacht, daß Molly ein doppeltes Leben spielen könnte?«

»Was?« Will warf Murphy einen überraschten Blick zu.

»Vielleicht hat sie sie gewarnt. Wer weiß denn schon, daß wir hier sind? Nur die Jungs in Chicago, du, ich und sie.«

»Molly hat niemanden gewarnt«, sagte Will mit Bestimmtheit.

»Na ja, bei ihrem Aussehen traut man ihr natürlich nichts Böses zu, und mir ist auch klar, daß zwischen euch was Persönliches läuft; aber trotzdem solltest du diese Möglichkeit nicht ganz ausschließen, finde ich.«

»Es läuft überhaupt nichts Persönliches zwischen uns«, entgegnete Will scharf.

Murphy zuckte die Schultern. »Geht mich ja auch nichts an. Aber glaub' mir, ich würd's dir nicht verübeln. Wenn ich keine Familie hätte und du wär', dann würde ich's ihr zeigen, bis sie nicht mehr denken kann.«

»Hör mal zu, Murphy«, zischte Will, »ich schlafe nicht mit Molly, ist das klar? Sie ist fast noch ein Kind, vierundzwanzig. Und sie ist unsere Informatin. Außerdem habe ich Mitleid mit ihr, sie hat nämlich 'n verdammt hartes Leben. Aber ich schlafe nicht mit ihr. Kapiert?«

Ungerührt zuckte Murphy wieder die Schultern. »Okay, okay, ist ja auch dein Bier.«

Um sich nicht durch allzu scharfen Protest verdächtig zu machen, blieb Will nichts anderes übrig als zu schweigen. Er stellte sich vor, wie er die Hände um Murphys Hals legte und zudrückte, bis das Gesicht dieses Trottels blau anlief. Gleichzeitig beschäftigte sich sein Verstand unwillkürlich mit der Möglichkeit, die Murphy angedeutet hatte. Konnte es sein, daß Molly ein falsches Spiel spielte?

»Warte mal. Die Sache mit Lawrence passierte doch, als ich das erste Mal bei Molly war«, sagte Will plötzlich triumphierend. »Vorher hat auch sie nichts von uns gewußt. Also kann sie auch niemanden gewarnt haben.«

»Das stimmt«, erwiderte Murphy und kaute wieder auf seinem Daumennagel. »Also was meinst du, was sollen wir als nächstes tun?«

Molly sah auf die Uhr neben ihrem Bett. Gleich Mitternacht, und gegen elf Uhr war sie schlafen gegangen. Regen fegte gegen das Fenster. Dichte Wolken verdeckten Mond und Sterne, die Nacht war stockdunkel.

Zum Glück kam es nur selten vor, daß Molly nicht schlafen konnte. Sie ärgerte sich darüber, denn eigentlich war sie todmüde. Wenigstens war morgen Montag, ihr freier Tag. Wenn sie wollte, konnte sie also schlafen, bis die Kinder aufstehen mußten.

Morgen hatte sie den Termin mit Mike bei der Polizei. Wahrscheinlich war das der Grund, warum sie schon so lange wach lag; sie machte sich Sorgen um Mike.

Unruhig drehte sie sich vom Rücken auf den Bauch und klopfte das Kopfkissen zurecht, bevor sie ihre Wange darauf bettete. Sie schloß die Augen und versuchte, ihre Gedanken abzuschalten.

Aus dem Nichts tauchte Wills Gesicht auf, und schon stellte sie sich vor, wie er ausgestreckt neben ihr im Bett lag und seine Hände ihren Körper berührten.

Schnell öffnete sie die Augen wieder, diese Art von Fantasien wollte sie auf keinen Fall zulassen.

Heute abend war er nicht vorbeigekommen. Nach dem zweiten Rennen hatte sie ihn in Keeneland noch einmal kurz von weitem gesehen und mit einem Kopfschütteln auf seinen fragenden Blick geantwortet: wieder keine Doppelgänger. Gleich darauf war er in der Menge verschwunden und danach nicht noch einmal aufgetaucht.

Vielleicht nahm er ihr übel, daß sie in der Kirche den kurzen Rock angehabt hatte. Oder er war noch wegen des vorigen Abends und wegen des Knutschflecks böse.

Ach, das ist ja lächerlich, dachte Molly, und außerdem ist es auch völlig egal. Sie setzte sich auf, knipste die Nachttischlampe an und schwang die Beine aus dem Bett. Ihr dichtes Haar fiel ihr ungebändigt ins Gesicht und auf eines der viel zu großen T-Shirts, die sie am liebsten zum Schlafen trug. Nach einem tiefen Seufzer stand sie auf und ging barfuß zum Badezimmer.

Als sie wieder auf dem Weg ins Bett war, blieb sie plötzlich wie angewurzelt stehen. Das schrille Wiehern eines Pferdes in Todesangst drang ihr durch Mark und Bein.

22

16. Oktober 1995

Draußen in der dunklen, regnerischen Nacht hielt eine Hand ein Messer. Sie hob es und ließ es mit Schwung niedersausen, noch einmal und noch einmal, besessen von Haß und dunklen Trieben. Das Messer drang mühelos durch Fell und Sehnen und setzte ganze Ströme dampfenden Blutes frei. Die Stute bewegte sich stöhnend. Die Hand steckte das Messer weg und griff nach einem Besenstiel. Während sie ihn mit einem heftigen Stoß tief in dem Tier versenkte, erlebte ihr Besitzer Ekstase und Entspannung.

In dem Haus am Fuße der Anhöhe gingen Lichter an.

Die Stute wieherte gellend, während sie versuchte, auf die Beine zu kommen. Mit großer Befriedigung sah der Mann den vergeblichen Bemühungen des Tieres zu. Es gehörte ihm, nur ihm. Er hatte die Macht über es, konnte ihm Schmerz zufügen oder es begnadigen. Er konnte es leben lassen oder töten. Er war wie Gott.

Jemand trat auf die Veranda des Hauses hinaus, stützte sich auf das Geländer und reckte den Kopf in Richtung der Anhöhe, offenbar in dem Bemühen, in der Dunkelheit etwas zu erkennen.

Die Stute wieherte noch immer, schmerzgequält.

Die Gestalt auf der Veranda kam die Stufen herunter und lief über die Wiese. Einen Moment lang beobachtete der Mann sie mit hungrigem Blick. Sollte er . . .?

Nein, noch nicht. Er drehte sich um und verschwand in der Dunkelheit.

23

Mit quietschenden Reifen hielt Wills Auto hinter einer Reihe Polizeiwagen in Mollys Auffahrt. Auf der Anhöhe hinter dem Haus waren Scheinwerferlicht und eine Menschenansammlung zu erkennen. Will sprang aus dem Auto und rannte am Haus vorbei und den Hügel hinauf, ohne den kalten Regen überhaupt zu spüren, der ihm ins Gesicht peitschte. Erst an dem schwarzen Bretterzaun machte er halt. Pork Chop stand vor dem Zaun. Er hatte die Ohren aufgestellt und sah durch den Spalt zwischen den Brettern. Als Will neben ihm stehenblieb, grüßte der Hund mit einem kurzen Schwanzwedeln. Will folgte seinem Blick.

Auf der anderen Seite beleuchteten die Scheinwerfer eines schwarzen Jeep Cherokee und mehrere Taschenlampen eine düstere Szenerie. Ein Pferd lag am Boden, seine Beine zuckten immer wieder ruckartig, sein Kopf lag in

Mollys Schoß. Sie war über das Tier gebeugt, hatte beide Arme um seinen Hals gelegt, murmelte auf es ein, streichelte seine Mähne und versuchte, so gut es ging, es vor dem Regen und der Kälte zu schützen.

»Was zum Teufel . . .!« Schon war er mit einem Satz über den Zaun gesprungen und zu der Gruppe geeilt.

In einem Halbkreis um das Pferd herum standen Tyler und Thornton Wyland, Helen Trapp und ein halbes Dutzend Polizisten, zwei von ihnen in der Uniform der Bundespolizei. J. D. Hatfield hockte neben Molly und richtete den Lichtstrahl einer starken Taschenlampe auf den massigen Körper des Pferdes. Die Ballards drängten sich hinter ihrer großen Schwester zusammen. Ashley hielt einen Regenschirm über sie, und Mike hatte natürlich das Gewehr bei sich. Ein dünner älterer Mann in einem Regenmantel kniete an der Seite des Pferdes und zog gerade eine Spritze auf. Die Hinterbeine des Tieres lagen in einer dunklen, ölig glänzenden Lache. Erst als Will nähertrat, erkannte er, daß es Blut war.

»Will.« Ashley hatte ihn gesehen. Deutlich war ihr ihre Erleichterung anzuhören. Sie hatte ihn über sein Funktelefon erreicht, als er gerade dabei war, in Howard Lawrences Büro eine heimliche Durchsuchung vorzunehmen. Ashley war so durcheinander gewesen, daß ihren zusammenhanglosen Worten nicht allzuviel zu entnehmen gewesen war. Aber nachdem Will verstanden hatte, daß ein Unfall passiert war und Molly dringend seine Hilfe brauchte, hatte er sich sofort auf den Weg gemacht. Es hätte ihn nicht gewundert, wenn er während der Herfahrt den Geschwindigkeitsrekord des Landes gebrochen hätte. Jetzt war er erleichtert, daß nicht Molly selbst den Unfall gehabt hatte, sondern ein Pferd.

Will achtete gar nicht darauf, daß plötzlich eine ganze Reihe Augen auf ihn gerichtet waren. Er hockte sich neben Molly nieder, die nichts wahrzunehmen schien als das zitternde Pferd. Sogar Will, der keinerlei Erfahrung mit Pferden hatte, konnte den rollenden Augen des Tieres seine Panik ansehen. Die Schnauze war mit rotgeflecktem

Schaum bedeckt und ein durchdringender Geruch nach dem Blut und Schweiß des zu Tode geängstigten Pferdes hing in der Luft.

»Molly.«

Will legte ihr die Hand auf den Arm; ihre Haut war naß und eiskalt. Sie hatte nichts weiter an als ein langes, kurzärmeliges T-Shirt. Ihre Beine und Füße waren nackt. Auch ihr Hemd und ihre Haare waren naß.

Ashley war wohl erst später mit dem Schirm gekommen.

»Molly.«

Sie zeigte keinerlei Reaktion. Will stand auf, zog den Trenchcoat aus, den er über seinem Anzug trug, und legte ihn um ihre Schultern. Noch einmal sagte er ihren Namen. Wieder keine Reaktion.

J. D., der ihm gegenüber hockte, sah ihn über Mollys gebeugten Kopf hinweg an.

»So, gleich wird sie sich beruhigen«, sagte der Tierarzt, als er die Spritze aus dem Hals des Tiers zog und aufstand. »Wo zum Teufel bleibt nur die Ambulanz?«

»Möge Gott diesen Perversen mit der Hölle strafen.« Helen Trapps Stimme zitterte. Sie war etwa Mitte Vierzig, mit kurzem, silbernem Haar und wettergegerbtem Gesicht und trug Gummistiefel und einen zugeknöpften Regenmantel mit Kapuze, unter dem ein Nachthemd hervorsah. Helen stand zwischen ihrem Bruder und ihrem Neffen. Sowohl Tyler als auch Thornton Wyland waren vollständig angezogen. J. D. hatte Stiefel und einen Staubmantel an und auf dem Kopf einen Stetson wie an dem Abend, als Will ihn das erste Mal gesehen hatte.

Die Beine des Pferdes zuckten ruckartig. Molly redete auf es ein und tätschelte es hinter den Ohren. Ihr zuzusehen und zuzuhören, brach Will das Herz.

»Kann das nicht jemand anders machen?« fragte er. »Sie ist doch völlig naß und halb erfroren. Sie braucht selber Hilfe.«

Die einzige Zustimmung – ein wortloses Knurren – kam von D. J.

»Die Stute kennt sie und vertraut ihr«, antwortete der Tierarzt. »Und es ist wichtig, daß sie ruhig bleibt, bis das Betäubungsmittel wirkt. Es dauert nicht mehr lange.«

Es war klar, daß der Arzt, genau wie Helen Trapp und die Wylands, sich mehr Sorgen um das Pferd machten als um Molly. Will biß die Zähne zusammen und sah über Molly hinweg J. D. an. So unwahrscheinlich es auch war, er und dieser Möchtegern-Cowboy schienen Verbündete zu sein.

»Sie kommt wieder in Ordnung«, sagte J. D. Will wußte, daß er Molly meinte und nicht das Pferd.

»Was ist passiert?« fragte Will grimmig. Er mußte sich zurückhalten, um nicht aufzustehen, seine FBI-Marke zu zücken und den Fall zu übernehmen. Aber die Untersuchung, die er hier durchführte, erforderte die Geheimhaltung seiner Identität. Wenn seine Anwesenheit bekannt würde, könnte er genausogut gleich zurück nach Chicago fahren.

»Es war der Pferdeschlächter.« Voller Zorn schüttelte J. D. den Kopf. »Er hat ihr mehrere Stichwunden in den Hinterbeinen beigebracht. Und dann hat dieser Irre ihr noch einen Besenstiel in . . . in . . . Sie wissen schon hineingestoßen.«

»Pferdeschlächter?« wiederholte Will verständnislos.

»Darf ich erfahren, wer Sie sind?« Ein Polizeibeamter der Kentucky State Police stand vor ihm und sah auf ihn nieder. In der Hand hielt er einen Schreibblock und einen Stift.

»Das ist schon in Ordnung, er ist Mollys Freund«, sagte J. D. mürrisch mit einem Blick auf den Polizisten.

»Molly?« Mit fragend hochgezogenen Augenbrauen machte der Polizist eine Kopfbewegung in Mollys Richtung, während Will aufstand.

»Molly Ballard. Ich bin Will Lyman«, sagte Will freundlich und buchstabierte die Namen, während der Polizist sie aufschrieb. »Was hat es mit diesem Pferdeschlächter auf sich?«

»Das ist jetzt schon das sechste Mal in den letzten vier

Monaten, daß in dieser Gegend Pferde verletzt werden. Immer Stuten, und die Verletzungen sind immer die gleichen. Der Täter wird als Pferdeschlächter bezeichnet.«

»Die Ambulanz kommt.« J. D. stand auf, als ein weißer Transporter über das Feld auf sie zugefahren kam. Seine Scheinwerfer warfen zwei helle Kegel in die dunkle Nacht.

Will sah auf Molly hinab. Sie war noch immer über den Kopf des Pferdes gebeugt, streichelte es und sprach auf es ein. Das Pferd lag inzwischen ruhig.

»Glauben Sie, daß das Betäubungsmittel schon wirkt?« fragte Will den Tierarzt und bemühte sich, seine Stimme wenigstens höflich klingen zu lassen.

»Sieht so aus«, antwortete der Tierarzt nach einem Blick auf das Pferd.

»Dann gehen wir jetzt.« Will hockte sich wieder neben Molly nieder, legte einen Arm um ihre Schultern und sagte leise: »Die Ambulanz ist da. Es gibt jetzt genügend andere, die sich um das Pferd kümmern. Laß uns ins Haus gehen.«

Als Molly nicht reagierte, bekam Will Angst, daß etwas mit ihr nicht in Ordnung sei. Behutsam strich er ihr das dunkle, nasse Haar aus dem Gesicht. Sie war leichenblaß.

»Molly«, sagte er sanft und berührte ihre eiskalte Wange. »Molly.«

Als sie ihm ihr Gesicht zuwandte, sah er, daß sie weinte. Ihre Augen waren riesengroß und hatten einen gequälten Ausdruck. Ihr Mund bebte. Tränen liefen ihr die Wangen hinunter.

»Will?« Ihre Stimme war dünn. »Du mußt herausfinden, wer das getan hat. Das kannst du doch, nicht wahr? Schließlich bist du doch . . .«

In ihrem verstörten Zustand dachte sie gar nicht mehr daran, daß seine Identität geheim bleiben sollte. Damit sie sie nicht preisgab, lehnte er sich über sie und preßte seinen Mund auf den ihren. Es war nicht als Kuß gemeint, aber er konnte ihr schließlich nicht vor allen Leuten den Mund mit der Hand zuhalten. Doch im selben Moment wurde es zu einem Kuß, der alles veränderte. Ihre Lippen zitterten und teilten sich, und sie schlang die Arme um seinen Hals, als wollte sie ihn nie wieder loslassen.

Er schmeckte ihre salzigen Tränen, während ein elektrischer Schlag seinen Körper durchzuckte und sein Herz wild zu schlagen begann.

Verdammter Mist, dachte Will. Aber jetzt war es zu spät, das Rad zurückzudrehen. Mit diesem Kuß forderte die Venusfliegenfalle ihr nächstes Opfer. Die Grenze, die er sich gesetzt hatte, war überschritten. Alles war jetzt anders. In ihm erwachte ein Instinkt, sie zu beschützen und zu besitzen. Jetzt war sie wirklich seine Freundin.

Er löste seinen Mund von dem ihren, hob sie in seine Arme und stand auf. Dann küßte er sie auf die Wange, flüsterte ihr beruhigende Worte ins Ohr und bettete ihr Gesicht an seine Schulter.

Will drehte sich nach den anderen Ballards um, die hinter ihm standen und ihn alle anstarrten.

»Wir gehen«, sagte er mit einer Kopfbewegung in Richtung Haus. Es gab keinen Zweifel, daß das ein Befehl war. Sie stellten keine Fragen, nicht einmal Mike, sondern setzten sich gehorsam in Bewegung.

Während Will mit Molly in den Armen auf den Zaun zuging, waren sie schon dabei, hinüberzuklettern.

Molly weinte noch immer. Will fühlte ihre warmen Tränen an seinem Hals. Ihr Körper wurde von heftigem Schluchzen geschüttelt.

»Einen Moment, Mr. Lyman. Wir brauchen von ihr eine Aussage.« Der Polizist, der ihren Namen aufgenommen hatte, war Will gefolgt.

Will blieb stehen und wandte sich um. »Sie werden bis morgen warten müssen. Sie ist jetzt nicht in der Verfassung, um eine Aussage zu machen.« Nach einem einzigen Blick auf Molly nickte der Polizist.

Will fiel ein, daß er gleich über den Zaun mußte. »Könnten Sie sie bitte für einen Moment halten?« fragte er und war schon dabei, Molly dem Polizisten zu übergeben.

Molly murmelte einen Protest und umklammerte Wills Hals.

»Nur einen Moment. Nur bis ich über den Zaun bin«, flüsterte er ihr beruhigend ins Ohr.

Sie ließ ihn los. Der Polizist hielt sie unbeholfen und mit verlegenem Gesicht. Er sah erleichtert aus, als Will seine Arme über den Zaun streckte, um Molly wieder in Empfang zu nehmen.

»Danke«, sagte Will, während Molly wieder seinen Hals umfaßte, und ging den Hügel hinunter.

Im Haus hatte Ashley bereits dafür gesorgt, daß ihre Geschwister trockene Kleidung anzogen, und Handtücher für die Haare verteilt. Besorgt sah sie auf, als Will mit Molly in den Armen hereinkam und die Tür hinter sich mit einem Fuß zustieß. Pork Chop hatte sich neben Will durch die Tür gedrängt und schüttelte sich jetzt kräftig. Die Kinder sprangen zur Seite, um den durch die Küche fliegenden Wassertropfen auszuweichen, Will zog ein Gesicht.

»Habt ihr Kaffee?« fragte Will, während er ins Wohnzimmer ging. Ashley bejahte. »Kannst du bitte eine Kanne besonders starken Kaffee mit viel Zucker machen? Und würdest du mir ein paar Handtücher und eine Decke bringen, ja? Und noch etwas Trockenes zum Anziehen für Molly.«

Will schaffte es, mit Molly in den Armen seine nasse Jacke auszuziehen und die Lampe an der Couch einzuschalten. Dann ließ er sich in einen Sessel sinken, so daß Molly auf seinem Schoß ruhte. Zunächst einmal wollte er versuchen, sie zu beruhigen, damit sie aufhörte zu weinen. Sie hatte noch immer ihr Gesicht an seiner Schulter vergraben, so daß er es nicht sehen konnte, und ihre Arme waren um seinen Hals geschlungen. Er küßte ihre Wange, dann ihr Ohr, murmelte etwas Beruhigendes, strich ihr mit den Fingern das feuchte Haar aus dem Gesicht. Sie hörte nicht auf zu schluchzen und zu zittern. Ihre nackten Füße sahen unter seinem Mantel hervor, und Will streckte seine Hand aus und versuchte, ihre Zehen warmzureiben.

Mollys Füße waren lang und schmal und kalt wie Eisblöcke.

Susan und Sam spähten durch die Tür. Ihre Haare waren vom Trockenreiben noch zerzaust, und sie hatten sich umgezogen. Sam trug einen Schlafanzug und Susan ein Nachthemd.

»Was ist mit Molly? Was hat sie?« fragte Susan mit dünnem Stimmchen und kam an die Seite des Sessels.

Will fragte sich das langsam selbst. Er war nicht überrascht gewesen, daß der Überfall auf das Pferd Molly mitgenommen hatte, aber jetzt erschien ihm das Ausmaß ihrer Betroffenheit doch beängstigend.

Offenbar hatte Molly bemerkt, daß Susan dicht neben ihr stand und über ihren Zustand erschrocken war, denn ihr Schluchzen wurde weniger heftig. Statt dessen zitterte jetzt ihr ganzer Körper noch stärker, und ihr Gesicht drückte sich noch fester gegen seine Schulter, als versuchte sie ihre Qual auf diese Art zu unterdrücken.

»Weißt du, es hat sie so sehr mitgenommen, sie braucht einfach noch eine Weile, um sich wieder zu beruhigen«, antwortete Will mit gespielter Überzeugung. Ashley trat ein. Im Arm hielt sie einen Stapel Handtücher, eine Decke und ein rosa T-Shirt mit dem Bild eines Hasen und einem Spruch darauf. Ihr Haar war von der Feuchtigkeit kraus und stand ab. Ihre Brille war ihr auf die Nasenspitze gerutscht. Sie trug einen blauen Chenillebademantel über einem rosa T-Shirt, das offensichtlich das Zwillingshemd desjenigen war, das sie über dem Arm hielt.

»Molly, ich hab' dir ein trockenes T-Shirt gebracht«, sagte Ashley lauter als normal und sah besorgt auf ihre Schwester nieder.

Will spürte, wie Molly sich dichter an ihn drückte. Ihm war klar, daß sie sich schämte, weil ihre Geschwister sie weinen sahen, und daß nur brutale Gewalt sie im Moment aus seinen Armen reißen konnte. Er sah Ashley an und schüttelte den Kopf.

»Leg es auf den Tisch. Sie wird sich bestimmt gleich anziehen. Vielleicht kannst du ihr die Füße abtrocknen und sie in die Decke einwickeln. Und könntest du mir ein Handtuch für ihr Haar geben?«

Ashley tat, was er gesagt hatte. Will rieb Mollys Haar trocken, so gut es ging, und Ashley nahm ihm das feuchte Handtuch wieder ab. Durch den Trenchcoat hindurch streichelte Will beruhigend Mollys Schulter. Mollys Schluchzen war noch leiser geworden. Will konnte jedoch spüren, wie ihr ganzer Körper von heftigem Zittern geschüttelt wurde, und wußte, daß sie nur versuchte, ihre Geschwister nicht noch mehr zu beunruhigen.

Während Ashley auf ihre Schwester heruntersah, füllten sich ihre Augen mit Tränen.

»Ashley«, sagte Will besänftigend und lächelte ihr beruhigend zu, »fang bitte nicht auch noch an.«

Ashley schniefte und schüttelte den Kopf.

Inzwischen war auch Mike hereingekommen. Er trug nur Jeans und den allgegenwärtigen Ohrring. Will nahm an, daß er in Unterhosen schlief und deshalb keinen Schlafanzug anhatte.

»Es war das Blut«, sagte Mike ernst, während er von Molly zu Will sah. »Molly verträgt den Anblick von Blut nicht.«

»Scht, Mike.« Ashley warf Mike einen warnenden Blick zu.

»Wenn sie nicht mehr aufhört, in seinen Armen zu weinen, sollte er wenigstens wissen, wieso. Er merkt doch, daß das irgendwie nicht normal ist«, verteidigte sich Mike.

»Sie will bestimmt nicht, daß wir es ihm sagen.«

»Mir was sagen?« Will sah von Mike zu Ashley.

»Susan und Sam, geht ins Bett«, befahl Ashley.

»O nein, müssen wir?« jammerte Sam.

»Ja, ihr müßt«, sagte Will in einem Ton, der keinen Widerspruch zuließ. Unter Protestgemurmel verließen die Zwillinge das Wohnzimmer.

»Also?« fragte Will.

Ashley und Mike sahen sich an. Ashley schüttelte den Kopf, aber Mike redete trotzdem.

»Unsere Mutter hat sich selbst umgebracht, vor vier Jahren. Sie hat sich in der Badewanne vor ihrem Freund die Pulsadern aufgeschnitten. Molly hat sie gefunden. Seitdem dreht sie durch, wenn sie viel Blut sieht.«

»O mein Gott.« Will war sichtlich betroffen. Molly erschauerte in seinen Armen, sogar ihr Mund an seinem Hals bebte, aber sie gab keinen Ton von sich. Will fühlte plötzlich eine grenzenlose Bewunderung für sie.

Sie brauchte Trost, aber dafür war es besser, mit ihr allein zu sein. Unter den interessierten Augen eines vierzehnjährigen Jungen und eines siebzehnjährigen Mädchens konnte er sie schlecht hin- und herwiegen und ihr beruhigende Worte ins Ohr flüstern.

24

»Vielen Dank, Mike, daß du mir das gesagt hast. Würdest du jetzt bitte ins Bett gehen?« sagte Will. In Mikes Augen flackerte Trotz auf, und Will befürchtete schon, er würde protestieren. Doch dann erschien ein eher nachdenklicher Ausdruck in seinem Gesicht, und ohne ein weiteres Wort zu verlieren drehte er sich um und ging hinaus.

»Hast du Kaffee gemacht?« fragte Will Ashley, erleichtert, sich in dieser Situation nicht mit Mike auseinandersetzen zu müssen.

»Ja. Ich hole ihn.« Ashley verschwand in der Küche und kam gleich darauf mit einem großen Steingutbecher voll dampfenden Kaffees zurück.

»Ich habe drei Teelöffel Zucker hineingetan«, sagte sie, während sie den Becher in Wills Reichweite auf dem kleinen Beistelltisch absetzte.

»Gut.«

»Und nun möchtest du, daß ich auch ins Bett gehe, stimmt's?« fragte sie.

»Stimmt.«

»Okay. Gute Nacht.«

»Gute Nacht.«
»Will?«
»Hmm?«
»Paß gut auf Molly auf.«
»Das werde ich. Gute Nacht, Ashley.«
»Nacht. Nacht, Molly.«

Ashley verließ das Zimmer. Gleich darauf ging das Licht in der Küche aus, und Will hörte sie die Treppe hinaufgehen.

Er schob seine Hand unter Mollys dichte Haarmähne und streichelte ihr sanft den Nacken. Sie waren allein in der Stille der Nacht, die kleine Lampe tauchte den Raum in ein gedämpftes Licht. Nachdenklich sah Will auf die Masse kaffeebrauner Locken herab, die sich auf seinem Hemd kringelten, auf die schmale Gestalt, die in seinem Mantel fast unterging. Molly war leicht, und es kam Will vor, als gehörte sie auf seinen Schoß. Ihm war klar, daß er sich in großen Schwierigkeiten befand.

Aber im Moment war ihm das egal.

»Molly.«

Keine Antwort. Er konnte ihr Gesicht nicht sehen. Will strich ihr das Haar vom Ohr und küßte es.

»Hey«, sagte er leise, »du machst mir angst.«

Sie holte tief Luft, halb schluchzend, halb seufzend, und drehte dann ihren Kopf so, daß ihre Wange auf seiner Schulter ruhte. Die Arme, die seinen Hals umklammert gehalten hatten, gaben nach und rutschten auf seine Brust herunter. Sie öffnete die Augen nicht, aber immerhin konnte er jetzt ihr Gesicht sehen. Noch immer strömten Tränen unter den dunklen Wimpern hervor, und ihr Körper zitterte.

»Molly.« Er strich ihr das Haar aus dem Gesicht, und wischte ihr behutsam die Tränen von der Wange. »Ich möchte, daß du etwas Kaffee trinkst. Würdest du das bitte für mich tun?«

Als sie nicht antwortete, ließ er seine Lippen leicht über ihre feuchte Wange gleiten. Sie drehte ihr Gesicht so, daß ihr Mund seine Lippen berührte, und Will küßte sie so zart, daß er selbst erstaunt darüber war. Die wenigen Male, die er sie bisher berührt hatte, waren immer von einem intensiven, gierigen Verlangen begleitet gewesen. Im Moment jedoch war sein Gefühl ihr gegenüber in erster Linie von Fürsorge und Zärtlichkeit bestimmt.

Er ließ von ihren Lippen ab, bevor der Kuß andere Bedürfnisse weckte und er womöglich die Kontrolle verlor. Dann atmete er ein paarmal tief durch, um wieder klar denken zu können.

Noch immer waren ihre Augen geschlossen, und ihr Kopf lag an seiner Schulter. Er fand, daß ihr Gesicht etwas mehr Farbe bekommen hatte. Strikt verbot er sich, seinem Bedürfnis nachzugeben und sie noch einmal zu küssen.

»Wenn du nicht tust, was ich dir sage, werde ich dich in ein Krankenhaus fahren müssen«, drohte er sanft. »Willst du das?«

Er interpretierte die winzige Kopfbewegung als negative Antwort.

»Dann setz dich auf und trink etwas Kaffee.« Er benutzte denselben strengen Ton, der keine Widerrede zuließ und den er heute schon ihren Geschwistern gegenüber gebraucht hatte.

Ein Beben ging durch Mollys Körper, und sie schlug die Augen auf. Sofort setzte sie sich auf und zog den Mantel enger um sich um. Die Augen hielt sie gesenkt.

»Hier.« Will reichte ihr den Kaffeebecher. Obwohl ihre Hände zitterten, schaffte sie es, einige Schlucke zu trinken, ohne etwas zu verschütten.

Ihr Haar hatte offenbar eine natürliche Neigung, Locken zu bilden; feucht umrahmte es ihr Gesicht wie ein welliger Kranz. Ihre dunklen, langen Wimpern glänzten von Tränen, die dichten, fast geraden Augenbrauen kontrastierten mit ihrem blassen Teint. Nur die silberne Tränenspur auf ihren Wangen unterbrach die makellose Glätte ihrer Haut. In seinem viel zu großen Mantel, der um sie her Falten warf, sah Molly aus wie ein zerbrechlicher präraffaelitischer Engel.

»Mir ist kalt«, sagte sie mit dünner Stimme, ohne ihn anzusehen.

Will fiel ein, daß sie noch immer das nasse Nachthemd anhatte. Vorsichtig nahm er ihr den Kaffeebecher aus der Hand.

»Okay. Das werden wir gleich ändern«, sagte er in leichtem Ton.

Er nahm sie wieder in die Arme, stand auf und griff nach dem Nachthemd, das Ashley auf dem Tisch liegengelassen hatte.

»Du brauchst mich nicht zu tragen. Ich kann alleine laufen«, protestierte sie schwach, drängte sich aber gleichzeitig dicht an ihn.

»Davon bin ich überzeugt. Aber jetzt sei ruhig und laß um Himmels willen zur Abwechslung mal jemanden für dich sorgen, okay?« entgegnete Will und ging in die Küche.

Mit einem tiefen Seufzer ließ sie ihren Kopf gegen seine Brust sinken.

Im Badezimmer überflog Will die Einrichtung mit einem prüfenden Blick. Die alte Badewanne hatte Füße, die wie Tierpfoten geformt waren, und einen Gummistöpsel im Boden. Die Duschvorrichtung war offensichtlich erst später eingebaut worden; sie bestand aus einem dünnen Messingrohr, das in der grüngekachelten Wand verankert war, und einem Duschkopf. An einer oval geformten Metallstange, die unter der Decke hing, war mit Ringen ein einfacher weißer Duschvorhang befestigt.

Will hielt Molly weiter im Arm, während er sich über die Wanne lehnte und mit dem Stöpsel die Abflußöffnung verschloß. Dann drehte er den Wasserhahn auf, testete die Temperatur, verstellte den Hahn und ließ das Wasser einlaufen. Er nahm Molly den Mantel ab und ließ ihn fallen. Nachdem er das trockene T-Shirt auf den Toilettendeckel gelegt hatte, setzte er Molly behutsam in die Badewanne.

Einen Moment lang dachte er daran, ihr das Nachthemd auszuziehen, aber es war sowieso schon völlig naß, und im Moment schien es ihm nicht angebracht, sie zu entkleiden.

Als sie schließlich in der Badewanne lag und Wills Hals

losgelassen hatte, schlug sie die Augen auf und sah ihn an. Der Schmerz, der in ihrem Blick lag, traf ihn mitten ins Herz. Er kniete neben der Wanne nieder, nahm ihre eiskalte Hand und küßte zärtlich ihre Handfläche.

»Es war Sheila«, sagte Molly und schloß die Augen wieder. Ihr Kopf ruhte müde auf dem Wannenrand, ihr Haar hing aus der Wanne und erreichte fast den Boden. »Es war Sheila.«

Für Will machten die Worte keinen Sinn. Wieder küßte er ihre Handfläche.

»Ist schon gut«, murmelte er besänftigend. »Alles wird wieder gut.«

Tränen drangen unter ihren Wimpern hervor. Sie schüttelte den Kopf. Dann entzog sie ihm ihre Hand und sah ihn an.

»Ich schaff's jetzt allein«, sagte sie. Ihre Stimme klang bemüht fest. »Danke.«

Will verstand, daß sie ihn fortschickte. Er zögerte und stand dann auf.

»Bist du sicher?«

»Ja.«

»Okay. Aber ruf mich, wenn ich dir irgendwie helfen kann«, sagte er, verließ das Badezimmer und zog die Tür hinter sich zu.

25

Als Molly schließlich wieder aus dem Badezimmer auftauchte, lehnte Will in der Küche an der Arbeitsfläche neben dem Kühlschrank und trank ein Glas Milch. Er trug eine schwarze Jogginghose, ein kurzärmeliges weißes T-Shirt mit einem NIKE-Schriftzug auf der Brust und weiße Socken. Über den Rand seines Milchglases hinweg sah er Molly an, und sein Blick wanderte langsam von ihrem Gesicht zu ihren nackten Füßen und wieder zurück. Sie hatte ihre Zähne geputzt, ihr Haar gebürstet und sich so lange kaltes Wasser ins Gesicht gespritzt, bis die Haut gut durchblutet war und spannte. Ihre Augenränder waren jedoch noch immer rot und geschwollen. Auf ihrem Nachthemd prangte ein verschlafenes Häschen mit Lokkenwicklern, und darunter stand: *Morgens bin ich nicht gut drauf!*

»Schon wieder Milch?« fragte sie und versuchte ein Lächeln. Vor lauter Verlegenheit war sie noch einige Zeit, nachdem sie ihr Bad beendet hatte, im Badezimmer geblieben. Denn wie sollte sie sich einem Mann gegenüber verhalten, dem sie sich gerade sozusagen in die Arme geworfen hatte und der noch dazu soeben über das schmerzhafteste Geheimnis ihres Lebens unterrichtet worden war?

Ein Mann, zu dem sie sich außerdem mit wildem Verlangen hingezogen fühlte, der aber bis heute abend fest entschlossen gewesen zu sein schien, sie auf Abstand zu halten.

Ein Mann, mit dem es keine Zukunft für eine gemeinsame Liebe geben konnte, selbst wenn sie dumm genug wäre, eine Affäre mit ihm zu beginnen.

»Schon wieder Milch?« mit einem schiefen Lächeln war das Beste, was ihr im Moment einfiel.

»Ich habe ein Magengeschwür«, gab er leichthin zurück. »Der Arzt meinte, es hat damit zu tun, daß ich nicht mit Streß umgehen kann.«

Er nahm noch einen Schluck Milch und sah sie über den Rand des Glases hinweg ruhig an. Molly verstand, daß er ihr mit dieser Information ein Geschenk machen wollte im Austausch gegen das, was er jetzt von ihr wußte.

»Woher hast du die trockenen Sachen?« Mit seinem Regenmantel über dem Arm kam sie in die Küche und legte ihn über eine Stuhllehne. Dann ging sie zu dem Kaffeebecher, wobei sie achtgab, Will nicht zu nahe zu kommen. In dieser Nacht waren sie schon viel zu oft zu dicht beieinandergewesen. Molly fühlte sich, als stünde sie am Rande eines Abgrunds und würde beim nächsten Schritt abstürzen.

»Ich hab' immer eine Tasche mit Sportsachen im Kofferraum. Falls ich unverhofft die Gelegenheit für ein bißchen Training habe.«

Das mußte ihm wohl ziemlich oft passieren, dachte Molly mit einem Seitenblick auf seine Figur. Für ihren Geschmack sah er in den Jogginghosen und dem T-Shirt noch besser aus als in seinen teuren Anzügen. Er hatte den starken, durchtrainierten Körper eines Sportlers; seine Schultern waren breit, seine Arme fest und muskulös, seine Taille und seine Hüften schmal, sein Bauch flach wie ein Brett und die Beine lang und kraftvoll. Sogar sein Hals sah kräftig aus.

»Trainierst du mit Gewichten, um dich fit zu halten?« fragte sie und wandte sich zu ihm um. Die gefüllte Kaffeetasse in ihrer Hand kam ihr wie eine Sicherheitsbarriere zwischen ihnen vor. Sie hob sie an die Lippen. Ein Schluck Kaffee war genau das Richtige, um sie wieder in die Wirklichkeit zurückzubringen, dachte sie.

»Klar. Was glaubst du, woher ich die Kraft habe, dich die ganze Nacht herumzutragen?« Er grinste sie spitzbübisch an.

»Na ja, allzuviel wiege ich ja nicht.« Ein zaghaftes Lächeln kräuselte ihre Lippen. Es tat gut zu lächeln, und sie war ihm dankbar, daß er sie dazu brachte. Es half, die furchtbaren Ereignisse der Nacht weiter wegzuschieben, tiefer hinein in den schwarzen Krater, in dem all ihre schmerzhaften Erinnerungen begraben lagen.

»Das stimmt.« Er trank seine Milch aus und ging zum Spülbecken. Molly sah zu, wie er sein Glas abspülte und in den Geschirrtrockner stellte. Als er sich umdrehte, bemerkte er das Erstaunen in ihrem Blick.

»Hey, ich kann spitzenmäßig abwaschen. Du mußt mich testen.«

Liebend gerne, dachte Molly. Aber er würde bald zurück nach Chicago fahren, also hätte sie diese Chance wohl kaum.

»Glaubst du mir nicht?«

»Doch, doch, ich werde dich beim Wort nehmen.«

»Und warum ist dann das Lächeln verschwunden?«

»Ich glaube, ich bin müde«, antwortete sie und setzte den Kaffeetopf auf der Küchenanrichte hinter sich ab. Sie würde ihn später abwaschen, wenn er nicht mehr vor dem Spülbecken stand. Im Moment hatte sie Angst vor ihren eigenen Gefühlen; sie war labil und hatte sich nicht so unter Kontrolle wie sonst.

»Du solltest ins Bett gehen.« Er sah sie an. Molly hoffte, daß sie nicht errötete. Ins Bett zu gehen hörte sich wunderbar an, aber nur, wenn er mit ihr käme. Und das wiederum wollte sie nicht wirklich, durfte sie um ihrer selbst willen nicht wollen.

Mit ihm zu schlafen, wenn er nur ein zeitweiliger Besucher in ihrem Leben war, würde auf der Skala ihrer Dummheiten sehr weit oben rangieren.

»Gehst du jetzt?« fragte sie und hoffte, daß ihre Stimme höflich klang und nicht mehr.

Er schüttelte den Kopf. »Unter den Umständen würde ich den kurzen Rest dieser Nacht lieber hier auf der Couch verbringen, wenn ich darf. Morgen früh werde ich gleich jemanden schicken, der im Haus eine Alarmanlage installiert. Bis dahin mußt du dich mit meiner Gegenwart abfinden.«

»Eine Alarmanlage? Glaubst du wirklich, daß das nötig ist?«

Einen Moment lang sah Will sie schweigend an, und sein Ausdruck war nicht zu deuten. »Nein, nicht wirklich. Aber neulich hat Susan geglaubt, daß sie ein Gesicht an deinem Küchenfenster gesehen hat. J. D. meinte, daß sich nachts jemand bei den Pferden herumtreibt. Und heute nacht . . . Ich kann nicht die ganze Zeit hier sein, und ich kann meine Arbeit nicht richtig machen, wenn ich mich dauernd um dich und deine Geschwister sorge. Also bekommt ihr eine Alarmanlage.«

»Eine Alarmanlage ist teuer. So etwas können wir uns auf keinen Fall leisten.«

»Die Regierung schützt ihre Informanten.«

»Die Regierung scheint ein dickes Portemonnaie zu haben.«

»Das stimmt.«

»Und wenn ich dir sagen würde, daß ich nicht möchte, daß du hier auf der Couch schläfst?«

Will hob die Augenbrauen. »Machst du mir etwa ein interessanteres Angebot?« Eine Andeutung seines schiefen Lächelns erschien auf seinem Gesicht. Er machte sich über sie lustig – oder?

»Nein.« Molly fiel keine schlagfertige Antwort ein.

»Zu schade.« Er *machte* sich über sie lustig.

»Ich mach' dir die Couch zurecht.« Froh, etwas zu tun zu haben, verließ Molly eilig die Küche. Das Bettzeug für Besucher war in einem Schränkchen unter der Treppe untergebracht. Als sie damit zurückkam, war das Licht in der Küche ausgeschaltet. Will saß in dem Sessel im Wohnzimmer und blätterte in einem von Mikes Automagazinen. Als sie im Türrahmen erschien, blickte er auf.

»Leg die Sachen einfach auf die Couch. Ich mach es selbst, wenn ich soweit bin«, sagte er.

Molly schüttelte den Kopf. »Ich mach' es schon.«

Sie legte den Stapel Bettzeug auf den kleinen Tisch neben ihm und begann, ein Laken zu entfalten.

Als sie Will aufstehen hörte, erschrak sie so sehr, daß sie das Laken losließ und herumwirbelte. Er stand dicht vor ihr. Zu dicht. Instinktiv wich sie einen Schritt zurück.

»Geh ins Bett, Molly«, sagte er leise. Er sah gut aus und stark und sexy, befand Molly. Genau wie der Mann, den sie sich zu ihrem nächsten Geburtstag wünschen würde, wenn es einen Gott gäbe, der sich um solche Dinge kümmerte.

»Gleich, wenn ich fertig bin«, antwortete sie und nahm das Laken wieder hoch. Sich in Will zu verlieben, war das letzte, was ihr passieren durfte, beschwor sie sich zum soundsovielten Mal. Es war ein Fehler, und sie wußte es. Noch konnte sie sich vom Rand des Abgrunds fernhalten, aber sie mußte es jetzt tun. Statt dessen atmete sie tief ein und machte einen Schritt in die gefährliche Richtung. »Übrigens, danke, daß du dich vorhin um alles gekümmert hast. Ich meine, daß du dich um *mich* gekümmert hast.«

»O bitte, gern geschehen.« Er stand noch immer dicht neben ihr, und obwohl Molly ihn nicht ansah, konnte sie seinen Blick auf sich ruhen spüren.

»Ist das normal, daß du deine Informanten küßt?« fragte sie, während sie das Laken ausschüttelte.

»Was?«

»Du hast gehört, was ich gefragt habe.«

»Nein. Normalerweise küsse ich meine Informanten nicht. Aber ich hatte auch noch nie eine Informantin, die wie du aussah, oder eine, die ihre Arme um meinen Hals geschlungen und sich bei mir ausgeweint hat.«

»Verstehe.« Molly glättete das Laken und steckte es an den Ecken in die Ritzen der Couch. Dann langte sie nach dem oberen Bettuch, immer noch, ohne ihn direkt anzusehen.

»Du hast mich aber auch geküßt«, sagte Will.

»Ich weiß.« Sie faltete das Bettuch auseinander.

»Würdest du mir sagen, warum?«

Molly zuckte die Schultern, während sie das Tuch ausschüttelte. »Vielleicht, weil du der Boß bist, das hast du selbst gesagt. Vielleicht dachte ich, küssen gehört mit zu unserer Vereinbarung.«

»Molly.« Seine Stimme klang amüsiert, aber auch etwas verwirrt. Er nahm ihr das Bettuch aus der Hand. »Vergiß die verdammte Couch.«

Will drehte sie herum, seine Hände dicht über ihren Ellbogen. Als Molly zu ihm aufsah, betrachtete er sie ernst und eindringlich. Seine Augen waren von einem strahlenden Blau.

»Ich möchte das klarstellen: du mußt nichts dergleichen tun, wenn du es nicht möchtest. Es gehört nicht zu unserer Vereinbarung.«

»Was tun?« Er machte sie nervös, wunderbar, köstlich nervös, auf eine Art, wie sie noch nie ein Mann nervös gemacht hatte. Normalerweise waren die Männer die Bittsteller, und sie war diejenige, die ihnen ihre Bitte erfüllte. Oder auch nicht, je nachdem, wie sie gerade Lust hatte. Aber bei Will . . . Molly befürchtete, daß in diesem Fall er derjenige wäre, der die Oberhand hätte. Was sie am meisten dabei ängstigte, war, daß ihr der Gedanke daran irgendwie gefiel.

»Mit mir schlafen«, antwortete Will.

Daß er es so offen aussprach, verwirrte Molly.

Nur noch Zentimeter trennten sie jetzt voneinander. Und plötzlich gefiel es Molly, daß seine eindeutigen Worte ihr die Möglichkeit nahmen, ihr Verhalten mit ihrer Vereinbarung zu begründen. Es gefiel ihr, daß es ausdrücklich ihre eigene Entscheidung war, wenn sie ihn küßte oder umarmte. Sie hob die Hände und berührte seine Brust, die Muskeln unter dem dünnen T-Shirt, und ein wunderbares Gefühl durchströmte ihren ganzen Körper.

»Mit dir zu schlafen, gehört also nicht zur Vereinbarung?« fragte sie langsam, während ihre Hände sich aufwärts bewegten. Seine Augen leuchteten auf, und der Griff um ihre Arme wurde fester. Seine Körperwärme unter ihren Handflächen hatte etwas Berauschendes. Er sah ihr in die Augen und schüttelte leicht den Kopf.

»Schade«, sagte Molly bedauernd mit einem Mona-Lisa-Lächeln, während ihre Hände über seine breiten Schultern glitten und hinter seinem Hals zusammenfanden. »Dabei hatte ich mir für den Fall schon einen Schlachtplan zurechtgelegt.«

Will lachte, und während er lachte, stellte sich Molly auf die Zehenspitzen und küßte ihn auf den Mund.

Sie küßte ihn mit Berechnung, sanft, aufreizend. Ihre Lippen glitten über die seinen, und ihre Zunge bahnte sich ihren Weg in seinen Mund. Sie tat ihr Bestes, damit er die Beherrschung verlor. Sein Körper war hart, als sie sich gegen ihn drückte, und die Arme, die sich um sie schlangen, waren stark. Sie liebte die Härte und die Kraft seines Körpers.

Nur einen Moment lang war sie diejenige, die bestimmte, wo es langging. Dann küßte er sie und machte ihre Bemühung zunichte, die Kontrolle zu behalten. Er hob sie mit einem Arm hoch, so daß ihr Kopf an seiner

Schulter ruhte. Die andere Hand streichelte ihr Kinn, ihren Hals. Sein Kuß und seine Berührung durchfuhren Molly wie kleine Stromstöße, ihr ganzer Körper reagierte. Sie spürte eine unbändige Lust, sich fallenzulassen, sich ihm und seiner erfahrenen Führung anzuvertrauen.

Es dauerte eine Weile, bevor Will seine Lippen von den ihren löste. Dann sah er sie an und nahm ihr Gesicht in die Hände.

»Du bist wunderschön«, sagte er mit heiserer Stimme.

»Du siehst auch nicht schlecht aus«, flüsterte sie und drückte eine Reihe Küsse auf sein Kinn. Sie stellte fest, daß blonde Männer um fünf Uhr morgens einen leichten Schatten von nachwachsenden Bartstoppeln auf der Kinnpartie bekamen. Ihre Zunge glitt über sein Kinn, das sich wie Sandpapier anfühlte. Sie spürte, wie sich unter ihren Fingern seine Schultern anspannten. Eine Hand glitt ihren Rücken hinunter und blieb auf ihrem Hinterteil liegen. Dann drückte er Molly fest gegen seinen Unterleib und küßte sie voller Leidenschaft.

Molly schlang die Arme um seinen Hals und preßte ihrerseits ihren Körper gegen den seinen. Sie genoß es, seine starken Muskeln zu fühlen, seine Männlichkeit, sein offensichtliches Begehren. Er drückte ihre Pobacken, knetete sie, liebkoste die sanften Kurven durch ihr Nachthemd hindurch. Nach und nach schob er das dünne Kleidungsstück nach oben. Molly konnte es kaum noch erwarten, seine Hand auf ihrer nackten Haut zu spüren.

Endlich glitt seine Hand unter ihr Nachthemd, strich über ihr Hinterteil und hob sie hoch, so daß ihr Bauch gegen ihn gedrückt wurde. Seine Hand war warm und herrisch, und Molly hatte das Gefühl, als schmölze sie unter seinem Griff. Kein Zweifel mehr, wer hier die Kontrolle hatte: Will.

Seine andere Handfläche bedeckte ihre Brust. Durch ihr Nachthemd hindurch fand sein Daumen ihre Brustwarze und rieb sie sanft. Hinter Mollys geschlossenen Augenlidern explodierten kleine, leuchtende Sterne, und warme, kribbelnde Stromstöße liefen durch ihren ganzen Körper.

Molly kämpfte dagegen an, sich der Leidenschaft zu fügen, die sie fast überwältigte. Er war dabei, sie zu einer Bittstellerin in seinen Armen zu machen, und das konnte sie nicht ertragen. Um ihrer Selbstachtung willen mußte sie das Blatt wenden, ihn ihrerseits mit ihren Mitteln betören.

Ihre Hand glitt an seinem Körper herab, faßte unter sein T-Shirt und bewegte sich über die warme glatte Haut seines Rückens.

»Molly, ich ... o.« Susan stand im Türrahmen. Sie blinzelte mit verschlafenen Augen. Molly und Will ließen sich los und entfernten sich voneinander. Will zog sein T-Shirt bis zur Taille, Mollys Nachthemd war schon von alleine wieder heruntergerutscht.

»O hallo, Will. Bist du noch da?« fragte Susan und gähnte.

»Er wird heute nacht hier auf der Couch schlafen. Damit wir uns sicherer fühlen«, sagte Molly und spürte, wie sie rot wurde. Sie bemerkte, daß auch Will nicht so beherrscht aussah wie sonst. Auf seinen Wangenknochen waren zwei rote Flecken.

»Wie eine Art Bodyguard?« fragte Susan und schaute zwischen den beiden hin und her.

»Genau so«, stimmte Molly zu, und Will nickte.

»Prima. Dann brauche ich ja gar keine Angst mehr zu haben«, stellte Susan erleichtert fest. »Das ist gut, ich bin nämlich wirklich sehr müde. Geht's dir wieder gut, Molly?«

»Ja, Susie Q, alles in Ordnung.«

»Ich wußte, daß Will das wieder hinkriegen würde.« Zufrieden wandte sich Susan ab und ging Richtung Badezimmer. Das Licht in der Küche ging an. Molly wagte nicht, Will anzusehen.

Susan kam zurück. »Ich geh' wieder ins Bett«, verkündete sie, während sie das Wohnzimmer durchquerte. »Nacht.«

»Nacht, Susie Q.«

»Gute Nacht, Susan.«

Molly hörte Susans Schritte auf der Treppe. Sie verschränkte die Arme vor der Brust und wandte sich Will zu. Er stand etwa einen Meter von ihr entfernt und sah betreten drein.

»Tut mir leid«, sagte sie.

»War doch nicht deine Schuld.« Er streckte die Arme aus, faßte sie am Ellbogen und zog sie an sich.

Wieder hörte man Schritte auf der Treppe. Als Mike das Wohnzimmer betrat, berührten sich Will und Molly schon nicht mehr. Ohne ein Wort zu sagen und nur mit einem Seitenblick auf das Paar, durchquerte Mike das Zimmer, ging ins Badezimmer und wieder nach oben ins Bett.

Molly sah Will an.

»Irgendwie hab' ich den Eindruck, daß das hier nicht die Zeit und der Ort für so was ist«, sagte sie lächelnd.

Will fuhr sich mit der Hand übers Gesicht. »Den Eindruck bekomme ich langsam auch.«

»Ich glaube, es ist keine gute Idee, hier . . . nun, hier etwas anzufangen, wenn die Kinder im Haus sind.«

»Ich bin völlig deiner Meinung.«

»Dann werde ich wohl jetzt wirklich ins Bett gehen.«

»Gute Idee.«

»Die Couch . . .«

»Würdest du bitte aufhören, dir über diese verdammte Couch Gedanken zu machen? Damit werd' ich schon klarkommen.«

»Okay.« Molly wollte aus dem Zimmer gehen, aber Will stand auf ihrem Weg zur Tür. Er sah so ungewöhnlich verwirrt aus, daß Molly lächeln mußte. Sie blieb vor ihm stehen, faßte ihn am Arm, stellte sich auf die Zehenspitzen und plazierte einen kurzen Kuß auf seine Lippen.

»Gute Nacht«, flüsterte sie dicht vor seinem Mund.

»Gute Nacht, Engel.« Er schlang seine Arme um sie. Sein Kuß war leidenschaftlich. Molly schmolz in seinen Armen, ihr Kopf neigte sich unter dem harten Druck seines Kusses zurück, und ihre Arme glitten um seinen Hals. Die Hitze seines Körpers machte sie wild, sie drückte ihre Hüften gegen seinen Unterleib.

»Küssen, bäh!« Will und Molly sprangen auseinander, und Molly drehte sich um. Der angeekelte Kommentar kam von Sam, der in der Tür stand und sie anstarrte.

»Warum bist du nicht im Bett?« fragte Molly geistesgegenwärtig.

»Ich habe Durst.«

»Da geht's zur Küche.« Molly wies auf die andere Tür.

»Ich weiß.« Sam ging in Richtung Küche. »Ich wußte gar nicht, daß Will noch hier ist. Ich verstehe nicht, wie er so was tun kann.«

Der letzte gemurmelte Kommentar wurde von einem abfälligen Kopfschütteln begleitet.

Molly sah Will an. Er sah so durcheinander aus, daß sie ein Lächeln nicht unterdrücken konnte.

»Vergiß es«, grummelte er. »Geh schlafen.«

Molly lachte. »Man nennt es Familienleben«, sagte sie, halb entschuldigend.

»Geh schlafen.« Es war ein Befehl.

»Ich gehe schon.« Noch immer lächelnd ging sie zur Tür. Sie konnte hören, wie Sam in der Küche Wasser laufen ließ.

»Molly?« fragte Will mit heiserer Stimme.

»Ja?« Sie sah über die Schulter zurück. Will stand neben der Couch und hielt das Kissen in der Hand, das sie ihm gebracht hatte. Er sah müde aus und enttäuscht und so sexy, daß es sie große Mühe kostete, nicht zu ihm zurückzugehen.

»Was machst du morgen abend?«

Ein Lächeln breitete sich auf ihrem Gesicht aus. »Alles, was du willst.«

»Ist das ein Versprechen?«

Molly nickte, und Wills Gesicht hellte sich etwas auf. Sam kam mit einem großen Glas Wasser aus der Küche. Er sah sie unschuldig an.

»Meint ihr, ich könnte ein bißchen fernsehen? Ich kann nicht schlafen.«

»Nein!« sagten Molly und Will gleichzeitig. Sam sah von einem zum anderen.

»Schon gut. Hab' ja nur mal gefragt.«

Er ging aus dem Zimmer, und Molly folgte ihm. Als sie unter ihre Decke schlüpfte, hörte sie, wie die Kühlschranktür geöffnet wurde.

Will nahm sich wohl noch ein Glas Milch.

Sie dachte an die Situation, die diesmal seinen Streß verursacht hatte, und schlief mit einem Lächeln auf dem Gesicht ein.

26

Gerade als Molly sich anschickte, die Augen zu öffnen, drückte ihr jemand einen sanften Kuß auf die Lippen.

»Bis heute abend, Engel«, sagte Will und war auch schon wieder verschwunden.

Molly sah auf die Uhr auf ihrem Nachttisch: viertel vor sieben. Unten in der Küche hörte sie Geschirr klappern. Die Kinder machten sich zur Schule fertig. Molly gähnte, seufzte und rollte sich schließlich aus dem Bett. Für ihre Verhältnisse stand sie heute spät auf.

Während sie Jeans und ein Sweatshirt anzog und in die Küche ging, wurde sie mit einemmal von der Erinnerung an das furchtbare Geschehen der letzten Nacht überschwemmt. An ihren freien Tagen war sie sonst morgens immer zu Sheila gegangen und hatte ihr ein paar Handvoll Hundefutter gebracht. Heute würde sie die Stute nicht besuchen können, vielleicht sogar nie mehr wieder.

Aber Molly hatte schon vor langer Zeit gelernt, nicht über schmerzhafte Dinge nachzugrübeln, die sie nicht ändern konnte. Sie verbannte die schrecklichen Bilder von Sheila und ersetzte sie durch Gedanken an Will. Zumindest hatte diese Tragödie auch etwas Wunderbares mit sich gebracht. Es war Zeit, daß sie sich die Wahrheit eingestand: Letzte Nacht hatte sie sich Hals über Kopf in Will verliebt.

Lächelnd betrat Molly die Küche. Sofort erstarb die Unterhaltung ihrer Geschwister, und mit schuldbewußten Gesichtern beugten sie sich über ihre Müslischalen. Man brauchte kein Hellseher zu sein, um zu erraten, worüber sie gesprochen hatten: über sie, Molly, und Will.

Lange brachten sie es allerdings nicht fertig, ihre dringenden Fragen für sich zu behalten.

»Sag mal, Molly, bist du nicht schon zu alt, um auf Wills Schoß herumzusitzen wie gestern nacht?« meinte Sam kritisch.

»Aber sie hat *geweint*. Wenn man weint, darf man immer bei jemand auf dem Schoß sitzen, auch wenn man schon erwachsen ist«, kam Susan Molly zu Hilfe, bevor diese selbst antworten konnte.

»Ein Mädchen darf sowieso immer auf dem Schoß von 'nem Mann sitzen«, sagte Mike mit vor Verachtung triefender Stimme. »Männer mögen das, weißt du?«

»Und mögen Männer etwa auch Küsse und solche Sachen?« fragte Sam seinen großen Bruder besorgt.

»Molly und Will haben sich geküßt«, warf Susan ein. »Heißt das, daß du Will heiraten wirst, Molly?«

»Natürlich nicht. Man muß nicht gleich heiraten, nur weil man sich geküßt hat«, stellte Mike fest. Dann sah er Molly mißtrauisch an. »Falls du Will heiratest, Molly, hau' ich hier jedenfalls ab. Er kehrt mir zu sehr den Boß raus.«

»Ich mag ihn«, sagte Susan. »Ich finde, Molly sollte ihn heiraten.«

»Ich auch«, schloß sich Sam an.

»Ich auch«, stimmte Ashley zu.

»Ihr seid doch wirklich zu blöd!« war alles, was Mike darauf zu sagen hatte.

»Also zu eurer Information: Ich werde Will nicht heiraten«, sagte Molly. »Und wenn ihr euch jetzt nicht beeilt, verpaßt ihr den Bus. Es ist schon viertel nach sieben.«

Das übliche Hin- und Hergerenne zwischen Küche und Badezimmer begann, alle suchten noch nach irgend etwas, dann verließen die Zwillinge das Haus, deren Bus zuerst kam. Als Molly zehn Minuten später mit Mike und Ashley auf die Veranda trat, fuhr gerade ein weißer Lieferwagen mit der Firmenaufschrift DTM Security Services vor. Der Fahrer stieg aus und kam auf sie zu.

»Bekommen wir etwa eine Alarmanlage?« fragte Ashley ungläubig, während Molly den Auftrag, den der Angestellte der Sicherheitsfirma ihr gegeben hatte, unterzeichnete.

»Ja«, antwortete Molly kommentarlos in der Hoffnung, ohne weitere Erklärungen davonzukommen. Sie hätte es besser wissen sollen.

»Das ist doch nicht dein Ernst!« Sowohl Mike als auch Ashley starrten sie ungläubig an, nachdem der Monteur ins Haus gegangen war, um sich Fenster und Türen anzusehen.

»Molly, weißt du, was das kostet?« erkundigte sich Ashley besorgt. »Es stand unten auf dem Auftrag: tausendfünfhundert Dollar!«

»Will bezahlt es«, gab Molly schließlich zu. Was blieb ihr übrig, die Kinder wußten ja doch ganz genau, daß sie selbst das Geld nicht hatten.

»Will bezahlt?« riefen Mike und Ashley erstaunt im Chor.

»Ja«, sagte Molly. Dann sah sie erleichtert auf der Straße ihre Rettung auftauchen. »Der Bus kommt!«

»Du heiratest ihn wirklich nicht, oder?« fragte Mike, und unter seiner Mir-ist-alles-egal-Fassade war echte Besorgnis zu spüren.

»Nein, natürlich nicht«, beruhigte ihn Molly. »Er hat nur Angst um uns, das ist alles.«

Während Mike schon davonlief, rief sie ihm nach: »Denk dran, daß ich dich nach der Schule abhole. Wir müssen um halb vier bei der Polizei sein.«

»Ja, ja.« Er hörte sich kein bißchen nervös an. Falls er es wirklich nicht war, mußte er ein sehr dickes Fell haben, dachte Molly. Ihr selbst jedenfalls machte dieser Termin ziemlich zu schaffen.

»Molly, ich wollte dir nur noch was sagen. Will hat vor sich hin gepfiffen, als er heute morgen ging. Ich dachte, das würde dich bestimmt interessieren«, vertraute

Ashley ihrer großen Schwester in verschwörerischem Ton an.

Molly bedachte Ashley mit einem strengen Blick. »Würdest du jetzt bitte zusehen, daß du in den Bus kommst?« Ashley grinste, sprang die Treppe hinunter, winkte Molly noch einmal fröhlich zu und lief zum Bus. Stirnrunzelnd sah Molly der schlanken Gestalt in Blue jeans nach. In ihrem Kopf erschien das Bild von Will, der vor sich hin pfiff. Langsam wandelte sich ihr Stirnrunzeln in ein Lächeln.

Der Monteur brauchte bis mittags, um das Alarmsystem zu installieren. Molly machte derweil den Haushalt, suchte die schmutzige Wäsche für die Münzwäscherei zusammen und brachte schließlich den Mut auf, Dr. Mott anzurufen, um ihn nach Sheilas Zustand zu fragen. Während sie darauf wartete, daß er ans Telefon kam, hängte sie fast wieder auf, so sehr befürchtete sie eine schlechte Nachricht. Der Tierarzt teilte ihr jedoch mit, daß Sheila sich tapfer hielt. Zwar waren ihre Verwundungen sehr schwer, und sie stand noch unter Beruhigungsmitteln, aber sie hatte eine Chance durchzukommen. Etwas erleichtert legte Molly den Hörer auf und sprach ein kurzes, flehentliches Gebet für Sheila.

Gleich nachdem der Monteur der Sicherheitsfirma das Haus verlassen hatte, fuhr ein Polizeiwagen der Bundespolizei vor. Die Beamten nahmen Mollys Aussage über die Ereignisse der letzten Nacht zu Protokoll. Als sie das Haus wieder verlassen hatten, war Molly den Tränen nahe, so sehr hatte es sie mitgenommen, sich das furchtbare Geschehen noch einmal vergegenwärtigen zu müssen. Sie trank zwei Tassen starken Kaffee und duschte ausgiebig, bis sie schließlich den ganzen Alptraum wieder aus ihrem Kopf verdrängt hatte.

Inzwischen war es für sie Zeit, sich für den Termin bei der Polizei fertigzumachen. Ashleys Schrank war dafür wohl besser geeignet als ihr eigener. Sie wählte ein cremefarbenes baumwollenes Rippenstrickkleid mit Rollkragen, das bis über die Knie reichte. Mit goldenen Ohrringen, hautfarbenen Strumpfhosen und Ashleys braunen hohen Schuhen sah es trotz der für Molly eher ungewöhnlichen Länge recht attraktiv aus. Dann drehte sie sich das Haar mit heißen Lockenwicklern ein und legte einen zimtfarbenen Lippenstift und ein wenig Mascara auf.

Als sie ihr Spiegelbild betrachtete, war sie mit dem Gesamteindruck zufrieden; sie sah hübsch, aber nicht auffällig aus. Ihre Aufmachung hätte Wills Beifall gefunden, davon war sie überzeugt. Dezent gepflegt – das war es, was ein Mann wie er sich bei seiner Freundin wünschen würde.

Und da sie jetzt wirklich seine Freundin war, konnte sie ihm ebensogut – gelegentlich! – den Gefallen tun. Hin und wieder würde sie trotzdem noch den schwarzen Minirock anziehen.

Die Polizeistation befand sich in einem einstöckigen Backsteingebäude im Zentrum von Versailles. Dort wurden sie und Mike schon von Tom Kramer erwartet, einem korpulenten Mann mit einem kahlen Flecken auf dem Hinterkopf und einem freundlichen Gesicht. Offensichtlich war er der Polizei bekannt, die ihn mit großem Respekt behandelte. Molly war froh über seine Anwesenheit; mit ihm an ihrer Seite waren die Polizisten äußerst höflich. Sie war sicher, daß sie sich anders verhalten hätten, wenn sie mit Mike allein gewesen wäre.

Mike sah in seinen abgetragenen Jeans und dem verblichenen Flanellhemd, mit Pferdeschwanz und Ohrring nicht gerade sehr vertrauenerweckend aus, das gestand Molly sich selbst ein. Und sein völlig unbeteiligtes Auftreten und die einsilbigen Antworten machten die Sache bestimmt nicht besser.

Während einer der Polizisten unter den wachsamen Augen Tom Kramers Mike befragte, zog der andere Molly zur Seite. Sein Name war D. Hoffman, wie man auf einem kleinen, an seiner Hemdentasche befestigten Plastikschild lesen konnte.

»Was wissen Sie über Satanismus, Miß Ballard?« fragte Hoffman ohne Umschweife.

Molly erinnerte sich an ihn aus der Nacht, als die Polizei in ihrem Haus gewesen war, um mit Mike zu sprechen. Er war derjenige mit dem Bierbauch. Der größere, schlaksige Polizist redete mit Mike. Auf seinem Namensschild stand C. Miles.

»Worüber?« Molly war abgelenkt, weil sie mit einem Ohr mitzuhören versuchte, worüber C. Miles mit Mike sprach. Sie glaubte, die Frage falsch verstanden zu haben.

»Über Satanismus, Miß Ballard. Teufelsanbetung.«

»Hm? Ich weiß überhaupt nichts darüber«, antwortete Molly ungeduldig. Wieso fragte er sie das?

»Sie wissen ja, daß letzte Nacht auf Wyland Farm ein Pferd verwundet wurde. Sie und Ihr Bruder waren sogar die ersten, die dort waren.«

»Das stimmt.«

»Wie kommt das? Ich meine, daß Sie und Ihr Bruder als erste dort waren?«

»Ich habe über gestern nacht schon eine Aussage bei der Polizei gemacht, und ich möchte bitte nicht noch einmal darüber sprechen.« Molly wollte sich die furchtbaren Bilder nicht schon wieder vergegenwärtigen müssen.

»Gut.« Mit einem Blick auf Kramer entschied sich D. Hoffman, nicht weiter nachzubohren. Er sah auf ein Heft in seiner Hand. »Vor einigen Monaten wurde ein anderes Pferd von Wyland Farm verwundet. Ein Maulesel.«

»Ja. Ophelia.«

»Ophelia. Ich nehme an, das ist der Name des Maulesels?«

Molly nickte. Er schrieb den Namen auf.

»Offensichtlich war Ihnen das Tier vertraut. Und das, was gestern abend verwundet wurde, kannten Sie auch, nicht wahr?«

»Ja.« Mollys Stimme klang ungeduldig.

»Und Ihr Bruder?«

»Was meinen Sie?«

»Kannte er die Tiere auch?«

Molly sah den Polizisten unwillig an. »Würden Sie mir bitte sagen, was das mit der Sache zu tun hat, wegen der wir hier sind? Ich dachte, Sie suchen die Jugendlichen, die in der Scheune von Sweet Meadow Stud Marihuana geraucht und Bier getrunken haben.«

»Das tun wir auch.« Hoffman zögerte und warf wieder einen Blick auf Kramer. Der Rechtsanwalt saß mit dem Rücken zu Molly und sprach mit dem anderen Polizisten. Mike starrte an die Wand und sah aus, als wäre er in Gedanken ganz woanders.

»Aber wir untersuchen auch diese Überfälle auf Pferde«, fuhr Hoffman fort. »Der Maulesel – Ophelia – war offensichtlich das erste Opfer. Seitdem sind sechs weitere Pferde angegriffen worden. Vier davon sind gestorben. Wußten Sie das?«

»Nein. Würden Sie mir bitte jetzt sagen, wieso wir darüber reden?«

»Wir glauben, daß diese Verletzungen von Pferden eine Art Ritual darstellen. Ein Ritual, bei dem es auch um Teufelsanbetung geht. Wir haben Hinweise dafür gefunden, daß hier in der Gegend eine Gruppe existiert, die einem Satanskult huldigt.«

»Ein Satanskult?« wiederholte Molly ungläubig.

Hoffman nickte. »Das ist stärker verbreitet, als die meisten glauben. Normalerweise handelt es sich dabei um eine Gruppe Teenager, jugendliche Außenseiter, die gegen alles mögliche rebellieren. Jungen wie Ihr Bruder.«

Es dauerte einige Sekunden, bis Molly verstand.

»Sie glauben, daß Mike . . .?« fragte sie ungläubig. Dann schüttelte sie den Kopf. »Nie im Leben. Bier oder Marihuana, das könnte vielleicht noch sein, aber Teufelsanbetung! Und er würde nie, niemals einem Tier etwas zuleide tun! Mike liebt Tiere!«

»Sind Sie sich da so sicher, Miß Ballard?«

»Absolut sicher. Dafür würde ich meine Hand ins Feuer legen.«

Der Polizist sah sie einen Moment schweigend und skeptisch an. »Nun, hoffentlich haben Sie recht. Die Sache ist, wir befürchten, daß auch Menschen angegriffen werden können. Im letzten Frühling wurden wir informiert, daß man Kaninchen, Eichhörnchen und Vögel verstümmelt aufgefunden hatte. Im Sommer wurden Haustiere verwundet – Katzen und Hunde. Jetzt Pferde. Was meinen Sie wohl, wie es weitergehen wird?«

»Aber das ist doch verrückt!« Diese Anschuldigungen waren so schwerwiegend, daß es wohl besser wäre, Kramer würde sie sich anhören und darauf antworten.

Es stellte sich heraus, daß er das bereits getan hatte. C. Miles hatte Mike fast die gleichen Fragen gestellt. Auf Anraten von Kramer hatte er nicht darauf geantwortet. Da es keinerlei Beweis für einen Satanskult gab und erst recht nicht dafür, daß Mike etwas damit zu tun hatte, war das Gespräch rasch beendet.

Kramer teilte den Polizisten mit, daß sie ihn jederzeit im Büro anrufen könnten, wenn sie noch Fragen hätten. Dann wies er sie noch höflich darauf hin, daß Gespräche mit seinem Klienten ohne seine Gegenwart nicht statthaft seien.

»Das können sie doch nicht ernsthaft glauben«, sagte Molly kopfschüttelnd, als sie, Mike und Kramer in den hellen Nachmittag hinaustraten. Es war ein weiterer wunderschöner Spätsommertag, der Molly im Moment nicht den geringsten Trost spendete. Sie war wie benommen vor Sorge um Mike. Sogar er selbst, stellte sie erleichtert fest, sah jetzt betroffen aus.

»So etwas habe ich nie getan«, sagte er mit ernstem Gesicht und sah von Molly zu Kramer.

»Ich weiß, daß du das nicht hast.« Molly war froh, daß sie seine Aussage diesmal aus vollster Überzeugung unterstützen konnte.

»Jedenfalls meinen sie es ernst«, sagte Kramer sachlich. »Aber sie haben keinerlei Beweise. Sehen Sie es doch von der Seite: offensichtlich haben sie darüber die anderen Beschuldigungen fallengelassen.«

»Na, prima«, murmelte Mike düster.

»Falls sie irgendwelche Beweise für eine solche Gruppe oder Mikes Zugehörigkeit finden sollten, dann werden sie als erstes mit mir in Kontakt treten. Ich wende mich dann an Sie. Und du siehst zu, daß du dir keinen Ärger einhandelst, junger Mann.«

Sie waren am Ende des Weges, der vom Polizeigebäude zu der Straße führte, auf der ihre beiden Wagen parkten. Der blaue Plymouth mit seinen Roststellen und der ausgeblichenen Farbe sah neben dem großen grauen Mercedes des Anwalts noch abgewrackter aus als sonst schon. Der auffällige Unterschied zwischen den beiden Fahrzeugen ließ Molly dran denken, wieviel dieser Rechtsanwalt Will – nein, die Regierung – kosten würde. Schnell schob sie den Gedanken beiseite und streckte Tom Kramer die Hand hin. Mike war natürlich schon im Auto, ohne auch nur ein Wort des Dankes oder des Abschieds geäußert zu haben.

»Ich weiß nicht, was wir ohne Sie gemacht hätten«, sagte Molly dankbar. Sie warf Mike einen mißbilligenden Blick zu, den er jedoch nicht sah, weil er bereits die Kassetten im Handschuhfach durchwühlte.

Kramer nahm ihre Hand und lächelte. »Aber ich bitte Sie«, entgegnete er freundlich. »Gern geschehen. Falls ich noch etwas von der Polizei höre, wäre es vielleicht nützlich, wenn ich einmal vorbeikommen und mich umsehen könnte. Die Wiese ansehen, wo das Pferd angegriffen wurde oder so etwas, je nachdem, wie die Ermittlungen sich entwickeln. Wäre Ihnen das recht?«

»Aber natürlich, Sie sind jederzeit willkommen«, versicherte Molly aufrichtig.

»Und machen Sie sich nicht zuviel Sorgen«, sagte er beruhigend und ließ ihre Hand los. »Ich glaube nicht, daß diese Sache noch Folgen haben wird. Meiner Meinung nach war das Ganze nur eine vage Vermutung, mehr nicht. Und tatsächlich scheinen sie darüber das Interesse an den anderen Anschuldigungen ganz verloren zu haben.«

»Hoffentlich haben Sie recht«, erwiderte Molly. Mit einem Lächeln und einem Winken ging sie um ihr Auto herum zum Fahrersitz und stieg ein.

Der Plymouth sprang nicht an. Mike murmelte einen

Fluch und versank vor Verlegenheit tief in seinen Sitz, als erst Molly und dann Kramer alles versuchten, um den Motor in Gang zu bringen. Schließlich gab Molly sich geschlagen und rief Jimmy Millers Werkstatt an. Jimmy war nicht da, aber ein Mechaniker versprach ihr, nach dem Auto zu sehen, sobald er konnte. Da er im Moment allein war, würde es noch etwas dauern.

Kramer bot ihnen an, sie nach Hause zu fahren. Er meinte, daß er damit zwei Fliegen mit einer Klappe schlüge, da er sich gleich am Schauplatz umsehen könnte.

Als sie zu Hause ankamen, war es fast halb sechs. Die Sonne stand schon tief und verlieh dem Gras und den Bäumen und sogar Mollys kleinem Haus einen goldenen Schimmer. Susan und Sam, beide in Jeans und Sweatshirt, spielten im Hof mit einem Ball. Pork Chop saß unter der großen Eiche und sah mit begierigem Blick in die wenigen verbliebenen rotgoldenen Blätter hinauf. Wahrscheinlich saß oben ein Eichhörnchen. Als der Wagen hielt, kam er bellend darauf zugesprungen. In der Zufahrt parkte bereits ein schwarzer Jeep Cherokee, und Molly sah J. D. an der Haustür stehen, diesmal ohne seinen langen Staubmantel und mit dem Stetson in der Hand. Er sprach mit Ashley. Als er ein Auto kommen hörte, drehte er sich lächelnd um; beim Anblick des Mercedes und Tom Kramers verdüsterte sich seine Miene jedoch sogleich wieder.

»Ich wette zehn Dollar, daß ich weiß, wen der besuchen will«, brummelte Mike, als sie ausstiegen.

Molly ignorierte seine Bemerkung, winkte den Zwillingen zu und tätschelte Pork Chop den Kopf, der aufgehört hatte zu bellen. Kramer ging mit ihnen die Verandatreppe hoch.

Als J. D. Molly freudig begrüßte, rollte Mike hinter seinem Rücken vielsagend mit den Augen und ging dann ins Haus. Molly stellte Ashley und J. D. Tom Kramer vor, und alle blieben auf der Veranda stehen und unterhielten sich. Im Garten fing Susan an zu kreischen. Sie hatte den

Ball nicht gefangen, woraufhin Pork Chop ihn geschnappt hatte und damit davongesprungen war. Noch immer war es angenehm warm, und bis auf Kramer, der einen Anzug anhatte, trug niemand eine Jacke.

»Ich bin nur vorbeigekommen, um zu sehen, wie es dir geht«, sagte J. D. leise zu Molly, während Kramer und Ashley miteinander sprachen.

»Mir geht's gut«, antwortete Molly. In dem Moment kündigte das Knirschen des Kieses die Ankunft eines weiteren Besuchers an. Molly erkannte den roten Corvette Thornton Wylands.

Als er und Tyler ausstiegen, ließ Pork Chop den Ball fallen und fing wieder zu bellen an. Sam und Susan setzten ihr Spiel fort. Thornton grinste und winkte Molly zu, während Tyler ironisch lächelte.

Nachdem Ashley einen Blick auf Thornton geworfen hatte, verschwand sie im Haus. Molly war früher schon aufgefallen, daß Ashley in Thorntons Gegenwart besonders schüchtern war. Vermutlich machte sein gutes Aussehen und sein anzügliches und arrogantes Auftreten sie verlegen. Offensichtlich paßte J. D. die Ankunft der beiden überhaupt nicht, aber schließlich arbeitete er für die Wylands und zeigte daher seinen Unmut nicht offen. Tom Kramer schüttelte allen die Hand, während Molly die Vorstellung übernahm. Dann bat sie die Besucher, Platz zu nehmen.

»Wir sind nur mal vorbeigekommen, um zu sehen, wie's dir geht«, sagte Thornton grinsend. »Du warst ja gestern nacht ganz durcheinander. Offen gestanden war ich erschüttert, als ich sah, daß unsere kleine hartgesottene Molly tatsächlich weinen kann.«

»Das Feingefühl in Person, wie immer, Thorn«, murmelte Tyler. Dann lächelte er Molly herzlich an. »Wir sind froh, daß du so nah wohnst. Wir hätten die Stute sonst verloren.«

»Habt ihr etwas gehört? Wird sie durchkommen?« Molly setzte sich in die Hollywoodschaukel, dankbar, daß Tyler ihr die Möglichkeit gegeben hatte, Thorntons taktlose Stichelei zu ignorieren. Sofort nahm Thornton die Gelegenheit wahr, sich neben ihr auf die Armlehne niederzulassen. Molly ignorierte ihn.

»Dr. Mott sagt, es könnte sein.« J. D. überlegte offensichtlich, ob er sich auf den freien Platz neben Molly setzen sollte, dann bedachte er, wer seine Rivalen waren und blieb mit schlechtgelaunter Miene stehen. Statt dessen setzte sich Tom Kramer zu Molly auf die Schaukel, der der Unterhaltung interessiert folgte.

»Wir haben eine Belohnung ausgesetzt«, teilte Thornton mit. »Zweitausend Dollar für jede Information, die zur Ergreifung des Täters oder der Täter führt.«

»Glauben Sie denn, daß es sich um mehr als eine Person handeln könnte?« fragte Kramer. Molly war erstaunt über den beiläufigen Ton der Frage. Wenn die Polizei in ihren Untersuchungen die Möglichkeit miteinbezog, daß ein Satanskult mit den Angriffen auf die Pferde zu tun hatte, wußten die Wylands bestimmt schon davon. Womöglich hatten sie sogar schon gehört, daß Mike einer der Verdächtigen war. In Woodford Count blieben solche Dinge nicht lange geheim.

J. D. zuckte die Achseln. »Die Polizei hält es offensichtlich für möglich.«

In dem Moment fuhr ein beigefarbener Chrysler in die Zufahrt, gefolgt von Mollys blauem Plymouth. Pork Chop begann wieder zu bellen. Das Gespräch kam zum Stillstand, während alle zusahen, wie Jimmy Miller aus dem Chrysler stieg. Er trug einen braunen Sportmantel und beigefarbene Hosen, ein für ihn ungewöhnlicher Aufzug. Ein junger Mechaniker im Overall entstieg dem Plymouth, und beide Männer kamen auf die Veranda zu.

»Ist mein Auto schon wieder in Ordnung?« begrüßte Molly Jimmy freudig, als er die Treppen hochkam.

»Es brauchte nur Starthilfe«, antwortete Jimmy mit einem Lächeln und nickte dann den anderen zu. »Die Batterie war zu schwach. Du mußt das Licht angelassen haben oder so etwas.«

»Vielen Dank.« Molly lächelte ebenfalls. »Und danke,

daß du es gleich hergebracht hast. Das wäre nicht nötig gewesen.«

»Gern geschehen.« Jimmy sah Molly mit einem Blick an, in dem die Erinnerung an die Küsse der vorletzten Nacht lag. Bei dem Gedanken an den Knutschfleck, der unter einer Lage Abdeckstift und dem Rollkragen versteckt war, bekam Molly ein schlechtes Gewissen. Normalerweise hätte sie Jimmy nie erlaubt, sie auf diese Art zu küssen; verständlicherweise interpretierte er jetzt ihr Verhalten völlig falsch.

»Ich mache Kaffee. Oder möchte jemand lieber Cola?« bot Molly an und stand auf.

»Ich hätte gern eine Cola.« Jimmy setzte sich auf die Verandastufen. Sein Angestellter stand einen Moment unschlüssig vor ihm, dann ließ er sich neben Jimmy nieder. »Und auch für Buddy. Oh, Molly, das ist Buddy James.«

»Wir kennen uns schon«, sagte Buddy und lächelte Molly schüchtern über die Schulter an. Er hatte einen schwarzen Igelhaarschnitt und das runde, pickelige Gesicht eines Teenagers. Molly nickte ihm lächelnd zu, obwohl sie nicht hätte sagen können, wann und wo sie ihn schon einmal gesehen haben sollte.

Nachdem Molly diejenigen einander vorgestellt hatte, die sich noch nicht kannten, fragte sie noch einmal: »Wem darf ich Kaffee bringen, und wer möchte lieber Cola?«

Gerade als sie alle Antworten zusammen hatte, bog das nächste Auto in die Zufahrt ein.

Es war ein weißer Ford Taunus.

27

Will stieg aus und tätschelte mit einer Hand Pork Chops massigen Kopf, während sein Blick über Mollys Veranda wanderte. Unwillkürlich mußte er an Scarlett O'Hara denken. Sechs Männer, zwei auf der Treppe, zwei auf der Hollywoodschaukel und zwei ans Geländer gelehnt, sahen voller Entzücken ein wunderschönes Mädchen mit einem verlockenden Gang und einem verführerischen Lächeln an.

Sein wunderschönes Mädchen.

Will ging auf die Veranda zu und wurde seinerseits von Molly mit ihrem verführerischen Lächeln bedacht. Eher zurückhaltend lächelte Will zurück.

Wenn man sich in das hübscheste Mädchen der ganzen Gegend verliebt, sagte er sich selbst, muß man sich nicht über Konkurrenz wundern. Das bringt die Sache mit sich.

»Will! Will! Die Zwillinge hatten ihn entdeckt, und Will fing einen Ball auf, der durch die Luft auf ihn zugeflogen kam. »Spielst du mit?«

»Später«, versprach er und warf den Ball zurück. Sam sprang hoch und fing ihn auf, und die Zwillinge setzten ihr Spiel fort.

Molly hatte sich schon wieder von ihm abgewandt und ging ins Haus. Beifällig sah Will ihren schwingenden Hüften nach. Als sich die Fliegengittertür hinter ihr schloß und ihm den Blick versperrte, sah er die Männer auf der Veranda an und registrierte, daß sie alle genau wie er bewundernd hinter Molly hergeschaut hatten.

An der Treppe zur Veranda blieb Will stehen, da zwei Männer seinen Weg versperrten. Der eine war ein pickliger Jugendlicher, den Will sofort als möglichen Rivalen ausschloß. Der andere war an die dreißig mit einer kräftigen Figur und einem sympathischen Gesicht. Etwas an ihm kam Will bekannt vor. Er versuchte, sich zu erinnern, während er die anderen Männer ansah. Ohne große Begeisterung nickte er J. D. und Thornton und Tyler Wyland zu. Der andere Mann war Tom Kramer, der Rechtsanwalt. Will war in seiner Rolle als Mollys Freund letzte Woche in seinem Büro gewesen und hatte ihn beauftragt und einen Vorschuß bezahlt. Was tat er hier? Er sah nicht aus, als hätte er gleich nach ihrem ersten Treffen versucht, Molly näher kennenzulernen.

»Oh, Entschuldigung«, sagte jetzt der Ältere auf den Treppen und stand auf, um Will vorbeizulassen. Auch der

Jugendliche erhob sich. »Ich bin Jimmy Miller. Dies ist Buddy James.«

»Will Lyman«, sagte Will und schüttelte die ihm hingestreckte Hand. Jimmy Miller – auch der Name kam ihm bekannt vor. O ja, der Trottel, mit dem Molly ausgegangen war! Mit der Erinnerung tauchte das unangenehme Bild des Knutschflecks vor Wills Augen auf. Er mußte sich zurückhalten, damit er nicht mehr Kraft in den Händedruck legte, als es für Miller bekömmlich war.

Auch der Jugendliche schüttelte ihm die Hand.

»Sie sind ein Freund der Familie, nicht wahr?« fragte Miller mit gutgelauntem Lächeln. Auf Wills erstaunten Blick hin fügte er hinzu: »Ich erkenne das Auto wieder. Es stand vorm Haus, als ich neulich Molly nach Hause gebracht habe.«

»Ach so. Ja, man könnte es so bezeichnen«, antwortete Will, als Molly gerade die Gittertür mit ihrer Hüfte aufstieß. Sie trug ein mit Gläsern beladenes Tablett. Will ging die Treppe hinauf, um ihr zu helfen, aber J. D. war ihm schon zuvorgekommen und wollte ihr das Tablett abnehmen. Molly schüttelte jedoch den Kopf, balancierte das Tablett geschickt mit der Hüfte und nur einer Hand und reichte J. D. mit der anderen Hand ein Glas perlende dunkle Flüssigkeit. Nur ein einziger Eiswürfel schwamm in jedem Glas. Offensichtlich war Molly nicht darauf vorbereitet, ganze Kompanien auf einmal zu bewirten, dachte Will amüsiert. Doch das störte ihre Bewunderer nicht im geringsten. Als sie jedem einzelnen sein Glas reichte, tat sie das unter beifälligem Gemurmel.

»Und das ist für dich«, sagte sie schließlich zu Will.

Das Glas in Wills Hand war aus zerkratztem Plastik und mit einem rosa Flamingo verziert, und es enthielt Milch.

»Danke«, sagte er lächelnd. Sie gab ihm ein betörendes Lächeln zurück, und ihre Augen blitzten verschmitzt. Will spürte die umwerfende Wirkung und erinnerte sich sogleich daran, daß vor ihm eine Venusfliegenfalle stand. Alle Männer auf der Veranda schauten Molly völlig vernarrt an, während sie warme, sprudelnde Cola aus zerkratzten, nicht zueinander passenden Plastikgläsern tranken. Ihr Gesichtsausdruck hätte eher vermuten lassen, daß sie Kristallkelche mit französischem Champagner in der Hand hielten. Und er selbst bildete keine Ausnahme. Will zog ein Gesicht angesichts seiner eigenen Dummheit, trank einen Schluck Milch und wandte seine Aufmerksamkeit dem Ballspiel der Zwillinge zu.

»Kennen sich alle?« fragte Molly fröhlich, während sie ihr strahlendes Lächeln der ganzen Versammlung schenkte.

»Wir kennen uns nur vom Sehen«, sagte Thornton Wyland mit trägem Grinsen zu Will. Er stand auf und reichte ihm die Hand. »Thornton Wyland.«

»Will Lyman.«

»Äh, Molly, hast du heute abend schon was vor?« fragte Jimmy Miller leise. Obwohl Will mit dem Rücken zu den beiden stand, hörte er es. Unwillkürlich versteifte sich seine Haltung, und nur mit einer bewußten Anstrengung schaffte er es, daß seine Muskeln sich wieder entspannten.

»O Jimmy, tut mir leid, ja«, antwortete Molly ebenfalls leise. Will fand, daß in ihrer Stimme mehr Bedauern lag, als es der Situation angemessen war. Er nickte Thornton Wyland zu und wandte sich zu Molly und Jimmy um.

»Schade, wir könnten eine Pizza essen gehen«, fuhr Jimmy hartnäckig fort. Er hatte ein ernsthaftes Gesicht und sah sehr verläßlich aus, und sicher verdiente er die Welle der Abneigung nicht, die in Will aufstieg. Miller stand jetzt auf der obersten Treppe, so daß sein Kopf nur etwa bis zu Mollys Nase reichte. Als er sie ansah, stand die Botschaft seines Herzens ihm in den Augen geschrieben. Will hatte noch nie einen so offensichtlich liebeskranken Mann gesehen, und plötzlich wurde er ärgerlich.

Schließlich gehörte Molly jetzt zu ihm.

»Ich kann nicht, Jimmy ...« begann Molly.

Will nahm einen Schluck Milch und trat hinter sie.

»Sie geht mit mir essen«, sagte er. Miller sah ihn an, blinzelte vor Überraschung, dann wechselte sein Blick zu

Molly. In seinen Augen stand ungläubiges Staunen, das gleich darauf in einen stummen Vorwurf überging. Sein Mund öffnete sich, als wollte er protestieren, aber er sagte nichts. Will konnte Mollys Gesicht nicht sehen, aber er war sich ziemlich sicher, welche Regung darin Miller zum Schweigen gebracht hatte: Mitleid.

Will hoffte nur, daß sie niemals ihn so ansehen würde.

»Dann vielleicht ein andermal, okay?« brachte Miller mit bewundernswerter Haltung hervor. Er sah auf seine Uhr. »Ich mußt jetzt gehen. Komm, Buddy, ich bring dich zurück in die Werkstatt.«

Der Rest des Fanclubs nahm den Abschied der beiden als Anlaß, auch aufzubrechen. Will blieb übrig und half Molly, die schmutzigen Gläser einzusammeln, während die Autos eins nach dem anderen abfuhren. Molly schwieg und sah nachdenklich aus. Will beobachtete sie, wie sie sich nach einem Glas bückte, das neben der Hollywoodschaukel stand. Das beigefarbene Strickkleid bedeckte sie von den Ohren bis über die Knie, aber es saß wie ein Handschuh und brachte ihre schlanke, an den richtigen Stellen gerundete Figur ausnehmend gut zur Geltung. Ihre Beine in den hautfarbenen Strumpfhosen sahen genauso traumhaft aus wie am vorgestrigen Abend in schwarz. Ihr Haar war eine lockere Masse kaffeebrauner Wellen, die ihr bis auf die Schulterblätter fielen. Sie war atemberaubend sexy, und als sie sich mit einer anmutigenden Bewegung aufrichtete und ihn anlächelte, genauso bezaubernd.

Dies Lächeln war wie ein Pfeil, der direkt auf sein Herz gerichtet war.

»Gilt unsere Verabredung zum Abendessen noch?« fragte er.

»Ich freu' mich drauf.« Erstaunlicherweise konnte sie ihr Lächeln noch steigern. In Will stieg der Gedanke auf, daß er verhext wurde. Es würde ihm schlimmer gehen als dem Trottel, und er hoffte nur, daß man es nicht merkte.

Die Venusfliegenfalle machte sich bereit, ihn im Ganzen zu verschlucken, und er war ihr schon zu weit auf den Leim gegangen, um noch dagegen ankämpfen zu wollen.

28

»Und hattest du schon immer ein Problem damit, dich der vielen Bewerber zu erwehren?« fragte Will trocken, als sie mitten beim Hauptgang waren. Sie saßen im Merrick Inn, einem kleinen, holzgetäfelten Lokal in Lexington, von dessen Existenz Molly noch nicht einmal gewußt hatte. Ölbilder schmückten die Wände, und auf den weiß gedeckten Tischen brannten dezente grüne Kerzen. Das Restaurant war der Inbegriff guten Geschmacks. Will war im Laufe seiner Untersuchungen darauf gestoßen, denn hier aßen oft die Größen des Renngeschäfts. Die Preise der auserlesenen südlichen Küche waren nicht von dieser Welt, aber Molly hatte den Gedanken daran gleich wieder verdrängt.

Sie aß einen Bissen köstlichen Landschinkens und betrachtete Will versonnen. Der dunkelblaue Anzug, den er heute abend trug, hatte winzige weiße Streifen. Sein Hemd war weiß und seine Krawatte rot. Im dem Kerzenlicht glänzte sein Haar golden, und sein Teint sah aus wie dunkle Bronze. In seinem Blick lag etwas, das sie auf eine wunderbare Art nervös machte. Hatte sie ihn wirklich einmal für nicht attraktiv gehalten? Sie mußte blind gewesen sein.

»Schon immer«, antwortete sie lächelnd.

»Ich wette, du mußtest sie dir schon mit einem Stock vom Leibe halten, als du noch zur Grundschule gingst.«

»Ich hab' nie einen Stock bei mir gehabt.« Der Schinken war ein Genuß, aber ziemlich salzig. Molly spülte ihn mit einem Schluck Eistee hinunter. Will trank natürlich Milch, und er aß ein Steak. Molly war froh, daß er so taktvoll gewesen war und sie nicht wieder zu dem Italiener geführt hatte.

»Du läßt sie einfach alle Spalier stehen und dich anhimmeln, hm? Wie heute. Ich glaube, ich habe noch nie ein Mädchen zu einem Rendezvous abgeholt, das von sechs Männern umschwärmt war, als ich kam.«

Während Molly einen Bissen sündhaft gute grüne Bohnen aß, die mit Schinken und Mandeln gewürzt waren, sah sie ihn mit vor Freude blitzenden Augen an.

»Du bist ja eifersüchtig«, sagte sie.

Will, der gerade sein Steak schnitt, hielt abrupt inne und schaute überrascht auf. Schließlich verzog sich sein Mund zu einem schiefen Lächeln.

»Du hast recht.«

»Das gefällt mir.«

»Mir nicht.«

»Nur zu deiner Information, der einzige von diesen Männern, mit dem ich jemals ausgegangen bin, ist Jimmy Miller.«

»Der Trottel, der Knutschflecken macht.« Sein Ton war so bissig, daß Molly lachen mußte.

»Daran bist du selbst schuld.«

»Woran?«

»An dem Knutschfleck«, flüsterte sie mit Rücksicht auf die anderen Gäste.

»Ich bin selbst daran schuld, daß du dir von einem Trottel einen Knutschfleck machen läßt?« Will sprach nicht leiser. Molly warf einen Blick in die Runde, aber niemand schien auf sie zu achten.

»Pscht!« Sie nickte.

»Wieso denn?«

»Ich hab' mir vorgestellt, daß du es bist, der mich küßt.«

»Was?«

»Du hast mich genau verstanden.«

»Meine Güte.« Will holte tief Luft. »Willst du noch weiteressen?«

»Ehm ... wieso ...« Molly sah überrascht auf ihren Teller. Noch etwa die Hälfte ihrer Mahlzeit war übrig – und es war eine außergewöhnlich gute Mahlzeit.

»Wir können später noch etwas essen.« Will stand auf und machte der Kellnerin ein Zeichen. Hastig nahm Molly noch einen Bissen von dem Schinken und dann einen Schluck Tee, bevor die Kellnerin mit der Rechnung kam. Während Will zahlte, zog Molly ihre Jacke über und erlag noch einmal der Verlockung des zarten Schinkens.

»Hat es Ihnen nicht geschmeckt?« fragte die Kellnerin besorgt und ließ ihren Blick über die halbvollen Teller gleiten.

»Doch, es war sehr gut. Uns ist nur gerade etwas eingefallen, deshalb müssen wir gehen«, antwortete Will und griff nach Mollys Hand. Mit einem letzten bedauernden Blick auf den Schinken nahm sie ihre Handtasche und folgte Will aus dem Restaurant.

»Und was ist uns eingefallen?« fragte Molly, als sie draußen waren und zum Auto gingen. Es war jetzt dunkel und viel kälter als abends auf der Veranda. Molly zog die braune Wolljacke fest um sich, die sie über Ashleys Rollkragenkleid trug. Über ihnen funkelten die Sterne wie Glühwürmchen in einer Mittsommernacht. Der Halbmond hing tief am Horizont.

Will lachte. »Das wirst du gleich sehen. Steig ein.«

Will öffnete ihr die Tür. Amüsiert und erwartungsvoll lächelnd stieg Molly ein, und er warf die Tür zu. Als sie nach ihrem Sicherheitsgurt griff, war er schon auf ihrem Sitz. Seine Hände legten sich auf die ihren, und erstaunt sah sie zu ihm auf. Er war sehr dicht, lehnte sich über sie, so daß seine breiten Schultern ihre Sicht aus der Frontscheibe blockierten. In seinen Augen loderte ein Feuer. Voller Entzücken erfaßte Mollys Blick sein männliches, gutgeschnittenes Gesicht, von dem sie bis vor kurzem nicht geglaubt hätte, daß es ihr Herz schneller schlagen lassen könnte.

Ohne ein Wort zu sagen, drückte Will seine Lippen auf ihren Mund. Molly ließ den Sicherheitsgurt los, schlang ihre Arme um seinen Hals und erwiderte den Kuß.

Nach ein paar Minuten hob er seinen Kopf und sagte mit belegter Stimme: »Ich bin viel zu alt, um im Auto herumzuschmusen.«

Molly holte tief Luft und flüsterte: »Ich nicht.«

Will lachte kurz auf. »Ich weiß.«

»Also?«

Wieder küßte er sie, aber nur kurz, dann lehnte er seine Stirn an die ihre. »Wir haben Zuschauer«, murmelte er.

Molly sah aus dem Seitenfenster. Zwei gutangezogene

ältere Paare, die offensichtlich aus demselben Restaurant wie sie gekommen waren, sahen sie mißbilligend an, während sie am Auto vorbeigingen. Mollys Gesicht wurde heiß vor Verlegenheit. Das Auto war am Bürgersteig vor dem Restaurant geparkt, und jeder, der vorbeikam, konnte sie sehen.

Sanft löste Will ihre Arme von seinem Hals und griff nach ihrem Sicherheitsgurt. Er ließ ihn einschnappen und drückte ihr einen festen Kuß auf den Mund.

»Ich habe ein Hotelzimmer«, sagte er.

Aha, Zeit für eine Entscheidung, dachte Molly, aber im selben Moment war ihr klar, daß die Entscheidung schon gefallen war. Was auch immer daraus werden würde, sie wollte das, was im Moment passierte. Sie wollte *ihn*.

Sie nickte nur.

Will legte seinen Sicherheitsgurt um, ließ den Wagen an und fuhr aus der Parklücke.

Sein Hotel war ganz in der Nähe. Auf einem erleuchteten Schild las Molly EMBASSY SUITES, während Will einparkte. Als er um die Motorhaube herumkam und ihr die Tür öffnete, raste ihr Puls. Sie hatte Angst, sie war aufgeregt, sie war außer sich – alles wegen Will.

Er faßte nach ihrer Hand, und sie ließ sich von ihm aus dem Auto helfen. Während sie über den Parkplatz gingen, hielt er ihre Hand in der seinen, die sich warm und stark anfühlte. Er ließ sie auch nicht los, als sie die hell erleuchtete Hotellobby betraten. Ihre Augen brauchten einen Moment, um sich an das Licht zu gewöhnen. Währenddessen hatte er sie schon den halben Weg über den dicken, grauen Teppich zu der Reihe blitzender Aufzüge am anderen Ende des Raumes geführt. Molly war erleichtert, als sie sah, daß die zwei Männer und die Frau am Empfang sie überhaupt nicht beachteten. Neben den Fahrstühlen befand sich ein etwas tiefer gelegener Sitzbereich mit dickgepolsterten Couchen und Glastischen. In einer Ecke lief ein großer Fernsehapparat. Der einzige Gast, der auf einer Couch saß und fernsah, warf ihnen noch nicht einmal einen Blick zu.

Der Fahrstuhl öffnete sich. Er war an drei Seiten verspiegelt. Molly trat ein, und Will folgte ihr und drückte auf einen Knopf.

Noch immer hielt er ihre Hand, und während sich die Türen hinter ihnen schlossen, nahm er sie zum Mund und küßte ihren Handrücken. Molly sah gleichzeitig ihn und ihre Reflexion im Spiegel. Das Bild löste in ihr ein Gefühl der Unwirklichkeit aus. War sie tatsächlich auf dem Weg in ein Hotelzimmer, um dort mit dem FBI-Mann zu schlafen?

Es schien einfach unmöglich.

»Du siehst aus, als hättest du schreckliche Angst.« Will hielt noch immer ihre Hand am Mund und sah sie unter halb gesenkten Lidern hervor an.

»Habe ich nicht.« Das war nicht ganz richtig, denn sie hatte Angst. Aber sie würde es nicht zugeben, und auf keinen Fall wollte sie ihre Entscheidung rückgängig machen.

»Wenn du möchtest, bringe ich dich nach Hause.« Er drehte ihre Hand um und küßte ihre Innenfläche. Molly fühlte ein Kribbeln bis in die Zehenspitzen.

»Nein.«

»Sicher?«

Während Molly nickte, kündigte ein heller Ton ihre Ankunft im dritten Stockwerk an. Die Tür öffnete sich. Will ließ Mollys Hand los, und sie traten hinaus in den mit grauem Teppichboden ausgelegten Flur.

Der Flur war verlassen. Will ging vor ihr her zu einer Tür, neben der auf einem kleinen Messingschild die Nummer 318 stand. Nachdem er die Schlüsselkarte mit der Codenummer in das Schloß gesteckt hatte, leuchtete ein winziges grünes Lämpchen an der Tür auf. Will drehte den Türknopf, stieß die Tür auf und ließ Molly vorgehen.

Sie klammerte sich so fest an den Riemen ihrer Schultertasche, daß sich ihre Fingernägel in das Fleisch ihrer Handfläche gruben. Mit gerader Haltung und hoch erhobenem Kopf ging sie an ihm vorbei und betrat sein Hotelzimmer.

Will schloß die Tür hinter sich, und sie standen in völliger Dunkelheit. Jede Sekunde erwartete sie jetzt, daß er sie in die Arme nahm und küßte, und ihr Herz klopfte bis in den Hals.

Sanftes Licht erhellte das Zimmer. Will zog seine Hand unter dem hellen Schirm einer Stehlampe hervor, die er gerade eingeschaltet hatte. Die schweren, bodenlangen Vorhänge hinter ihm waren zugezogen. Sie wiesen ein abstraktes Muster auf, in dem Beige und Grau vorherrschten. Auf jeder Seite der Lampe stand ein tiefer, mit grauem Velours bezogener Polstersessel. Auf der linken Seite des Raumes war eine Küchenecke mit dunklen Holzschränken und schimmernden Küchengeräten eingerichtet. Daneben standen in einem mit Teppich ausgelegten Bereich vier Stühle und ein runder Tisch, über dem eine ebenfalls helle Schirmlampe von einer goldenen Kette hing. Zu Mollys Rechten befand sich das Badezimmer, und auf derselben Seite, nur weiter hinten im Raum, stand ein großes Doppelbett. Die zugeschlagene Tagesdecke paßte zu den Gardinen, die halbrunden Kopfenden waren aus dunklem Holz und mit Messing eingefaßt und bildeten einen wirkungsvollen Kontrast zu der hellgrauen Tapete.

Von dem Bett wanderte Mollys Blick zu Will, der sie beobachtete. Er hatte seine Hände in den Hosentaschen vergraben, so daß die Rockschöße des Jacketts über die Hüften nach hinten fielen. Der teure marineblaue Anzug, das makellos weiße Hemd und der elegant gebundene rote Schlips – das alles unterschied sich so sehr von dem Stil ihrer sonstigen Freunde, daß es Molly plötzlich ganz unmöglich erschien, hier mit ihm in seinem Hotelzimmer zu sein. Ihre Unsicherheit mußte sichtbar sein, denn Wills Blick war ernst, fast grimmig.

»Ich bring' dich nach Hause«, sagte er.

Er würde es wirklich tun, das wußte sie. Sie bräuchte nur zu nicken. Plötzlich wurde Molly klar, welche Eigenschaft an ihm sie besonders anzog. Von allen Männern, mit denen sie je befreundet gewesen war, war er derjenige, bei dem sie sich wirklich sicher fühlte.

Schweigend musterte sie ihn, das kurzgeschnittene

blonde Haar, das gebräunte Gesicht mit den wenigen Falten und den athletischen Körper in dem teuren Anzug. Wenn sie sich jetzt nach Hause fahren ließe, würde sie es ganz sicher den Rest ihres Lebens bereuen. Was auch immer später geschehen sollte, wie sehr sie vielleicht auch leiden würde, im Moment wollte sie ihn, und das mit einer Intensität, mit der sie noch nie in ihrem Leben etwas gewollt hatte.

»Ich möchte nicht nach Hause«, sagte sie und ging auf ihn zu.

29

Will nahm die Hände aus den Taschen, faßte ihre Ellbogen und zog sie an sich. Der Schulterriemen ihrer Handtasche rutschte herunter. Sanft nahm Will ihr die Tasche ab und legte sie auf den Stuhl hinter sich. Sobald er sich wieder zu ihr umgedreht hatte, schlang Molly ihm die Arme um den Hals.

»Ich möchte nicht nach Hause«, wiederholte sie.

»Bist du sicher?« fragte er.

»Ganz sicher.«

Sie lächelte ihn an, aber er erwiderte ihr Lächeln nicht, sondern betrachtete sie mit nachdenklichem Blick.

»Wieso fühle ich mich, als würde ich eine Minderjährige verführen?« Zärtlich nahm er ihr Gesicht in seine Hände und sah darauf nieder. Ein Kribbeln durchlief sie vom Hinterkopf über die Wirbelsäule bis in die Fußsohlen. Sein Mund verzog sich zu dem vertrauten schiefen Lächeln.

»In zwei Wochen werde ich fünfundzwanzig. Ich bin erwachsen, glaub mir.«

»Du siehst nicht so aus.« Sein Blick wanderte von ihrem Gesicht zu ihrem Körper. »Oder vielleicht doch.«

»Danke. Das meine ich aber auch.«

Will griff unter ihre dichte Haarmähne und liebkoste

ihren Nacken. Seine andere Hand glitt ihren Rücken hinab, und er zog sie dicht an sich, so daß sie gegen seine Brust gedrückt wurde. Sie fühlte die Hitze seines Körpers, die stählerne Härte seiner Muskeln. Er beugte den Kopf und schob mit dem Mund den engen Rollkragen ihres Kleides etwas hinunter, bevor sich seine Lippen an ihrem Hals dicht unter dem Kinn festsaugten. Molly war so überwältigt von dem Prickeln, das sich in ihrem Körper ausbreitete, daß sie erst nach einem Moment begriff, was er tat. Er überdeckte, was von Jimmy Millers Knutschfleck übrig war.

»Ich dachte, Knutschflecken wären nicht dein Stil«, brachte sie heraus, als Will schließlich den Kopf hob.

Sein Mund war halb geöffnet, seine Augen dunkel. »Dieser verdammte Fleck hat mich ganz verrückt gemacht«, sagte er und preßte wieder seinen Mund auf ihren Hals. Ihr wurde schwach, und nur mit Mühe widerstand sie dem Bedürfnis, sich gegen seinen starken Körper sinken zu lassen.

»Ist das wahr?« Molly konnte kaum atmen, geschweige denn sprechen. Seine Brust drückte hart gegen ihren Busen, der von heißen Strömen durchpulst wurde. Sein Griff um ihre Taille war fest und besitzergreifend. Eine Hand liebkoste ihren Nacken, streichelte ihre Wange, strich ihr das Haar aus dem Gesicht.

»Absolut wahnsinnig.« Sein Mund glitt zwischen Hals und Kinn entlang. Molly schloß die Augen.

»Wirklich?« Erleichtert stellte Molly fest, daß ihre Stimme ziemlich normal klang.

»Das scheint dir auch noch zu gefallen.« Sein Mund wanderte in Richtung ihrer Lippen, die sich instinktiv öffneten. »Wenn ich ihn jetzt sehe, weiß ich wenigstens, daß er von mir ist.«

»Eifersüchtig«, flüsterte sie, bevor seine Lippen die ihren bedeckten.

»Und wie«, sagte er in ihren Mund, und dann küßte er sie, und sie küßte ihn, und lange Zeit sagte keiner ein Wort.

Sie liebte die Art, wie er sie küßte, dachte Molly, während sie den Kopf an seine Schulter lehnte. Sie hielt sich selbst für eine Expertin auf diesem Gebiet, aber er war auch nicht gerade ein Laie. Tatsächlich war er ein würdiger Gegner für einen Wettstreit, entschied sie, während er mit seiner Zunge die Form ihrer Lippen nachfuhr. Sein Mund war hart und heiß und seine Zunge ungeheuer verführerisch, eher schmeichelnd als fordernd. Sie erwiderte seine Küsse nach allen Regeln der Kunst, schmiegte sich an ihn, ihre Hände um seinen Hals geschlungen.

Eine von Wills Händen glitt jetzt zwischen ihre dicht aneinandergedrängten Körper, bewegte sich zu Mollys Brust und begann, sie durch Jacke, Kleid und Büstenhalter hindurch zu kneten. In ihren harten Brustwarzen entbrannte ein Feuerwerk.

»Die hier haben mich auch verrückt gemacht.« Wills Hand bewegte sich zu der anderen Brust und nahm dort ihr magisches Werk von neuem auf.

»Wirklich?« Mollys Stimme war belegt und zitterte, aber sie konnte nichts dagegen tun. In ihrem Kopf drehte sich alles, ihr Körper stand in Flammen, sie konnte nicht mehr zusammenhängend denken, geschweige denn sprechen.

»Absolut wahnsinnig.«

Wieder küßte er sie auf den Mund. Mollys Rücken bog sich, sie schnappte nach Luft und drückte ihre Brüste noch dichter in seine erfahrenen Hände.

Will hob den Kopf. Molly schlug die Augen auf und atmete tief ein. Erleichtert sah sie, daß auch er heftig atmete. Auf seinen Wangenknochen waren dunkle Flecken, und in seinen Augen spiegelte sich das goldene Lampenlicht wie Flammen in dunkelblauen Tiefen.

Will sah nach unten, und Mollys Augen folgte seinem Blick. Der Anblick seiner langen, gebräunten Finger auf der runden Ausbuchtung in ihrer Strickjacke steigerte ihre Erregung noch, ihr war heiß vor Begehren.

Seine Hand bewegte sich zu dem mit einem Knoten verschlossenen Strickgürtel, der die Jacke vorn zusammenhielt. Als er den Knoten gelöste hatte, öffnete sich die Jacke, und das cremefarbenen Kleid kam zum Vorschein. So sittsam es Molly früher am Tag erschienen war, jetzt, wo sich ihre Brustwarzen deutlich sichtbar durch den Jerseystoff abzeichneten, schien es alles andere zu sein.

Eher sah es aus, als betonte der Molly eng umspannende cremefarbene Stoff das Flehen ihres Körpers nach Wills Berührung. Molly sah zu, wie seine Handflächen sich um ihre festen Brüste legten und sie rieben und kneteten, und Hitzewellen liefen durch ihren ganzen Körper.

Ihr fiel auf, daß er absichtlich ganz langsam vorging und ihr viel Zeit gab, um zu unterbrechen, falls sie es wollte.

Das war Will: immer Gentleman. Es machte sie gleichzeitig rasend und gab ihr ein Gefühl der Sicherheit. Und das war so erregend, daß sie es kaum noch aushielt.

Molly sah zu ihm auf; auch sein Blick ruhte auf ihrem Gesicht. Ihr Mund war trocken, und sie befeuchtete mit der Zunge ihre Unterlippe. Seine Augen verdunkelten sich. Er beugte den Kopf, nahm ihre Zunge in seinen Mund und saugte daran. Molly erbebte.

Um nicht die Kontrolle über die Situation zu verlieren, mußte sie selbst etwas tun. Ihre Hand streichelte die warme Haut über seinem Hemdenkragen, und ihre Finger glitten durch das kurze, feste Haar seines Hinterkopfes. Aber das Gefühl seiner Haut unter ihren Fingern machte sie nicht ruhiger, eher noch wilder.

Er griff nach ihren Händen und zog ihre Arme nach unten. Dann streifte er ihr die Jacke von den Schultern und legte sie auf den Stuhl hinter sich.

Molly schob ihre Arme unter sein Jackett, schlang sie um seine Taille und drückte sich noch dichter an ihn, während seine Hände ihren Rücken hinaufglitten. Ihr Haar wurde hochgehoben, sie spürte seine Finger an ihrem Nacken und hörte das leise Geräusch des Reißverschlusses. Gleich darauf spürte sie die kühle Luft auf ihrem nackten Rücken.

Das Bewußtsein, daß er dabei war, sie auszuziehen, war

schwindelerregend. Molly kämpfte darum, nicht die Kontrolle über ihre Reaktionen zu verlieren. Sie entzog ihm ihren Mund und atmete tief ein. Dann griff sie nach seiner Krawatte, um den Knoten zu lösen. Er kam ihr zu Hilfe und zog das schmale Ende heraus; die zwei offenen Bänder lagen wie kleine rote Schlangen auf seinem weißen Hemd. Er schlüpfte aus seinem Jackett, legte es zu ihrer Tasche und ihrer Jacke auf den Stuhl und zog sie wieder an sich.

Als Will sie jetzt küßte, war Molly, als drehte sich das Zimmer um sie. Ihre Arme schoben sich um seine Taille, und ihre Hände legten sich auf seinen Rücken. Durch die feine Baumwolle seines Hemdes spürte sie jeden Muskel. Sie versuchte, ihr Gleichgewicht wiederzuerlangen und ihn gleichzeitig zu küssen.

Schließlich hob er den Kopf. Molly sah sein männliches Kinn und seinen kräftigen Hals dicht vor sich. Das Hemd war noch immer bis oben hin zugeknöpft. Langsam bewegte sie ihre Hände um seinen Oberkörper herum zu seiner Brust und nach oben. Während sie sein Hemd öffnete, küßte er ihre Wangen, ihre Ohren, schob den Rollkragen ihres Kleides hinunter und küßte ihren Hals.

Molly hatte erst ein Drittel seines Hemdes geöffnet, als sie in der Bewegung innehielt. Sein Mund malte eine Feuerlinie über ihre nackte Haut von ihrem rechten Schlüsselbein abwärts über die anschwellende Kurve ihrer Brust. Er berührte sie mit den Zähnen, den Lippen, der Zunge.

Ihr Kleid rutschte von den Schultern, und Will löste den Gürtel und streifte es ganz von ihrem Körper, so daß es um ihre Füße fiel. Darunter kamen ein weißer Spitzenbüstenhalter und ein passender Minislip zum Vorschein. Außerdem trug sie noch die durchsichtige Strumpfhose und ihre Absatzschuhe.

Will stand mit einemmal ganz still. Molly schaute zu ihm auf und sah, daß sein Blick auf ihren Körper gerichtet war. Sein Gesicht war gerötet.

»Hübsch. Ich liebe weiß«, sagte er mit belegter Stimme.

»Das habe ich mir gedacht.« Es kostete sie Mühe, ihre Antwort locker und scherzhaft klingen zu lassen.

»Also hast das für mich angezogen?« Ein kleines, schiefes Lächeln erschien.

»Für wen denn sonst?« Ihr Ton war schnippisch, denn keinesfalls wollte sie zugeben, wie es wirklich gewesen war. Sie hatte gehofft, daß diese Unterwäsche ihn erregen würde. Denn das war es, was sie wollte, ihn erregen, so sehr, wie ihn noch nie eine Frau erregt hatte.

»Für niemanden sonst«, antwortete er, und seine Stimme war heiser. »Nicht, wenn du weißt, was gut für dich ist.«

Bevor sie darauf antworten konnte, streifte er einen Träger und ein Körbchen ihres Büstenhalters herunter. Verzückt sah er auf die Brust und umfaßte sie mit beiden Händen.

In dem Moment erklärte Molly innerlich das Duell für beendet. Sie hatte ihren Meister gefunden. Zum ersten Mal in ihrem Leben war sie besiegt worden. Sie, die die Männer normalerweise nur mit Blicken zum Erliegen brachte, war in den Händen dieses Mannes Wachs.

Niemals hatte sie beim Küssen den Kopf verloren. Niemals hatte sie während des Liebens den Kopf verloren. Niemals hatte sie wegen eines Mannes den Kopf verloren. Aber jetzt waren ihre Sinne nicht mehr unter ihrer Kontrolle.

Will hatte ihr den Kopf verdreht, konnte mit ihr machen, was er wollte.

30

Sein heißer, feuchter Mund schloß sich über ihrer Brustspitze. Wollüstige Schauer liefen über ihre Haut, Molly stöhnte und umklammerte seine Schultern. Während sein Mund ihr weiter Vergnügen bereitete, faßte sein linker Arm um ihre Taille und zog sie dicht an sich, und gleichzeitig befreite seine rechte Hand behutsam ihre andere Brust von dem Büstenhalter.

Molly wurde gegen seinen Bauch gedrückt und spürte die harte Wölbung in seiner Hose. Sie preßte sich an ihn, rieb sich an seinem Unterleib. Hitzewellen breiteten sich über ihre Schenkel aus, und sie wurde von leidenschaftlichem Begehren erfüllt. Welche Reaktion bei Will ausgelöst wurde, konnte sie nicht sagen, denn plötzlich war alles anders als sonst. Zum ersten Mal in ihrem Leben dachte sie nur noch an sich selbst und ihre Lust.

Das Verlangen, von ihm geliebt zu werden, beherrschte sie, nichts anderes zählte mehr.

Wills Hand glitt über ihren Rücken, fand den Verschluß ihres Büstenhalters und öffnete ihn. Die Träger rutschten von ihren Schultern. Will faßte nach dem duftigen Stoffstückchen aus Spitze, befreite sie davon und ließ es achtlos auf den Boden fallen.

Es war ihr bester und teuerster Büstenhalter, aber im Moment war ihr völlig gleichgültig, was damit passierte.

Mollys Blick fiel auf einen hohen Spiegel, der an einer Schranktür befestigt war und den sie vorher nicht bemerkt hatte. Fasziniert starrte sie auf das erotische Bild, das sich ihr darbot. Sie sah sich selbst, nackt bis zur Taille, ihr schwarzes Haar fiel ihr über die Schultern, ihre Lippen waren geschwollen von Wills Küssen, ihre Augen halb geschlossen und leuchtend vor Sinnlichkeit, ihre Wangen gerötet. Die hautfarbene Strumpfhose war praktisch unsichtbar, und der winzige weiße Slip betonte ihre Nacktheit mehr, als daß er sie verdeckte. In den hohen Schuhen erschienen ihre schlanken, wohlgeformten Beine unendlich lang. Ihr Bauch war flach, ihr Po rund und fest, ihre Taille schmal. Ihre Brüste hatten die Größe von Orangen, waren genauso fest und sahen reif zum Pflücken aus. Wills gebräunte Hand lag auf ihrem Rücken und hob sich von ihrer hellen Haut ab, ihr Griff wirkte intim und besitzergreifend.

Will dagegen war noch immer vollständig angezogen. Sein Hemd war an der Brust zu zwei Dritteln zugeknöpft, und seine Hosen wurden in der Taille durch einen schmalen schwarzen Gürtel gehalten. Sogar Schuhe und Socken hatte er noch an.

Ihre Blicke trafen sich im Spiegel.

»Du bist schön«, flüsterte er bewundernd.

Während sie beide im Spiegel zusahen, umfaßte seine Hand eine ihrer Brüste und streichelte sie. Sein Daumen rieb ihre vergößerte, harte Brustwarze, bis Mollys Körper von Blitzen durchzuckt wurde und sie aufstöhnte. Ihre Beine drohten nachzugeben, und sie klammerte sich an seine Schultern.

»Komm» flüsterte er heiser. Mit einem Arm umfaßte er ihren Rücken, der andere griff in ihre Kniekehlen. Dann drehte sich der Raum wirklich, denn sie wurde hochgehoben und zum Bett getragen. Als sie nebeneinander lagen, schlang Molly die Arme um seinen Hals, und er küßte sie mit einem wilden Hunger, der ihr eigenes Begehren noch anstachelte.

Seine Hände waren heiß, als sie unter ihre Strumpfhose glitten und sie nach unten schoben. Dann griff er in ihren winzigen Slip, und sanft liebkosten seine Finger das Dreieck schwarzer Locken zwischen ihren Schenkeln. Schließlich schob er auch die Hose hinunter, und langsam tasteten seine Finger sich weiter nach unten.

»O ja«, stöhnte Molly, als er die kleine Knospe fand, die angeschwollen war und seiner Berührung entgegenfieberte. Er drückte und streichelte sie, bis Molly vor Lust fast den Verstand verlor. Sie stöhnte protestierend, als seine Hand sich entfernte, um ihre Strumpfhose und Unterhose ganz abzustreifen.

Dann begann er hastig, sich selbst auszuziehen. Molly setzte sich auf, als er an seiner Gürtelschnalle zog, und knöpfte sein Hemd auf. Eine breite, männliche Brust wurde sichtbar, in deren Mitte auf der gebräunten Haut ein Dreieck goldblonder Locken leuchtete. Bewundernd ließ Molly ihre Hände über die harten Konturen seines Brustkorbs gleiten und genoß es, seine glatte, warme Haut zu spüren. An seinem Hals sah sie eine kleine Ader schlagen. Sie küßte sie, als er endlich seinen Gürtel gelöst hatte. Molly konnte sich nicht von ihm lösen, sie kniete nackt am Rande des Bettes, hatte ihre Arme um seinen Oberkörper geschlungen, und ihr Mund bewegte sich von seinem Hals die Brust hinunter. Will zog derweil in gebückter Stellung seine Schuhe aus und streifte mit seiner Hose auch gleich die Unterhose ab. Die ganze Zeit ließ sie nicht von ihm, und er streichelte ihre Pobacken, bevor er seine Aufmerksamkeit den Manschettenknöpfen zuwandte, die immer noch die Ärmel seines Hemdes verschlossen hielten.

Während er mit ungewohnter Ungeduld daran zog, fiel Mollys Blick auf sein Glied. Es war groß und hart und stand steil in die Höhe. Molly beugte den Kopf und nahm es in den Mund.

Einen Moment verharrte Will regungslos. Dann stieß er einen kehligen Laut aus, faßte ihren Kopf, zog sie aus ihrer knienden Stellung hoch und warf sie aufs Bett. Im selben Moment lag er auf ihr und drang heftig in sie ein. Molly schrie vor Lust auf, bevor seine heißen Lippen ihren Mund verschlossen.

Seine Arme preßten sie an sich, sein Kuß war wild und leidenschaftlich. Molly erwiderte ihn mit derselben Begierde, ihre Hände gruben sich unter seinem Hemd in sein Fleisch, ihre Hüften bogen sich ihm entgegen. Heiß und stark bewegte er sich in ihr, küßte ihren Mund, ihren Hals, ihre Brüste. Seine Hand glitt zwischen ihre beiden Körper, um sie da zu berühren, wo sie vereint waren. Molly begrub ihr Gesicht in der Beuge zwischen seinem Hals und seiner Schulter, schlang ihre Beine um seine Hüften und klammerte sich stöhnend und zitternd an ihn, während elektrische Blitze der Ekstase von ihrem zu seinem Körper zuckten.

Sie, die es gewöhnt war, alles unter Kontrolle zu haben, wurde nun von ihm beherrscht. Er nahm sich, was er von ihr wollte, und es war die erotischste, erschütterndste Erfahrung ihres Lebens.

»Will, o Will! O *Will!*« Ihr Orgasmus war überwältigend. Er erschütterte sie wie eine starke Explosion, Welle auf Welle züngelnder Flammen durchlief ihren Körper.

Während sie diesen Feuersturm durchlebte, nahm sie

kaum wahr, wie er stöhnend ein letztes Mal tief in ihren zitternden Körper eindrang, sie fester packte, sich aufbäumte und schließlich auf sie niedersank.

Es waren banale Kleinigkeiten, die Molly aus dem Zustand tiefster Entspannung wieder in die Wirklichkeit zurückholten. Ihre Füße waren kalt, das Laken unter ihrem Rücken war zerknautscht und drückte sie, sie mußte niesen. Es konnte kaum mehr als zwanzig Minuten her sein, daß sie mit ihm dieses Zimmer betreten hatte. Aber in dieser kurzen Zeit hatte sich für sie die ganze Welt einmal um ihre Achse gedreht.

Was sie am meisten befürchtet hatte, war eingetreten: Sie liebte Will wie noch nie jemanden zuvor.

31

Die Erkenntnis machte Molly angst. Während sie völlig still lag und an die weiße Decke starrte, versuchte sie, nicht daran zu denken.

In einer Ecke war ein Spinnweb.

Will lag noch immer auf ihr, und er war ziemlich schwer.

Der Feueralarm hoch oben an der Wand hatte ein kleines Lämpchen, das wie ein blinkendes rotes Auge aussah.

Ihre Hände ruhten auf Wills starkem Rücken unter seinem Hemd, seine Haut war warm und feucht von Schweiß.

Ein dünner Riß zog sich über einen Teil der Decke.

Als Will seinen Kopf drehte, streifte sein rauhes Kinn ihre Wange. Der Griff seiner Hand um ihre Taille wurde fester, und er drückte seinen Mund auf die zarte Haut unter ihrem Ohr.

Ihr Körper versteifte sich.

Er hob den Kopf und lächelte sie an. In seinem Lächeln lag eine überwältigende Zärtlichkeit.

Molly zog ihre Hände unter seinem Hemd hervor und

versuchte, das Gefühl seiner glatten Haut und seiner harten Muskeln zu ignorieren. Sie wollte nicht noch mehr von ihm erfahren.

Denn das, was sie wußte, war schon zu viel.

»Laß mich bitte aufstehen.«

»Jetzt?« Er zog erstaunt die Augenbrauen hoch, dann schien ihm einzufallen, daß sie vielleicht einen dringenden Grund für ihren Wunsch hatte, und er rollte zur Seite. Sofort stieg Molly aus dem Bett. Während sie nach ihren Kleidern Ausschau hielt, versuchte sie, so gut es ging an Will vorbeizusehen, Er lag auf dem Rücken, hatte seine Hände unter dem Kopf gefaltet und beobachtete sie. Bis auf das offene Hemd und seine Socken war er nackt. Und es schien ihn kein bißchen zu stören.

Sie war auch nackt. Ihr erster Impuls war, nach irgend etwas zu greifen, womit sie sich bedecken konnte, denn sein aufmerksamer und bewundernder Blick machte sie verlegen. Aber wenn sie sich jetzt etwas anziehen würde, käme das einem Eingeständnis ihrer Unsicherheit gleich. Und sie wollte vor Will auch nicht die geringste Schwäche zeigen.

Also stand Molly nackt am Fuße des Bettes und tat, als machte es ihr überhaupt nichts aus. Stolz hielt sie den Kopf hoch und warf ihr Haar zurück. Sie war Meisterin darin, der Welt Stärke und Unverletzlichkeit vorzuspielen, und bis jetzt war sie damit gut gefahren. Wie eine Krabbe in ihrer Schale, hielt sie den weichen Kern ihrer Persönlichkeit sorgfältig unter einer harten Oberfläche verborgen.

Sie hatte herausgefunden, daß dies die einzige Art zu überleben war.

Wills Hosen lagen neben dem Bett. Aus den Taschen war etwas Kleingeld und ein in Goldpapier eingepacktes Kondom gefallen. Molly nahm an, daß er das Kondom ihretwegen bei sich getragen hatte. Zum Schluß war es dann zu schnell gegangen, zu überwältigend gewesen, um noch daran zu denken.

Als Molly ihren Slip und ihre Strumpfhose entdeckt

hatte, ging sie absichtlich langsam darauf zu und hob sie mit ruhigen Bewegungen auf.

Eigentlich war ihr danach, schnell zu machen und sie hastig zu ergreifen, aber das würde aussehen, als hätte sie die Situation nicht unter Kontrolle.

»Was machst du denn?« fragte er träge.

»Ich zieh' mich an«, antwortete sie kurz angebunden. Als sie auch ihren Büstenhalter und ihr Kleid vom Boden nahm, setzte er sich auf.

»Was ist los?« Mit gerunzelter Stirn sah er sie an. Wie er da mit angezogenen Knien auf dem Bett saß, nur im offenen Hemd und mit den schwarzen Socken, fand sie ihn so sexy wie keinen Mann je zuvor.

»Ich kann es nicht ausstehen, wenn Männer im Bett ihre Socken anbehalten«, sagte sie spitz, griff nach ihrer Handtasche und ging zum Badezimmer. Er schwang seine Beine über den Rand des Bettes, aber er kam zu spät. Sie hatte schon die Zuflucht erreicht und die Tür hinter sich verriegelt.

Aufatmend legte sie die Stirn gegen das kühle, graugestrichene Holz.

Der Türknopf bewegte sich.

»Molly. Laß mich rein.«

Sie trat von der Tür zurück. »Du störst«, sagte sie und betätigte zum Beweis die Toilettenspülung.

»Molly.«

»Laß mich in Ruhe«, war ihre Antwort. Als sie ihre Sachen auf die Ablageflächen an der Wand legte, fiel ihr Blick in den Spiegel. Ihr Haar war ein wirres Durcheinander, ihr Mund von Küssen geschwollen, und ihre Augen hatten einen sonderbaren, fast verstörten Ausdruck. Sie zwang sich, den Blick nicht weiter nach unten wandern zu lassen.

Falls ihr Körper Zeichen von Wills Zärtlichkeiten aufwies, wollte sie sie nicht sehen.

»Molly!«

»Ich dusche!« rief sie und drehte das Wasser auf.

Nach einer ausgiebigen Dusche hatte Molly ihre Haltung wiedergefunden. Sie trocknete sich ab, zog sich an, bürstete ihr Haar und frischte ihr Make-up auf. Als sie fertig war, hätte niemand vermutet, daß sie gerade ein aufwühlendes Liebeserlebnis hinter sich hatte und ihr klar geworden war, daß sie einen FBI-Mann aus Chicago liebte.

Liebte. Das Wort allein ließ sie in Panik geraten. Sie wollte es nicht noch einmal denken.

Jemand zu lieben, bedeutete auch zu leiden. Das hatte sie über Jahre hinweg durch viele harte Lektionen gelernt.

Sie war verrückt gewesen, es mit Will so weit kommen zu lassen. Es hätte ihr doch klar sein müssen, daß eine tief verwurzelte Sehnsucht nach einem starken, fürsorglichen Mann, dazu rein chemisch bedingte erotische Anziehung und ein gutes Maß an Zuneigung ein leicht entzündliches Gemisch bildeten. Es war nur logisch, daß eine Dosis Sex, noch dazu solch berauschender, der Zündfunken wäre, der ihre Liebe entflammte. Ein todsicheres Rezept.

Aber was hatte sie sich nur vorgestellt, wie es weitergehen würde? Daß er mit ihr dem Sonnenuntergang entgegen in eine ewiges Happy-End entschweben würde? In ein paar Wochen fuhr er zurück nach Chicago, das stand fest. Dachte sie etwa, er würde sie mitnehmen? Sie, die Kinder, den Hund und alles, was dazu gehörte?

Nun ja. Sie hatte im Leben längst gelernt, daß es keine Happy-Ends gab, sie würde auch damit fertigwerden.

Auf der anderen Seite der Badezimmertür war es ruhig. Molly wußte trotzdem, daß Will nicht gegangen war. Er war da draußen, wartete auf sie, und sie mußte sich der Situation stellen.

Sie richtete sich gerade auf, hob das Kinn und nahm ihre Handtasche. Dann öffnete sie die Tür und trat zurück in sein Hotelzimmer.

Will saß in einem der grauen Veloursessel. Er hatte sein Hemd an, das jetzt halb zugeknöpft war, enge hellblaue Boxershorts und seine schwarzen Socken. Eines seiner nackten Beine war lässig über das andere gelegt. Als sie aus der Tür trat, trank er gerade einen Schluck aus einem Glas Milch.

»Aha, macht dir dein Magengeschwür wieder zu schaffen?« fragte Molly mit spöttischem Lächeln. Jede Art, ihn von sich zu stoßen, war ihr recht. Sie mußte retten, was noch von ihrem Herzen übrig war, bevor er sich dort noch tiefer einnisten konnte. Es war unfair, das Wissen über sein Magengeschwür gegen ihn zu verwenden; aber sie würde auch unfair kämpfen, wenn es nötig wäre, um sich selbst vor Schmerz zu schützen.

Er gab keine Antwort, sah sie nur ruhig und nachdenklich an. Falls ihre Bemerkung ihn ärgerte, zeigte er es jedenfalls nicht.

»Kannst du mich bitte nach Hause bringen?« fragte sie. »Es ist spät.«

»Es ist noch nicht mal neun Uhr.«

»Ich bin müde.«

»Ein kurzes Treffen, hmm?«

Molly zuckte die Achseln.

Will stand auf und kam auf sie zu. Molly mußte sich zusammennehmen, um nicht zurückzuweichen. Mit erhobenem Kinn blieb sie stehen. Sie trug ihre hohen Schuhe, er war auf Socken, und ihr Kopf reichte ihm fast bis zu den Augenbrauen. Trotzdem wirkte er viel größer als sie, seine Figur war breitschultrig und muskulös, und aus jüngster Erfahrung wußte sie, daß er vielleicht fünfzig Pfund mehr als sie wog.

Aber seine körperliche Überlegenheit schüchterte sie nicht ein. Das Gefühl jedoch, das seine Nähe in ihr hervorrief, machte sie unsicher.

Will blieb vor ihr stehen und faßte sie sanft an den Oberarmen. Schnell entzog sich Molly seinem Griff.

Etwas erstaunt sah Will sie an, dann verschränkte er die Arme vor der Brust.

»Was ist los, Molly?« Seine Stimme war ruhig, fast zärtlich.

Mollys Gesicht nahm einen abweisenden Ausdruck an.

»Nichts ist los.«

Will seufzte. »Man braucht kein Hellseher zu sein, um zu merken, daß du plötzlich böse auf mich bist. Die Frage ist nur, warum?«

»Ich bin nicht böse auf dich. Ich will nur nach Hause. Wenn du mich nicht bringst, laufe ich.«

»Dreißig Kilometer in der Nacht? Das glaube ich kaum.«

»Dann trampe ich eben. Oder ich rufe Ashley an, damit sie mich abholt.«

Er sah sie aufmerksam an. Irgend etwas in ihrem Gesicht mußte ihm klargemacht haben, daß sie es ernst meinte, denn sein Ton veränderte sich. »Du willst also wirklich nach Hause?«

»Ja.«

»Dann bringe ich dich. Ich zieh' mich nur schnell an.«

Molly gab sich Mühe, ihn nicht anzusehen, während er zum Schrank ging und einen Jogginganzug herausnahm, den er aufs Bett warf. Seine Boxershorts saßen eng und bedeckten nur ein Drittel seines Oberschenkels. Unwillkürlich bemerkte sie, daß er hübsche Beine hatte, gebräunt und muskulös. Er knöpfte sein Hemd auf und zog es so selbstverständlich aus, als wäre er allein.

»Im Kühlschrank ist Cola, falls du eine möchtest. Ich hab' sie extra für dich gekauft.«

Jetzt sah sie ihn offen an, und das war ein Fehler. Bisher hatte sie noch nicht die Gelegenheit gehabt, seinen Körper im ganzen zu betrachten. Es war ein herrlicher Anblick, denn die Proportionen seiner Figur waren einfach perfekt. Seine Schultern waren breit, der gewölbte Brustkorb verjüngte sich zur Taille hin, die Hüften waren schmal, die Beine lang und kräftig. Auf Armen und Beinen zeichneten sich Muskeln ab, der Bauch über den Boxershorts war völlig flach und hart, und darüber begann ein Dreieck goldblonder krauser Härchen.

Mollys Blick blieb einen Moment haften, dann zwang sie sich, ihn abzuwenden. Was zwischen ihnen passiert war, würde nicht wieder geschehen. Sie würde sich nicht erlauben, auch nur den Anflug eines Begehrens für ihn zu empfinden und auch keine anderen Gefühle.

»Ich möchte keine Cola«, wies sie sein Angebot zurück.

»Im Kühlschrank ist auch etwas zu essen. Kaltes Huhn.« Will stieg in seine Jogginghosen und zog sie hoch. Seine Bewegungen waren ruhig und lässig.

»Ich habe keinen Hunger.«

»Vorhin hattest du Hunger.« In diesen Worten steckte ein doppelter Sinn, der Molly nicht verborgen blieb.

»Jetzt nicht mehr«, gab sie kurz angebunden zurück.

»Und das Ganze, nur weil ich meine Socken nicht ausgezogen habe, hmm?« Will zog die Schnur in seinem Hosenbund fest und band sie zu.

»Könntst du dich bitte etwas beeilen? Ich möchte jetzt wirklich nach Hause.«

»Und warum? Als du das letzte Mal ausgegangen warst, bist du erst kurz vor Mitternacht nach Hause gekommen.« Er zog das Sweatshirt über den nackten Oberkörper. Es war grau wie die Hose, und auf der Brust prangte das Logo einer Sportfirma.

Er hatte natürlich auf ihre Verabredung mit Jimmy Miller angespielt. Damit rief er auch die Erinnerung an seine Eifersucht wach und an den Knutschfleck, mit dem er die Reste von Jimmys Kuß überdeckt hatte. Molly wurde heiß bei dem Gedanken daran.

»Hör zu, Will, bist du etwa einer von denen, die hinterher alles komplizieren müssen? Wir haben miteinander geschlafen, na gut. Du wolltest es, und ich wollte es, und wir haben's getan, basta. Aber jetzt geht das normale Leben weiter.«

Einen Moment sah Will sie nur an.

»Willst du damit sagen, daß die Sache für dich nur eine Sexnummer war?« Will klang fast belustigt. Molly sah zu, wie er in schwarze Turnschuhe schlüpfte und die Schuhbänder zuschnürte. Sie war übernervös, und seine langsamen Bewegungen regten sie auf.

»Ich hätte es zwar nicht so ausgedrückt, aber ja, so ungefähr mein' ich's«, antwortete sie schnippisch.

»Ruf mich nicht an, ich ruf' dich an? Die Art, ja?« fragte er, während er sich aufrichtete.

»Genau.«

Will kam auf sie zu, fertig angezogen, und in seinem kragenlosen grauen Pullover sah er unglaublich sexy aus. Er lächelte nicht. Was erwartete sie? Daß er versuchen würde, sie in die Arme zu nehmen und zu küssen? Daß er ihr sagen würde, sie benahm sich töricht und sollte sich das Ganze noch einmal überlegen? Daß er verärgert oder verletzt wäre?

»Wenn du es so haben willst«, war alles, was er schulterzuckend sagte. Dann reichte er ihr die braune Strickjacke, die auf dem Stuhl gelegen hatte.

32

Als sie bei Mollys Haus angekommen waren, bestand Will darauf, sie bis zur Tür zu bringen. Hoch erhobenen Kopfes schritt Molly vor ihm her und beachtete Pork Chop kaum, der sie wie üblich mit freudigem Gebell begrüßte. Das Haus war erleuchtet, und die Fenster erstrahlten in warmem Gelb. An der Tür drehte Molly sich zu Will um, der ihr die Treppen hoch gefolgt war.

»Also, ich bin wohlbehalten angekommen, jetzt kannst du gehen.«

»Ich warte, bis du drin bist«, erwiderte er ruhig. Ihr abweisendes Verhalten schien ihn überhaupt nicht zu stören, und das machte Molly rasend. Jeder andere hätte versucht, den Grund dafür herauszufinden und sie umzustimmen. Zurückweisung wirkte auf Männer wie das mächtigste Aphrodisiakum. Je mehr man sie behandelte, als machte man sich nichts aus ihnen, desto anhänglicher wurden sie.

Alle bis auf diesen Mann.

Sie sagte nichts, sah ihn nur verärgert an und zuckte die Schultern. Dann öffnete sie die Gittertür, steckte den Schlüssel ins Schloß der zweiten Tür und stieß sie auf. In der Küche brannte Licht, aber niemand war zu sehen.

Molly hörte im Wohnzimmer den Fernseher laufen, also saßen ihre Geschwister wahrscheinlich dort.

»Molly, bist du das?« rief Ashley auch schon.

»Ja, Ashley«, antwortete Molly und drehte sich zu Will um. Ihre Haltung und ihr Blick machten deutlich, daß sie ihn loswerden wollte.

»Du lädst mich also nicht ein, mit hereinzukommen?« Wieder hörte er sich nicht verärgert, sondern eher amüsiert an. Er hielt den Rahmen der äußeren Tür fest, so daß sie sie nicht vor ihm schließen konnte.

»Nein.«

»Und ich kriege auch keinen Gute-Nacht-Kuß?«

Diese ihrer Meinung nach unverschämte Frage ignorierte Molly.

»Was werden deine Geschwister denken?«

Er machte sich doch tatsächlich noch über sie lustig! Molly biß die Zähne zusammen.

»Um ehrlich zu sein, das ist mir ziemlich egal. Ich will nur, daß du mich endlich in Ruhe läßt, jetzt und für alle Zeiten.«

Will lächelte sie an. »Ich glaube, du vergißt etwas.«

»Was?« fragte Molly mißtrauisch.

»Wie du auch immer zu mir persönlich stehen magst, an unserer geschäftlichen Beziehung hat sich nichts geändert. Du arbeitest noch immer für mich. Du wirst tun, was ich dir sage, und ich bin nach außen für alle dein Freund. Erinnerst du dich?«

Molly starrte ihn an. Sie hatte es tatsächlich vergessen. Sie konnte ihn gar nicht einfach aus ihrem Leben streichen. Bis er nach Chicago zurückkehrte, würde sie sich mit ihm abgeben müssen, und das jeden Tag.

»Schlaf dich aus, mein Schatz«, sagte er liebevoll. Wie Molly mit einem Seitenblick feststellte, kam hinter ihr Ashley in die Küche. Deswegen sprach er also plötzlich so zärtlich mit ihr. Dann faßte Will mit einer Hand um ihren Nacken und gab ihr einen kurzen, festen Kuß auf den Mund.

»Mach das ja nicht noch mal«, zischte Molly, so daß nur

er sie hören konnte. Sie kochte innerlich vor Wut, als er sie daraufhin herablassend mit dem Zeigefinger unters Kinn faßte, es leicht anhob und sie anlächelte. Dann rief er Ashley ein fröhliches »Gute Nacht!« zu, drehte sich um und ging.

Um Ashleys willen beherrschte Molly sich und schlug die Tür nicht mit einem lauten Krach hinter ihm zu, wonach ihr eigentlich zumute war.

»Du bist aber früh zu Hause«, sagte Ashley erstaunt. »Wollte Will nicht mit reinkommen?«

Molly zwang sich zu einem Lächeln und fuhr fort, an dem großen Lügennetz zu spinnen.

Dann zog sie sich in ihr Zimmer zurück, ging ins Bett und lag den Rest der Nacht wach.

Nachdem Will Molly abgesetzt hatte, nutzte er die unerwartete freie Zeit, um die in der letzten Nacht unterbrochene Durchsuchung von Howard Lawrences Büro fortzusetzen. Diesmal fand er etwas Interessantes: eine Notiz, die sehr nach Erpressung aussah.

Auf einem einfachen weißen Blatt Schreibmaschinenpapier waren unterschiedlich große, aus Zeitungen ausgeschnittene Buchstaben aufgeklebt, die einen Satz ergaben: *Ich weiß, was Sie getan haben*. Keine Drohung, keine Zahlungsforderung. Will nahm daher an, daß es sich um eine von mehreren Nachrichten handelte, konnte jedoch trotz intensiver Suche keine anderen finden. Sein im allgemeinen recht zuverlässiger Instinkt sagte ihm aber, daß er mit diesem Blatt den Anfang des Fadens in der Hand hielt, der zur Aufklärung von Lawrences Tod führen könnte. Will hatte nie an einen Selbstmord geglaubt, schon weil seiner Meinung nach der Mann einfach nicht der Typ dafür war. Offensichtlich hatte jemand gewußt, daß Lawrence ihr Informant war und wollte ihn damit erpressen. Stand Lawrences Tod damit im Zusammenhang? Will hielt es für wahrscheinlich.

Da er keinen Briefumschlag gefunden hatte und das Papier auch nicht gefaltet war, nahm er an, daß man es Lawrence persönlich gebracht hatte. Er würde es am nächsten Morgen als erstes auf Fingerabdrücke untersuchen lassen. Außerdem mußten Lawrences Bankunterlagen überprüft werden, vielleicht hatte er in letzter Zeit eine ungewöhnliche Geldtransaktion vorgenommen. Das würde Wills Theorie untermauern.

Seit Lawrences Tod war dies die erste Spur, die vielleicht bei der Lösung des Falls weiterhelfen konnte. Daher war Will trotz des Debakels mit Molly fast gut gelaunt, als er sich auf den Rückweg nach Lexington machte.

Obwohl es ein kleiner Umweg war, beschloß er, noch einmal bei Mollys Haus vorbeizufahren. Die Leute, die im Pferdegeschäft arbeiteten, gingen im allgemeinen früh schlafen und standen früh auf, und so waren fast alle Häuser unterwegs schon dunkel. Mollys bildete keine Ausnahme; ruhig hockte seine schwarze Silhouette unter dem Sternenhimmel. Nur die Zweige der Bäume bewegten sich leise, und manchmal flogen Schatten über Haus und Garten, wenn die Wolken auf ihrem schnellen Flug kurzfristig den Mond verdunkelten.

Molly und ihre Geschwister schliefen.

Es war idiotisch von ihm, mitten in der Nacht an ihrem Haus vorbeizufahren. Will mußte an den liebeskranken Trottel denken und gab ein unwilliges Schnauben von sich. So schlimm stand es mit ihm jedenfalls nicht. Oder falls es so war, ließ er es sich zumindest nicht anmerken.

Will hatte keine Ahnung, warum Molly sich an diesem Abend plötzlich so abweisend ihm gegenüber verhalten hatte, aber eins war ihm klar: Je mehr man einer Frau hinterherläuft, desto mehr zieht sie sich zurück. Er hatte genügend Erfahrung mit den Spielen der Frauen, um Molly nicht zu bedrängen, wenn sie sich von ihm entfernte. Die richtige Strategie in dieser Situation war, sich selbst zu entfernen.

Aber bei ihr fiel ihm das verdammt schwer. Der Sex, den sie gehabt hatten, war phantastisch gewesen und hatte gerade gereicht, um seinen Appetit anzuregen. Er wollte mehr. Viel mehr.

Sah aus, als würde er dafür arbeiten müssen.

Dummkopf, schalt er sich selbst zum soundsovielten Mal. Von Anfang an hatte er gewußt, daß er in eine Falle für Männer tappte. Eine verdammt hübsche und verführerische Falle, die Männer verschlang und wieder ausspie wie Kaugummi.

Was hatte er also erwartet? Sicher nichts für immer. Für immer – das kam für ihn nicht in Frage.

Natürlich hatte er gewollt, daß Molly in seinem Bett landete; und dort sollte sie bleiben, ein paar Wochen, bis er den Fall hier gelöst hatte. Danach würde er sich verabschieden, zurück nach Chicago fahren und dort sein normales Leben weiterführen.

Aber er wollte derjenige sein, der die Sache abbrach, verdammt noch mal. Und das noch nicht jetzt.

Will war fast an Mollys Haus vorbei, als sein Blick von einer Bewegung angezogen wurde; jemand schlich durch den Garten. Einen Moment lang konnte er kaum glauben, was er sah. Er zwinkerte, starrte die Erscheinung an und fuhr fast gegen einen Baum.

Nachdem er im letzten Moment die Lenkung herumgerissen hatte, war sein erster Impuls, auf die Bremse zu treten und sofort die Verfolgung aufzunehmen. Doch dann besann er sich, fuhr um die nächste Kurve, schaltete die Scheinwerfer aus und wendete.

Nicht weit vom Haus entfernt lenkte er den Wagen auf einen holprigen Weg, der an beiden Seiten von hohen Platanen gesäumt war. Er hielt an und schraubte die Innenlichtbirne heraus, damit er das Auto öffnen konnte, ohne gesehen zu werden. Dann nahm er die Pistole aus dem Handschuhfach und stieg aus.

Der Mond stand hoch am Himmel und erhellte die Landschaft. Geduckt lief Will im Schatten von Gewächsen um den Garten herum, und seine Augen suchten die Büsche am Haus ab. Es waren immergrüne wuchernde Pflanzen, die dringend getrimmt werden mußten; ein perfekter Schutz für Voyeure oder Einbrecher.

Schon dachte Will, daß er zu spät gekommen und der

Eindringling wieder fort wäre; als er jedoch um eine Ecke kam, sah er an der Rückseite des Hauses einen dunklen Schatten herumschleichen, der direkt auf Mollys Schlafzimmerfenster zukroch.

Will wurde von Wut gepackt. In geduckter Haltung lief er mit gezogener Waffe auf die Gestalt zu. Der Eindringling hörte ihn, drehte sich kurz um und rannte davon.

»Halt! Stehenbleiben!«

Will richtete seine Pistole auf die fliehende Gestalt. Als sie weiterrannte, steckte er fluchend die Pistole in seinen Hosenbund und nahm die Verfolgung auf. Bestimmt war dies der Kerl, den Susan am Fenster gesehen hatte, oder womöglich war es sogar der Psychopath, der das Pferd verwundet hatte. Aber wer auch immer dieser Mensch sein mochte, auf jeden Fall hatte er nichts vor Mollys Schlafzimmerfenster zu suchen.

Will war schon immer ein Spitzenläufer gewesen und hatte selten ein Wettrennen mit einem Gangster verloren. Schon nach kurzem hatte er den Fliehenden eingeholt und brachte ihn noch vor der Straße mit einem Sprung zu Fall.

Erst als Will ein Knie auf den Rücken des Burschen gesetzt und ihm einen Arm nach hinten gedreht hatte, merkte er, daß der Gefaßte ein Jugendlicher war. Mike, um genau zu sein. An dem dunklen Pferdeschwanz und dem glitzernden Ohrring war er leicht zu erkennen.

»Du verdammter kleiner Idiot«, fuhr Will ihn an. Er lokkerte seinen Griff etwas, ließ den Jungen jedoch nicht frei. Erleichtert dankte er dem Himmel, daß er nicht zu denen gehörte, die erst schossen und dann fragten. »Wie kannst du nur so blöd sein weiterzurennen, wenn jemand dich zum Stehenbleiben auffordert? Ich hätte dich erschießen können.«

»Geh runter von mir, Arschloch«, stieß Mike hervor.

»Was machst du so spät noch draußen? Es ist nach Mitternacht.«

»Das geht dich überhaupt nichts an. Nur weil du meine Schwester fickst, hast du mir noch lange nichts zu sagen.«

»Hey!« Wills Griff wurde fester.

»Laß los!«

»Ich lasse nicht zu, daß du so über deine Schwester redest »

»Sie ist *meine* Schwester, und ich rede über sie, wie ich will. Und jetzt laß mich los.«

»Oder was, du harter Bursche?« Will veränderte seine Haltung und durchsuchte mit einer Hand rasch Mikes Kleidung. Die Taschen des Jungen waren mit allen möglichen Dingen vollgestopft.

»Das darfst du nicht! Ich bring' dich um! Ich schwöre zu Gott, daß ich dich dafür umbringe!« Mike wehrte sich wie wild, aber vergeblich gegen Wills Griff, der derweil eine ganze Reihe Gegenstände aus den Taschen zutage förderte. Der letzte offengelegte Schatz war ein kleiner Beutel, dessen Inhalt wie Zigarettentabak aussah. Will zog eine Grimasse und ließ den Beutel vor Mikes Gesicht hin und herbaumeln.

»Was haben wir denn hier, du Held?«

Mike machte eine besonders heftige Anstrengung, sich zu befreien. Als auch das nichts nützte, hörte er auf zu zappeln und stieß eine Reihe Flüche aus, die Madonna hätten erröten lassen. Will blieb ruhig.

»Geht dich einen Scheißdreck an«, fauchte Mike schließlich.

»Okay.« Will ließ sein Knie auf dem Rücken des Jungen, und sein Griff um dessen nach hinten gedrehten Arm blieb fest. Nachdem er einen Augenblick überlegt hatte, sagte er: »Wie ich es sehe, gibt es drei Möglichkeiten: Ich kann sofort die Polizei rufen und ihnen diesen interessanten Stoff übergeben; wir können Molly wecken, ihr die ganze Geschichte erzählen und sie entscheiden lassen, was zu tun ist. Oder du kommst mit mir und versuchst mich zu überzeugen, warum ich nichts von beidem tun soll.«

Mike schien zu überlegen. »Mit dir wohin?« fragte er dann mißtrauisch. Will mußte lächeln. Wie Molly war auch der Junge nicht gerade das, was man vertrauensselig nennt.

»Zu meinem Auto. Es steht drüben an der Straße.«

»Bist du so 'n Perverser? Wenn du glaubst, daß ich dir für dein Schweigen einen blase oder so was, vergiß es!«

Wills Griff um Mikes Arm wurde noch fester, und Mike schrie auf.

»Noch so eine Bemerkung und du hast keine Wahl mehr«, sagte Will.

»Okay, ich komme mit zum Auto«, keuchte Mike.

»Ich hab' gar keine Entschuldigung gehört.«

»Entschuldigung!«

»Schon besser.«

Will ließ seinen Gefangenen frei und stand auf. Mike kam auf die Füße und stopfte seine Habseligkeiten, die auf dem Boden lagen, zurück in die Taschen. Den Beutel hatte Will behalten und steckte ihn nun selbst ein.

»Arschloch«, murmelte Mike.

33

»Wenn du wegläufst, hol' ich die Polizei«, sagte Will. Er wußte genau, daß Mike dieser Gedanke gerade durch den Kopf gegangen war. Der Junge warf ihm einen bösen Blick zu.

»Komm.« Will ging zu seinem Auto. Mit einem kurzen Blick über die Schulter versicherte er sich, daß Mike ihm folgte. Als Will auf dem Fahrersitz Platz genommen und die Waffe zurück ins Handschuhfach gelegt hatte, öffnete er für Mike die andere Tür.

»Wolltest du gerade losgehen oder bist du zurückgekommen?« fragte Will. Auch ohne Innenbeleuchtung war es hell genug, um Mikes haßerfüllten Gesichtsausdruck zu erkennen.

»Ich bin zurückgekommen.«

»Wo bist du gewesen?«

»Geht dich nichts an.«

Ruhig sah Will Mike an. »Doch, das tut es.«

»Hab' mich mit Freunden getroffen.«
»In der Scheune von Sweet Meadow Stud?«
»Wir sind doch nicht blöd.«
»Also habt ihr einen neuen Treffplatz?«
»Ja»
»Und was ist mit dem Gras?«
»Ab und zu rauch' ich mal. Na und?«
»Nun, immerhin ist es illegal, und wenn sie dich damit schnappen, kannst du ins Jugendgefängnis kommen. Das ist weiß Gott kein angenehmer Aufenthaltsort, ganz zu schweigen davon, wie sehr du deiner Familie damit weh tun würdest und wieviel es kosten würde, dich wieder rauszukriegen – wenn es überhaupt ginge.«
Mike zuckte die Achseln.
»Außerdem ist es wirklich dumm von dir, denn im Moment hat die Polizei dich ganz besonders im Auge. Sie wissen, daß du einer von denen in der Scheune warst, sie können es nur nicht beweisen. Und so was macht Polizisten rasend. Wenn sie dich jetzt mit Gras schnappen, bist du weg vom Fenster. Und sie werden versuchen, dir noch diese Sache mit den Pferden anzuhängen. Dann steckst du in der Patsche, und hast ihnen aus 'ner Patsche rausgeholfen.«
»Das ist so eine hirnverbrannte Scheiße. Ich hab' dieses Pferd nicht angerührt.«
»Das sagt Molly auch, und ich denke, sie wird es wissen. Aber die Polizei weiß es nicht. Sie denken, daß du und vielleicht ein paar deiner Freunde es waren, und wenn sie dich mit Gras erwischen, hilfst du ihnen, den Fall zu lösen.«
»Und auch wenn sie mich schnappen, was können sie schon machen? Ich bin vierzehn.«
»Wenn es um ein schweres Verbrechen geht, können sie dich wie einen Erwachsenen behandeln. Das würde bedeuten, Jugendgefängnis, bis du achtzehn bist, und dann normales Gefängnis. Warst du schon mal in 'nem Jugendgefängnis, Mike?«
»Nein«, antwortete Mike. Dann fügte er hinzu: »Molly

war schon mal drin. Sie sagt, daß es gar nicht so schlimm war.«

Will schwieg einen Moment, während er diese Information verdaute. Dann entgegnete er: »Molly tut gern ungeheuer hart und unverletzlich, das weißt du ja auch. Ein Jugendgefängnis ist schlimm, Mike. Ich möchte nicht mit ansehen müssen, daß du da rein mußt.«

»Kann dir doch egal sein. Du magst mich doch sowieso nicht.«

»Ich mag deine Schwester. Und wenn du's genau wissen willst, ich mag eure ganze Familie. Und dazu gehörst du schließlich auch, nicht?«

Mikes finsterer Gesichtsausdruck hellte sich etwas auf.

Dann fiel Will etwas ein. »Wie bist du eigentlich aus dem Haus gekommen, ohne alle aufzuwecken? Ist die Alarmanlage nicht eingeschaltet?«

»Die, die du uns gekauft hast?« Wieder triefte Mikes Stimme vor Feindseligkeit. »War sie, aber ich hab' sie abgestellt.«

»In deinen Taschen war kein Schlüssel. Wie kommst du wieder ins Haus? Erzähl mir ja nicht, daß du die Tür offengelassen hast.« Nach allem, was passiert war, sträubten sich Will die Nackenhaare bei dem Gedanken, daß jeder problemlos in Mollys Haus spazieren konnte.

»Du hättest meine Taschen gar nicht durchsuchen dürfen. Außerdem bin ich aus dem Fenster gegangen, wenn du's unbedingt wissen willst. Aus dem, das du repariert hast. Es schließt jetzt übrigens wieder prima.«

»Danke.« Will zwang sich, gelassen zu reagieren. »Dir ist doch klar, daß auch jeder andere durch dieses Fenster ins Haus kommen kann, während du weg bist, oder?«

»Wer sollte so was denn schon tun?« fragte Mike verächtlich.

»Zum Beispiel der Kerl, den Susan vorm Küchenfenster gesehen hat.«

»Das hat sich Susan nur eingebildet. Sie ist schon immer ein Angsthase gewesen.«

»Kann sein, kann aber auch sein, daß wirklich jemand

draußen war. Jedenfalls gefährdest du deine Geschwister jedesmal, wenn du zu dem Fenster rausgehst und es offen läßt.« Will beschloß, jetzt nicht weiter auf der Sache herumzureiten. Aus der Erfahrung mit seinem eigenen Sohn wußte er, daß Jugendliche ganz abschalten, wenn man zu lange auf einem unangenehmen Thema bestand. Wenn man etwas erreichen wollte, ging das nur mit viel Fingerspitzengefühl, keinesfalls mit Brachialgewalt.

»Du bist im zweiten High-School-Jahr, stimmt's?«

»Im ersten.« Mikes Stimme klang mißtrauisch, als würde er dem Themenwechsel nicht trauen.

»Gehst du gern zur Schule?«

»Es geht.«

»Magst du Sport?«

»Nein.«

»Warum nicht?«

»Sport ist was für Dummköpfe.«

»Du spielst nicht gerne Basketball?« Will hörte sich ungläubig an.

Mike zuckte die Achseln.

»Hast du jemals Basketball gespielt?«

»Na klar. Im Sportunterricht.« Mikes Stimme klang defensiv.

»Gibt es an eurer Schule eine Mannschaft?«

»Logo. Welche High School hat keine Mannschaft?«

»Und du bist nicht drin?«

»Nein.«

»Hast du's versucht?«

»Warum sollte ich? Meine Chancen, aufgenommen zu werden, sind genauso groß, wie in unserem Garten von einer Herde Büffel umgerannt zu werden.«

»Tatsächlich? Das überrascht mich. Du bist doch ziemlich groß. Und du bist ganz schön schnell. Außerdem scheinst du deine Bewegungen gut unter Kontrolle zu haben. Was ist also das Problem?«

Wieder zuckte Mike nur die Achseln.

»Als ich noch zur Schule ging, sind die Mädchen immer hinter denen hergewesen, die gute Sportler waren. Basketball, Fußball, Ringen, Leichtathletik – oh, Mann, die Mädchen standen Schlange bei denen.«

»Warst du in 'ner Mannschaft? In welcher?« In Mikes Stimme war unwillkürlich ein Anflug von Interesse.

»Leichtathletik. Und Basketball. Ich mochte Mädchen.«

»Hmm.« Mike hörte sich so düster an, daß Will vermutete, einen wunden Punkt berührt zu haben.

»Aber vielleicht hat sich das ja inzwischen geändert. Kann sein, daß die Mädchen heute einfach zu klug sind, um einen Jungen zu mögen, nur weil er ein Sport-Crack ist.«

»Nein, das ist noch immer so.«

»Ach ja?« Will sah Mike von der Seite an. »Ich kenne ein Basketballfeld hier ganz in der Nähe. Hättest du Lust, ab und zu mit mir ein paar Körbe zu werfen?«

»Ich treff' noch nicht mal 'ne Scheune.«

»Das glaub' ich dir nicht. Und wir könnten's üben. Es ist nur Technik, mehr nicht. Ich hab's meinem Sohn beigebracht, und er ist ziemlich gut geworden. Hat sogar ein Basketballstipendium fürs College bekommen.«

»Du hast einen Sohn?«

»Hm. Kevin. Er ist achtzehn und geht seit diesem Jahr aufs Western Illinois.«

»Wirklich?« Mike runzelte die Stirn. »Dann bist du also verheiratet? Und trotzdem gehst du mit Molly aus?«

Will lachte. Es gefiel ihm, daß Mike sich offensichtlich um Molly sorgte. »Nein, ich bin nicht mehr verheiratet. Meine Frau ist schon vor vielen Jahren gestorben.«

»Du meine Güte«, sagte Mike. »Du bist schon ganz schön alt, nicht?«

Diesmal war Wills Lachen nicht ganz so erfreut. »So alt nun auch wieder nicht. Immerhin bin ich noch allemal schneller als du, und wenn ich will, kann ich dir jederzeit einen Basketball genau aufs Auge werfen.«

»Blödsinn«, sagte Mike und grinste.

»Glaubst du?« Will blickte Mike an. »Ich schlag' dir ein Geschäft vor. Du versprichst mir, nachts im Haus zu bleiben und kein Gras mehr zu rauchen, und ich bring' dir bei, wie man Körbe wirft. Was hältst du davon?«

»Wirklich?« Wieder war dieses Mißtrauen in Mikes Stimme, das Will an Molly erinnerte.

»Wirklich. Wir können gleich morgen anfangen. Ich komme um ... na, ungefähr um sechs vorbei.«

»Aber dann gehst du doch normalerweise mit Molly aus.«

Will zuckte die Achseln. »Deine Schwester ist im Moment sauer auf mich. Außerdem würde es mir Spaß machen, mal wieder jemandem zeigen zu können, wie gut ich bin. Und im Ernst, ich glaube, du hast das Zeug zu 'nem guten Basketballspieler.«

»Wirklich?«

»Wirklich«, antwortete Will ernsthaft. Er schwieg einen Augenblick, dann fuhr er fort: »Ähm, Mike?«

»Ja?«

»Du könntest mir einen Gefallen tun.«

»Was denn?« Wieder das reinste Mißtrauen. Will fragte sich, was der Junge wohl erwartete, und ihm fielen Mikes Beschuldigungen von vorher ein. Er grinste.

»Nichts Fürchterliches«, entgegnete er. »Erzähl mir was von Molly, wie sie aufgewachsen ist und so. Wie es euch allen ergangen ist, der ganzen Familie.«

»Aha«, Mike warf ihm einen Seitenblick zu. »Du willst solche Sachen wissen wie den Selbstmord unserer Mutter, stimmt's?«

»Ja, zum Beispiel. Und auch, wie ihr so gelebt habt. Ich wüßte manchmal gern, was in Molly vorgeht. Sie redet nicht über so was. Über eure Eltern und so.«

»Molly sagt immer, man soll nicht rückwärts schauen. Wir sollen an unsere Zukunft denken und versuchen, was draus zu machen.« Wieder warf Mike Will einen Seitenblick zu. »Natürlich ist es für Molly auch nicht gerade eine Freude, sich an früher zu erinnern. Sie hatte weiß Gott nicht so ein Leben, das man als unbeschwert und glücklich bezeichnet, weißt du?«

»Das habe ich mir schon gedacht. Du hast mir gesagt, daß eure Mutter sich umgebracht hat. Was ist mit eurem Vater?«

»Mein Vater ist im Gefängnis. Wegen bewaffnetem Raubüberfall.« Mike hörte sich fast stolz an. »Molly weiß nicht, wo ihr Vater ist. Er ist abgehauen, als sie noch ein Baby war, und seitdem ist er nicht wieder aufgetaucht.«

»Also hattet ihr verschiedene Väter?«

»Ja, alle. Bis auf die Zwillinge natürlich.«

»Dann war deine Mutter also ganz schön oft verheiratet.«

Mike schüttelte den Kopf. »Sie war mit Mollys Vater verheiratet, und ich glaube, auch mit Ashleys. Danach hat sie sich dann wohl nicht mehr die Mühe gemacht.«

»War sie eine gute Mutter?« Will gab sich Mühe, seine Stimme neutral klingen zu lassen.

»Manchmal. Manchmal war sie die beste Mutter der Welt.« Mikes Stimme stockte, und er holte tief Luft. Will wurde klar, daß Mike wie Molly auch noch immer unter dem Tod ihrer Mutter litt. Nach einem Augenblick des Schweigens fuhr Mike leise fort: »Aber manchmal auch nicht. Manchmal ging sie einfach mit einem Mann weg und ließ uns allein. Oder sie versuchte, sich umzubringen, und dann mußte sie ins Krankenhaus. Dauernd kamen Sozialarbeiter und brachten uns in Kinderheime. Ich war ungefähr in sieben.«

»Und Molly?«

»Sie war auch in mehreren, aber sie ist immer wieder abgehauen. Schließlich haben sie sie in ein Mädchenheim gesteckt, und das fand sie wohl nicht ganz so schlimm. Aber dann wurde sie beim Klauen erwischt und kam in eine Besserungsanstalt.«

»Wie lange war sie da?« Wills Stimme war leise. Dies war also die Erklärung für Mollys manchmal merkwürdiges Verhalten. Ihr Stolz, ihre Härte, ihre Distanz, die keine wirkliche Nähe aufkommen ließ – all diese Verteidigungswälle hatte sie in einer harten Schule errichten gelernt. Er fragte sich, ob er selbst ein solches Leben überhaupt ertragen hätte.

»Ungefähr zwei Jahre, glaube ich. Sie haben sie rausgelassen, als sie achtzehn wurde. Von da an blieb sie bei unserer Mutter. In der Besserungsanstalt hatte sie gelernt, mit Pferden umzugehen, und als sie draußen war, bekam sie diesen Job bei Wyland Farm. Mama hat sich also gefreut, daß sie da war.« Mike gab diese zynische Sicht ganz ohne Bitterkeit wieder.

»Und wart ihr da auch bei eurer Mutter? Oder irgend jemand von euch?«

Mike schüttelte den Kopf. »Molly bekam die Möglichkeit, als Teil ihres Jobs dieses Haus ganz billig zu mieten. Dann holten sie und Mama uns alle aus den Heimen, in denen wir gerade waren. Sie kümmerten sich beide um uns, und Molly arbeitete außerdem. Auch wenn Mama mal abhaute oder eine ihrer schwierigen Phasen hatte, ging es, weil ja noch Molly da war. Das war eine ziemlich gute Zeit, aber dann hat sich Mama umgebracht. Molly hat gesagt, sie war einfach krank, so als hätte jemand Krebs, nur bei ihr saß es im Kopf. Sie meinte, Mama wollte es nicht wirklich tun, aber sie konnte einfach nicht anders.« Mike schluckte und schwieg dann.

Will widerstand dem Impuls, dem Jungen die Hand auf die Schulter zu legen oder ihn gar in den Arm zu nehmen. Irgendwie hatte er das Gefühl, daß ihm das nicht recht wäre.

»Und ihr mußtet nicht zurück ins Kinderheim?« fragte er nach einem Moment des Schweigens.

Mike schüttelte den Kopf. »Ich glaube, Molly hat bei diesen Ämtern nie Bescheid gesagt, daß Mama gestorben war. Sie hat sich einfach weiter um uns gekümmert. Und inzwischen war Ashley auch groß genug, um ihr zu helfen, so sind wir eben zusammengeblieben.«

Für einige Zeit war Will in Gedanken versunken. Dann fragte er in absichtlich leichtem Ton: »Und hatte Molly immer viele Freunde?«

Mike sah ihn an. »Du bist ganz schön verknallt in sie, nicht?«

Will zuckte die Achseln. Dann lächelte er. »Na ja, ich glaube schon. Aber sag's ihr nicht, okay?

»Okay.« Offenbar gefiel es Mike, daß Will ihm sein Vertrauen schenkte und auf diese Art so etwas wie Solidarität unter Männern zwischen ihnen entstand.

»Nun, und?«, fragte Will.

»Ach so, ihre Freunde.« Mike sah vor sich hin. »Ja, die Jungen sind ihr schon immer nachgelaufen, so lange ich mich erinnern kann. Sie sieht ja auch wirklich sehr gut aus, weißt du.«

»Ich weiß«, sagte Will trocken.

»Aber Will«, fuhr Mike fort, wandte sich zu ihm um und sah ihn an. Will fiel auf, daß Mike ihn zum ersten Mal mit Namen angesprochen hatte. Außerdem kündigte sein ernsthafter Ton an, daß er ihm etwas sagen wollte, das er selbst für wichtig hielt.

»Ja?« fragte Will und erwiderte Mikes Blick.

»Molly ist nicht so, wie es vielleicht aussieht. Natürlich laufen ihr eine Menge Typen nach, aber sie ... sie ist nicht ...«

Will wußte, was Mike sagen wollte. »Sie geht nicht einfach mit jedem, meinst du? Das weiß ich.«

»Ich wollte es dir nur sagen.«

»Danke, das ist sehr nett von dir. Und danke auch, daß du mir all das andere erzählt hast.« Will warf einen Blick auf die Uhr am Armaturenbrett. »Es ist schon nach eins. Komm, ich bring dich zurück zum Haus. Du kletterst durchs Fenster, schließt es und bleibst dann drin, verstanden?«

»Verstanden» antwortete Mike.

34

17. Oktober 1995

Am nächsten Abend tauchte Will auf, als sei überhaupt nichts zwischen Molly und ihm passiert. Es war wieder einer dieser wunderschönen Spätsommertage gewesen, den ganzen Tag über hatte die Sonne geschienen, und sogar abends gegen sechs Uhr war es noch angenehm warm. Die Eiche im Vorgarten hatte inzwischen fast all ihre Blätter verloren, und bei jedem etwas stärkeren Windstoß raschelten sie leise. Als Pork Chop zu bellen begann, schaute Molly aus der offenen Tür. Durch das Fliegengitter sah sie als erstes, daß Wills Auto in der Zufahrt geparkt war. In seinem grauen Jogginganzug lief Will über den Teppich aus rotgoldenen Blättern auf das Haus zu; unter dem Arm trug er eine große, hübsch verpackte Schachtel.

Mollys Reaktion auf seinen Anblick bestand aus einem Gewirr widersprüchlichster Gefühle. Ihn zu sehen, erzeugte in ihrem Herzen einen ziehenden Schmerz. Wenn sie dann daran dachte, was für eine Unverfrorenheit es war vorbeizukommen, als sei nichts geschehen und als sei er weiterhin willkommen, wurde sie böse. Aber trotz ihres Beschlusses, ihr privates Verhältnis zu beenden, fühlte sie dennoch eine Befriedigung, daß er offenbar ein Geschenk für sie mitgebracht hatte. Sie war fest entschlossen, diesen Mann aus ihrem Herzen und ihrem Leben zu verbannen, aber es tat ihr doch gut, daß er trotzdem weiter um sie warb. Natürlich würde sich durch das Päckchen nichts an ihrem Entschluß ändern. Molly war nur erleichtert, daß er also doch wie alle Männer war. Nun wollte auch er genau das haben, was er nicht bekommen konnte.

Mollys Tag war anstrengend gewesen. Zwar hatte sie nicht arbeiten müssen, denn dienstags fanden in Keeneland keine Rennen statt; dafür waren ein Dutzend andere Dinge zu erledigen gewesen, und sie hatte sich darauf gestürzt, um die Gedanken an Will zu verdrängen.

Zuerst hatte sie das Haus saubergemacht, dann war sie zum Wäscheautomaten und anschließend nach Lexington gefahren. Dort hatte sie in mehreren Second-Hand-Läden nach einem Tanzkleid für Ashley gesucht. Eigentlich wollte sie die Sachen nur ansehen und mit Ashley wiederkommen, falls sie etwas Passendes fände. Doch dann hatte sie sich in ein langes, elfenbeinfarbenes Kleid mit winzigen Spaghettiträgern verliebt, dessen Rock leicht ausgestellt war. Es hatte lächerlich wenig gekostet, und sie konnte es zurückgeben, falls es Ashley nicht gefiel. Ashley mochte es zwar, und es paßte ihr auch, aber Molly fand den Stil für sie nicht ganz passend. Vielleicht konnten sie bis Freitag noch etwas Besseres finden.

Ashley stand neben Molly in der Küche und summte fröhlich vor sich hin, während sie die Kartoffeln stampfte. Derweil wendete Molly mit einer Gabel panierte Hühnerteile in einer Pfanne voll brutzelnden Fetts und richtete gleichzeitig ein Auge auf die grünen Bohnen, die auf der hinteren Flamme köchelten. Sam und Susan waren am Tisch damit beschäftigt, für die Schule aus selbsthergestelltem Ton eine ganze Comanchen-Siedlung zu errichten. Mike saß im Wohnzimmer und arbeitete an einem Referat.

»Es ist Will!« rief Susan aufgeregt, als Will an das Fliegengitter klopfte. Sie sprang auf und ließ ihn ein. Dann entdeckte sie das Päckchen und starrte mit großen Augen darauf.

»Ist das für Molly?« fragte sie ehrfürchtig, während Will an ihr vorbei in die Küche trat. Derweil drehte sich Molly nicht um und bereitete sich innerlich darauf vor, den Ankömmling und sein Geschenk mit Verachtung zu behandeln.

»Nein«, antwortete Will fröhlich, ignorierte Mollys eisiges Schweigen und streifte ihre wie üblich barfüßige und in ein Flanellhemd und Jeans gekleidete Figur nur mit einem kurzen Blick. »Es ist für Ashley.«

»Für mich?« Ashley sah ihn überrascht an, als er ihr die geschmackvoll verpackte Schachtel entgegenhielt.

Will grinste und nickte. Der Kartoffelstampfer fiel klappernd auf den Schüsselrand, und Ashley nahm das Geschenk entgegen. Mit ungläubigem Staunen betrachtete sie es, dann wanderte ihr Blick zu Will.

»Mach es auf«, forderte er.

»Aufmachen! Aufmachen!« schlossen sich die Zwillinge an. Sam verließ das Indianerdorf und gesellte sich zu Susan, die neben Ashley stand. Auch Mike, offensichtlich von dem Lärm angezogen, erschien in der Wohnzimmertür, lehnte sich gegen den Türrahmen und beobachtete die Szene.

Molly, die versuchte, völlig ungerührt zu erscheinen, bugsierte die Hühnerteile aus der Pfanne auf eine Servierplatte und verfolgte das Geschehen aus den Augenwinkeln.

Ashley packte das Geschenk so langsam aus, daß die Zwillinge lauthals protestierten. Ordentlich faltete sie das Papier zusammen und wickelte das Geschenkband für einen nochmaligen Gebrauch auf. Der Karton selbst war glänzend weiß, und auf dem Deckel stand in goldener Schrift der Name einer renommierten Boutique. Als Ashley fast zögernd den Deckel öffnete, quollen Lagen weißen Seidenpapiers heraus. Darunter kam ein zarter rosa Stoff zum Vorschein, und mit großen, ungläubigen Augen starrte Ashley einen Moment darauf.

»Ist das etwa ... o nein!« Ashley hielt ein Tanzkleid aus schimmerndem hellrosa Stoff in der Hand. Der Ausschnitt ließ die Schultern frei und war vorne mit einer Seidenrose verziert. Das Oberteil war eng geschnitten, während der Rock in mehreren Rüschenschichten bis zum Boden fiel.

»O nein«, hauchte Ashley noch einmal und ließ die Augen nicht von dem Kleid, das sie an ausgestreckten Armen vor sich hielt.

»Ashley, das ist wunderschön«, sagte Susan begeistert.

»Es ist ein Kleid«, bemerkte Sam offensichtlich enttäuscht zu Mike, der, einig mit seinem Bruder, eine Grimasse zog.

»Molly, sieh dir das an!« Mit glänzenden Augen hielt Ashley das Kleid in Mollys Richtung.

»Es ist großartig, Ash«, sagte Molly mit einem Lächeln. Sie wollte Ashley nicht ihre Freude verderben, nur weil sie mit Will nichts mehr zu tun haben wollte. Dieses Kleid war genau das richtige für Ashley, und es hatte bestimmt ein Vermögen gekostet. Viel mehr, als sie jemals hätten ausgeben können. »Ein Traum!«

»Aber ich habe ja schon das weiße Kleid.« Ashley, die immer erst an die anderen und dann an sich dachte, war eingefallen, daß Molly ihr schon ein Kleid gekauft hatte. In ihren Augen stand ein sorgenvoller Blick. Keinesfalls wollte sie Molly verletzen, indem sie das Kleid von Will vorzog.

Molly schüttelte den Kopf. »Dies hier ist ideal für dich, das andere kann ich zurückbringen.«

»Ich finde es einfach wunderschön.« Ashley lächelte verzückt und sah mit glänzenden Augen das Kleid an. Angesichts der Freude ihrer Schwester fühlte Molly Dankbarkeit gegenüber Will in sich aufsteigen, die sie jedoch sofort wieder unterdrückte. Ja, er war nett, und er war stark, sah gut aus und war verdammt sexy, aber er würde bald wieder fort sein.

»Vielen Dank, Will«, sagte Ashley leise und löste ihren Blick von dem Kleid, um Will anzusehen. Dann ging sie auf ihn zu, legte ihm eine Hand auf die Schulter, stellte sich auf die Zehenspitzen und gab ihm einen Kuß auf die Wange.

»Bitte, gern geschehen«, antwortete Will lächelnd. »Das war wohl das Mindeste, was ich tun konnte, nachdem ich dir beim Tanzen dauernd auf die Füße getreten bin.«

»Du mir auf die Füße . . .?« Ashley lachte fröhlich auf und schüttelte den Kopf. Für einen Moment sah Molly die schöne und lebendige Frau vor sich, die Ashley sein würde, wenn sie erst zu mehr Selbstbewußtsein gefunden hätte.

»Probier es an«, drängte Susan. Nur allzu gern kam Ashley ihrem Wunsch nach und ging zum Badezimmer.

»Ich nehme an, du willst zum Abendbrot bleiben«, sagte Molly leise und unfreundlich zu Will, während sie den Kartoffelbrei rettete, den Ashley in der Aufregung völlig vergessen hatte. Heftiger als nötig begann sie, die Kartoffeln mit dem Stampfgerät zu bearbeiten.

»Heute nicht.« Will sah hinüber zu Mike, der noch immer im Türrahmen zum Wohnzimmer lehnte, und sagte lauter: »Mike und ich gehen ein bißchen Basketball spielen. Ich denke, wir essen nachher irgendwo 'ne Kleinigkeit.«

»Tatsächlich?« fragte Molly verblüfft und sah von Will zu ihrem Bruder, in dessen Gesichtsausdruck ein solches Interesse lag, wie sie es bei ihm lange nicht mehr gesehen hatte.

»Hm«, bestätigte Mike absichtlich leichthin. »Wollen wir?« fragte er dann Will.

»Sobald wir deine Schwester in ihrem neuen Kleid bewundert haben«, antwortete Will.

Im selben Moment kam Ashley aus dem Badezimmer und fragte schüchtern: »Na, was meint ihr?«

Sie sah wunderschön aus, dachte Molly, während Ashley sich etwas verlegen vor ihnen drehte. Das zarte Rosa verlieh ihrer blassen Haut einen cremigen Schimmer, und der Ausschnitt schmeichelte ihren etwas mageren Schultern. Es war das ideale Kleid für den Ball. Molly war auf einmal ungeheuer stolz, daß es Ashley gehörte, auch wenn Will es ihr gekauft hatte.

»Du siehst phantastisch aus«, sagte Molly ehrlich begeistert, und alle anderen – sogar Sam und Mike – stimmten in ihr Kompliment ein. Ashley errötete, und glückstrahlend ging sie wieder zum Badezimmer, um das Kleid auszuziehen.

»Fertig?« wandte Will sich an Mike.

Mike nickte und ging zur Tür.

»Ich bring' ihn rechtzeitig zurück«, rief Will über die Schulter, während er Mike folgte. »Bis dann.«

Molly starrte ihnen nach, der Kartoffelstampfer hing über dem Brei in der Luft.

»Ich glaub' es einfach nicht«, sagte sie kopfschüttelnd zu Ashley, als diese in Jeans und Pullover wieder aus dem Badezimmer kam. »Wie findest du das?«

Ashley war dabei, mit liebevollen Bewegungen ihr neues Kleid zurück in sein Bett aus Seidenpapier zu legen. »Was?« fragte sie verträumt. Offenbar fand sie es nicht im mindesten erstaunlich, daß Mike so bereitwillig mit ihrem großen Wohltäter fortging. Molly seufzte und schwieg. Dann forderte sie Sam und Susan auf, den Tisch für das Essen freizuräumen.

35

18. Oktober 1995

Am nächsten Morgen saß Will noch vor Tagesanbruch in dem Firmentransporter, der ihnen als Tarnung diente. Schlecht gelaunt verfolgte er auf dem Monitor, wie Molly eine Box ausmistete. Sie hatte den Rücken der Kamera zugewandt wie die meiste Zeit, die er nun schon hier saß und sie beobachtete. In dieser Nacht hatte Will nicht geschlafen. Er war die Akten von Don Simpson durchgegangen, und seine übermüdeten Augen brannten. Inzwischen lagen ihm Kopien der Bürounterlagen von allen vier Verdächtigen vor, außerdem Auskünfte über ihre Bankgeschäfte und ausführliche Informationen über die Rennkarriere jedes einzelnen Pferdes, das in Keeneland startete. Alle Mühe war vergeblich gewesen, es gab nicht die geringsten Verdachtsmomente. Wenn er wenigstens einen Doppelgänger finden würde! Das Merkwürdige war, daß die verdächtigen Trainer immer noch mit Pferden gewannen, denen wenig Gewinnchancen eingeräumt wurden. Aber alles ging mit rechten Dingen zu, jedenfalls soweit er das beurteilen konnte. Es blieben also zwei Möglichkeiten: Entweder gab es keine Doppelgänger, was hieße, daß sie von Anfang an auf dem Holzweg gewesen waren und Lawrence sie angelogen hatte. Oder irgend etwas blieb ihnen verborgen. So unangenehm ihm der Gedanke auch war, Will hatte das Gefühl, daß diese zweite Möglichkeit zutraf. Irgend etwas spielte sich hier ab, von dem er keine Ahnung hatte. Aber was?

Es war zum Verrücktwerden, wenn man sich vorstellte, daß direkt unter ihrer Nase Rennen manipuliert wurden und sie nicht hinter die Methode kamen. Aber Will befürchtete, daß es so war.

Lawrences Selbstmord war ein Indiz dafür. Der Zeitpunkt seines Todes war einfach zu verdächtig.

Der Erpresserbrief aus Lawrences Büro hatte ihn auch nicht weitergeführt. Die einzigen Fingerabdrücke darauf stammten von Lawrence selbst. Womöglich handelte es sich noch nicht einmal wirklich um einen Erpresserbrief, auch dafür gab es ja keine Gewißheit.

Sein üblicher Instinkt schien ihn diesmal im Stich zu lassen, und Will konnte sich auch denken, warum. Er war nicht mit derselben Konzentration bei der Sache wie sonst; der Grund war gerade auf seinem Monitor zu sehen. Seine Beziehung zu Molly lenkte ihn von der Arbeit ab.

Die Tür des Wagens wurde geöffnet, und Murphy trat ein. Er trug die Uniform eines Angestellten der Rasenpflegefirma und sah Will erstaunt an. Sie hatten vereinbart, daß Will wegen seiner Tarnung als Mollys Freund den Lieferwagen nicht betrat, solange es nicht unbedingt nötig war.

Ein Blick auf den Bildschirm lieferte Murphy die Antwort auf seine unausgesprochene Frage nach dem Grund für Wills Anwesenheit. Will spürte, wie ihm das Blut zu Kopf stieg, und er mußte dem Impuls widerstehen, den Monitor abzuschalten.

»Nichts Besonderes los in Stall 15«, sagte er leichthin, als er sich zu Murphy umdrehte.

Das war Murphy nur recht. Er ließ sich auf der Couch nieder und nahm ein schokoladenüberzogenes Doughnut aus einer braunen Papiertüte.

»Und wie geht's der Schönen von Woodford County heute?« fragte er, während er Will die Tüte hinhielt.

Die Schöne von Woodford County. Ein wirklich passender Name. Will zuckte die Achseln und lehnte mit einer Handbewegung Murphys Angebot ab.

»Gut, nehme ich an.«

Murphy biß in sein Doughnut und sah auf den Bildschirm. »Sieht mir aber gar nicht so aus.«

»Was? Was meinst du damit?« Will wandte sich wieder dem Bild auf dem Monitor zu.

»Sie weint.«

Molly hockte jetzt auf den Knien und verteilte Stroh in der Box. Ihr Gesicht war der Kamera zugewandt, und man konnte deutlich erkennen, wie ihr die Tränen die Wangen herunterliefen.

Einen Augenblick starrte Will wie gelähmt auf das Bild.

»Mist«, sagte er dann und stand auf. Murphy grinste, als Will aus dem Wagen lief.

Obwohl es draußen schon fast hell war, brannte im Stall noch Licht. Will nickte einem Sicherheitsposten zu, der gerade aus dem Stall geschlendert kam, als er hineinging. Ohne großes Interesse nickte der Mann ebenfalls. In einer Box nahe der Tür stand ein dunkelhäutiges Stallmädchen und redete beruhigend auf ein Pferd ein. Das Mädchen sah Will an, als er an der Box vorbeiging, sagte jedoch nichts. Nach einigen leeren Ställen kam Will an der Box des Esels – nein, Maulesels – vorbei, an dessen Namen er sich nicht mehr erinnern konnte. Weiter hinten hatte ein Pferd den Kopf über die Tür seiner Box hinaus auf den Gang gestreckt und beobachtete Will neugierig.

Molly befand sich in einer Box am Ende der Reihe. Will legte seine Arme auf die Tür, deren obere Hälfte offen war, und sah sie an. Sie hockte noch immer auf den Knien, drehte ihm den Rücken zu und verteilte das Stroh mit einer völlig unangemessenen Heftigkeit. Ihr dunkles Haar glänzte in dem Licht und fiel ihr über Schultern und Rükken. Will hatte sie bei der Arbeit noch nie mit offenen Haaren gesehen, aber dann fiel ihm ein, daß sie wahrscheinlich den Knutschfleck verbergen wollte. Seit seiner High-School-Zeit hatte Will keinem Mädchen mehr einen Knutschfleck gemacht. Als er jetzt an die Umstände dachte, unter denen der an Mollys Hals zustande gekommen war, stieg ein heißes Begehren in ihm auf und verursachte einen Stich in seiner Magengrube. Wills Mund verzog sich zu einem trockenen Lächeln über seine eigene Reaktion. In alten Jeans, Turnschuhen und einem Flanellhemd über ihrem T-Shirt war Molly immer noch hübsch genug, um seinen Magen in Aufruhr zu bringen.

Jetzt wischte sie sich über die Augen, und Will hörte sie schniefen. »Was ist los, Molly?« fragte er zärtlich. Erschrocken sprang sie auf und wirbelte herum.

»Was machst du denn hier?« Ihre Stimme war feindselig, aber gleich darauf schluchzte sie auf.

»O ich war gerade in der Gegend«, antwortete er unschuldig, öffnete die Stalltür und ging hinein. »Willst du mir nicht sagen, was du hast? Ist etwas mit Mike?«

Sie schaute ihn mit ihren großen braunen Augen an, die feucht von Tränen waren. Ihre Augenränder waren gerötet.

»Geh weg«, sagte sie, während eine Träne ihre Backe hinunterlief. Einen Fluch murmelnd, wischte sie sie mit dem Ärmel weg.

»Ist einem der Kinder etwas passiert?« Will war selbst überrascht, welche Besorgnis diese Möglichkeit bei ihm auslöste. Wie ihre älteste Schwester hatten auch die jüngeren Ballards sich irgendwie in sein Herz geschlichen.

»Nein«, antwortete Molly kurz, drehte sich um und ergriff eine Mistgabel, um das Stroh auszubreiten. »Geh jetzt bitte. Ich möchte dich nicht sehen, und außerdem bringst du mich in große Schwierigkeiten, wenn Don Simpson dich hier sieht.«

»Ich gehe nicht, bevor du mir nicht gesagt hast, was los ist. Du gehörst doch bestimmt nicht zu den Frauen, die Prämenstruations- Probleme haben und deshalb weinen.« Will wußte aus Erfahrung, daß die Erwähnung dieser Möglichkeit auf Frauen wie das rote Tuch auf den Stier wirkte. Genauso verhielt es sich auch bei Molly. Sie drehte sich auf dem Absatz um, funkelte ihn an, und die Mistgabel in ihrer Hand sah plötzlich wie eine Waffe aus.

»Raus hier«, zischte sie.

»Nicht, bevor du mir nicht gesagt hast, warum du weinst.« Will rührte sich nicht vom Fleck, aber er behielt die Mistgabel im Auge.

Einen Augenblick schien Molly unentschlossen. »Wenn du's unbedingt wissen willst, es ist wegen Sheila«, sagte sie dann.

Will wußte, daß er den Namen schon gehört hatte, aber er konnte ihn im Moment nicht einordnen. Er griff nach dem Stiel der Mistgabel, nahm Molly das Gerät vorsichtig aus der Hand und lehnte es gegen die Stallwand.

»Sheila?« fragte er.

»Die Stute«, erklärte Molly unwirsch.

»Die Stute?« wiederholte Will dümmlich, da er noch immer nicht verstand.

»Die Stute bei mir hinterm Haus. Die der Pferdeschlächter in dieser schrecklichen Nacht verwundet hat!« Molly warf ihm die Wörter haßerfüllt an den Kopf. Ihre Fäuste waren geballt, und ihre Augen funkelten vor Wut. Doch dann rann eine dicke Träne ihre Wange hinunter.

Will schüttelte den Kopf und murmelte einen Fluch, dann griff er nach Mollys Handgelenken und zog sie an sich. Mollys Körper versteifte sich, und sich wehrend hielt sie die Fäuste vor seine Brust.

»Was ist mit Sheila?« fragte Will sanft. Seine Arme lagen um ihre Taille, und er hatte nicht die Absicht, sie wieder loszulassen.

Mollys Unterlippe zitterte. Mit einemmal wich aller Widerstand aus ihrem Körper und sie lehnte sich an ihn, ihre Stirn an seiner Brust.

»Sie haben sie heute morgen eingeschläfert«, sagte sie mit erstickter Stimme.

Ihre Schultern zuckten. Will nahm sie fester in den Arm und preßte seine Lippen auf ihr Haar. Er murmelte Trostworte ohne Bedeutung, wiegte sie, küßte ihr Ohr, ihre Stirn. Sie schmiegte sich dichter an ihn wie ein kleines Kind, das Wärme sucht, und ihre Arme glitten unter seinem Jackett um seine Taille.

Erst als sie zu ihm aufsah und Will ihren Mund küßte, fiel ihm ein, daß alles mit der Kamera aufgenommen wurde. Er hob eine Hand hinter seinem Rücken und machte Murphy ein respektloses Zeichen. Dann vergaß er ihn.

Sie lösten sich erst wieder voneinander, als sie Stimmen hörten. Erschrocken machte Molly einen Schritt rückwärts, strich ihr Haar glatt und rieb sich mit einem Hemdzipfel das Gesicht. Will rückte seine Krawatte gerade und knöpfte sein Jackett zu. Ohne ihn richtig angesehen oder etwas gesagt zu haben, eilte Molly aus der Box und schloß die Tür hinter sich.

»Hallo, Miß Molly!« Will erkannte die laute und freudige Stimme von Thornton Wyland. Schon wollte er aus der Box treten, um ihn auch zu begrüßen, als ihm einfiel, daß Molly das vielleicht nicht recht wäre. Sie hatte gesagt, daß sie Schwierigkeiten bekäme, wenn Don Simpson von seiner Gegenwart wüßte. Außerdem konnte sich Will selbst vorstellen, daß es einen verdächtigen Eindruck machen würde, wenn er aus derselben Box trat, die sie gerade verlassen hatte. Also duckte er sich, obwohl er sich dabei wie ein dummer Junge vorkam.

»Hallo, Molly«, sagte eine freundliche weibliche Stimme. Will spähte durch eine Ritze in der Holztür und erkannte Helen Trapp.

»Wir suchen Don«, fuhr Helen fort. »Wissen Sie, wo er ist?«

»Wahrscheinlich drüben bei der Rennbahn«, antwortete Molly. »Er wollte Tabasco Sauces Trainingszeit messen. Mr. Simpson hat große Hoffnungen, daß er am Sonnabend Bluegrass Stakes gewinnt.«

»Die Hoffnung haben wir alle«, entgegnete Helen Trapp lächelnd und machte Anstalten, den Stall wieder zu verlassen.

»Dabei fällt mir ein«, sagte Thornton zu Molly. »Wir machen bei uns zu Hause anschließend eine Party. Etwas ganz Chices. Abendessen, Tanz, schwarze Anzüge und Abendkleider. Ich könnte dich um sieben Uhr abholen.«

Helen Trapp sah ihren Neffen überrascht und mit einer Spur Mißbilligung im Blick an. Auch Will gefiel diese Einladung überhaupt nicht, aber er konnte schließlich nicht erwarten, daß seinetwegen nun Wyland – und all die anderen – einfach aufgaben und Molly in Ruhe ließen. Ungeduldig wartete er darauf, daß Molly diesem Schleimer mehr oder weniger höflich eine Absage erteilte.

»Hört sich gut an«, erwiderte Molly statt dessen und lächelte Thornton an. »Ich würde gerne kommen.«

Wills Mund öffnete sich unwillkürlich. Er konnte kaum glauben, was er gehört hatte, wußte er doch ganz genau, daß Molly Thornton für einen opportunistischen Widerling hielt. Doch im selben Moment kam ihm auch die Erkenntnis, warum Molly diese Einladung angenommen hatte: weil sie wußte, daß er zuhörte. Molly wollte ihn ärgern. Will ballte die Hände zu Fäusten, seine Muskeln spannten sich an, sein Magen krampfte sich zusammen. Aber er konnte absolut nichts gegen Mollys Verhalten tun; das Beste war wieder einmal, den Gleichgültigen zu spielen.

»Willst du damit sagen, daß du meine Einladung annimmst?« Thornton Wyland konnte es genausowenig glauben. Als Molly nickte, breitete sich ein Grinsen auf seinem Gesicht aus, als hätte er im Lotto gewonnen. »Wir werden uns großartig amüsieren, das verspreche ich dir.«

»Ich freu' mich drauf.« Molly, die mit Wyland und seiner Tante zum Ausgang des Stalls ging, klang fröhlich und unbeschwert. Es war kaum zu glauben, daß sie noch vor ein paar Minuten todunglücklich gewesen war, in seinen Armen gelegen und ihn geküßt hatte.

Während Will den dreien nachsah, wußte er nicht, ob er fluchen oder die Wand treten sollte. Also tat er beides. Natürlich half es ihm nicht im geringsten.

Murphy allerdings, dachte Will grimmig, verschaffte es noch mehr Spaß.

36

21. Oktober 1995

Schon zu Beginn des Abends war Molly klar, daß sie einen großen Fehler begangen hatte. Da war als erstes Thornton. Sobald sich die Chance bot, faßte er sie an. Als sie in seinem leuchtend roten Corvette zu dem großen Herrenhaus fuhren, nahm er nur zum Schalten kurzfristig die Hand von ihrem Knie. Am Eßtisch hatte er ständig einen Arm um ihren Hals gelegt, so daß sie ihn am liebsten gefragt hätte, ob er für eine Karriere als Nerzstola trainierte. Jetzt tanzten sie, und seine Nase schnüffelte an ihrem Hals herum, während seine Hände ihren Oberkörper abtasteten.

Ihre Zusage, mit ihm auf die Party zu gehen, faßte er offenbar gleichzeitig als Einwilligung auf, auch anschließend mit ihr in sein Bett fallen zu dürfen. Das Schlimmste daran war, daß Molly seine Reaktion genau hätte vorhersagen können und seine Einladung trotzdem angenommen hatte. Und sie wußte auch warum: weil Will sie geküßt hatte, und weil sie ihn liebte. So sehr sie sich auch bemühte, dieses Gefühl zu verdrängen, es verschwand nicht wieder.

Molly hatte sich gesagt, daß ein Mann so gut wie der andere war und daß sie Will vielleicht vergessen würde, wenn sie sich mit Thornton einließ. Immerhin war er jünger und auch reicher als Will und sah sogar noch besser aus. Das Problem war nur, Thornton war nicht netter. Er war kein Gentleman, strahlte nichts Solides, keine Zuverlässigkeit aus; bei ihm fühlte sie sich nicht geborgen.

Und trotz seines guten Aussehens und seines Geldes fand sie ihn auch kein bißchen erotisch. Zwischen ihnen funkte es nicht. Wenn er sie in den Armen hielt, fühlte sie nur das Bedürfnis, ihm gegens Schienbein zu treten.

Einige von Thorntons Freunden hatten sie den ganzen Abend beobachtet. Allison Weintraub war am schlimmsten, sie hatte sie gar nicht mehr aus den Augen gelassen. Molly kannte die schlanke Blonde vom Sehen, aber sie waren sich bis heute nicht vorgestellt worden. Gerüchten zufolge sollte Allison auf dem besten Weg sein, Mrs. Thornton Wyland zu werden. Jedenfalls betrachtete Allie, wie Thornton sie nannte, ihn offenbar schon jetzt als ihr Eigentum. Wenn sie Molly ansah, stand offene Abneigung in ihren Augen.

Thorntons männliche Freunde dagegen waren hoch erfreut, Mollys Bekanntschaft zu machen. Da sie in anderen Kreisen verkehrten, kannte Molly kaum einen von ihnen. Sie rügten Thornton, weil er ihnen Molly so lange vorenthalten hatte, und versuchten, an ihrer Seite zu bleiben. Gut gelaunt, aber bestimmt wies Thornton sie zurück und bezeichnete Molly zu ihrer Verärgerung als Privatbesitz.

»Dein Kleid fühlt sich ganz toll an. Was ist es, Satin?« Vermutlich sollte seine in ihr Ohr geflüsterte Frage begründen, warum er dauernd auf ihrem Kleid hin und herstreichelte.

»Seide«, antwortete Molly. Sie freute sich selbst über das elfenbeinfarbene Trägerkleid, das sie eigentlich für Ashley gekauft hatte, und sie wußte, daß sie darin gut aussah. Allerdings wußte sie auch, daß es keinem der Kleider der anderen Frauen nahekam, was Stil und Wert betraf. »Und wenn du jetzt nicht deine Hände da behältst, wo sie hingehören, stoß' ich dir mein Knie dorthin, wo du es am meisten spürst, und das hier mitten auf der Tanzfläche.«

Thornton lachte, zog sie noch fester an sich und wirbelte sie herum. Er sah blendend aus in seinem schwarzen Smoking, und Molly wußte, daß sie eigentlich hingerissen von ihm hätte sein müssen. Aber sie war es nicht, und als er ihren Hals küßte, mußte sie sich sehr zurückhalten, um ihre Drohung nicht in die Tat umzusetzen.

Nur die Menschenmenge um sie herum hielt sie davon ab – bestimmt waren im Moment ungefähr zweihundert Gäste im Tanzsaal. Außerdem standen und saßen noch viele in den Salons, die sich zu beiden Seiten des Saals anschlossen. Und so sehr Molly auch dagegen ankämpfte, sie fühlte sich ihnen unterlegen.

Am Rand des Raumes stand Helen Trapp in einem glitzernden goldenen Kleid, das ein Vermögen gekostet haben mußte. Sie beobachtete Molly und Thornton mit besorgtem Ausdruck, während sie mit Tyler sprach. Was Tyler gesagt hatte, mußte sie wohl beruhigt haben, denn ihr sorgenvoller Ausdruck verschwand, und sie begann, fröhlich mit einer Freundin zu plaudern.

Molly nahm an, daß Helen Trapp befürchtete, aus Thorntons Schwärmerei für ein Stallmädchen könnte womöglich eine feste Beziehung werden. Nun hatte Tyler ihr wohl versichert, daß sie sich nicht zu sorgen brauchte.

Seit sie das Haus betreten hatte, fühlte Molly sich fehl

am Platz. Die hohen Decken mit ihren funkelnden Kronleuchtern, die wunderbaren alten Teppiche und die vielen prächtigen Antiquitäten verbreiteten eine Atmosphäre der Wohlhabenheit, die Molly einschüchterte. Helen Trapp und ihre Tochter Neilie, eine klassische Schönheit, hatten nebeneinander am Eingang gestanden, um die eintreffenden Gäste zu begrüßen. Zwar hatten sie Molly angelächelt und freundliche Worte mit ihr ausgetauscht, aber gleichzeitig war etwas in ihrem Gesichtsausdruck gewesen, das auf die subtilste Weise deutlich machte, daß sie auf sie herabblickten.

»Entschuldige mich bitte, ich möchte zur Toilette«, sagte Molly, als die Musik aufhörte und Thornton trotzdem keine Anstalten machte, sie aus seinen Armen zu entlassen.

»Wenn du weglaufen willst, um dir die Nase zu pudern, Baby, mach dir keine Sorgen. Du siehst schon so zum Anbeißen aus.« Thornton grinste und biß sie zum Beweis scherzhaft in eine Schulter.

»Ich will mir nicht die Nase pudern, ich muß pinkeln«, sagte Molly und befreite sich aus seinem Griff. Es machte ihr Spaß, einen Ausdruck zu gebrauchen, der in dieser Umgebung geradezu vulgär wirkte. Zumindest zeigte sie damit, daß sie sich nicht einschüchtern ließ. Thornton kicherte nur. Während Molly sich von ihm entfernte, spürte sie seinen begehrlichen Blick im Rücken.

Der Toilettenraum ging von demselben langen Flur ab wie der Tanzsaal und war größer als Mollys Schlafzimmer. Der Fußboden und die Ablage waren aus grauem Marmor, die teure Tapete mit dem Muster aus grünen Blättern und Vögeln sah handgemalt aus, und die goldenen Armaturen über dem weißen Porzellanwaschbecken funkelten. Darüber hing ein riesiger vergoldeter Spiegel, in dem das Licht zweier kunstvoll gearbeiteter Kristallwandleuchter reflektiert wurde, die in das Glas des Spiegels integriert waren. Molly stellte fest, daß die Toilettenspülung praktisch kein Geräusch machte. Die kleinen rosa Seifenstückchen in Form von Rosenblüten rochen tatsächlich betörend nach Rosen. Über dem Waschbecken hing ein Porzellanspender mit Handlotion. Während Molly sich die Hände mit der sahnigen Flüssigkeit einrieb, schloß sie genießerisch die Augen, so sehr gefiel ihr der blumige Duft. Das war schon etwas anderes als Nivea-Creme.

Molly bürstete ihr Haar, puderte ihre Nase und malte sich die Lippen nach. Dann trat sie zurück und betrachtete sich im Spiegel.

Ihr war klar, warum sie sich sofort in dieses Kleid verliebt hatte; es war wie für sie gemacht. Die dünnen Spaghettiträger und das tief angesetzte Oberteil ließen ihre Schultern und die sanft gerundeten Brustansätze frei. Die glänzende Seide schmiegte sich an ihren Körper und schimmerte bei jeder Bewegung. Der Elfenbeinton unterstrich das warme Kastanienbraun ihres Haares und paßte gut zu ihrem bräunlichen Teint.

Okay, das Kleid war aus einem Second-Hand-Laden und hatte nur siebenunddreißig Dollar gekostet. Na und? Niemand hier wußte das, und es sah wunderbar an ihr aus. Warum also plagte sie das Gefühl, nicht hierherzugehören?

Man kann zwar die Besserungsanstalt wieder verlassen, aber die Besserungsanstalt wird immer in einem bleiben. Molly schauderte, als ihr diese Behauptung in den Sinn kam.

Aber sie würde sich nicht unterkriegen lassen. Sie war gut genug, überzeugte sie sich selbst, gut genug für die Wylands und alle hier. Ihr fiel ein anderer Satz ein, den ihre Mutter zu sagen pflegte: Nicht wo man herkam zählte sondern, wo man hin wollte.

Und jetzt, beschloß Molly, wollte sie nach Hause.

Es war dumm von ihr gewesen, überhaupt herzukommen, und warum sollte sie die Dummheit noch vergrößern und den Rest des Abends hierbleiben. Thorntons Pläne waren nur allzu offensichtlich; natürlich konnte sie sich widersetzen, aber es würde ein harter Kampf werden, und dazu hatte sie keine Lust. Das Klügste wäre, sich gleich abzusetzen und über die Wiesen nach Hause zu laufen.

Als Molly aus dem Toilettenraum kam, warteten zwei

andere Frauen davor. Unwillkürlich lächelte sie sie an, und sie lächelten freundlich zurück. Mit einemmal war ihr altes Selbstbewußtsein wieder hergestellt. Diese beiden fremden Damen mit ihren eleganten Frisuren und ihren wunderschönen Modellkleidern hatten nichts an ihr auszusetzen gefunden. Immer wieder mußte sie sich erst selbst davon überzeugen, daß man ihr ihre Vergangenheit nicht ansehen konnte. Auf dem Weg zur Küche lag ein fröhliches Lächeln auf ihrem Gesicht.

Aus dem Tanzsaal hörte sie einen Trommelwirbel. Bekken wurden aneinandergeschlagen, und eine Ansage ertönte, die Molly nicht verstehen konnte.

»Champagner, Molly?« Zu Mollys Ärger kam Thornton gerade in dem Moment aus der Küche, als sie dort vorbeiging. In jeder Hand trug er ein volles Champagnerglas. »Wir stoßen gerade auf den Sieg von Tabasco Sauce an.«

Tabasco Sauce hatte das Bluegrass Stakes-Rennen am Nachmittag desselben Tages gewonnen. Molly sah keine Möglichkeit, den Champagner abzulehnen. Außerdem wollte sie gern auf Tabasco Sauces Sieg anstoßen, der sie ebenso freute wie alle anderen hier.

»Auf Tabasco Sauce«, sagte Thornton und hob sein Glas. In großen Schlucken stürzte er den Champagner hinunter, während Molly nur von ihrem Glas nippte. Obwohl alle Welt ihn pries, schmeckte ihr Champagner nicht besonders.

»Und auf unser erstes Rendezvous.« Thornton leerte sein Glas und stellte es auf dem Tablett eines vorbeigehenden Kellners ab. »Hat ja lange genug gedauert, aber ich habe schon jetzt das Gefühl, daß es die Wartezeit wert war.«

Damit breitete er die Arme aus und trat auf Molly zu. Um seiner Umarmung auszuweichen, wich sie schnell zurück und vergoß dabei Champagner über ihr Kleid. Bestürzt sah sie auf den sich ausbreitenden Fleck auf ihrem Rock, während Thornton ihr mit einem scherzhaften »Tz, tz!« das Glas abnahm.

»Hier ist ein Badezimmer«, sagte er und zog sie in einen

kleinen, holzgetäfelten Raum, neben dessen Tür sie gestanden hatten. Die Ausstattung war männlicher, aber nicht weniger elegant als in dem Toilettenraum, den Molly schon kannte. Thornton stellte ihr Glas auf dem Frisiertisch ab, nahm ein Handtuch und begann, an ihrem Rock herumzureiben.

»Ist schon gut, laß uns gehen.« Mit Thornton allein in einem Badezimmer zu sein, behagte Molly ganz und gar nicht. Sie befreite ihren Rock aus seinem Griff und ging auf die Tür zu.

»O nein, so schnell kommst du mir nicht davon.« Grinsend breitete er wieder die Arme aus und kam auf sie zu. Bevor sie die Tür öffnen konnte, hatte er sie erreicht, schlang beide Arme um ihre Taille und zog sie an sich. »Endlich bin ich mit dir allein, und so schnell laß' ich dich nicht wieder gehen.«

Sein Atem wehte ihr ins Gesicht. Er hatte eindeutig zu viel getrunken.

»Gib mir einen Kuß, du Schöne«, sagte er, und schon bedeckte sein Mund den ihren. Er schmeckte nach Knoblauch und Champagner, eine abstoßende Kombination, wie Molly fand. Mit einem durch nichts zu erschütternden Selbstvertrauen preßte er die Zunge in ihren Mund. Molly ließ ihn gewähren und stellte enttäuscht fest, daß selbst sein Kuß sie nicht im mindesten berührte. Thornton sah so gut aus, und sein Körper war genauso stark und männlich wie Wills, so daß er eigentlich die Erinnerung an ihn hätte verdrängen sollen. Aber es funktionierte nicht. Die Chemie stimmte einfach nicht. Molly wartete das Ende des Kusses ab und hoffte, daß Thornton dann zufrieden wäre und sie gehen ließe.

Sie hätte es besser wissen sollen.

Sein Mund kroch ihren Hals hinunter, während eine Hand ihren Oberkörper hinaufwanderte und auf ihrer Brust liegenblieb.

»Thornton, hör auf!« Sie versuchte, ihn von sich zu schieben, aber er ignorierte ihre Bemühungen. Mit einer Hand fummelte er an ihrer Brust herum, während er mit der anderen versuchte, ihr in den Ausschnitt zu greifen. Als sie sich heftig wehrte, riß einer ihrer Träger, und die linke Seite des Kleides rutschte nach unten. Außer sich vor Wut, hielt Molly mit einer Hand das Kleid fest, ballte die andere zur Faust, holte aus und landete eine schwungvolle Gerade auf Thorntons Nase.

»Au!« Er ließ sie los und stolperte rückwärts. Seine Hand griff an seine Nase, aus der Blut schoß. Molly fühlte eine tiefe Selbstzufriedenheit, während er den Kopf in den Nacken legte und sich mit der Hand die Nase zuhielt. Ein Gutes hatte ihre Erziehung jedenfalls gehabt: Sie hatte gelernt, auf sich selbst aufzupassen.

»Geschieht dir recht«, sagte Molly. Thornton tastete mit einer Hand auf der Ablage herum, wahrscheinlich auf der Suche nach einem Handtuch. Sie reichte ihm eins, dann verließ sie das Badezimmer.

Eine Minute später war sie schon auf dem Kiesweg, der den Garten hinter dem Herrenhaus teilte, und ging durch das große schmiedeeiserne Tor hinaus auf die Weiden.

Ihr Haus war nicht viel mehr als drei Kilometer entfernt; Molly war den Weg viele Male gelaufen. Das Problem war nur, daß sie sonst immer Turnschuhe oder Stiefel und Jeans angehabt hatte. Heute trug sie Absatzschuhe und sonst nichts weiter als ein Abendkleid mit einem langen, engen Rock.

Glücklicherweise war der Abend warm, und der Himmel war mit Sternen übersät. Der Mond war zu drei Vierteln zu sehen und stand schon ziemlich hoch, so daß es einigermaßen hell war.

Molly hatte sogar Gesellschaft, auf den Weiden standen kleine Gruppen von Pferden. Seit dem Angriff auf Sheila – sofort klammerte Molly die Erinnerung an die Stute wieder aus ihrem Bewußtsein aus – war ein zweiter Sicherheitsposten eingestellt worden, der J. D. bei seinen nächtlichen Runden unterstützte. Aber weder J. D. noch sein Kollege waren jetzt in Sicht.

Molly hob ihr langes Kleid hoch, während sie vorsichtig über den weichen Boden ging, der uneben war und auf dem hin und wieder Pferdeäpfel lagen. Hohe Fichten und Schierlingsbäume säumten die Weiden und bildeten dunkle Schatten. Der Schrei einer Eule ertönte und gleich darauf das hohe Pfeifen eines Nagetiers, das ihr vielleicht zur Beute gefallen war; das hohe Gras, durch das Molly schritt, raschelte. Die Nachtgeräusche der Natur waren Molly vertraut und ängstigten sie nicht, sie hatte sich oft nachts draußen aufgehalten.

Aber heute nacht war irgend etwas anders, unheimlich.

So sehr Molly es auch zurückzudrängen suchte, immer wieder tauchte in ihrer Vorstellung die Erinnerung an Sheila auf. Über diese Weiden schlich des Nachts jemand, der Böses im Schilde führte. Der Gedanke ließ Molly frösteln, und sie blieb stehen und suchte mit den Augen die mondbeschienene Landschaft ab.

Molly war alles andere als ein Feigling, aber sie war auch nicht dumm. Zu spät kam ihr in den Sinn, daß es vielleicht nicht eine ihrer klügsten Ideen gewesen war, über die Weiden nach Hause zu gehen.

Aber jetzt war es zu spät. Auf keinen Fall würde sie wieder zurückgehen. Und etwa ein Drittel des Weges hatte sie schon hinter sich.

Wieder überlief Molly ein Frösteln. Sie redete sich ein, daß ihr kühl sei, weil der Wind stärker geworden war. Während sie weiterging, beschwor sie in ihrem Kopf angenehme Bilder herauf.

Ashley in ihrem rosa Kleid hatte wunderschön ausgesehen.

Mollys Gesicht nahm einen weichen Ausdruck an, als sie sich daran erinnerte, wie Ashley am Abend zuvor errötet war und den Jungen angelächelt hatte, der sie zum Ball abholen kam. Trevor war siebzehn, und wie Ashley war er hochaufgeschossen und dünn und trug eine Brille. Sein Gesicht hatte noch Pubertätspickel und das mittelblonde Haar einen unkleidsamen Einheitsschnitt. Ashley hatte ihn jedoch angesehen, als sei er das schönste Geschöpf auf der Welt.

Über Geschmack ließ sich eben nicht streiten, dachte

Molly und schüttelte lächelnd den Kopf. Sie selbst war ein gutes Beispiel dafür. Thornton Wyland sah blendend aus, hatte Geld und einen guten Namen, und trotzdem stieß er sie ab.

Wer sie anzog, war Will.

Plötzlich stolperte Molly und fiel hin. Verdutzt blieb sie einen Augenblick im Gras sitzen. Als sie wieder aufstand, stellte sie erleichtert fest, daß sie nicht verletzt war. Stirnrunzelnd untersuchte sie die Ursache ihres Falls. Sie stand auf einer runden Steinplatte, die aussah wie die Abdekkung eines Brunnens. Der Deckel hatte einen Durchmesser von etwa einem Meter und schien schon lange nicht mehr bewegt worden zu sein, denn er war mit dichtem Gras überwuchert. Molly hätte ihn nie entdeckt, wenn nicht an einer Stelle ein Stück Stein gefehlt und sie zufällig ihren Fuß genau in dieses Loch gesetzt hätte.

Als sie weitergehen wollte, stellte sie fest, daß ein Absatz abgebrochen war. Die Schuhe – silbern glitzernde Slipper – gehörten eigentlich Ashley. Molly hatte sie für den Schulball als Ergänzung zu dem rosa Kleid gekauft. Sie seufzte. Hoffentlich ließ sich der Absatz mit Kontaktkleber wieder reparieren.

Humpelnd ging Molly weiter, blieb jedoch schon nach kurzem wieder stehen. Leise vor sich hin fluchend zog sie den intakten Schuh aus und versuchte, dessen Absatz auch abzubrechen. Natürlich schaffte sie es nicht, so war das Leben. Während sie angestrengt nach einer Lösung suchte, sah sie sich um. Sie konnte unmöglich den Rest des Weges nach Hause humpeln. Auch barfuß zu gehen, kam nicht in Frage, im Gras konnte alles Mögliche lauern, von Pferdeäpfeln bis zu Schlangen.

Sie hätte vorhin Ashley anrufen und sie bitten sollen, sie mit dem Auto abzuholen. Hinterher war man immer klüger.

Aber vielleicht könnte sie Ashley noch immer anrufen. Die ehemalige Tierklinik mit dem Pferdeswimmingpool der Farm war nicht weit entfernt. Sie lag an der Straße, und Molly konnte die Silhouette ihrer Kuppel vor dem mit Sternen übersäten Himmel sehen. Die Gebäude dienten schon lange nicht mehr ihrem ursprünglichen Zweck, heute nutzte Don Simpson sie als Abstellräume. Und soviel Molly wußte, gab es dort ein Telefon. Sollte es nicht mehr funktionieren, würde sie von dort aus auf der Straße nach Hause laufen, wo sie keine Angst zu haben brauchte.

Es war lächerlich, Angst zu haben, Molly wußte das. Aber jetzt hätte sie sich mehr denn je gefreut, J. D. auftauchen zu sehen. Wo trieb er sich nur herum, wenn man ihn brauchte? Wahrscheinlich parkte er vor ihrem Haus und starrte verträumt auf ihre Fenster, dachte Molly und mußte unwillkürlich grinsen.

Als sie nach fünf Minuten Gehumpel den Gebäudekomplex erreicht hatte, stellte sie enttäuscht fest, daß ein großes Vorhängeschloß die hohe Doppeltür sicherte. Mißvergnügt starrte sie auf das Schloß, stellte sich den langen Weg zu ihrem Haus vor, hinkte um die Gebäude herum und rüttelte an allen Fenstern und Türen. Alles war verschlossen.

Ihre Beine taten weh, und ihre Stimmung war auf dem Nullpunkt.

Zum Teufel noch mal, dachte Molly, nahm einen Stein und warf ihn in ein Fenster des Hauptgebäudes. Ein lautes Klirren ertönte, dann war die Nacht wieder so still wie zuvor. Die Plexiglaskuppel, die den leeren Swimmingpool überdachte, leuchtete silbern und geisterhaft im Mondlicht.

Molly schalt sich selbst, weil ihr schon wieder unheimlich zumute war. Durch das Loch hindurch faßte sie ins Fenster und entriegelte es. Dann drückte sie es auf und stieg in das Gebäude.

37

In dem Gebäude war es so dunkel, daß Molly kaum die Hand vor Augen sehen konnte. Sie blieb einen Augenblick stehen, um sich an das Dunkel zu gewöhnen. Kalte, modrig riechende Luft strich über ihr Gesicht. Ihr Herz begann schneller zu schlagen. Dann wurde ihr klar, daß durch das offene Fenster frische Luft hereingeweht kam, die die muffige im Gebäudeinnern in Bewegung brachte.

In der ehemaligen Pferdeklinik gab es ein kleines Büro, ein Labor, zwei Boxen, einen großen Operationsraum und einen kleinen Erholungsraum.

Molly vermutete, daß sie in dem Büro stand. Inzwischen konnte sie an einer Wand eine Reihe metallener Aktenschränke erkennen und an einer anderen Wand einen Schreibtisch. Auf dem Schreibtisch stand zu ihrer Freude ein Telefon.

Molly ging darauf zu, als sie ein gedämpftes Stampfen hörte. Regungslos blieb sie stehen und lauschte. Wieder ein Stampfen, dann ein schnaufendes Geräusch. Molly runzelte die Stirn. Die Geräusche hörten sich nach einem Pferd an, aber wie konnte das sein? Seit Molly für Wyland Farm arbeitete, war hier kein Pferd mehr untergebracht gewesen.

Ein neuerliches Stampfen, ein Rascheln und Schnaufen lockten Molly in den Korridor.

An der Tür machte sie halt und dachte angestrengt nach. Sollte sich in dem Gebäude auch eine Person aufhalten, wußte sie längst über ihre Anwesenheit Bescheid. Also war es reine Zeitverschwendung, im Dunkeln herumzuschleichen. Wenn wirklich jemand da war, wäre es ihr sogar lieber, ihm im Hellen von Angesicht zu Angesicht gegenüberzustehen, als ihm im Dunkeln zu begegnen. Molly tastete die Wand neben der Tür ab und fand den Lichtschalter.

Eine Lampe aus Milchglas in der Mitte der Decke erhellte den Raum nur spärlich. Ein kurzer Blick bestätigte Molly, was sie vorher schon zu sehen gemeint hatte. Sie ging hinaus auf den Korridor, in den Licht aus dem Büro fiel. Neben dem Büro war das Labor, dessen Tür offenstand und das nichts außer Aktenschränken enthielt. Auf der anderen Seite war der ehemalige Operationsraum. Bis auf eine Schlinge, die wie vergessen an einem hydraulischen Lift von der Decke hing, war er leer. Der Erholungsraum war voll mit altem Sattel- und Zaumzeug.

Stampfen und leises Wiehern führte Molly zur zweiten der Boxen. Dort stand eine kastanienbraune Stute, die ruhig Haferflocken kaute, während sie Molly aus sanften, dunklen Augen ansah.

Die Stute war ein Vollblüter im Rennalter, vielleicht drei oder vier Jahre alt. Vollblüter, die etwa gleich groß und gleich alt waren und dieselbe Farbe hatten, waren schwer auseinanderzuhalten, wenn man sie nicht sehr gut kannte. Ohne sich ganz sicher zu sein, glaubte Molly, daß sie dieses Pferd noch nie gesehen hatte.

Wahrscheinlich gehörte es nicht Wyland Farm, aber selbst wenn es dazugehörte, was machte es hier?

Molly sah sich um. Auf dem Boden waren keine Pferdeäpfel zu entdecken, ein Zeichen dafür, daß das Pferd erst seit kurzem hier stand.

»Hallo, Mädchen.« Mit ruhigen Bewegungen betrat Molly den Stall. Sie tätschelte der Stute die Flanke und strich ihr über den Hals, während diese stampfte und den Kopf schüttelte.

Molly hatte inzwischen so viele Maultätowierungen überprüft, daß sie die Bewegungen dafür schon automatisch durchführte. Sanft glitt ihre Hand die Schnauze des Pferdes hinab, während sie beruhigend auf es einredete. Dann zog sie seine untere Lippe etwas herunter.

Die Stute hatte keine Tätowierung.

Alle Vollblüter ohne Ausnahme erhielten zur Identifizierung als Einjährige Maultätowierungen. Wenn dieses Tier keine hatte, war hier etwas nicht in Ordnung.

Molly stand noch einen Moment bei dem Pferd, während sie die Erkenntnis verdaute, dann verließ sie die Box. Im Büro kramte sie in ihrer Handtasche nach dem Papierschnipsel, auf den Will die Nummer seines Funktelefons geschrieben hatte. Sie knipste das Licht aus und wählte seine Nummer.

38

Es dauerte keine fünfzehn Minuten, bis Will kam. Molly wartete am Straßenrand auf ihn. Als sie seinen Wagen erkannte, trat sie aus dem Schatten und winkte. Er hielt neben ihr.

Will stieg aus und hörte sich ihre Geschichte an. »Komm mit«, schloß sie voller Ungeduld. Sie wollte ihm endlich zeigen, was sie entdeckt hatte.

»Ich gehe. Allein. Du wartest hier im Wagen.« Wills Stimme ließ keinen Widerspruch zu. Als sie ihn ansah, war keine Spur mehr von dem charmanten, zärtlichen Mann in seinem Gesicht, in den sie sich verliebt hatte. Seine Blick war grimmig und entschlossen, seine Mundpartie angespannt.

»Aber . . .«, begann Molly, sagte jedoch nichts mehr, als Will sie am Arm faßte, sie um die Motorhaube herumzog, die Tür öffnete und sie auf den Beifahrersitz drückte. Er griff ins Handschuhfach und zog eine Pistole heraus.

Molly bekam große Augen. Also hatte der FBI-Mann doch eine Waffe.

Will ließ die Autoschlüssel in ihren Schoß fallen.

»Sobald ich weg bin, verschließt du die Türen. Du bleibst im Wagen. Wenn du etwas siehst, was dich nervös macht, fahr einfach weg. Wenn ich in fünfzehn Minuten nicht zurück bin, fährst du auch los. Aber nicht nach Hause. Du fährst ins Sheriff's Department in Versailles und erzählst ihnen alles. Und bleib auf jeden Fall im Auto. Verstanden?«

Molly nickte. Mit der Waffe in der Hand war Will plötzlich zu einem respekteinflößenden Fremden geworden.

»Sei vorsichtig«, sagte sie. Er nickte, dann schloß er die

Tür. Molly sah ihm nach, wie er die überwachsene Auffahrt zu der verlassenen Klinik hinaufging und um eine Hausecke verschwand.

Genau zwölfeinhalb Minuten später – Molly hatte auf die Uhr am Armaturenbrett geschaut – tauchte er wieder auf. Während er ging, sprach er in sein Funktelefon. Am Auto angekommen, blieb er noch eine Weile draußen stehen, um sein Gespräch zu beenden, und stieg dann ein.

»Nun?« fragte Molly, während er sich zu ihr hinüberbeugte und die Pistole wieder im Handschuhfach verstaute.

»Ich glaube, du hast die Lösung gefunden«, sagte er, ohne zu lächeln. »Ich wette jeden Cent, den ich je verdient habe, daß dieses Pferd ein Doppelgänger ist.«

»Juhuu!« rief Molly strahlend und hob triumphierend eine Faust. Merkwürdigerweise schien Will ihre Freude nicht zu teilen. Er blieb ruhig, sein Gesicht war noch immer grimmig. Molly fiel ein, daß sie im Moment nicht gerade auf bestem Fuß miteinander standen. Seit er sie in der Scheune geküßt und sie daraufhin Thorntons Einladung angenommen hatte, war ihr Verhältnis abgekühlt. Sie sprachen nur noch das Notwendigste miteinander. Er hatte ihr die Namen der Pferde gegeben, die sie überprüfen sollte, und zweimal hatte er sie gebeten, mit der Minikamera Akten zu fotografieren. Wenn er abends vorbeigekommen war, um mit Mike Basketball zu spielen, behandelte er sie ausschließlich als dessen große Schwester.

In ihrer Aufregung darüber, einen Doppelgänger gefunden zu haben, hatte sie all das vergessen. Erst sein Verhalten erinnerte sie wieder daran.

»Warten wir auf etwas?« fragte Molly, da Will keine Anstalten machte loszufahren.

»Murphy ist auf dem Weg hierher«, antwortete Will. »Ich möchte dieses Pferd im Auge behalten, bis wir sehen, was sie damit vorhaben. Sobald Murphy da ist, fahre ich dich nach Hause.«

Er wandte sich ihr zu und sah sie an. Sein Gesichtsausdruck war Molly unverständlich. Trotz allem, was zwischen ihnen war, hätte man doch erwarten können, daß er sich freute. Schließlich hatte sie den Fall für ihn gelöst.

»Während wir warten«, knurrte er, »kannst du mir vielleicht erklären, wie es kam, daß du dich mitten in der Nacht in diesem Gebäude hier aufgehalten hast.«

Ein Auto kam und hielt hinter ihnen. »Murphy«, sagte Will und stieg aus. »Bleib sitzen.«

Minuten später war er wieder da. Murphys Auto fuhr weg, während Will den Motor anließ. »Er sucht einen Platz, wo er etwas versteckter parken kann«, erklärte er auf Mollys fragenden Blick hin.

»Und nun«, sagte er, während er losfuhr, »erzähl mir alles, was passiert ist, von Anfang an. Ich dachte, du wärst heute abend mit Thornton Wyland verabredet gewesen.«

»War ich auch«, antwortete Molly. »Wir waren auf der Party in dem großen Herrenhaus. Dann ... nun, ich habe beschlossen, nach Hause zu laufen. Der schnellste Weg ist über die Weiden, quer durch. Doch dann habe ich mir einen Absatz abgebrochen, und es war auch kälter, als ich gedacht hatte. Als ich die Gebäude der ehemaligen Pferdeklinik sah, kam mir der Gedanke, Ashley anzurufen und zu bitten, mich mit dem Wagen abzuholen.«

Will gab ein Schnauben von sich, und Molly sah ihn an.

»Also hast du das Fenster eingeworfen und bist in das Haus eingestiegen«, sagte er. Molly hatte ihm das schon erzählt, als sie ihn angerufen hatte. Außerdem mußte er wohl selbst durch das Fenster ins Gebäude gelangt sein.

Sie nickte. »Als ich in dem Büroraum war, hörte ich etwas. Ich hab' das Licht eingeschaltet und bin nachsehen gegangen. Es war das Pferd.«

Sie waren bei Mollys Haus angekommen, aber er fuhr weiter.

»Hey, du fährst an meinem Haus vorbei«, protestierte sie.

»Ich bring dich gleich nach Hause. Aber erst einmal möchte ich die Geschichte zu Ende hören, ohne daß Horden von Kindern um uns herum sind, die dauernd unterbrechen.« Will fuhr auf einen Feldweg in der Nähe des Hauses. Er hielt an, schaltete den Motor und die Scheinwerfer aus und wandte sich zu ihr um.

Der Mond stand jetzt hoch am Himmel, aber sein Licht drang nicht durch die hohen Bäume. Will war für Molly nur ein großer, dunkler Schatten, seine Gesichtszüge konnte sie nicht erkennen.

»Es kann einfach nicht wahr sein«, sagte er kopfschüttelnd. »Du beschließt, mitten in der Nacht über die Weiden nach Hause zu laufen. Hast du überhaupt nicht daran gedacht, daß sich hier einer oder auch mehrere Verrückte herumtreiben, denen es Spaß macht, Pferde zu verstümmeln?«

»Ich hab's einfach vergessen, es ist mir erst eingefallen, als ich schon unterwegs war«, antwortete Molly eine Spur schuldbewußt. »Nachdem ich dran gedacht hatte, wurde ich auch ein bißchen nervös, das gebe ich zu. Das ist noch ein Grund, warum ich das Fenster eingeworfen habe, um zu telefonieren. Ich wollte nicht den Rest des Weges nach Hause laufen.«

Will schwieg einen Augenblick. Dann sagte er: »Also bist du eingebrochen, um das Telefon zu benutzen. Du hörst ein Geräusch in einem Gebäude, das eigentlich leer sein sollte. *Und trotzdem machst du das Licht an und gehst nachsehen, was es ist?*«

»Es war doch nur ein Pferd. Das konnte ich an den Geräuschen erkennen.«

»Und konntest du auch erkennen, daß keine Menschen bei dem Pferd waren? Menschen, die verdammt gefährlich hätten werden können für ein dummes, kleines Mädchen, das rein zu fällig über sie stolpert?«

»Sag nicht dummes kleines Mädchen zu mir«, erwiderte Molly scharf, und ihre Augen verengten sich.

Will zog hörbar die Luft ein. »Entschuldigung«, sagte er dann mit gespielter Höflichkeit, »ich meinte dummes großes Mädchen. Oder meinetwegen Frau. Wie auch immer du am liebsten genannt werden möchtest. Das wichtige Wort war *dumm.*«

»Ich habe deinen Doppelgänger für dich gefunden«, gab sie empört zurück.

»Ja, das hast du.« Er schaltete die Innenbeleuchtung ein und sah an ihr herunter. »Und was ist mit deinem Kleid passiert?«

Molly sah ebenfalls ihr Kleid an. Sie hatte den abgerissenen Träger völlig vergessen. Ihr Oberteil war an einer Seite heruntergerutscht und hing gefährlich tief auf ihrer Brust.

»Mir ist ein Träger gerissen«, sagte sie.

»Ist das Blut?« Will zeigte auf eine Ansammlung kleiner rotbrauner Punkte in der Mitte des Kleides. Wahrscheinlich war Blut aus Thorntons Nase geschossen, bevor er sie zugehalten hatte.

»Kann sein.«

»Bist du verletzt?« Seine Stimme klang scharf.

»Es ist nicht mein Blut.«

»Wessen denn?«

»Thorntons«, gab Molly widerstrebend zu. Als sie Will ansah, fühlte sie sich durch seinen strengen Gesichtsausdruck herausgefordert. Sie half ihm, und er schimpfte nur mit ihr. Wie kam sie dazu, Rücksicht auf ihn zu nehmen? »Also gut, wenn du unbedingt die ganze Geschichte hören willst. Thornton hatte zuviel getrunken und versuchte, mich zu küssen. Er wollte seine Hand in mein Kleid stecken, und dabei riß der Träger ab. Dann habe ich ihm eine verpaßt. Danach bin ich aus dem Haus gerannt, lief über die Weiden, bekam Angst, sah die Pferdeklinik und beschloß, von dort aus Ashley anzurufen, damit sie mich abholt. Leider habe ich dann das Pferd gefunden und statt Ashley dich angerufen. Aber das war wohl ein Fehler.«

Wills Mund war hart und seine Augen so dunkel, daß sie nicht mehr blau aussahen. »Wyland tut mir fast leid. Als du eingewilligt hast, ihn zu der Party zu begleiten, mußte dir doch klar sein, was er erwartete. Und dann bekommt der Arme eine Faust ins Gesicht für etwas, von dem er denken mußte, daß du es auch wolltest.«

»Zum Teufel mit dir«, fauchte Molly und öffnete die Tür. »Das muß ich mir von dir nicht anhören. Ich gehöre dir nicht, Mr. FBI-Mann.«

Sie stieg aus und schlug heftig die Tür hinter sich zu. Das kurze Stück konnte sie auch nach Hause laufen. Die Innenbeleuchtung erlosch, und schon war Will neben ihr. Er griff ihren Arm und hielt sie fest.

»Laß mich los!« sagte sie und versuchte sich zu befreien. Ihr Bein streifte die Stoßstange des Wagens.

»Bist du irgendwie todessüchtig oder so etwas?« fragte Will mit trügerischer Ruhe. »Erst gehst du mit einem Don Juan aus, von dem du ganz genau weißt, daß er seine Hände nicht von dir lassen wird. Dann läufst du mitten in der Nacht allein über die Weiden nach Hause, obwohl sich ein Irrer in der Gegend herumtreibt, und das fällt dir erst ein, als es schon zu spät ist. Du weißt doch, daß wir hier einen Betrug untersuchen. Und ich habe dir gesagt, daß es gefährlich werden kann. Trotzdem brichst du dann zu allem Überfluß noch in ein verlassenes Gebäude ein, hörst ein Geräusch und gehst mal eben nachsehen, was es ist. Wenn das nicht das selbstzerstörerischste Verhalten ist, von dem ich je gehört habe!«

»Wenn du meinst.« Sie zuckte die Schultern. Er stand so dicht vor ihr, daß sie den Kopf zurücklegen mußte, um sein Gesicht zu sehen. Da sie keine Schuhe anhatte – sie hatte die blöden Dinger im Wagen sofort ausgezogen –, war er viel größer als sie, eine fast bedrohliche Figur. Allerdings hatte sie nicht die Spur Angst vor Will Lyman, bedrohlich oder nicht.

»Allerdings. Das meine ich«, stieß er zwischen zusammengebissenen Zähnen hervor. Dann küßte er sie.

Als sein Mund den ihren berührte, schmolz Mollys Ärger dahin, während seiner zu explodieren schien. Will war immer kühl und beherrscht gewesen, ruhig und souverän. Und seit sie ihm das erste Mal begegnet war, hatte sie sich gewünscht, ihn einmal dazu zu bringen, daß er seine Beherrschung verlor.

Jetzt hatte sie, was sie wollte. Er war außer Kontrolle,

voller rasender Wut, und sie bekam die volle Wucht der Explosion ab.

Sein Mund war hart und sein Kuß heftig. Seine Hände packten sie so fest, daß es beinahe weh tat. Seine Zunge war unnachgiebig, als sie jetzt verlangend in ihren Mund vorstieß. Er dachte an keine Technik mehr, seine Handlung beruhte auf nackter, nicht zu bändigender Emotion. Molly zitterte, schloß die Augen und wollte nur noch ihm gehören. Sie klammerte sich an ihn, küßte ihn genauso hitzig wie er sie und wurde von heißen Flammen durchzuckt, während seine Hände über ihr enges Kleid glitten, sie streichelten und an seinen Körper preßten. Als beide Hände ihre Pobacken drückten, stöhnte sie auf und bog sich ihm entgegen. Sie merkte kaum, daß er sie hochhob, bis sie auf der Motorhaube saß, ihre Füße auf der Stoßstange.

Sie schlug die Augen auf und sah ihn an. Ohne ein Wort drückte er sie nach hinten und schob mit heftigen Bewegungen ihr Kleid hoch. Molly lag auf dem harten, kühlen Metall und spreizte die Knie für ihn. Er trug einen dunklen Anzug und eine Krawatte. Sein Hemd leuchtete weiß, darüber verlor sich sein Gesicht im Schatten. Durch den glatten Wollstoff seiner Hose fühlte sie die Härte seiner Schenkel, die die ihren auseinanderdrückten. Als er den Kopf zu ihrer Brust beugte, faßte Molly seinen Hinterkopf. Er zog an der dünnen Seide ihres Kleides, der andere Träger riß, und ihr Busen lag frei.

Molly schloß die Augen und stöhnte auf, als er ihre Brustwarze in den Mund nahm. Seine Hand war jetzt zwischen ihnen, und ungeduldig riß er ihre Strumpfhose und ihren winzigen Slip herunter, bis ihr Unterleib sich ihm nackt entgegenstreckte. Er liebkoste ihre Knospe, und Molly wand sich vor Lust. Dann glitt seine Hand weiter zwischen ihre Beine, und seine Finger ertasteten das Innere ihres Körpers.

Molly klammerte sich an seine Schultern und stöhnte heftig, während sein Mund von ihrer Brust abließ und sich nach oben zu ihren Lippen bewegte. Er lehnte über ihr, mit einer Hand stützte er sein Gewicht ab, während die andere Besitz von ihrem Körper ergriff.

»Will!« stieß sie hervor, als sein Mund ihre Lippen freigab. »Liebe mich, Will«, flüsterte sie und öffnete die Augen. Einen Moment sah er sie an, einen harten, wilden Ausdruck im Gesicht, die Augen schwarz vor Verlangen.

Dann drang er in sie ein, hart, groß und heiß, und bewegte sich heftig, bis sie vor Lust schrie und sich ihre Fingernägel durch sein Jackett und Hemd in seinen Rücken gruben.

»Will, Will, Will, Will, *Will!*« Hinter ihren Augen explodierten eine Million leuchtender Sterne. Seine Antwort war ein lautes Aufstöhnen, während er sich tief in ihren zitternden Körper preßte und ihn ein Beben durchlief.

Mit geschlossenen Augen lag Molly regungslos unter ihm. Sie hatte den Krieg verloren, auf ganzer Linie und endgültig. Ihr Herz und ihr Körper waren erobert worden, alles gehörte Will.

Das Problem war, Will gehörte nicht ihr.

39

Will, dessen entspannter Körper auf ihr gelegen hatte, stand auf und trat einen Schritt zurück. Seine Hose und die Boxershorts hingen ihm um die Knie. Er zog sie hoch, steckte sein Hemd in die Hose und schloß den Gürtel. Währenddessen sagte er kein Wort.

Molly setzte sich auf, zog das Oberteil ihres Kleides über ihre nackte Brust und schob den Rock herunter. Sie konnte selbst kaum glauben, daß sie eben auf der Motorhaube eines Autos voller Leidenschaft einen Mann geliebt hatte. In ihren wildesten Träumen hätte sie sich das nicht vorgestellt, geschweige denn, wie gut sie sich dabei fühlen würde.

Oder wie schlecht, wenn es vorüber war. Was jetzt? Sie

liebte ihn, er aber würde fortgehen und ihr das Herz brechen.

Molly glitt von der Motorhaube. Ihre Knie waren wacklig, aber sie schaffte es, ruhig zu stehen. Sie mußte ihr Kleid hochhalten, damit das Oberteil nicht bis zur Taille hinunterrutschte. Um einen Fuß ringelten sich ihre Strumpfhose und ihr Slip.

»Du bist fast nackt.« Wills Stimme war ein finsteres Knurren. Offenbar war er noch immer böse. Molly hob trotzig das Kinn.

»Man nennt es Abendkleid«, entgegnete sie und war selbst überrascht, wie kühl und unberührt ihre Stimme klang. »Jedenfalls das, was es mal war.«

»Du trägst noch nicht mal einen Büstenhalter.«

»So? Ich hatte keinen, der zu dem Kleid paßt. Außerdem brauche ich keinen.« Während sie noch immer das Kleid hochhielt, drehte sie sich zur Seite und streckte ihre seidenbedeckte Brust zu seiner Inspektion heraus. Siehst du? Es hängt nichts.«

Will schwieg. Molly hatte den Eindruck, daß er die Zähne zusammenbiß.

»So kannst du nicht nach Hause gehen. Ich hab' ein paar Sachen im Kofferraum, die du anziehen kannst.« Er ging um das Auto herum, und Molly folgte ihm und sah zu, wie er in einer blauen Sporttasche wühlte.

»Da ich jetzt einen Doppelgänger gefunden haben, ist deine Untersuchung eigentlich beendet, nicht?« Ihre Frage klang gleichgültig.

Will holte ein paar Sachen aus der Tasche, zog den Reißverschluß wieder zu und schloß den Kofferraum. »Wenn alles klappt, ja. Hier.«

Molly nahm die Sachen, die er ihr reichte. Sporthosen und ein T-Shirt. Seine Antwort war wie ein Stich in ihr Herz.

»Und wann bekomme ich mein Geld?« Um nichts in der Welt würde sie sich anmerken lassen, wie sehr sie die Antwort fürchtete. Sie war nicht einmal mehr interessiert an dem Geld. Denn wenn sie es hätte, würde er weg sein.

Er lachte, aber es war kein fröhliches Lachen. »Bevor ich wieder nach Chicago fahre.«

»Und wann wird das sein?«

»Ich werd's dich wissen lassen. Wahrscheinlich schon bald.«

»Du hättest nicht so nett zu den Kindern sein sollen. Mit den Zwillingen Hausaufgaben machen, Ashley ein Kleid kaufen, mit Mike Basketball trainieren – sie haben sich an dich gewöhnt.«

»Sie werden drüber wegkommen.«

»Ja, das werden sie wohl.« Diesmal klang Molly bitter. Sie dachte daran, daß diese Worte auch auf sie zutrafen. Nur würde es bei ihr eine sehr, sehr lange Zeit dauern.

»Ich geb' dir meine Telefonnummer in Chicago. Wenn du irgendwas brauchst – irgend jemand von euch –, kannst du mich anrufen.«

»Ah, der Bedürftigennotruf. Ich glaube nicht, daß ich das tun werde. Wir sind ja auch klargekommen, bevor du uns mit deiner Gegenwart beglückt hast, also werden wir's auch, wenn du wieder weg bist.«

»Nur einer mehr auf deiner Liste, hm?«

»Du hast's erfaßt«, schlug sie zurück.

»Kannst du dich jetzt bitte umziehen? Ich muß zurück.«

»Oh, natürlich. Niemals würde ich einen engagierten Diener des Staates von seiner Arbeit abhalten wollen.« Molly ließ ihr Kleid los. Das Oberteil rutschte ihr bis zur Taille und gab ihre Brüste frei. Er sah sie an, während sie das Kleid ganz abstreifte. Einen Moment lang stand sie nackt im Mondlicht, weil sie wußte, daß ihn das ärgerte.

Einer mehr auf deiner Liste. Die Worte trafen sie. Er glaubte, daß sie leicht zu haben war, mit jedem schlief. Nun, dachte sie, besser, als daß er die Wahrheit ahnte. Daß sie nämlich für ihn leicht zu haben war, weil sie ihn liebte, so sehr, daß es weh tat. Aber er würde fortgehen.

»Mädchenhafte Schüchternheit ist nicht gerade deine hervorstechende Eigenschaft, nicht?« fragte er ironisch.

»Allerdings nicht«, antwortete sie schnippisch.

Noch einmal streifte sein Blick über ihren Körner, dann

wandte er sich ab und stieg ins Auto. Sie zog ihren Slip hoch und streifte seine Sporthose und das T-Shirt über. Die zerrissene Strumpfhose stopfte sie in eine Hosentasche. Seine Sachen waren ihr viel zu groß, und seine Kleidung an ihrem Körper zu tragen, verursachte ein schmerzhaftes Ziehen in ihrer Magengegend. Molly atmete tief durch, dann stieg sie zu ihm in den Wagen.

»Ich werde dich vermissen«, sagte er, während er zurück zur Straße fuhr.

»Wirklich?« Molly sah ihn an, eine winzige Hoffnung keimte in ihrem Herzen.

»Ja, wirklich. Ich muß zugeben, das waren die besten Nummern, die ich je hatte.«

Molly saß einen Moment wie erstarrt, während die grausamen Worte in ihrem Kopf widerhallten. Schließlich stieg Wut in ihr auf, gesegnete, heilende Wut, die sie rettete.

»Ist das so?« Ihre Worte waren höflich, freundlich, eine perfekte Maske für den schmerzerfüllten Zorn, der in ihr wütete. Sie lächelte ihn zuckersüß an. »Ich wünschte, ich könnte das gleiche sagen, aber leider kann ich das nicht. Du warst nicht schlecht, aber auch nicht überragend.«

Und dabei blieb es. Will fuhr sie nach Hause, geleitete sie bis zur Tür, dann drehte er sich um und ging aus ihrem Leben. Molly sah ihn nicht mehr, er kam nicht einmal, um Lebewohl zu sagen. Drei Tage später bekam sie eine Sendung per Post, die einen Scheck über fünftausend Dollar enthielt und die Visitenkarte einer Rasenpflegefirma, auf deren Rückseite in Wills Schrift drei Telefonnummern geschrieben waren.

Der Bedürftigennotruf. Als Molly auf den Scheck und die Visitenkarte niedersah empfand sie einen solchen Schmerz, daß sie dachte, sie müßte auf der Stelle sterben.

Denn sie wußte, daß Will nun wirklich und endgültig aus ihrem Leben gegangen war.

40

15. November 1995

Seitdem waren über drei Wochen vergangen. Die Saison in Keeneland war vorbei, und Molly war wieder mit ihren alltäglichen Pflichten auf Wyland Farm beschäftigt. Es gingen Gerüchte um, daß Geschworenengerichte einberufen und Anklagen gegen mehrere Trainer vorbereitet wurden, aber niemand wußte etwas Genaues. Ein paar Pferde von Wyland Farm waren unterwegs, um auf anderen Rennbahnen zu starten, aber es war keines von denen dabei, die Molly anvertraut waren. So war sie zu Hause geblieben. Don Simpson war mit Tabasco Sauce in Virginia, dadurch verlief die Arbeit auf Wyland Farm etwas entspannter. Das kam Molly gerade recht, denn sie fühlte sich nicht gerade auf dem Höhepunkt ihrer Leistungsfähigkeit. Jeden Morgen aufzustehen und irgendwie den Tag hinter sich zu bringen, kostete sie schon genügend Kraft.

Molly litt unter Wills Abwesenheit wie unter einer physischen Krankheit, auch wenn sie sich noch soviel Mühe gab, nicht an ihn zu denken. Aber zum ersten Mal in ihrem Leben schaffte sie es nicht, etwas Unangenehmes in dem großen dunklen Loch verschwinden zu lassen, das sie in ihrem Bewußtsein dafür geschaffen hatte. Dieser Schmerz ließ sich nicht wegschieben, und Molly zweifelte, ob er jemals wieder aufhören würde.

Ihre Geschwister vermißten Will auch, aber zu Mollys Überraschung traf es Mike am schwersten. Zuerst zog er sich verletzt zurück, dann zeigte er Wut und Ärger, und schließlich war er nur noch schlecht gelaunt und nörgelig und nahm jede Gelegenheit wahr, einen Streit zu beginnen. Molly vermutete, daß er sich auch wieder mit Jugendgruppen traf, deren Einfluß schlecht für ihn war, und sie hatte Angst vor dem, was noch kommen würde. Mit ihm zu sprechen, war reine Zeitverschwendung. Er hörte gar nicht zu oder gab patzige Antworten.

Trevor beendete die Beziehung mit Ashley und befreundete sich mit Beth Osbourne. So mußte Molly in ihrem Zustand auch noch versuchen, ihre Schwester zu trösten. Zum Glück kam diese erstaunlich schnell über ihr gebrochenes Herz hinweg.

Wieder wurde ein Pferd angegriffen, diesmal auf einer Weide von Cloverlot Stables. Die Polizei benachrichtigte Tom Kramer, daß sie noch einmal mit Mike sprechen wollte. Glücklicherweise hatte Mike ein hieb- und stichfestes Alibi für die entsprechende Nacht. Er war zu Hause in seinem Bett gewesen, und Molly und seine anderen drei Geschwister konnten es bezeugen.

Jimmy Miller und Thornton Wyland bedrängten Molly, mit ihnen auszugehen. Auch einige von Thorntons Freunden, die sie auf der Party auf Wyland Farm getroffen hatte, riefen an. Molly ließ sich von keinem überreden. Im Moment dachte sie, sie würde nie im Leben wieder mit einem Mann ausgehen. Wenn sie ihn nicht liebte, wozu dann? Und wenn sie ihn liebte, dann verursachte es zuviel Schmerz.

Während der zweiten und dritten Novemberwoche hielt der Lexington Jagdclub sein jährliches Treffen ab. Die Jäger ritten über die Weiden und machten viel Lärm, während sie vorgaben, nicht existierende Füchse zu verfolgen. Wenn die reichen Mitglieder des Clubs in ihren roten Jagdröcken erschienen, bedeutete das im allgemeinen den Beginn der kalten Jahreszeit. Und so war es auch dieses Jahr. Die Temperaturen sanken bis um die 5° Celsius und blieben auch so niedrig. Die Bäume hatten jetzt alle Blätter verloren, und das saftige Gras war braun geworden. Die Trostlosigkeit der Landschaft entsprach Mollys Stimmung.

Es schien, als würde die Sonne nie wieder scheinen.

Ein kleiner Lichtblick war, daß Susan außer sich vor Freude war, weil sie in der Theateraufführung ihrer Schule von *The Wizard of Oz* eine Rolle bekommen hatte. Sie spielte die böse Hexe des Westens und übte ihre Rolle jeden Nachmittag. Die größte Schwierigkeit, sagte sie, war der Wassereimer. Das Mädchen, das Dorothy spielte, verfehlte sie immer wieder. Und es war schwer, überzeugend zu sterben, wenn man noch nicht mal naß war.

Es war ein Mittwochabend. Molly stand in der Küche und rührte Eier fürs Abendbrot, während sie mit halbem Ohr zuhörte, wie Susan ihre Rolle aufsagte. Sam saß am Tisch und machte seine Hausaufgaben. Ashley und Mike waren in verschiedenen anderen Zimmern und lernten. Ashley schrieb am Freitag einen großen Chemietest, in dem sie ein sehr gutes Ergebnis brauchte. Mike schrieb auch einen Test, in Politischer Weltkunde. In seinem Fall wäre Molly schon froh, wenn er nicht allzu schlecht abschnitte.

»Ich krieg' dich, meine Hübsche ...« sagte Susan mit bösem, meckerndem Lachen, während Molly das Rührei auf die Teller verteilte. Molly hatte Susans Rolle so oft gehört, daß sie meinte, sie schon selber spielen zu können. Mit der Zeit bekam sie von Susans Version des Hexengelächters Kopfschmerzen. Molly fiel auf, daß sie schon wieder gereizt war – nichts Neues in letzter Zeit. Seit Will weg war, schwankte ihre Stimmung zwischen Verdrießlichkeit, Ärger und Deprimiertheit.

Es war unfair den Kindern gegenüber, das wußte sie, aber sie konnte nichts dagegen tun.

»Bring die Teller auf den Tisch, okay?« unterbrach Molly rücksichtslos Susans Monolog. Sie selbst nahm die Platten mit Schinken und Toastbrot. Dann rief sie die anderen zum Essen.

»Hast du dich schon um mein Kostüm gekümmert?« fragte Susan Molly, als sie alle bei Tisch saßen.

»Nein, aber das mach' ich schon.«

»Ich brauche es bis nächsten Mittwoch.«

»Ich weiß.« Bei Goodwill würde sie sicher ein passendes altes, schwarzes Kleid finden, hoffte Molly. Wenn nicht, würde sie die Second-Hand-Läden durchstöbern. Dank der fünftausend Dollar, die sie verdient hatte, konnte sie es sich leisten, für Susans Kostüm Geld auszugeben.

Also hatte ihre Verbindung mit Will doch wenigstens etwas Gutes gehabt.

»Ich hoffe, du erwartest nicht, daß ich komme und mir dieses blöde Stück ansehe, denn das werde ich auf keinen Fall tun«, fing Mike an zu stänkern.

»Im Gegenteil«, gab Susan zurück. »Wenn die anderen dein pickliges Gesicht sehen, würden sie wahrscheinlich nur vor Schreck wegrennen.«

»Halt die Klappe, du Ziege! Wenigstens habe ich keine Hasenzähne so wie du!«

»Nein, aber dafür hast du ein Hasenhirn«, kam Sam seiner Schwester zu Hilfe. »Du bist so dumm, daß du wahrscheinlich von der Schule fliegen wirst!«

»Schluß jetzt! Das reicht!« Molly funkelte ihre Geschwister an. »Wie heißt die Regel?«

»Wenn dir nichts Nettes einfällt, sag gar nichts«, rasselten die Zwillinge herunter.

Mike sah erst sie, dann Molly finster an.

»So was Bescheuertes!« sagte er, stand auf, griff seinen Teller und sein Glas und stapfte ins Wohnzimmer. Sekunden später hörte Molly den Fernseher laufen. Sie wußte, daß sie ihn eigentlich zurückrufen sollte, aber sie hatte einfach nicht die Kraft. Ihre eigene schlechte Stimmung schien alle angesteckt zu haben. Molly konnte sich nicht erinnern, wann sie sich das letzte Mal so viel oder so böse gestritten hatten.

Nach dem Abendbrot half Ashley Molly beim Abwasch. Susan und Sam waren freigestellt, um zu üben und Hausaufgaben zu machen. Mit Mike gab es in letzter Zeit so viele Probleme, daß Molly fast aufgegeben hatte, ihn an seine Pflichten zu erinnern. Wenn er sie vergaß und sie ihn ermahnte, endete es jedesmal damit, daß sie sich gegenseitig anschrien. Da war es einfacher, die Arbeit gleich selbst zu machen.

»Hast du irgendwas von Will gehört?« fragte Ashley, während Molly abwusch und sie das Geschirr abtrocknete. Anfangs, nachdem Will weg war, hatten Mollys Geschwister sie das mehrere Male am Tag gefragt. Jetzt war es schon einige Zeit her, daß sie ihn erwähnt hatten, und Molly war froh darüber.

»Nein«, antwortete sie kurz angebunden.

»Liebe ist hart, nicht?« Das Mitgefühl in Ashleys Stimme wirkte auf Molly wie das Kratzen von Fingernägeln auf einer Tafel. Sie wußte, daß Ashley nur freundlich sein wollte und vielleicht ein wenig ihren eigenen Schmerz mit ihr zu teilen versuchte. Aber Wills Abwesenheit war wie eine offene Wunde, die bei Berührung noch stärker schmerzte.

»Das Leben ist hart«, sagte sie mit einem tiefen Seufzer und übergab Ashley den letzten Topf. Dann nahm sie die Essensreste, die sie für Pork Chop auf einem Teller gesammelt hatte und ging nach draußen. Der Hund, der geduldig vor der Tür gewartet hatte, rannte sie jetzt in seiner Gier fast um. Molly schrie ihn an und hatte sofort darauf ein schlechtes Gewissen. Nachdem sie den Teller auf den Boden gestellt hatte, tätschelte sie ihm entschuldigend den Kopf, während er schon begann, sein Abendbrot herunterzuschlingen.

Einen Augenblick blieb Molly draußen stehen und sog tief die kalte Nachtluft ein. Der Mond, riesengroß und gelb, ging gerade über dem Horizont auf. Winzige Sterne funkelten am Himmel. Es war windig, und die dünnen Zweige der kahlen Eiche bewegten sich. Normalerweise hätte Molly vielleicht ein Wiehern oder irgendein Geräusch der Pferde hören können, die auf den umliegenden Weiden standen. Aber die Tiere waren jetzt in ihren Ställen, einerseits, weil es kein Gras für sie mehr zum Fressen gab, aber auch, um sie vor dem Pferdeschlächter zu schützen. J. D. und ein zweiter Sicherheitsposten bewachten die Ställe die ganze Nacht hindurch. Molly vermißte die Gegenwart der Tiere und das beruhigende Gefühl, daß J. D. sich auf seinen nächtlichen Runden befand. Sie fühlte sich einsam.

Während sie den Mond anschaute, stellte sie sich vor, wie es wohl in Chicago aussah. Hohe Gebäude, ein ständiges Gewimmel von Menschen, zu jeder Tages- und Nachtzeit Verkehr in den Straßen. Will war jetzt wahrscheinlich irgendwo in einem kleinen italienischen Restaurant und aß eine Lasagne. Neben ihm saß vielleicht seine neue Freundin oder womöglich auch eine alte Freundin, die in Chicago auf ihn gewartet hatte. Sie hatte ihn niemals gefragt, ob es eine gab.

Wie Matrosen, dachte Molly, hatten FBI-Agenten wahrscheinlich ein Mädchen in jedem Hafen.

Der Gedanke war so schmerzlich, daß Molly die Augen schloß, um die Tränen zurückzuhalten. Sie würde nicht seinetwegen weinen. Es wäre dumm und nutzlos und würde ihr überhaupt nicht weiterhelfen.

Nach einem letzten tiefen Atemzug drehte sie sich um und ging wieder ins Haus.

41

Es war nach Mitternacht. Gebückt schlich ein Mann durch den Garten auf das Haus zu. Er bewegte sich schnell und vorsichtig, denn er wußte, daß ein unbedachtes Geräusch den Hund wecken und seinen Plan zerstören könnte. Der Hund schlief unten in der Küche, und von früheren Nachforschungen wußte der Eindringling, daß er einen festen Schlaf hatte. Wie die Kinder, die oben schliefen.

Er war aufgeregt, mehr noch, erfüllt von einem elektrisierenden Hochgefühl. Die Jagd war eine Art Droge geworden und versetzte ihn in diesen Rausch der Erregung. Mit den Pferden hatte er in den letzten Monaten nach und nach die Dosis erhöht. Heute würde er den Höhepunkt erreichen. Seit langem schon träumte er von diesem Augenblick und hatte ihn genau geplant.

Alles war vorbereitet. Er befühlte seine Tasche, um sicherzugehen, daß er das Chloroform und den Lappen dabeihatte. Natürlich hatte er daran gedacht. Er war bedachtsam und vorsichtig, immer war er das. Dieses Mal würde man ihn nicht erwischen.

Irgendwie war es wie beim Mal davor, und das sollte es auch. Denn heute war der Geburtstag des Tages, an dem er das erste Mal auf eine solche Jagd gegangen war. Auf den Tag genau vor dreizehn Jahren.

So hatte er es geplant.

Am Himmel hing der goldene Ball des Mondes und sah ihm gleichgültig zu. Er war riesengroß, größer als zu jeder anderen Jahreszeit. Man nannte ihn Jägermond.

Und das paßte genau, denn er war der Jäger.

42

16. November 1995

Noch immer konnte Will nicht glauben, daß Lawrence Selbstmord begangen hatte. Seiner Meinung nach gab es da in den Ermittlungen ein offenes Ende, und das mochte er gar nicht. Denn es bedeutete, daß er etwas nicht herausbekommen hatte. Alle anderen hatten anscheinend kein Problem damit, Lawrences Tod als Selbstmord zu akzeptieren; aber ihm sagte seine Intuition, daß diese Theorie nicht stimmte.

Nicht, daß es jetzt noch eine Rolle spielte. Selbstmord oder Mord, Lawrence war tot. Und die Untersuchung von Tötungsdelikten war in jedem Fall Sache der Ortspolizei, nicht der Bundespolizei.

Will tippte seinem Computer ein paar Befehle ein, woraufhin der grün leuchtende Bildschirm sich mit Daten füllte. Gerade waren sämtliche Informationen aus der Operation Rennbahnjagd – diesen Namen hatte das Büro seiner Untersuchung vorangestellt – per Modem nach Lexington geschickt worden. Damit war Wills Job beendet.

»Gehst du mit was trinken, Will?«

Dave Hallum steckte den Kopf in Wills kleines Büro. Er war schlaksig, hatte nur noch wenige Haare auf dem Kopf und erinnerte Will an einen Windhund.

»Heute nicht, danke.«

Hallums Frage bedeutete, daß es schon halb sechs war. Zeit, nach Hause zu gehen. Aber was sollte er da? Jetzt, wo Kevin nicht mehr bei ihm wohnte, kam ihm sein Zuhause leer vor. Nun ja, er könnte eine Pizza bestellen und vor dem Fernseher essen.

Will entschloß sich, statt dessen zum Sport zu gehen. Später könnte er immer noch Lisa anrufen, obwohl sie für ihn ihre Anziehungskraft verloren hatte, seit er aus Kentucky zurück war.

Schon seit langem drängte sie ihn, sie zu heiraten; bisher hatte Will sich immer mit Kevin herausgeredet. Jetzt, da sein Sohn nicht mehr bei ihm wohnte und ihm nicht länger als Schutzschild dienen konnte, wurde Lisas Drängen energischer.

Sie war siebenunddreißig, geschieden, und ganz sicher hörte sie ihre biologische Uhr ticken.

Der Gedanke, mit Lisa Kinder zu haben, gefiel Will überhaupt nicht. Dafür mochte er sie nicht genug. Und auf jeden Fall liebte er sie nicht.

Hallum trat ein. »Woran arbeitest du?«

»Ach, ich habe gerade diese Kentucky-Geschichte beendet. Eben habe ich die letzten Informationen nach Lexington durchgegeben, an diesen ... wie heißt er gleich noch?«

»Der Büroleiter von Lexington? Matthews.«

»Richtig. Matthews. Jetzt sind sie am Ball.«

»Die Sache hast du prima hingekriegt.«

»Danke.«

»Sie haben sich Pferde aus Argentinien beschafft, nicht? Und setzten sie anstelle der amerikanischen Pferde ein? Morgen treffe ich George Rees, und ich möchte sicher sein, daß ich ihm alles richtig erzähle.«

»Der Bericht liegt auf deinem Schreibtisch«, erinnerte Will seinen Chef.

»Ich hatte keine Zeit, ihn zu lesen«, gab Hallum zu und ließ sich auf dem Rand von Wills Schreibtisch nieder. »Sei so gut und gib mir 'nen kurzen Abriß.«

»Ein paar Trainer haben sich zusammengetan und Rennen manipuliert, in denen sie dann mit geringem Wetteinsatz relativ viel gewonnen haben. Dazu haben sie langsame Pferde durch schnelle ersetzt. Da alle Rennpferde bei uns als Einjährige eine Tätowierung erhalten, damit man sie vor dem Start identifizieren kann, haben die Trainer Pferde aus Argentinien eingeflogen, wo es solche Bestimmung nicht gibt. Sie haben den schnellen Pferden aus Argentinien die Identifizierungsnummern der langsamen Pferde eintätowiert und sie an deren Stelle laufen lassen. Natürlich haben diese Pferde dann gewonnen, und da das keiner erwartet hatte, war die Gewinnquote hoch. Die Trainer haben ihr Geld kassiert, und das war's auch schon.«

»Hört sich ganz einfach an. Eigentlich erstaunlich, daß du zwei Wochen gebraucht hast, um's herauszufinden.« Hallum grinste.

Will wußte, wann man sich über ihn lustig machte. »Es hätte tatsächlich noch nicht mal so lange gedauert, wenn mein erster Informant mir nicht 'ne falsche Geschichte aufgetischt hätte. Nachdem ich herausbekommen hatte, wie der Hase wirklich läuft, war's ein Kinderspiel.«

»Und dieser erste Informant ist der Bursche, von dem du annimmst, daß er ermordet wurde?«

»Genau.«

»Murphy glaubt das nicht. Wie auch immer, damit müssen sich die Lokalen herumschlagen.«

»Hm.«

»Also ist der Fall abgeschlossen?«

»So ist es.«

Es klopfte. In der offenen Tür standen Murphy und zwei andere Kollegen – Warren Roach und Ben Markey. Will machte ihnen ein Zeichen hereinzukommen. Er wußte, daß sie sich gar nicht erst die Mühe gemacht hätten zu klopfen, wenn nicht gerade Hallum bei ihm im Büro gewesen wäre.

»Bist du soweit?« fragte Murphy.

Will schaute ihn verständnislos an.

»Sag nicht, du hast es vergessen.« Roach blickte scherzhaft drohend. Er war groß und dünn, hatte sorgfältig frisiertes dichtes, braunes Haar und trug immer sehr geschmackvolle Anzüge. Seit er geschieden war, betrachtete er sich als Frauenheld. Will schoß der Gedanke durch den Kopf, ob er ihn vielleicht mit Lisa zusammenbringen könne.

»Hey, heute ist meine Junggesellenparty!« Markey grinste ihn an. Er war Ende zwanzig, hatte kurzes, schwarzes Haar und stand nie ganz still. Im Moment klimperte er mit dem Kleingeld in seiner Hosentasche, während er Will erwartungsvoll ansah.

»Oh, ja, natürlich! Klar wollte ich hinkommen, aber ich hatte's tatsächlich vergessen. Bei DiGiorno's, stimmt's? Geht schon mal vor, ich komm' gleich nach. Ich muß noch ein paar Sachen fertigmachen.«

»Arbeitest du immer noch an der Operation Rennbahnjagd?« Murphy grinste über den Namen.

Will schüttelte den Kopf. »Gerade eben habe ich die Sache endgültig abgeschlossen.«

»Hey, Will, wie war es in Kentucky?« zog Roach ihn auf. Murphy hatte in den letzten drei Wochen jeden im Büro über Wills Erlebnisse in Bluegrass Country in Kenntnis gesetzt, woraufhin Will einer Menge Witze und gutmütiger Spöttelei ausgesetzt gewesen war, was ihm ziemlich auf die Nerven ging. Natürlich ließ er sich das nicht anmerken, sondern reagierte mit Humor.

»Als wäre man im Kino festgebunden und müßte sich immer wieder den Film *Green Acres* ansehen«, antwortete Will trocken.

Die anderen kicherten. »Und du hattest sogar deine eigene Elly May, stimmt's?« fragte Markey anzüglich.

»Die ist nicht aus *Green Acres*, du Trottel. Die ist aus *Beverly Hillbillies*«, korrigierte ihn Roach.

»Ist mir doch egal. Hauptsache, er erzählt uns was von seiner Elly May.« Markey grinste.

»Raus aus meinem Büro«, sagte Will und tat gut gelaunt. Tatsächlich gefiel es ihm gar nicht, daß seine Kollegen über Molly als Elly May redeten.

Wieder klopfte es. Wills Sekretärin – die neue, politisch korrekte Terminologie war Verwaltungsassistentin – stand in der Tür.

»Will, ein Anruf für dich auf zwei«, sagte sie. »Eine Miss Ballard.«

Das Trio vor seinem Schreibtisch sah sich erfreut an.

»Elly May!« juchzten sie, während Will schon nach dem Hörer griff.

»Will Lyman«, meldete er sich sachlich. Selbstverständlich würde er vor diesem spottenden Publikum keine Gefühlsregungen zeigen.

»Will?« Mollys Stimme war sanft, leise und hatte einen unverkennbar südlichen Klang. Wills Herz schlug schneller, und er fragte sich, wie er es drei Wochen lang ausgehalten hatte, ohne diese Stimme zu hören.

»Molly.« Mit einer Geste machte er den drei Clowns und Hallum klar, daß sie sein Büro verlassen sollten. Sie ignorierten ihn einfach und blieben stehen.

»Oh, Will.« Mollys Stimme brach ab, und Will horchte alarmiert auf. Wenn Molly so klang, mußte schon etwas ziemlich Schlimmes passiert sein.

»Susan ist verschwunden«, sagte sie.

»Was meinst du damit, verschwunden?« fragte Will.

»Sie ist einfach verschwunden, keiner weiß, wo sie ist. Gestern abend ging sie ins Bett, und heute morgen war sie nicht mehr da. Ihr Bett war leer. Sie war nirgends im Haus. Wir haben überall gesucht, drinnen, draußen, und dann habe ich die Polizei gerufen. Sie scheinen zu glauben, daß sie weggelaufen ist. Aber Will, sie ist nicht weggelaufen. Das weißt du doch auch! Ich glaube, daß jemand ins Haus eingedrungen ist und sie mitgenommen hat.«

»Oh, mein Gott.«

»Will, kannst du kommen? Bitte! Gleich?«

»Ich bin so schnell da, wie ich ein Flugzeug kriege. Ein paar Stunden wird es dauern. Bleib ruhig.« Während Will sprach, wurde ihm eiskalt.

»Beeil dich, bitte.« Wieder brach Mollys Stimme ab. Es klinkte in der Leitung, sie hatte aufgelegt.

Will stand auf. Die vier Männer in seinem Büro grinsten nicht mehr. Hallum erhob sich vom Schreibtisch.

»Ein kleines Mädchen ist gekidnappt worden«, sagte Will. »Ich muß sofort hinfahren.«

43

Susan erwachte im Dunkeln. Ihr Kopf tat weh, und ihr war schlecht. Sie wußte nicht, wo sie sich befand, aber sie wußte, daß sie nicht in ihrem Bett war. Sie war abends wie immer schlafen gegangen, aber irgend etwas mußte inzwischen passiert sein.

Wo war sie? Sie hockte sich auf Hände und Knie, und es fühlte sich an, als befände sie sich auf festgetretenem Erdboden. Jedenfalls war es kalt und dunkel und roch muffig. Und es war still. Es war wie in einer unterirdischen Höhle.

Hatte sie vielleicht einen Alptraum? Susan kniff sich, und verspürte einen Schmerz. Sie war also wirklich wach.

In ihrer Kehle formte sich ein Wimmern. Susan unterdrückte es. Sie hatte Angst, ein Geräusch zu machen oder sich zu bewegen, denn sie befürchtete, daß das Tier, das hier wohnte, sie dann hören und sich auf sie stürzen würde.

Sie wußte nicht, wie sie darauf kam, daß hier ein Tier wohnte, aber das war die Vorstellung, die sie hatte. Ein riesiges, zotteliges Tier mit Hörnern und Klauen und großen Zähnen, das Kinder fing und sie zum Frühstück aß. Es schien ihr, als hörte sie es, wie es durch das Dunkel auf sie zukroch.

Etwas berührte zart ihre Finger. Susan schrie auf und riß ihre Hand vom Boden weg. Dann rutschte sie rückwärts wie eine Krabbe, bis sie mit dem Kopf gegen eine Steinwand schlug.

Sterne tanzten vor ihren Augen, und sie sank in sich zusammen, ein zitterndes Häufchen Elend. Sie zog die Knie an und schlang die Arme um ihre Beine, um sich so klein wie möglich zu machen. Steinwände, Erdboden, ein muffiger Geruch. War sie in einem Keller? Oder vielleicht in einem Grab? War sie bei lebendigem Leib begraben? Entsetzen und Panik überwältigten sie, sie wollte schreien, schreien, so laut sie nur konnte, aber sie wagte es nicht. Plötzlich schien die Dunkelheit um sie herum lebendig zu werden, etwas atmete, wartete nur darauf, sich auf sie zu stürzen.

»Mami«, wimmerte Susan. Und dann: »Molly.«

44

Als Will etwa vier Stunden nach Mollys Telefonanruf bei ihr eintraf, wimmelte es in dem Haus nur so von Menschen: Nachbarn, Freunde und Polizisten saßen und standen in der Küche und im Wohnzimmer. Das Haus diente als Kommandozentrale sowohl für die Ortspolizei als auch für die Bundespolizei. Den Einsatz des FBI hatte Will veranlaßt, noch bevor er losgeflogen war. Das Telefon war angezapft, falls jemand anrief, um ein Lösegeld zu fordern, und ein Agent überwachte alle Anrufe. Molly hatte der Polizei Bilder von Susan ausgehändigt, eine Liste ihrer Freunde zusammengestellt und eine genaue Beschreibung von ihr und der Kleidung, in der sie zum letzten Mal gesehen worden war, geliefert: Es war ein knöchellanges weißes Flanellnachthemd mit einem rosa Blumenmuster. Die Polizei hatte Molly, Sam, Ashley und Mike eingehend über jede ihrer Aktivitäten am vorherigen Abend ausgefragt, und ein Spezialtrupp hatte das ganze Haus nach Fingerabdrücken untersucht und Susans Zimmer aus jeder Perspektive fotografiert. Sämtliche Polizeistationen der Umgebung waren mit Susans Personenbeschreibung versehen worden, mit der Anweisung, nach ihr Ausschau zu halten. Das Haus, der Garten und die umliegenden Weiden waren durchforscht worden. Mit Einsetzen des Tages war eine noch intensivere

Suche geplant, falls Susan bis dahin noch nicht wieder aufgetaucht sein sollte.

Molly betete, daß sie bis dahin aufgetaucht wäre.

Will hatte vom Flugzeug aus angerufen und durchgegeben, wann er landen würde. Der FBI-Agent, der das Telefon abhörte – Spezialagent Eaton –, gab die Information an Molly weiter. Molly, Ashley, Sam und Mike saßen um den Küchentisch, vor sich nicht angerührte Teller mit Buletten und Kartoffelbrei, für die die Nachbarin Flora Atkinson gesorgt hatte. Molly hatte ein sehr vertrautes Verhältnis zu ihr, sie war eine Zeitlang mit ihrem Sohn Tom ausgegangen und gut mit ihrer Tochter Linda befreundet gewesen, bevor diese geheiratet hatte und weggezogen war. Mrs. Atkinson war eine rundliche, mütterliche Frau um die sechzig. Sie lief geschäftig in der Küche umher und bereitete Essen und Getränke zu, während sie gleichzeitig leise mit den anderen Nachbarn redete, die kamen und gingen.

Susans Verschwinden war ein Alptraum, darüber waren sich alle einig. So etwas geschah im Fernsehen oder stand in der Zeitung, aber niemals glaubte man, daß man selbst davon betroffen sein könnte. Oder jemand, den man kannte.

Als gegen zehn Uhr das Geräusch eines Autos auf der Kieszufahrt zu hören war und Pork Chop bellend aufsprang, liefen alle hinaus auf die Veranda. Jeder hoffte, daß Susan nach Hause gebracht wurde, oder daß es wenigstens eine gute Nachricht gab.

Will lief schon auf das Haus zu. Sein blondes Haar leuchtete im Mondlicht. Über einem dunklen Anzug trug er einen offenen Trenchcoat. Als Molly ihn sah, war ihre Kehle vor Freude wie zugeschnürt.

»Will!« Ashley und Sam liefen die Verandatreppen hinab und ihm entgegen. Sie warfen sich auf ihn und umarmten ihn, als wäre er ein lange verlorengeglaubtes Familienmitglied. Er umarmte sie auch, dann sah er über ihre Köpfe hinweg Molly an, die neben Mike auf der Veranda stand.

Einen Moment lang trafen sich ihre Blicke.

»Du hast uns nicht gesagt, daß du beim FBI bist!« Sams Stimme klang vorwurfsvoll. Molly hatte es den Kindern erzählt, bevor sie ihn am Nachmittag angerufen hatte. Seine wahre Identität war der einzige Hoffnungsschimmer, den sie ihnen – wie auch sich selbst – anbieten konnte.

Will sah Sam an und fuhr ihm durchs Haar.

»Es war ein Geheimnis«, sagte er.

»Susan . . .« Ashley brach ab, offensichtlich zu überwältigt von ihren Gefühlen, um weitersprechen zu können.

»Mach dir keine Sorgen, es wird alles wieder gut werden«, sagte Will. Er legte die Arme um Ashleys und Sams Schultern, und zu dritt gingen sie auf die Veranda zu.

Von dem Moment an, als Ashley und Sam sich an ihn drängten, wußte Will, daß er sich geirrt hatte. Er hatte sich geirrt, als er dachte, seine Zuneigung zu den Ballards sei etwas, das sich mit der Zeit wieder legen würde. Und es war falsch gewesen, ohne ein Wort des Abschieds zu verschwinden, so wie er es getan hatte. Zu der Zeit aber hielt er es für das Beste, entsprechend gehandelt zu haben. Er hatte befürchtet, daß sie – und er – sich zu sehr aneinander binden würden, und was hätte das für einen Sinn gehabt? Er lebte in Chicago, und sie lebten hier. Wenn seine Arbeit getan wäre, würde er genauso plötzlich wieder aus ihrem Leben verschwinden, wie er darin aufgetaucht war. Wie Molly in der Nacht, die er nie mehr vergessen würde, richtig gesagt hatte: Er hätte sich unter den Umständen erst gar nicht so intensiv um ihre Geschwister kümmern sollen. Aber es war nichts gewesen, was er geplant getan hatte. Anfangs hatten sie ihm leidgetan; es war so offensichtlich, wie sehr ihnen die Aufmerksamkeit eines männlichen Erwachsenen fehlte. Und es war so einfach, Susan bei ihren Hausaufgaben zu helfen, mit Sam Fußball zu spielen und Ashley das Tanzen beizubringen. Zuerst schien es, als bräuchte Mike eher strenge Disziplin als Aufmerksamkeit, aber dann stellte er sich als genauso verletzbar und sensibel wie seine Geschwister heraus. Und mit dem Jungen Basketball zu trainieren, hatte Will Spaß gemacht. Doch zum Schluß hatte er erkannt, daß er die Kinder in Schwierigkeiten brächte, wenn sie sich zu sehr an ihn gewöhnten. Er konnte ihnen seine Freundschaft nicht für alle Zeiten anbieten.

Jetzt spürte er, daß sie ihm alle längst viel zu sehr ans Herz gewachsen waren, um sie wieder zu vergessen. Tatsächlich hatte er sie vermißt, ohne es sich einzugestehen.

Seine Angst um Susan war so groß, als handle es sich um sein eigenes Kind. Er versuchte sich vorzustellen, was ihr Verschwinden alles bedeuten konnte, und es machte ihn krank, daran zu denken.

Am meisten fürchtete er, daß sie es mit einem Psychopathen zu tun hatten. Wenn er an die Nacht dachte, als Susan jemanden am Fenster gesehen hatte, stiegen furchtbare Bilder in ihm auf. Womöglich war ihr Kidnapper ihr schon seit längerem hinterhergeschlichen. Es konnte aber auch sein, daß die Sache mit Mollys Beteiligung an seiner Untersuchung zu tun hatte. Vielleicht war Susan aus Rachsucht entführt worden.

Es gab viele Möglichkeiten, aber nicht viel Zeit, um sie zu erforschen. Will wußte, daß mit jeder weiteren Stunde die Hoffnung schwand, das verschwundene Kind wiederzufinden, ebenso wie die Wahrscheinlichkeit, daß es noch lebte. Natürlich würde er den Ballards das nicht sagen. Sie waren sowieso schon zu Tode geängstigt; ein Blick genügte, um das zu erkennen.

Molly, die ihn auf der Veranda erwartete, sagte nichts zu seiner Begrüßung, hob noch nicht einmal eine Hand. Sie war sehr blaß. Seit er sie das letzte Mal gesehen hatte, war sie dünner geworden, und das hatte sie weiß Gott nicht nötig gehabt. Sie trug ausgeblichene Jeans und ein unauffälliges graues Sweatshirt, und trotzdem sah sie sexy und vor allem wunderschön aus. Und zerbrechlich, so zerbrechlich, daß das Mondlicht geradewegs durch sie hindurchzudringen schien. Sie hatte die Arme vor der Brust verschränkt und die Lippen zusammengepreßt, als hätte sie Angst, daß sie sonst zittern würden. Ihre Augen waren riesengroß und von dunklen Schatten umgeben. Als ihre Blicke sich trafen, geriet Wills Welt aus den Fugen.

Seit drei Wochen sagte er sich nun, daß sein Verhältnis mit Molly zwar großartig gewesen war, aber ein für allemal beendet. Ein klassischer Fall einer heißen, kurzen Liebesaffäre.

Nur, das war sie nicht! Das wußte Will in dem Moment, als er Molly wiedersah. Was er für sie empfand, war viel zu intensiv.

Am liebsten wäre Will auf die Veranda gegangen, hätte Molly in die Arme genommen und sie geküßt und nie wieder losgelassen.

Aber sie hatte ihn nicht angerufen, weil sie ihn begehrte, sondern weil sie ihn brauchte. Er war hier in seiner Eigenschaft als FBI- Agent, nicht als Mollys Liebhaber.

Bis Susan gefunden war, durfte er das nicht vergessen.

»Hallo, Molly«, war daher alles, was er sagte, als er mit Ashley und Sam die Treppe heraufkam.

»Danke, daß du gekommen bist«, antwortete Molly leise.

Neben ihr machte Mike eine Bewegung. Will sah ihn an.

»Hey, Mike.«

»Hey, Will.« Mikes Stimme klang nicht offen feindselig, wie Will erwartet hatte. Er vermutete, daß Susans Verschwinden der Grund dafür war. Bis Susan sicher zu Hause war, mußten sie alle zusammenhalten.

Und Will schickte ein Stoßgebet zu Gott, daß es so ausgehen würde.

»Ich bin Spezialagent Ron Eaton.« Der Mann im Anzug, der hinter Molly stand, hielt Will die Hand hin. Schon ein einziger Blick hätte Will genügt, um zu wissen, daß er zum FBI gehörte. Will wußte nicht, was es war, aber irgend etwas hatten alle FBI-Agenten an sich, wodurch sie sich untereinander erkannten.

»Will Lyman.« Ashley und Sam ließen ihn los, und Will schüttelte Eaton die Hand.

»Und ich bin Flora Atkinson.« Eine dicke, grauhaarige Frau in zu engen dunkelblauen Polyesterhosen und einer langärmligen weißen Bluse reichte ihm ebenfalls die Hand. Außer Eaton und Mrs. Atkinson standen noch etwa ein Dutzend Leute auf der Veranda und starrten ihn an. Will erkannte Jimmy Miller, der ihm ohne Begeisterung zunickte.

»Will.« Mollys Stimme war kaum mehr als ein Flüstern. Als er zu ihr niedersah, legte sie ihm flehend eine Hand auf den Arm. Ihre Augen waren riesengroß und dunkel. »Finde Susan. Bitte.«

»Wir werden sie finden«, sagte er beruhigend, und er hoffte selbst inbrünstig, daß seine Worte zutreffen würden. Dann legte er tröstend einen Arm um sie und führte sie zurück ins Haus.

Alle folgten. Will sah Molly an, daß sie am Ende ihrer Kraft war. Er winkte Eaton zu sich und flüsterte ihm etwas ins Ohr. Einige Minuten später begann ein allgemeiner Aufbruch.

Mrs. Atkinson sagte solange: »Ich kann gerne bleiben, wenn ich gebraucht werde«, bis sie in ihr Auto stieg. Miller drückte Molly einen Kuß auf ihre weiße Wange und murmelte etwas in ihr Ohr, bevor er ging. Alle anderen verabschiedeten sich mit tröstenden oder aufmunternden Worten und Hilfsangeboten, und schließlich waren die Ballards, Will und Eaton unter sich.

»Sie überwachen das Telefon, nehme ich an?« fragte Will den Agenten, der bestätigend nickte. »Wenn Sie mir bitte gleich berichten könnten, wie der Stand der Ermittlungen aussieht? Im Moment würde ich erst einmal gern mit der Familie sprechen.«

Eaton nickte und verschwand im Wohnzimmer. Wills Blick wanderte über Molly, Ashley, Mike und Sam, die niedergeschlagen am Küchentisch saßen, und Susans Abwesenheit verursachte ihm einen schmerzhaften Stich. Er zog seinen Mantel und sein Jackett aus, lockerte seine Krawatte und setzte sich neben Molly auf die Bank.

»Erzählt mir, was passiert ist«, forderte er sie auf.

Sie begannen zu reden, mal einzeln, mal mehrere auf einmal, mal waren ihre Stimmen nur noch ein zittriges Flüstern, und mal verebbten sie fast ganz, als sie beschrieben, wie sie morgens aufgewacht waren und entdeckt hatten, daß Susan verschwunden war.

Und das war alles, was sie wußten. Sogar Ashley, die mit Susan in einem Zimmer schlief, hatte nichts gehört. Als sie morgens aufgewacht war und Susan nicht mehr in ihrem Bett lag, hatte sie zunächst angenommen, daß sie einfach früh aufgestanden und nach unten gegangen war.

»Gab es Anzeichen für einen Einbruch?« fragte Will.

Alle schüttelten den Kopf.

»Alle Türen waren verschlossen, und die Alarmanlage war eingeschaltet«, sagte Molly. »Das verstehe ich überhaupt nicht: Wie konnte Susan aus einem verschlossenen Haus verschwinden?«

Wie ein Blitz schoß Will die Lösung durch den Kopf. Er sah Mike an, der ihn nervös beobachtete.

»Bist du gestern nacht unterwegs gewesen, Mike?« fragte Will.

Molly schüttelte den Kopf. »Wir waren alle zu Hause. Ashley und Mike haben gelernt, Sam hat Hausaufgaben gemacht und ferngesehen, und Susan übte für ihr Th ... Theater.« Bei dem letzten Wort versagte ihre Stimme.

»Mike?« fragte Will noch einmal.

Mike nickte.

»Auf demselben Weg?« Wieder nickte Mike. Seine Geschwister starrten ihn an.

»Wann bist du nach Hause gekommen?«

»Ungefähr um halb zwei.«

»Du bist letzte Nacht weggewesen?« Mollys Stimme war unnormal hoch und zitterte leicht.

Will legte ihr beruhigend die Hand auf den Arm und neigte sich zu ihr. »Schsch«, sagte er leise in ihr Ohr. Jetzt war nicht der Zeitpunkt, um Mike für irgend etwas zu schelten, was er getan oder nicht getan hatte. Im Moment ging es nur darum, die Wahrheit herauszufinden, um Susan zu helfen.

Will wandte sich wieder Mike zu: »Und du hast das Fenster wieder zugemacht und das Alarmsystem eingeschaltet, nachdem du im Haus warst?«

Mike nickte.

»Hast du irgendwas Ungewöhnliches bemerkt? War Susan in ihrem Bett?«

»Ich hab' nie bei Susan reingeschaut. Warum sollte ich? Ich hab' das Fenster zugemacht, das Alarmsystem eingeschaltet und bin ins Bett gegangen.« Mikes Kinn zitterte. »Es ist meine Schuld, nicht? Jemand ist durchs Fenster gekommen, während ich weg war, und hat Susan mitgenommen, stimmt's?«

»Es ist nicht deine Schuld. Du konntest doch nicht wissen, was passieren würde«, entgegnete Will beruhigend. »Und auf eine Art ist es auch eine Hilfe. Jetzt können wir wenigstens die Zeit ziemlich genau bestimmen, um die es passiert sein muß. Wann hast du das Haus verlassen?«

»Ungefähr um halb zwölf«, antwortete Mike.

»Also haben wir eine Spanne von etwa zwei Stunden, in denen jemand ins Haus eingedrungen sein und Susan mitgenommen haben könnte. Und wenn man davon ausgeht, daß es so geplant war, mußte derjenige wissen, daß du das Haus öfter nachts durchs Fenster verlassen hast. Vielleicht einer der Freunde, mit denen du dich triffst, oder jemand, dem sie es erzählt haben. Auf alle Fälle sollten wir eine Liste deiner Freunde haben. Es kann aber auch sein, daß jemand das Haus über längere Zeit beobachtet hat. War es Zufall, daß du gerade letzte Nacht weggegangen bist? Oder trefft ihr euch immer mittwochs?«

»Seit einigen Monaten treffen wir uns fast immer dienstags und mittwochs, ich bin nur zu Hause geblieben, als du und ich unsere Abmachung hatten.«

»Hm.« Will konnte Mike ansehen, wie viel diese Abmachung ihm bedeutet hatte, und es tat ihm unendlich leid, den Jungen enttäuscht zu haben. Aber jetzt war nicht die Zeit für Entschuldigungen oder Erklärungen.

»Was für eine Abmachung?« fragte Molly und sah von

Mike zu Will. Dann wandte sie sich an Will: »Wußtest du, daß er sich nachts rausschlich?«

Will nickte. »Ich habe ihn einmal dabei erwischt, und dann haben wir vereinbart, daß ich ihm Basketball beibringe und er nachts zu Hause bleibt. Aber dann bin ich zurück nach Chicago gegangen.«

»Ja«, sagte Mike, und in seiner kurzen Antwort lag viel Bitterkeit.

Will schob sein Schuldbewußtsein beiseite, um sich auf das zu konzentrieren, was im Moment am wichtigsten war. »Du hast der Polizei nicht gesagt, daß du aus deinem Fenster geklettert bist?«

Mike schüttelte den Kopf. »Ich habe gesagt, daß ich im Bett war.«

Will runzelte die Stirn.

Mike sah ängstlich aus. »Ich wollte nicht, daß Molly es erfährt«, sagte er. Plötzlich sah er sehr jung aus, mehr wie ein kleiner Junge als wie ein Jugendlicher. Sein Kinn zitterte wieder, und er blickte Molly an. Ich weiß, daß ich dir eine Menge Ärger mache, und nun ist es auch noch meine Schuld, daß Susan gekidnappt wurde.«

Seine Augen füllten sich mit Tränen. Er bedeckte sein Gesicht mit den Händen und begann zu schluchzen.

»Mike«, sagte Molly beruhigend und stand auf, um zu ihm zu gehen. Sie lehnte sich über ihn und umfaßte seine Schultern. »Es ist nicht deine Schuld. Du wußtest doch nicht, daß so etwas passieren würde. Niemand von uns hatte eine Ahnung davon.«

Eine Woge der Zuneigung stieg in Will auf, als er das Bild der beiden sich ähnelnden Köpfe mit den dunklen, welligen Haaren betrachtete, die so dicht beieinander waren. Er sorgte sich um sie, um beide. Um alle Ballards.

Vielleicht sollte er langsam anfangen, an ein »Für immer» zu glauben.

»Wird Mike Ärger bekommen, weil er die Polizei angelogen hat?« fragte Ashley mit dünner Stimme. Molly und Mike sahen beide in Erwartung der Antwort auf.

»Das werde ich schon hinkriegen«, antwortete Will.

Er stand auf, holte ein Glas aus einem Küchenschrank und goß sich etwas Milch ein. Als er sich umdrehte, hatte Mike sich wieder unter Kontrolle. Molly stand noch immer hinter ihm, eine Hand auf seine Schulter gelegt.

Unter dem grellen Licht der Deckenlampe sah ihre Haut durchscheinend blaß aus. Ihre Augen waren riesig und dunkel, mit tiefen Schatten darunter. Man sah ihr an, daß sie sich vor Erschöpfung kaum auf den Füßen halten konnte.

»So«, sagte Will bestimmt. »Und jetzt ins Bett. Alle.«

45

Eine Stunde später war Molly im Bett. Ashley, die sich geweigert hatte, in dem Zimmer zu bleiben, das sie mit Susan teilte, lag neben ihr. An ihrem Atem hörte Molly, daß sie eingeschlafen war.

Molly selbst hatte das Gefühl, als würde sie nie wieder schlafen können.

Vorsichtig veränderte sie ihre Lage und sagte im Kopf ein weiteres der vielen Gebete auf, die sie zum Himmel geschickt hatte, seit Susan verschwunden war. Die Worte waren wie ein Lied, das sich endlos in ihrem Kopf wiederholte: *Bitte, lieber Gott, bring sie zurück. Bitte, lieber Gott, macht, daß sie nicht verletzt ist oder Angst hat. Bitte, lieber Gott, sie ist erst elf Jahre alt. Bitte, lieber Gott, hab Mitleid mit ihr.*

Durch einen Spalt in den Vorhängen fiel Mondlicht ins Zimmer. Leise stand Molly auf, ging zum Fenster und sah hinaus. Hoch am Himmel leuchtete ein voller, gelber Mond, so hell und schön, daß Molly sich in ihrem Leid fast verhöhnt vorkam.

Schatten machten die Nacht lebendig. Vereinzelt zogen Wolken über den Himmel, und die Kronen der Bäume bewegten sich im Wind. Im Süden sah Molly die Silhouette der Platanenbaumreihe, die dort stand, wo sie sich das letzte Mal mit Will geliebt hatte. Im Osten lag die Anhöhe mit dem Zaun und dahinter erstreckten sich die hügeligen Weiden. Im Westen verlief die Straße, ein glitzerndes, schwarzes Band, das sich im Dunkeln verlor.

Und irgendwo da draußen war Susan. War sie in der Nähe, oder hatte man sie womöglich sogar weit weggebracht?

Es war kalt, zum ersten Mal in diesem Jahr fiel das Thermometer nachts bis auf null Grad. Molly berührte die Fensterscheibe; sie war kalt wie Eis.

Als Molly sich vorstellte, daß ihre kleine Schwester jetzt vielleicht fror, mußte sie ein aufsteigendes Schluchzen unterdrücken. Susan, dachte sie, oh, Susan. Dann sagte sie im stillen wieder ein Gebet auf.

Sie konnte nicht im Bett bleiben. Sie mußte etwas tun – aber was? Der Garten und die umliegenden Weiden waren bereits von der Polizei abgesucht worden. Will hatte gesagt, daß sie morgen früh noch einmal mit Hunden kommen würden. Will hatte gesagt, daß alles getan wurde, was möglich war. Will hatte gesagt, sie sollte schlafen, um Kraft zu sammeln für das, was vor ihr lag.

Will hatte dies gesagt, Will hatte das gesagt.

Gott sei Dank, daß er da war.

Molly wandte sich vom Fenster ab, ging zur Tür und hinaus in den Flur. Dann fiel ihr ein, daß ein fremder Mann im Haus war und sie nur ein weites Winnie-the-Pooh-Nachthemd mit einem Bild des dicken Bären auf der Vorderseite trug; darunter stand: *Für Honig tu ich alles!* Sie ging zurück in ihr Zimmer und tastete mit den Händen die Sachen in ihrem Schrank nach ihrem rosa Frotteebademantel ab. Schließlich fand sie ihn, zog ihn an und ging hinaus.

In der Küche brannte Licht. Will und Eaton saßen in eine ernste Unterhaltung vertieft am Tisch. Vor Will stand das unvermeidliche Glas Milch, während Eaton Kaffee trank. Molly hatte ihnen die Betten in dem Mädchenzimmer zurechtgemacht, aber offensichtlich hatten sie bis jetzt in der Küche gesessen. Will hatte seine Krawatte abgenommen und die obersten Knöpfe seines Hemdes geöffnet, und Eaton trug noch immer seinen Anzug. Was hatte es nur mit diesen FBI-Agenten und ihren Anzügen auf sich?

»Miss Ballard. Wünschen Sie etwas?« Eaton hatte sie als erster entdeckt und erhob sich linkisch. Er gehörte zum Büro des FBI in Lexington, war um die dreißig, mit fast so kurzem Haar wie Will und einem schmalen, intelligenten Gesicht. Molly wußte, daß er sie bewunderte; sie hatte es gleich zu Anfang seinem Blick angesehen, es aber kaum registriert; sie war daran gewöhnt, daß die Männer sie bewunderten.

»Vielleicht trinke ich etwas Kaffee. Ich kann nicht schlafen.« Beide Männer sahen zu, wie Molly sich eine Tasse nahm und Kaffe eingoß. Dann drehte sie sich um und lehnte sich gegen den Schrank, während sie an der heißen Flüssigkeit nippte.

»Gibt es etwas Neues?« Noch bevor Will den Kopf schüttelte, wußte Molly die Antwort. Natürlich gab es nichts Neues, sonst hätte Will es ihr schon gesagt.

»Wir verfolgen jede nur erdenkliche Spur, Miss Ballard«, sagte Eaton. »Die Beschreibung Ihrer Schwester und der Tatumstände sind an die Nationale Verbrechensinformationsstelle weitergeleitet worden und von dort an sämtliche Polizeistationen des Landes. Und beim Zentrum für Verbrechensvergleich wird zur Zeit überprüft, ob vergleichbare Fälle bekannt sind. Dort gibt es eine Datenbank, in der sämtliche Fälle des ganzen Landes gespeichert sind, bei denen Personen vermißt werden. So kann man untersuchen, ob zwischen ihnen Verbindungen existieren. Morgen bekommen wir die Auswertung.«

»Oh, mein Gott«, flüsterte Molly, der angesichts der Kompliziertheit der Ermittlungen das Ganze mit einemmal völlig aussichtlos erschien. Überall im Land verschwanden andauernd Personen, es gab sogar eine Datenbank voller Namen und Beschreibungen aus allen Staaten des Landes. Susan war nur eine von ... wie vielen wohl? Tausenden? »Es wird so sein wie damals bei

Libby Coleman. Susan wird nie wieder auftauchen, nicht wahr?«

Ihre Stimme brach ab, und ihre Hände zitterten so stark, daß Kaffee über den Rand ihrer Tasse schwappte. Sie stellte die Tasse auf die Anrichte.

»Susans Fall wird nicht wie der Libby Colemans ausgehen«, sagte Will mit Bestimmtheit, während er aufstand, um zu Molly zu gehen. Als er vor ihr stehen blieb, hatte Molly den Eindruck, daß er sich dazu zwang, sie nicht zu berühren. Sie sah zu ihm auf. Er stand ganz dicht, so dicht, daß sie auf seinen Wangen und seinem Kinn den Schatten der Fünf-Uhr-morgens-Stoppeln sehen konnte. Seine Augen waren von einem intensiven Blau, und seine Kinnpartie wirkte fest und bestimmt. »Wir werden Susan finden. Wir werden alles tun, was wir können, und wir werden sie finden.«

»Oh, Gott«, flüsterte Molly, schloß die Augen und lehnte ihre Stirn an seine Brust. Er zögerte einen Moment, aber dann schlossen sich seine Arme um sie, und er zog sie an sich.

Wie hatte sie es vermißt, von ihm in die Arme genommen zu werden!

»Libby Coleman?« fragte Eaton hinter ihnen.

»Ich habe schon jemanden beauftragt, nach eventuellen Verbindungen zu suchen«, sagte Will über seine Schulter. »Es ist der Fall eines kleinen Mädchens aus der Gegend, die vor dreizehn Jahren verschwunden und nie wieder aufgetaucht ist.«

Also hatte Will sich schon an Libby Coleman erinnert, dachte Molly und fühlte sich ein klein wenig besser. Will würde so etwas nicht übersehen. Will war gründlich, er kannte seine Arbeit, und er war klug. Wenn irgend jemand auf der Welt in der Lage war, Susan zu finden, dann war er es.

Molly hörte, wie die Küchenbank über den Linoleumboden scharrte; Eaton stand auf.

»Ich werde jetzt schlafen gehen«, sagte er. Molly war ihm dankbar für sein Taktgefühl. Ihr war klar, daß sie sich eigentlich aus Wills Umarmung lösen sollte, zum einen, um sich von Eaton zu verabschieden, aber auch, um Will eine Situation zu ersparen, die ihm vielleicht gegenüber seinem Kollegen peinlich war. Aber sie brauchte seine Nähe so dringend, daß sie es einfach nicht über sich brachte.

Falls Will die Situation unangenehm war, merkte man es ihm nicht an. »Ich komme später nach«, sagte er, und Molly hörte, wie Eaton die Küche verließ.

Ihre Arme glitten unter sein Jackett und um seine Taille. »Ich habe dich vermißt«, murmelte sie in sein Hemd.

Wills Arme drückten sie fester an sich. »Ich dich auch.«

»Wenn Susan nichts passiert wäre, wärst du nicht hier.« Molly mußte sich das in Erinnerung rufen, auch wenn es weh tat. Sie spürte eine so unendliche Sehnsucht, ihn bei sich zu haben. Und sie wollte ihn nicht nur jetzt, sie wollte ihn für immer.

Will sagte nichts, und die schweigende Zustimmung zu ihrer Feststellung tat weh. Molly genoß noch einen Moment die Wärme und Geborgenheit in seinen Armen, dann entzog sie sich ihm sanft. »Es ist fast zwei Uhr«, sagte er, während er sie prüfend ansah. »Du mußt versuchen, ein bißchen zu schlafen.«

Molly schüttelte den Kopf. »Ich kann nicht. Jedesmal wenn ich die Augen zumache, muß ich an Susan denken. Ich überlege, ob sie wohl verletzt ist, ob sie friert . . . Und ich weiß, daß sie Angst hat.«

»Es hat keinen Sinn, wenn du dich quälst, Molly. Du hilfst Susan damit nicht«, entgegnete Will. »Hast du Schlaftabletten im Haus?«

Molly schüttelte den Kopf.

»Möchtest du, daß wir reden?«

Nachdem sie einen Moment überlegt hatte, nickte Molly.

»Gut. Tun wir das. Du legst dich auf die Couch und ruhst dich aus, und dabei reden wir. Ich hab' dir nie viel über meinen Sohn erzählt, nicht?«

»Oder über deine Frau«, sagte Molly. Nur das Wort auszusprechen, verursachte schon einen schmerzhaften Stich. Es tat weh, sich Will mit einer anderen Frau vorzustellen, sogar wenn diese schon seit fünfzehn Jahren tot war.

»Dann komm«, sagte er, holte eine Decke aus den Schränken unter der Treppe und ging ins Wohnzimmer. Er bestand darauf, daß sie sich auf das Sofa legte, wickelte sie in die Decke ein und bettete ihren Kopf bequem in Kissen.

Er selbst setzte sich an ihrem Kopfende auf den Boden, sein Rücken lehnte an der Couch. Wenn Molly sich auf die Seite drehte, berührte ihre Nasenspitze fast seine Schulter. Sein Gesicht war dicht an dem ihren.

»Also erzähl mir was von deinem Sohn und deiner Frau«, sagte sie. Will hatte kein Licht eingeschaltet, aber das Mondlicht drang durch die Vorhänge, so daß Molly sein Ohr sehen konnte, sein Kinn, die gerade Linie seiner Nase. Er drehte den Kopf, um sie anzuschauen. Seine Augen waren ernst, sein Mund lächelte nicht.

»Kevin – mein Sohn – geht in Western Illinois aufs College. Er ist achtzehn, im ersten Jahr. Er ist ein großartiger Junge, ein guter Sportler, klug und interessiert und sieht auch noch gut aus. Bis zum August hat er bei mir gewohnt, und wenn ich einen Auftrag außerhalb Chicagos hatte, war er bei meinen oder Debbies Eltern. Seit er nicht mehr bei mir wohnt, fühle ich mich ein bißchen verloren zu Hause. Es ist erstaunlich, wieviel Leben ein ziemlich ruhiges Kind in einen Haushalt bringt.«

»Warst du deswegen so nett zu den Kindern? Weil du deinen Sohn vermißt hast?«

Will zuckte die Schultern. »Ich mochte sie. Ich *mag* sie. Sie sind prima. Auch Mike.«

»Letzten Endes sind sie das«, stimmte Molly mit leisem Lächeln zu. Sie rückte dichter an ihn heran, so daß ihre Brust seinen Rücken berührte, und ihr Kinn seine Schulter. »Debbie – war das der Name deiner Frau?«

Er nickte. »Ja.«

»Erzähl mir von ihr.«

Nach einem Augenblick des Schweigens sagte Will: »Wir haben uns im College kennengelernt und waren schon bald fest zusammen. Sie wurde schwanger, und wir haben geheiratet. Kevin wurde geboren. Zwei Tage nach seinem dritten Geburtstag wurde sie bei einem Autounfall getötet. Er war mit ihr im Wagen, aber zum Glück blieb er unverletzt. Er war hinten in seinem Kindersitz.«

»Nur die Fakten, Madame?« sagte Molly mit weicher Stimme. »Wie war sie? Hatte sie dunkles oder blondes Haar? Hast du sie geliebt?»

»Sie hatte mittelbraunes Haar und blaue Augen. Kevin sieht aus wie sie. Und sie hat viel gelacht. Sie war eine Supersportlerin, im Tennis hat sie alle geschlagen. Sie war die einzige Tochter ihrer Eltern und daher etwas verwöhnt. Aber das wußte sie selbst und konnte sich auch drüber lustig machten. Sie hat Kevin angebetet. Und ... ja, ich habe sie geliebt.«

Etwas in seiner Stimme veranlaßte Molly, sich noch näher an ihn zu drücken. In stillem Mitgefühl legte sie ihre Wange auf seine Schulter. Er sah auf sie nieder und machte ein Geräusch, das einem Lachen ähnelte, aber keins war.

»Als sie gestorben war, habe ich gedacht, ich könnte nie wieder eine Frau so sehr lieben wie sie. Aber weißt du was? Die Zeit verändert vieles. Ich erinnere mich noch, wie sie aussah – Haarfarbe und solche Dinge –, aber ich kann mir ihr Bild nicht mehr richtig vor Augen rufen. Sie ist nur noch wie ein Schatten – ein lachender Schatten. Manchmal denke ich, der Junge, der mit ihr verheiratet war, ist mit ihr gestorben. Der Mann, der aus dem Jungen geworden ist, ist jemand ganz anders.«

»Ich weiß, was du meinst«, sagt Molly, und so war es tatsächlich. »Wenn ich heute an meine Mutter denke, erinnere ich mich nur noch an bestimmte Sachen, z. B. daß sie gerne Schokoladeneis aß oder gelbe Kleider trug. Ich kann mir ihr Gesicht nicht mehr richtig vorstellen. Es ist fast, als hätte sie überhaupt nicht existiert. Manchmal habe ich deswegen ein ganz schlechtes Gewissen, aber so ist es.«

»Mike hat mir ein bißchen über sie erzählt.«

»Tatsächlich?« Molly verzog den Mund. »Ich wußte gar nicht, daß Mike so ein Plappermaul ist. Ich war dabei, als er dir über ... als er dir erzählt hat, wie sie gestorben ist. Ich hab's gehört. Was hat er dir noch gesagt? Daß sie manisch-depressiv war? Daß sie manchmal die tollste Mutter der Welt war und uns manchmal einfach zu vergessen schien? Daß sie einen fürchterlichen Geschmack in bezug auf Männer hatte, und wenn sie sich verliebte – und das passierte oft– einfach verschwand und uns von heute auf morgen allein gelassen hat?«

»Er hat mir erzählt, daß du die Familie unterstützt hast – und auch deine Mutter –, von dem Moment an, wo du achtzehn warst. Daß du bei deinen Geschwistern geblieben bist, nachdem deine Mutter gestorben war, und dich um sie gekümmert hast, als seien sie deine eigenen Kinder.«

»Das hat er gesagt?« Während Will über sie gesprochen hatte, war in seiner Stimme so viel Zuneigung und Wärme gewesen, daß Molly ein wohliger Schauer durchlief. Will sah ihr in die Augen. Mit einer Hand strich er ihr das Haar aus dem Gesicht.

»Weißt du, was ich finde?« fragte er.

»Was?« Molly drehte sich auf den Rücken, damit sie ihn besser anschauen konnte. Sein Gesicht war nur einige Zentimeter über dem ihren. Seine Hand blieb an ihrer Wange. Sie fühlte sich angenehm hart und warm an.

»Ich finde, das macht etwas ganz Besonderes aus dir. Etwas Wunderbares, um es genauer zu sagen.«

»Findest du?«

»Ja.«

»Ich finde dich auch wunderbar.« Sie drehte ein klein wenig ihren Kopf und drückte ihren Mund auf seine Handfläche. Will hielt ganz still.

»Ich habe dich so vermißt«, flüsterte sie.

»Ich dich auch«, sagte er mit rauher Stimme. Dann beugte er den Kopf und küßte sie.

46

Schließlich hob Will den Kopf. »Molly, ich ...« begann er, als ein hoher, qualvoller Schrei die nächtliche Stille durchbrach.

Molly sprang auf. »Sam!« stieß sie hervor und war schon auf dem Weg zum Flur. Will lief ihr nach. Als sie auf dem oberen Treppenabsatz ankamen, tauchte Eaton aus dem Mädchenzimmer auf, nur mit einer Unterhose bekleidet und mit einer Pistole in der Hand. Ohne ihn zu beachten, riß Molly die Tür zum Jungenzimmer auf. Mike stand an Sams Bett und hatte die Arme um seinen aufrecht sitzenden, schluchzenden kleinen Bruder gelegt. Molly stürzte auf die beiden zu und nahm nur vage wahr, daß hinter ihr Will, Eaton und Ashley ins Zimmer drängten.

»Er hatte einen Alptraum«, sagte Mike und überließ Sam Mollys Obhut. »Sam, mein Schatz«, murmelte Molly beruhigend, während Sam seine Arme um sie schlang. »Was ist passiert?«

»Ich habe Susan gesehen«, brachte Sam schließlich hervor, immer wieder von heftigem Schluchzen unterbrochen. »Sie ist im Dunkeln, und sie hat Angst. Ich habe alles genau gesehen. Sie ist in einem dunklen Loch, wie eine Höhle. Sie will nach Hause.«

»O Gott.« Molly schloß die Augen und drückte Sam an sich, während sie versuchte, ihre eigenen Gefühle unter Kontrolle zu bringen. Sie mußte stark bleiben, um Sams, Mikes, Ashleys und auch Susans willen. »Es war nur ein böser Traum, Sammy. Mehr nicht. Nur ein böser Traum. Beruhige dich, mein Schatz.«

»Aber ich habe sie gesehen. Sie hat geweint. O Molly, wir müssen sie finden. Sie will nach Hause.«

»Sch, sch«, flüsterte Molly ihm ins Ohr, strich ihm übers Haar und wiegte ihn in ihren Armen. »Sch.«

Es dauerte lange, bis alle wieder zur Ruhe gekommen waren. Schließlich lag Sam in Mollys Bett zwischen Ashley und Molly, und Mike schlief auf einer Matratze vor dem Bett.

47

»Susan.«

Beim Klang der einschmeichelnden Stimme fing Susan an, vor Angst zu zittern. In der dunklen Höhle war ein Mann, und er suchte mit einer Taschenlampe nach ihr. Sie sah den gelben Lichtstrahl auf den Wänden tanzen.

»Susan.«

Susan drückte sich tiefer in den Spalt, den sie zufällig in der Steinmauer entdeckt hatte. Bei den ersten Geräuschen war sie sofort dort hineingekrochen. Die Öffnung war ungefähr dreißig Zentimeter breit, dann wurde der Spalt nach und nach schmaler, bis er nach etwa anderthalb Metern ganz endete. Susan hatte es geschafft, sich fast bis zum Ende hineinzuzwängen.

Vielleicht würde er sie nicht finden.

»Hast du keinen Hunger? Ich hab' dir etwas zu essen mitgebracht. Eine Pizza, Susan.«

Sie konnte die Pizza sogar riechen. Der würzige Duft wehte ihr verführerisch entgegen. Ihr Magen knurrte, und sie verharrte regungslos vor Schreck, denn sie hatte Angst, daß das kleinste Geräusch sie verraten könnte.

Sie hatte großen Hunger; es war lange her, daß sie etwas gegessen hatte. Ihre letzte Mahlzeit war Rührei gewesen. Susan dachte daran, wie sie mit Molly, Sam, Ashley und Mike am Küchentisch gesessen hatte, und unterdrückte ein Wimmern. Sie wußte, daß der Mann, der nach ihr suchte, böse war und ihr weh tun würde, wenn er sie erwischte. Warum hatte er sie sonst von zu Hause weggebracht?

Ihre Sehnsucht nach zu Hause war so groß, daß ihr Tränen in die Augen stiegen; aber sie durfte nicht weinen, er würde sie hören.

»Du hast doch keine Angst vor mir, Susan? Ich tu dir nichts.«

Seine Stimme war freundlich und einschmeichelnd. Aber Susan wußte genau, daß er sich nur verstellte. Er war jetzt nähergekommen. Der Schein der Taschenlampe bewegte sich über die Wand ihr gegenüber. In Todesangst drückte Susan ihr Gesicht gegen den Stein und kniff die Augen zu. Tränen liefen ihr die Wangen hinunter.

»O da bist du«, sagte er. Trotz ihrer geschlossenen Lider merkte Susan, daß der Strahl der Taschenlampe auf ihr Gesicht gerichtet war. Mit einem Aufschrei zwängte sie sich noch tiefer in die enge Spalte und öffnete die Augen. Die Hand, die nach ihr griff, verfehlte sie nur knapp.

Der Mann zog seine Hand zurück und drückte sein Gesicht in die Ritze. Er leuchtete sie an und betrachtete sie prüfend. Sein Blick war kalt und erbarmungslos, und in seinen Augen lag etwas so Unmenschliches, daß Susan einen Angstschrei unterdrücken mußte. Ihr graute davor, daß er sie berührte.

»Komm her, Susan«, sagte er, während er wieder seine Hand nach ihr ausstreckte.

48

17. November 1995

Am nächsten Morgen erschien Will vor sieben Uhr in einem der Büros des FBI in Lexington. Vor ihm lag auf einem Schreibtisch eine aufgeschlagene Akte. Es war die Akte des Libby-Coleman-Falls. Als Libby Coleman 1982 verschwunden war, hatte man bei der Polizei noch nicht überall mit Computern gearbeitet. Zwar befanden sich der Name des Mädchens und einige Standardinformationen jetzt in der Datenbank der Nationalen Verbrechensinformationsstelle, aber der Untersuchungshergang mit allen Einzelheiten war nur auf Papier dokumentiert. Mit grimmigem Gesicht blätterte Will in dem Stapel, in der Hoffnung, irgendeinen weiterführenden Hinweis zu finden.

»Hallo, ich bin Spezialagentin Cindy Rayburn«, hörte er hinter sich eine Stimme. Er drehte sich um. Cindy Rayburn, in deren Büro er saß, war um die dreißig, attraktiv, mit schulterlangem, blondem Haar und einem geschäftsmäßigen Auftreten, das durch ihr dunkelblaues Kostüm noch unterstrichen wurde. In einer Hand hielt sie einen Styroporbecher mit dampfendem Kaffee, den sie auf dem Schreibtisch abstellte, um Will die Hand hinzustrecken. »Wenn Sie möchten, erzähle ich Ihnen, was ich bisher herausgefunden habe.«

»Will Lyman.« Will drückte ihre Hand. Hal Matthews, der Leiter des Büros, hatte ihm schon gesagt, daß Spezialagentin Rayburn einen großen Teil der Nacht damit verbracht hatte, Libby Colemans Akte zu studieren. Laut Matthews war Rayburn eine seiner besten Kräfte. Das ganze Büro war fast durchgehend mit dem Fall beschäftigt gewesen, seit Dave Hallum am vorherigen Abend um sechs Uhr von Chicago aus angerufen hatte, um Matthew persönlich davon in Kenntnis zu setzen.

»Gern«, antwortete Will.

»Der Tathergang unterscheidet sich«, begann Rayburn. »Libby Coleman wurde höchstwahrscheinlich abends gegen sieben Uhr dreißig von der Veranda vor ihrem Haus entführt, Susan zwischen elf Uhr dreißig und ein Uhr dreißig nachts aus ihrem Bett.«

»Was ergibt ein Vergleich der Opfer?« fragte Will, während er ein Foto betrachtete, das Libby Coleman etwa eine Woche vor ihrem Verschwinden zeigte. Das Mädchen hatte runde, rosige Wangen und braune Locken, die ihr fast bis zu den Schultern reichten. Auf dem Bild trug sie Jeans und einen Pullover, und man sah deutlich, daß sie eine kindliche Pummeligkeit noch nicht abgelegt hatte. Neben ihr stand ein braunweiß geflecktes, gesatteltes Pferd, dessen Zügel Libby hielt. Sie lachte, ihre Augen leuchteten, und sie strahlte Glück und überschäumende Gesundheit aus.

»Es gibt viele Ähnlichkeiten zwischen ihnen: Libby Coleman, weiblich, weiß, kaukasischen Ursprungs, im Moment ihres Verschwindens zwölf Jahre alt; Susan Ballard, weiblich, weiß, kaukasischen Ursprungs, im Moment ihres Verschwindens elf Jahre alt.«

»Noch mehr Ähnlichkeiten?«

»Beide Entführungen passierten nur acht Kilometer voneinander entfernt, und Susan Ballard wurde zwar dreizehn Jahre später, aber am selben Tag des Jahres gekidnappt.«

»*Genau* am selben Tag?« fragte Will alarmiert.

»Sehen Sie selbst.« Rayburn zog mit sicherem Griff ein Blatt aus dem Stapel und zeigte mit einem rosa lackierten Fingernagel auf das Datum. »15. November 1982, 15. November 1995.«

»Dann muß es einen Zusammenhang geben!« Für Will war diese Übereinstimmung der Beweis. Er hatte schon früh gelernt, nicht an Zufälle zu glauben, und jetzt stand für ihn fest, daß Susan und Libby Coleman Opfer desselben Täters waren.

»Das denke ich auch.«

Das Telefon klingelte. Rayburn nahm den Hörer und beendete das Gespräch nach kurzer Zeit wieder.

»Sie möchten, daß ich ins Labor komme«, sagte sie. »Wir lassen Fasern aus Susans Schlafzimmer mit Fasern vergleichen, die im Coleman-Fall untersucht wurden. Wollen Sie mitkommen?«

Will schüttelte den Kopf. »Ich werde mich weiter mit der Akte beschäftigen.«

»Gut. Aber setzen Sie sich doch«, sagte Rayburn mit einem Lächeln und einer Handbewegung zu ihrem Stuhl hinter dem Schreibtisch, nahm ihren Kaffee und ging aus dem Zimmer.

Will ließ sich auf dem bequemen Stuhl nieder und suchte weiter in den Papieren nach einem möglichen Hinweis auf den Täter. Die mit dem Fall beschäftigten Beamten hatten damals nichts gefunden, und Will fand in ihren Aufzeichnungen auch jetzt nichts.

Wie bei Susan auch war es, als hätte sich Libby Coleman in Luft aufgelöst. Es gab keinen Zweifel, daß sie entführt worden war; aber von wem? Das Verschwinden Libby Colemans war nie aufgeklärt worden, noch immer war sie als vermißt gemeldet. Irgendwo da draußen mußte sie sein, tot oder lebendig. Und derselbe Verrückte, der sie gekidnappt hatte, hatte jetzt auch Susan in seiner Gewalt. Will war sich dessen hundertprozentig sicher.

Er schloß den Ordner, klemmte ihn unter den Arm und machte sich auf den Weg zum Woodford County Sheriff's Department.

Unterwegs begann, wie immer in extremen Streßsituationen, sein Magen zu revoltieren. Will steuerte den nächsten Imbiß an, um zur Beruhigung ein Glas Milch zu trinken. Während er auf sein Wechselgeld und die Milch wartete, sah er müßig durch das Ausgabefenster auf den Überwachungsmonitor, der über dem Kopf der Verkäuferin hing. Gerade fuhr ein anderes Auto vor, und die Bestellung des Fahrers lenkte die Verkäuferin ab. Wills Milch stand schon auf der Theke neben ihr, und sein Wechselgeld war in ihrer Hand. Ungeduldig sah Will auf dem schwarzweißen Monitor zu, wie der Mann seine Bestellung in das Mikrofon sprach. Die Verkäuferin wiederholte sie zweimal, bevor sie sie richtig verstanden hatte. Dann teilte sie dem Fahrer einen Preis mit, und er fuhr weiter, geriet aus dem Blickfeld der Kamera und hielt schließlich hinter Will.

»Vielen Dank, und einen schönen Tag noch«, sagte die Verkäuferin, als sie Will endlich seine Milch und sein Wechselgeld durch das Fenster hindurchreichte. Will warf das Wechselgeld in den Trinkgeldkasten, öffnete mit dem Daumen den Deckel des Milchbechers und fuhr los. Erst jetzt fiel sein Blick zufällig auf das Schild des Drive-ins, und er bemerkte, wo er sich befand: im Dairy Queen, demselben Schnellimbiß, in dem Howard Lawrence gestorben war.

Nachdenklich trank Will einen Schluck Milch. Lawrences Tod war auch ein Zufall, an den er nicht glaubte. Aber dann gemahnte er sich selbst, daß das nicht mehr sein Problem war. Im Moment hatte er sich auf weitaus Dringenderes zu konzentrieren.

Susan war seit mehr als vierundzwanzig Stunden verschwunden. Und Will kannte sich gut genug aus, um zu wissen, daß sie einen Wettlauf gegen die Zeit austrugen.

»Meiner Meinung ist das reine Zeitverschwendung«, bemerkte Deputy Dennis Hoffman eine Stunde später. Er befand sich mit Will in dem spärlich erleuchteten Keller des Departments, in dem eine Reihe schwarzer Metallschränke stand. Einer enthielt die Akten von 1982, die Will begonnen hatte durchzusehen. Er hoffte, darin vielleicht auf Verbrechen zu stoßen, die Parallelen zu gegenwärtigen aufwiesen. In seinem Wagen lag bereits ein Exemplar des Verzeichnisses, in dem sämtliche Einwohner der Gegend aus dem Jahr 1982 aufgelistet waren. Es waren ungefähr dreißigtausend, und nach Eliminierung derjenigen, die inzwischen weggezogen waren, würden etwa fünfundzwanzigtausend übrigbleiben.

Und das waren nur die Einwohner von Versailles und den unmittelbar benachbarten Kreisen. Wenn er die Suche auf Lexington, Frankfort und andere Gemeinden in der Nähe ausdehnen würde, bekäme er es mit einer Anzahl von fast einer Million zu tun. Und all diese Informationen waren nicht in Computern gespeichert.

»Soll ich Ihnen sagen, was ich glaube?« fuhr Hoffman nach einer Pause fort, während Will schweigend eine weitere Akte durchgesehen hatte, in der Einbrüche aufgezeichnet waren. Glücklicherweise war Versailles ein äußerst gesetzestreues Pflaster, dachte Will. Es gab nicht viele.

»Was?« fragte Will und ging zu den Tötungsdelikten über, drei insgesamt.

»Ich glaube, Sie sollten mal den Bruder unter die Lupe nehmen.«

»Welchen Bruder?«

»Den älteren, Mike.«

»Warum?« Will wurde aufmerksam.

»Überlegen Sie mal. Der Junge hat kein Alibi für den in Frage kommenden Zeitraum. Er lag nicht in seinem Bett und schlief, wie er anfangs behauptet hatte. Tatsächlich hat er selbst zugegeben, daß er sich mitten in der Nacht draußen herumtrieb. Er verkehrt in sehr verdächtigen Kreisen. Ich bin mir ganz sicher, daß er Marihuana raucht.

Und wer weiß, ob er nicht noch andere, härtere Drogen nimmt. Wir haben Anzeichen für einen Satanskult hier in der Gegend, Leute, die den Teufel anbeten, Sie wissen schon. Und meine Vermutung ist, daß er dazu gehört. Es wäre doch möglich, daß sie das kleine Mädchen für irgendeins ihrer merkwürdigen Rituale gekidnappt haben.«

»Susan ist Mikes Schwester. Er liebt sie«, entgegnete Will. Auf sein Drängen hin hatte Mike heute morgen seine Aussage bei der Polizei widerrufen. Das hatte ihn bei den Lokalen bestimmt nicht beliebter gemacht.

Hoffman ließ ein Schnauben ertönen. »Aber es bleibt eine Tatsache, daß er uns angelogen hat, und den FBI auch. Warum hat er denn gelogen, das muß man sich doch fragen. Was will er verbergen?«

»Er hatte Angst, daß er Ärger mit seiner Schwester bekommt, weil er sich nachts heimlich aus dem Haus geschlichen hat«, sagte Will. »Und das ist für einen Jugendlichen doch nicht so sehr ungewöhnlich.«

»Aber er ist ein *mißratener* Jugendlicher.«

»Das ist er nicht.« Will war selbst erstaunt, wie heftig er widersprach. »Mike ist nur ein ganz gewöhnlicher Junge mit den üblichen Pubertätsschwierigkeiten, mehr nicht. Eigentlich ist es eher erstaunlich, wenn sie in dem Alter nicht mit irgendwas Probleme kriegen.«

Hoffman sah Will einen Moment scharf an. »Hm. Sind Sie nicht mit seiner Schwester befreundet? Sie sieht verdammt gut aus, und gegen sie will ich auch gar nichts sagen, aber meiner Meinung nach ist der ältere Junge jemand, auf den man achten sollte.«

Will war nur einen kurzen Moment überrascht, daß Hoffman über seine Beziehung zu Molly Bescheid wußte. In so kleinen Orten wußte eben jeder alles über jeden. Gott behüte ihn vor solch einem Ort!

»Mike hatte nichts mit Susans Verschwinden zu tun«, sagte Will sachlich und wandte sich wieder seinen Akten zu. Hoffman, der erst seit zehn Jahren zu diesem Police Department gehörte, konnte ihm nichts über den Coleman-Fall sagen und störte mehr, als daß er half. Will wünschte, er würde ihn allein lassen.

Gerade wollte er den Mund öffnen, um Hoffman mit einem unwichtigen Auftrag wegzuschicken, als sein Blick auf eine Akte mit der Bezeichnung *Tierverstümmelungen* fiel.

Er zog sie heraus und überflog sie. Dann schob er sie Hoffman hin.

»Sehen Sie sich das an«, sagte er und zeigte auf eine bestimmte Passage.

Hoffman las den Abschnitt und sah dann mit gerunzelter Stirn Will an. »Das ist ja dasselbe, was im Moment passiert. Jemand hat Pferde durch Schnitte verwundet.«

»Ja«, sagte Will grimmig. »Verstehen Sie, was das heißt? Es läßt vermuten, daß derselbe, der die Pferde verwundete, auch die Mädchen entführte. Er benutzt die Tiere, um sich in eine Art Rausch hineinzusteigern, bevor er kleine Mädchen kidnappt.«

»Könnte aber auch ein Zufall sein«, sagte Hoffman.

»Ich glaube nicht an Zufälle.«

Hoffman starrte Will an, und Will konnte sehen, wie es in seinem Kopf arbeitete.

»Falls Sie recht haben«, sagte Hoffman schließlich, »und ich sage nur *falls*, wo ist er dann die dreizehn Jahre gewesen?«

»Das weiß ich auch nicht«, antwortete Will. »Wir sollten nach Einwohnern der Gegend suchen, die dreizehn Jahre lang weg waren. Zum Beispiel weggezogen und vor einiger Zeit wieder zurückgekommen sind. Oder die im Gefängnis waren.«

»Okay, ich nehme das in Angriff«, sagte Hoffman. »Aber ich kann Ihnen jetzt schon sagen, das ist 'ne verflucht umfangreiche Arbeit.«

49

Um sieben Uhr kamen die Spürhunde. Als Molly mit einem Pullover von Susan in der Hand aus dem Haus trat, war es noch nicht ganz hell. Die Hundeführer, Bert und Mary Lundy, hatten sie um ein Kleidungsstück gebeten, das Susan vor kurzem getragen hatte, damit die Hunde den Geruch aufnehmen konnten. Mary und ihr Ehemann ließen die großen braunen Hunde aus ihren Käfigen in dem Transporter und hielten sie mit fester Hand an ihren Geschirren. Jedem Hund wurde der Pullover unter die Nase gehalten, und nachdem sie gierig daran geschnüffelt hatten, beugten sie ihre Köpfe zu Boden und suchten dort nach demselben Geruch. Während sie um das Haus herumliefen und jeden Flecken des Gartens absuchten, standen die Ballards zusammengedrängt auf der Veranda und warteten angespannt.

Plötzlich begann ein Hund zu bellen.

»Sie haben die Spur aufgenommen!« rief Bert Lundy. Er und seine Frau ließen sich jetzt von den Hunden führen, während ihnen wiederum eine Gruppe Polizisten folgte. Sie durchquerten ein bewaldetes Fleckchen, das parallel zu den Weiden verlief, und waren innerhalb weniger Minuten nicht mehr zu sehen.

Kurz nach zehn Uhr traf ein Team der nächstgelegenen Fernsehstation ein, und bald darauf ein Reporter der Lokalzeitung. Susans Verschwinden wurde zur wichtigsten Tagesnachricht. Lydia Shelly, Reporterin des Fernsehsenders, fragte Molly, ob sie einen Appell an die Kidnapper richten wollte. Nach kurzer Beratung mit Eaton nahm Molly das Angebot an.

Als sie sich in den Mittagsnachrichten selbst im Fernsehen sah, wie sie flehentlich bat, daß man Susan freilassen möge, überkam sie ein Gefühl der Verzweiflung. Genau solche Appelle von Familienangehörigen hatte sie selbst schon im Fernsehen gesehen. Und soweit sie sich erinnern konnte, war keiner dieser Fälle glücklich ausgegangen; immer waren die Kinder tot aufgefunden worden.

Bitte, lieber Gott, bitte.

Mittags waren die Hundeführer mit den Hunden noch immer auf der Suche; es stießen weitere Freiwillige hinzu, um mit die Weiden zu durchkämmen, unter ihnen waren J. D., Thornton und Tyler Wyland und Tom Atkinson mit seiner Mutter. Die Männer schlossen sich dem Suchtrupp an, und Flora Atkinson blieb im Haus. Sie hatte Hühnchen und alle möglichen Beilagen mitgebracht und war fest entschlossen, jeden mit Essen zu versorgen. Molly war dankbar für ihre Hilfe. Sie selbst bekam zwar nichts herunter, aber Ashley, Mike und Sam mußten etwas zu sich nehmen. Und Flora war die beste Köchin im ganzen Bezirk.

Während Sam, Mike und Ashley aßen, ging Molly auf die Veranda. In der Ferne konnte man noch immer die Männer sehen, die eben erst ihre Suche aufgenommen hatten. Voller innerer Unruhe beschloß Molly, mit ihnen zu gehen. Sie konnte nicht einfach im Haus bleiben und warten, sie mußte selbst etwas tun.

Als Pork Chop sah, wie Molly kurzerhand den Weg über den Gartenzaun nahm, sprang er winselnd daran hoch. Er war so enttäuscht, nicht mitgenommen zu werden, daß sein Winseln gleich darauf in Bellen und dann in Jaulen überging.

»Still, Pork Chop!« rief Molly. Der Hund sprang immer wieder am Zaun hoch, und Molly hörte ihn noch jaulen, als sie schon über die Anhöhe hinaus und aus seiner Sicht verschwunden war. Es war ein wolkenloser, aber kalter Tag. Molly fröstelte und wickelte sich fest in ihren langen Mantel. Während sie über die Weide ging, sah sie angestrengt zu Boden. Sie hoffte, irgend etwas zu finden, was darauf hinwies, daß Susan hier gewesen war. Vielleicht ein winziges, weißes Flöckchen von ihrem Nachthemd, von dessen Gewebe sich oft kleine Kügelchen aus Fusseln abrieben. Oder vielleicht ein blondes Haar. Oder . . . oder. Molly wußte auch nicht genau, was, aber sie hatte das Gefühl, daß sie vielleicht etwas entdecken könnte, was die anderen übersehen hatten; denn sie liebte Susan und hatte daher eine innigere Verbindung zu ihr. Wie eine Wünschelrute ihren Träger zum Wasser führt, so würde vielleicht ihre Liebe sie zu Susan führen.

Bitte, lieber Gott, bitte.

In den letzten sechsunddreißig Stunden hatte Molly mehr gebetet als in ihrem ganzen übrigen Leben.

»*Su-san!*« In regelmäßigen Abständen riefen die Männer vor ihr Susans Namen. Mollys Herz verkrampfte sich; es hörte sich so traurig an, wie immer wieder der einsame Ruf in der öden Landschaft widerhallte.

Plötzlich hörte sie hinter sich ein Keuchen, und aus den Augenwinkeln sah sie, wie sich tief über dem Rasen schnell etwas auf sie zubewegte. Sie drehte sich um.

»Pork Chop!« rief sie überrascht. Der Hund hechelte mit hängender Zunge, seine Schnauze und seine Pfoten waren voller Erde, aber er sah sehr zufrieden aus.

»Hast du dich unter dem Zaun durchgegraben?« fragte Molly in tadelndem Ton, denn das hatte er schon bei früheren Gelegenheiten getan. Pork Chop sollte sich nicht auf dem Gelände von Wyland Farm aufhalten, damit er die Pferde nicht verschreckte. Aber sie waren jetzt in den Ställen, wem konnte er also schaden? Molly erwog, Pork Chop aus Prinzip wieder nach Hause zu schicken – oder es wenigstens zu versuchen, ob er gehorchte, war immer noch eine andere Frage –, ließ es dann jedoch; seine Gegenwart hatte etwas Tröstliches; mit ihm an ihrer Seite fühlte sie sich nicht ganz so alleine.

»Na, dann komm«, sagte sie und tätschelte ihm den Kopf. Pork Chop wedelte erfreut mit dem Schwanz und schnüffelte aufgeregt an den Grasbüscheln, während er neben Molly hertrottete.

J. D., die Wylands und die anderen waren inzwischen schon fast eine ganze Weide vor ihnen. Molly sah sie gerade noch über den nächsten Zaun steigen, dann schlugen sie den Weg zu einem kleinen Wäldchen ein, das sich hinter dem Stall für die Hengste befand. Molly wußte, daß es unwahrscheinlich war, Susan auf den Weiden zu finden. Das Gras war um diese Jahreszeit so kurz, daß es als Versteck ungeeignet war. Wenn Susan auf den Weiden wäre, hätte man sie inzwischen gefunden.

Niemand hatte während der Gespräche das Wort *ihre Leiche* geäußert, aber Molly war klar, daß alle es im Kopf hatten. Wenn Susans Leiche auf den Weiden gewesen wäre, hätte man sie gefunden. Wenn Susan noch lebte, wäre sie nicht auf den Weiden.

Bitte, lieber Gott, bitte.

Sam würde verzweifeln, wenn Susan nicht zurückkäme. Er und seine Zwillingsschwester waren nie getrennt gewesen, noch nicht einmal während der Zeiten, die sie in Kinderheimen verbracht hatten.

Molly dachte an Sams Traum, den er letzte Nacht gehabt hatte. Susan wollte nach Hause kommen, hatte er gesagt. Sie sei in einem großen schwarzen Loch, im Dunkeln, und sie wollte nach Hause kommen.

Molly stiegen Tränen in die Augen; sie blinzelte und drängte sie zurück. Natürlich wollte Susan nach Hause kommen.

Sie war in einem großen, dunklen Loch.

In Mollys Kopf stieg die Erinnerung an den Brunnen auf, über dessen Deckel sie in der Nacht gestolpert war, nachdem sie von der Party auf Wyland Farm weggelaufen war. Hatte jemand in dem Brunnen nachgeschaut?

Molly wollte die Männer des Suchtrupps rufen, aber sie waren nur noch Punkte am Horizont und hatten schon fast den Wald erreicht. Auch wenn sie so laut schrie, wie sie konnte, würden sie sie nicht hören.

Sie beschloß, selbst in dem Brunnen nachzusehen. Sie wechselte die Richtung und pfiff nach Pork Chop, der weiter vorn und im Moment nicht zu sehen war. Als er nicht kam, zuckte sie nur die Achseln; er würde auch alleine nach Hause finden. Jetzt, wo sie ein Ziel hatte, ging Molly schneller. Zunächst steuerte sie die alte Tierklinik an, um sie als Ausgangspunkt zu benutzen. Um den Brunnen ausfindig zu machen, wollte sie versuchen, den Weg zu rekonstruieren, den sie in dieser Nacht gegangen war.

Nach zehn Minuten kam die Tierklinik in Sicht. Molly

blieb stehen und vergegenwärtigte sich, von wo aus sie auf das Gebäude zugegangen war. Das Herrenhaus befand sich etwa achthundert Meter nördlich. Sie kam zu dem Schluß, daß sie vielleicht dreihundert Meter weiter links gelaufen sein mußte.

»Susan! Susan!« Laut rufend, ging Molly von derselben Richtung aus auf das Gebäude zu wie in der Nacht vor ein paar Wochen. Aufmerksam suchte sie den Boden ab, wäre jedoch trotzdem an dem Brunnen vorbeigelaufen, hätte nicht ein winziger Streifen silbernen Leders von Ashleys Schuh ihre Aufmerksamkeit auf sich gezogen.

Er hing noch immer an dem Loch, das sie zu Fall gebracht hatte. Molly kniete nieder. Der Brunnendeckel sah zwar aus, als sei er seit Jahrzehnten nicht angerührt worden, aber im Moment durfte keine noch so geringe Möglichkeit ausgeschlossen werden.

»Susan!«

Molly steckte eine Hand in das Loch, das vielleicht einen Durchmesser von fünfzehn Zentimetern hatte, und versuchte, den Steindeckel anzuheben. Er war so schwer, daß sie ihn keinen Millimeter von der Stelle bewegen konnte.

»Susan!«, rief Molly direkt in das Loch hinein.

»Molly!« ertönte anstatt Susans erhoffter Antwort die Stimme eines Mannes hinter ihr.

Molly sah sich um; Tyler Wyland kam über die Weide auf sie zu. Er mußte gesehen haben, wie sie in eine andere Richtung als der Suchtrupp gegangen war, und ihr gefolgt sein. Molly war froh, ihn zu sehen. Im Moment hätte sie sich sogar über Thornton gefreut.

»Was machst du da?« fragte Tyler.

»Mir ist gerade dieser Brunnen eingefallen«, antwortete Molly und stand auf. »Ich kann den Deckel nicht hochheben. Kannst du mir helfen?«

Er stand neben ihr und sah hinunter auf den steinernen Kreis, der unter dem weichen Teppich braunen Grases kaum zu sehen war. »Wie hast du ihn gefunden?« fragte er.

»Ich bin neulich darüber gefallen, als ich von eurer Party nach Hause laufen wollte. Mein Fuß blieb in dem Loch hier hängen, und der Absatz von meinem Schuh ist abgebrochen.«

»Oh, das ist aber dumm«, erwiderte Tyler.

Molly warf ihm einen ungeduldigen Blick zu. »Versuch bitte, ob du den Deckel anheben kannst. Wenn man die Finger in das Loch steckt, hat man einen Angriffspunkt, um daran zu ziehen. Aber für mich ist er zu schwer.«

Molly ließ sich neben dem Brunnen auf die Knie nieder und steckte ihre Hand in das Loch, um Tyler zu zeigen, was sie meinte.

»Der Deckel wiegt ungefähr achtzig Kilo«, sagte Tyler. »Aber darunter ist kein Brunnen. Es ist ein Verließ und stammt noch aus den Zeiten des Sezessionskriegs; die Gegner der Sklaverei haben dort entlaufene Sklaven versteckt.«

Molly wollte Tyler gerade fragen, woher er das wußte, als sie einen kräftigen Schlag auf den Hinterkopf bekam. Ein überwältigender Schmerz durchzuckte sie, bevor sie bewußtlos wurde.

50

Trotz seiner Sorge um Susan ging Will der Tod von Howard Lawrence nicht aus dem Kopf. Irgend etwas daran stimmte nicht und ließ ihm einfach keine Ruhe.

Aber heute durfte er keine Zeit damit verschwenden, über Lawrence nachzudenken. Der Mann war tot; und mit jeder Stunde, die verging, vergrößerte sich die Gefahr, daß auch Susan nur noch tot aufgefunden werden würde. Sie mußten alles daransetzen, sie schnell zu finden.

Eine Verbindung zu Libby Coleman aufzudecken, war eine gute Chance, einen Hinweis zu erhalten. Wenn seine Theorie stimmte, würde man bald eine überschaubare Anzahl von Verdächtigen haben. Im Moment saß etwa ein

Dutzend Polizisten und FBI-Agenten daran, alle entsprechenden Unterlagen auf Personen hin zu untersuchen, die die Gegend nach Libby Colemans Verschwinden verlassen hatten und zurückgekehrt waren, bevor die Serie der Pferdeverstümmelungen begann. Unter den Namen, die sie zusammenstellten, müßte eigentlich der des Verbrechers sein, der Susan entführt hatte.

Die Unterlagen waren nicht im Computer gespeichert, und die Zeit verging. Schnell, schnell, schnell hieß der Refrain, der in Wills Kopf immer wieder ertönte.

Und trotzdem bekam er es nicht fertig, den Tod von Lawrence völlig aus seinen Gedanken zu verdrängen.

Schließlich löste Will seine Augen von den Papieren, die er gerade durchsah, und lehnte sich in seinem Stuhl zurück. Er massierte seine Schläfen, schloß die Augen und ließ seine Gedanken einen Moment von der straffen Leine, an der er sie gehalten hatte.

Sobald er sie nicht mehr unter Kontrolle hielt, kam ihm geradewegs wieder Howard Lawrence in den Kopf.

Es gibt keinen Zufall.

Ging man von dieser Voraussetzung aus, war Lawrence ermordet worden. Der wahrscheinlichste Hintergrund war dann, daß jemand herausgefunden hatte, daß Lawrence ihr Informant gewesen war – dafür sprach der Erpressungsbrief – und ihn daraufhin ermordet hatte.

Ihn genau in dem Dairy Queen erschossen hatte, wo Will heute zufällig auch gewesen war.

Warum ließ der Fall ihn mit einemmal nicht mehr los? Gab es vielleicht irgendeine Möglichkeit, daß er mit Susans Verschwinden zusammenhing?

Will hatte keine Idee, wie diese Verbindung aussehen könnte, aber er hatte gelernt, seinem Instinkt zu trauen. Vielleicht ging er den Fall Lawrence ja völlig falsch an. Er versuchte, sich der Sache aus einer ganz anderen Perspektive zu nähern. Wenn zum Beispiel Lawrences Tod nicht die Folge seiner Arbeit als Informant wäre. Wenn der Erpresserbrief damit gar nichts zu tun hätte.

Angenommen, Lawrences Ermordung hatte irgendwie

mit dem Verschwinden des Mädchens zu tun. Nicht mit dem Verschwinden Susans, denn sie war zu dem Zeitpunkt ja noch gar nicht verschwunden, sondern mit dem Libby Colemans. Angenommen, Lawrence hatte gewußt, was mit Libby Coleman passiert war. Angenommen, der Erpresserbrief, der keine Fingerabdrücke außer denen von Lawrence selbst enthielt, war nicht *an* Lawrence gesandt worden, sondern er selbst hatte ihn wegschicken wollen.

Angenommen, Lawrence hatte Libby Colemans Kidnapper erpreßt. Angenommen, der Kidnapper hatte daraufhin Lawrence ermordet.

Im Dairy Queen in Lexington.

Will fiel die Überwachungskamera ein, mit der die Kunden aufgenommen wurden, die ihre Bestellungen aufgaben.

Lawrence war auf einem dieser Videos. Und vielleicht auch sein Mörder.

Bevor der Gedanke sich noch vollständig in seinem Kopf geformt hatte, hielt Will schon den Telefonhörer in der Hand. Während zunächst der Inhaber des Dairy Queen gesucht und dann nach dem Verbleib des Videobandes vom 11. Oktober geforscht wurde, brach Will der kalte Schweiß aus. Seine größte Furcht war, daß das Band nicht mehr existierte.

Er hatte Glück. Wenn sich im Dairy Queen nichts Besonderes ereignete, wurden nach Aussage des Inhabers die Überwachungsbänder einen Monat nach der Aufnahme überspielt. Aber im Oktober hatte ein Überfall stattgefunden, daher waren alle Bänder dieses Monats zur Überprüfung an die Polizei übergeben worden.

Eine dreiviertel Stunde später saß Will vor einem Fernsehschirm in einem Büro des Police Departments Lexington und sah sich das Überwachungsvideo vom 11. Oktober an.

Howard Lawrence fuhr vor und bestellte einen Cheeseburger, Zwiebelringe und einen Vanilleshake. Im nächsten Auto saß eine Frau mit zwei Kindern. Und dann kam

Tyler Wyland in einem grauen Volvo, den Will schon in der Gegend gesehen hatte, und bestellte ein Eis.

Tyler Wyland.

Soweit Will bekannt war, hatte Tyler Wyland die Farm nie verlassen, und außerdem mußte er noch sehr jung gewesen sein, als Libby Coleman verschwand. Vielleicht sechzehn, siebzehn Jahre. Aber er war auf dem Video.

Es gibt keinen Zufall.

Im Dairy Queen ein Eis zu kaufen, war kein Verbrechen; auch dann nicht, wenn ein anderer Kunde Minuten später unter verdächtigen Umständen gestorben war.

Will hatte nicht den geringsten Beweis, um Tyler Wyland eines Verbrechens anzuklagen.

Aber sein Instinkt befahl ihm, den Telefonhörer abzunehmen und anzuordnen, daß man ihn zu einem Verhör ins Polizeirevier brachte.

51

Molly öffnete die Augen. Es machte keinen Unterschied, sie konnte trotzdem nichts sehen. Wo sie sich befand, war es stockdunkel und kalt, und es roch modrig.

Wo war sie? Was war passiert?

Ihr Kopf schmerzte so sehr, daß ihr übel davon war. Vorsichtig versuchte sie, sich zu bewegen. Sie lag auf dem Rücken auf einem Boden, der sich wie festgetretene Erde anfühlte. Ihrem Gefühl nach zu urteilen, befand sie sich in einem weiten, widerhallenden Raum.

Susan. Der Brunnen. Nach und nach erinnerte sich Molly. Tyler Wyland hatte gesagt, daß es ein Versteck war, das noch aus den Tagen der Sezessionskriege stammte.

Tyler Wyland hatte sie bewußtlos geschlagen und hier heruntergebracht. Aber warum?

»Susan?« rief Molly mit zittriger Stimme in das Dunkel. Sie stützte sich mit den Händen ab und setzte sich auf. In ihrem Kopf drehte sich alles. Um ihre Benommenheit loszuwerden, schüttelte sie den Kopf. Das war ein Fehler gewesen. Der Schmerz wurde noch unerträglicher, und Molly konnte sich nicht einmal mehr aufrecht halten. Sie fragte sich, ob sie eine Gehirnerschütterung hatte.

»M . . . Molly?«

Im ersten Moment glaubte Molly an eine Halluzination. Dann kämpfte sie sich wieder hoch, sie wagte es kaum, die aufkeimende Hoffnung zuzulassen.

»Susan?«

»Molly?«

»O Susan!« Trotz des rasenden Schmerzes rutschte Molly über den Boden auf die Stimme zu. »Susan, Susan!«

»Molly?«

Plötzlich war Susan da, in ihren Armen, und sie drückte sich an sie, als wollte sie sie nie wieder loslassen. Molly schlang die Arme um ihre kleine Schwester und dankte Gott.

»O Molly, hat er dich auch gekriegt?« Susan zitterte, weinte, begrub ihren Kopf an Mollys Schulter. Molly hielt ihre Schwester fest. Langsam wurde ihr klar, daß sie wenig Grund zur Freude hatte.

Susan war nicht gefunden worden. Statt dessen waren sie jetzt beide verschwunden.

52

Während Will darauf wartete, daß Tyler Wyland abgeholt und zum Polizeirevier gebracht wurde, fuhr er zu Mollys Haus, um sie von der neuen Wendung des Falls zu unterrichten. In der Zufahrt parkten so viele Autos, daß er seinen Wagen auf dem Grasrand auf der anderen Straßenseite abstellen mußte. Eaton, Mike, Ashley und Sam und mehrere Nachbarn hielten sich im Haus auf, aber Molly war nicht da. Sie war vor etwa einer Stunde weggegangen, wahrscheinlich um sich einem Suchtrupp anzuschließen; niemand wußte es ganz genau.

Mrs. Atkinson wollte Will unbedingt etwas zu essen aufdrängen, aber er lehnte höflich ab. Eine Zeitlang blieb er im Haus und tröstete die Kinder, ohne ihnen etwas zu versprechen, was er womöglich nicht einlösen konnte. Dann ging er unruhig hinaus und lief im Garten auf und ab. Wo war Molly? Und warum dauerte es so lange, Tyler Wyland zu holen?

Das Funktelefon in Wills Brusttasche piepte; Captain Bill Sperry von der Polizei in Lexington war am Apparat.

Die Polizei hatte Tyler weder in seinem Haus noch bei seiner Schwester Helen Trapp angetroffen. Er hatte sich zusammen mit seinem Neffen Thornton einem Suchtrupp angeschlossen gehabt, aber die Polizei hatte diese Gruppe gefunden, und Tyler war nicht mehr dabei. Laut Aussage der anderen hatte er sich etwa gegen fünf Uhr von ihnen entfernt und war in einer anderen Richtung davongegangen.

Seitdem hatte ihn niemand mehr gesehen.

Jetzt war es fünf Uhr fünfundvierzig, die Nacht brach herein, und es wurde empfindlich kühl. Nach und nach kamen die freiwilligen Helfer zurück. Will ging ins Haus, sprach eine Zeitlang mit Eaton, dann mit den Kindern, ging wieder hinaus und lief unruhig im Garten auf und ab. Inzwischen war es völlig dunkel, obwohl es noch nicht einmal sechs Uhr war.

Wo war Molly? Sie müßte längst zurück sein. Ein Telefonanruf bestätigte, daß kein Suchtrupp mehr unterwegs war. Niemand hatte Molly gesehen. War sie noch draußen auf den Weiden und suchte auf eigene Faust? Im Dunkeln?

Und wo war Tyler Wyland?

Wyland hätte keinen Grund, Molly etwas zu tun. Falls er überhaupt derjenige war, der Susan entführt hatte. Will mußte sich selbst daran erinnern, daß es dafür noch keinen Beweis gab. Es war sein Gefühl, das ihn so sicher machte, von dem Moment an, wo er das Video vom Dairy Queen gesehen hatte.

Aber im allgemeinen täuschte ihn sein Gefühl nicht. Und im Moment wiederholte eine Stimme in seinem Innern unüberhörbar immer wieder, daß Molly eigentlich längst zurück sein sollte.

Wo war sie? Will ging die Anhöhe hinter dem Haus hinauf bis zu dem schwarzen Bretterzaun, wo er stehenblieb und sein Blick unruhig die Weiden absuchte. In der Dunkelheit konnte er kaum etwas sehen, nur schattenhafte Umrisse und in der Entfernung die Silhouetten von Hügeln und Bäumen vor dem Nachthimmel.

Am Horizont war der Mond aufgegangen, gelb, groß und rund wie ein Ball.

Molly wäre schon zurück, wenn nicht etwas geschehen wäre, was sie davon abgehalten hatte. Davon war Will jetzt fest überzeugt. Der Gedanke an Mollys Verhalten in der Nacht, als sie ihn aus der ehemaligen Tierklinik angerufen hatte, steigerte seine Unruhe noch. Sie hatte Geräusche gehört, und anstatt wie jeder halbwegs vernünftige Mensch schleunigst wieder aus dem Fenster zu verschwinden, war sie losgegangen, um zu ergründen, wo sie herkamen.

Was wäre, wenn Molly eine Spur gefunden hätte, die sie zu Susan führte? Und wenn Tyler Wyland es bemerkt hätte? Es war dunkel, alle Suchtrupps waren zurück, nur Molly und Tyler Wyland fehlten.

Es gibt keinen Zufall.

Eine panische Angst stieg in Will auf.

Er nahm das Telefon aus der Tasche und wählte die Nummer der Polizeistation in Lexington. Die Spürhunde mußten noch einmal herkommen, aber schnell.

Die Hunde hatten Susan nicht gefunden, die ganze Zeit waren sie einer alten Spur gefolgt, die zum Haus einer ihrer Freundinnen führte. Aber wahrscheinlich hatte man Susan getragen, als sie entführt worden war. Immerhin hatten die Hunde bewiesen, daß sie in der Lage waren, eine Spur zu verfolgen. Will wollte sie auf Mollys Spur ansetzen. Und zwar sofort.

Minuten später rief Matthews zurück. Die Hunde waren unterwegs zu einer Ausstellung in West Virginia. Auf keinen Fall konnten sie vor dem nächsten Morgen zurück sein. Er wollte sich bemühen, ein anderes Paar Spürhunde in einem der benachbarten Bezirke aufzutreiben. Will verschluckte die Flüche, die ihm auf der Zunge lagen, und hing auf.

Der Gedanke, daß Molly womöglich bald zur Gruppe derjenigen Personen gehören könnte, die verschwanden und nie wieder auftauchten, ließ ihm das Blut in den Adern gefrieren. Er würde es nicht ertragen, noch einmal eine Frau zu verlieren, die er liebte.

In dem Moment bekannte er sich zu der Wahrheit, die er zwar seit vierundzwanzig Stunden kannte, sich aber noch nicht eingestanden hatte: er liebte sie. Er liebte sie so sehr, daß es ihm fast angst machte. So sehr, daß er rasend wurde bei dem Gedanken, daß irgend jemand ihr etwas antun könnte. So sehr, daß er durchdrehen würde, wenn sie nicht wieder auftauchen oder womöglich tot gefunden werden würde. Endlich beugte sich Will der Stärke dieses übermächtigen Gefühls, seine Finger umklammerten das oberste Brett des Zauns, und er schloß die Augen. Er konnte nicht mehr ohne sie leben, er wollte sie, und zwar für immer und ewig.

Als Will ein Bellen hörte, öffnete er die Augen. In großen Sätzen kam Pork Chop über die Weide aus der Dunkelheit auf ihn zugesprungen.

»Was machst du denn da?« fragte Will, als der Hund den Zaun erreicht hatte, sich auf die Hinterbeine stellte und die Vorderpfoten auf das oberste Brett des Zaunes setzte und weiterbellte. Will hatte noch nie gesehen, daß Pork Chop auf den Weiden von Wyland Farm war, und seines Wissens konnte er auch nicht über den Zaun springen.

»Wo warst du denn, hmm?« fragte Will. Pork Chop stand jetzt wieder auf allen Vieren, noch immer bellend. Will starrte ihn nachdenklich an, während der Hund vom Zaun weglief, sich nach Will umdrehte, wieder bellte.

War Pork Chop mit Molly zusammengewesen? Wußte er, wo sie war?

Will kletterte über den Zaun und folgte Pork Chop in die Dunkelheit.

53

Ein gedämpftes, scharrendes Geräusch ließ Susan in Mollys Armen erstarren.

»Er kommt«, flüsterte sie und fing an zu zittern. »Oh, Molly. Ich passe in die Ritze in dem Stein, aber du ...«

Etwa drei Meter zu ihrer Rechten erhellte der Strahl einer Taschenlampe das Dunkel. Er kam von oben und erleuchtete einen mit Steinen ausgekleideten Schacht, der einen Durchmesser von etwa einem Meter hatte. Eine eiserne Gittertür trennte ihn von dem Raum, in dem sie saßen.

Wieder hörten sie ein scharrendes Geräusch, dann tauchten schwarze Stiefel und Jeans in ihrem Blickfeld auf. In der Wand des Schachts erkannte Molly jetzt Eisensprossen.

Molly spürte, wie Susan in ihren Armen vor Angst immer stärker zitterte.

»Geh zurück in dein Versteck, schnell«, flüsterte sie und schob ihre Schwester von sich. Susan zögerte nur eine Sekunde, dann verschwand sie im Dunkeln. Molly legte sich hin und tat, als sei sie bewußtlos.

Vor Angst waren ihre Handflächen feucht, und ihre Kehle war wie zugeschnürt. Als sie das Klappern von Metall hörte, spähte Molly unter fast geschlossenen Augenlidern hervor und sah, wie Tyler Wyland einen Schlüssel in das Schloß der Gittertür steckte. Geräuschlos schwang die Tür auf; die Angeln mußten gut geölt sein, wahrscheinlich war Susans Entführung schon seit längerem geplant und sorgfältig vorbereitet gewesen.

Molly dachte daran, daß sie jetzt genauso spurlos verschwunden war wie ihre kleine Schwester. Sie würden nach ihr suchen – Will würde nach ihr suchen; aber sie hatten Susan nicht gefunden. Und sie hatten Libby Coleman nicht gefunden. Sie könnten noch dreizehn Jahre suchen und dieses Versteck niemals finden.

Molly kämpfte dagegen an, von der schrecklichen Vorstellung überwältigt zu werden. Sich dem Gefühl der Panik zu überlassen, hieße aufzugeben. Sie mußte jetzt erst einmal still liegen, die Lippen leicht öffnen und ruhig atmen, einatmen, ausatmen, einatmen, ausatmen . . .

Die Taschenlampe schien ihr ins Gesicht. Nur mit Mühe schaffte Molly es, nicht die Augen zusammenzukneifen.

»Und du bist nicht herausgekommen, um deiner Schwester zu helfen?« fragte Tyler vorwurfsvoll, während der Lichtschein der Taschenlampe sich von Molly wegbewegte. »Sie blutet am Kopf; sie braucht deine Hilfe.«

Susan antwortete nicht. Wo sie auch war – in einer Ritze im Stein, hatte sie gesagt –, Molly nahm an, daß Tyler nicht an sie herankam. Wahrscheinlich war sie nur deshalb noch am Leben; aber sie konnte nicht immer dort bleiben. Sie würde da drin genauso sicher sterben wie hier draußen, nur auf eine andere Art.

Und niemand würde jemals davon erfahren.

»Jetzt, wo Molly auch hier ist, sollten wir uns unterhalten«, sagte Tyler einschmeichelnd. »Ihr braucht keine Angst zu haben, ich werde euch nichts tun.«

Nein, bestimmt nicht, dachte Molly bitter und hoffte, daß Susan nicht auf seine freundlichen Worte hereinfiele. Tyler würde sie bestimmt nicht wieder laufen lassen; Entführung war noch das Geringste, dessen man ihn anklagen würde.

Plötzlich schien die Taschenlampe wieder auf ihr Gesicht. Das Licht, das durch ihre geschlossenen Lider drang, verstärkte ihre rasenden Kopfschmerzen. Molly konzentrierte sich auf ihren Atem, während Tyler sich neben ihr niederkniete.

Ihr Magen verkrampfte sich vor Angst und Abscheu.

Plötzlich fühlte sie seinen Griff an ihrem Handgelenk,

und nur im letzten Moment schaffte sie es, ihren Arm schlaff hängenzulassen. Sie fühlte die Berührung von kaltem Metall und hörte es klicken. Er war dabei, ihr Handschellen anzulegen.

Wieder stieg Panik in ihr auf, die sie fast überwältigte. Wenn er ihr erst einmal Handschellen angelegt hätte, wäre sie ihm völlig hilflos ausgesetzt.

Er griff nach ihrem rechten Handgelenk. Es war ihre letzte Chance. Molly nahm all ihre Kraft zusammen und sprang mit einem ohrenbetäubenden Schrei auf. Vor Schreck wich Tyler zurück, Molly holte aus und versetzte ihm mit der Faust einen harten Schlag auf die Nase.

Susan kreischte angstvoll, als Tyler aufheulend rückwärts stolperte und sich an die Nase griff, aus der das Blut schoß. Die Taschenlampe fiel zu Boden, Molly bückte sich und schaltete sie aus.

In der pechschwarzen Dunkelheit hörte man noch immer die Schreie wiederhallen.

»Ich bring' dich um, du Hure.« Die Stimme klang nicht mehr wie die Tyler Wylands. Molly war eiskalt vor Angst, als sie spürte, wie er mit durch die Luft rudernden Armen auf sie zukam. Sein heftiger Atem verriet ihr, wo er war, während sie auf dem kalten Boden entlangkroch und versuchte, kein Geräusch zu machen. Die Handschelle an ihrem linken Handgelenk schlug gegen die steinerne Wand. Schnell schob Molly sie unter ihren Mantelärmel und rollte sich in einem Neunzig-Grad-Winkel von der Stelle weg, auf die sie gerade noch zugekrochen war.

Mit einem bösen Knurren stürzte sich Tyler dorthin, woher das Geräusch gekommen war, und fluchte laut, als er ins Leere griff.

Molly stieß an die Wand und blieb für einen Moment still hocken, um ihren Atem zu beruhigen. Er würde sie finden, wenn er sie atmen hörte.

Sie hatte keine große Hoffnung, ihm noch länger ausweichen zu können. Zwar war der Raum ziemlich groß, vielleicht sechs mal sieben Meter, aber irgendwann würde er sie doch kriegen. Eine Flucht wäre nur durch die eiserne Tür und den Schacht möglich. Doch auch wenn sie es bis oben schaffen würde, war da immer noch die schwere Steinplatte, die sie nicht von der Stelle bewegen konnte.

Ihr Puls hörte nicht auf, wie wild zu schlagen.

Tyler gab sich jetzt Mühe, leise zu sein, während er sich durch die Dunkelheit bewegte. Molly blieb stehen und lauschte, während sie krampfhaft versuchte, sich einen Plan zurechtzulegen.

Aber was für einen Plan? dachte sie verzweifelt. Sie konnte nicht hoffen, Tyler Wyland physisch zu überwältigen. Er war nicht sehr groß, aber größer als sie, zwar schlank, aber kräftig. Der Schlag auf die Nase, den sie ihm verpaßt hatte, war nur aufgrund des Überraschungseffekts möglich gewesen.

»Erinnerst du dich an die Stute, Molly?« Molly lief ein eiskalter Schauer den Rücken hinunter. Er kam näher, offenbar bewegte er sich jetzt immer an der Wand des Raumes entlang. Molly kroch in die Mitte, während sie mit aller Macht versuchte, die Panik zu verdrängen, die in ihr aufstieg. Ihr war danach, die unerträgliche Anspannung durch lautes Schreien zu lösen, aber das würde ihr eigenes Ende nur beschleunigen.

»Sheila? Erinnerst du dich, was ich mit ihr gemacht habe?«

Mit einemmal überfiel Molly die schauerliche Erkenntnis: Tyler Wyland war der Pferdeschlächter! Unwillkürlich schnappte sie nach Luft und rollte sich sofort nach links.

Er stürzte vorwärts, und diesmal lachte er, als er sie wieder verfehlte, ein hohes, meckerndes, grauenerregendes Lachen. Es war, als fände er inzwischen Gefallen an dem Versteckspiel, als genösse er die Jagd vor dem Erlegen der Beute.

»Erinnerst du dich, was ich mit ihr gemacht habe? Das werde ich auch mit dir machen. Und mit Susan. Aber Susan lasse ich erst noch eine Weile leben. Es macht Spaß, kleinen Mädchen weh zu tun, wußtest du das? Aber du – du wirst noch heute sterben. Es ist nur eine Frage der Zeit, bis ich dich habe, und dann . . .«

Was er beschrieb, war so abscheulich, daß Molly versuchte, nicht zuzuhören. Er stürzte jetzt unberechenbar kreuz und quer durch den Raum, einmal direkt von Wand zu Wand, ein andermal bog er in der Mitte ab oder lief im Kreis. Molly rollte, kroch, rutschte über den Boden und schaffte es oft nur knapp, ihm zu entgehen. Ihr Herz schlug wie wild, und ihr Kopf tat so weh, daß sie kaum noch einen klaren Gedanken fassen konnte. Susan weinte; Molly hörte sie ab und zu laut aufschluchzen.

Aber weinend oder nicht, wenigstens war sie für den Moment in Sicherheit.

Jetzt kam Tyler so dicht an Molly vorbei, daß sein Schuh ihren Arm streifte. Er ging weiter. Molly hatte den Atem angehalten, und während sie ausatmete, rutschte sie auf dem Bauch in die andere Richtung. Plötzlich stürzte er mit einem gackernden Lachen direkt auf sie zu, stieß ihr sein Knie in den Rücken und umfaßte mit dem Arm ihren Hals.

Molly schrie auf.

»Ha, hab' ich dich«, krächzte er triumphierend, und sein Arm drückte fester zu, während Molly ächzte und würgte. Sie versuchte, sich freizukämpfen, aber er packte sie an den Haaren und schlug ihre Stirn auf den steinharten Boden. Zum zweiten Mal an diesem Tag sah Molly Sterne.

Sekunden später hatte er ihr Handschellen angelegt und leuchtete ihr mit der Taschenlampe ins Gesicht.

»Molly!« schrie Susan aus ihrem Versteck.

»Komm nicht raus, Susan!«, rief Molly. Tyler fesselte ihre Beine mit einem Seil, das er offensichtlich zu diesem Zweck mitgebracht hatte. Molly wußte, daß jetzt erst der wirkliche Horror begann.

»Nein, Susan, komm nicht raus«, stimmte Tyler zu, während er Molly in eine sitzende Position hochzog und mit dem Rücken gegen die Wand lehnte. »Von dort, wo du bist, kannst du alles gut sehen, was ich gleich mit deiner Schwester machen werde.«

Er richtete die Taschenlampe auf die gegenüberliegende Wand. Molly sah Susan, die sich tief in eine schmale Spalte in der Steinwand gedrückt hatte. Ihre Augen reflektierten einen Moment den Lichtstrahl. Eine Faust hielt sie vor den Mund gepreßt.

»Sieh nicht her, Susan«, befahl Molly.

Tyler stopfte ihr einen Lappen in den Mund. »Damit du mit deinen Schreien nicht meinen Ohren weh tust«, erklärte er mit einem grausigen Lächeln. Die untere Hälfte seines Gesichts war von Mollys Schlag mit Blut verschmiert. Aber auch ohne die verzerrende Wirkung des Taschenlampenlichts und des Blutes sah er anders aus als sonst. Seine Augen waren riesengroß und schwarz und glänzten fiebrig. Er hatte die Stirn gefurcht und die Augenbrauen zusammengezogen, so daß sie sich über der Nasenwurzel fast berührten. In seinen Wangen waren merkwürdige Falten, die Molly noch nie vorher bemerkt hatte, und sein Mund war verzerrt. Vor Erregung atmete er laut und stoßweise. Es war offensichtlich, daß Molly in das Gesicht eines Kranken sah, und die Erkenntnis ließ sie schaudern.

Sie saß jetzt an die Wand gelehnt, ihre Hände waren mit Handschellen gefesselt, ihre Beine an Knien und Fußgelenken zusammengebunden. Tyler kniete neben ihr nieder und richtete den Schein der Taschenlampe auf sie. Dann griff er unter sein Jackett und zog ein langes Messer mit silbrig glänzender Schneide hervor.

»Das wird jetzt weh tun«, verkündete er mit sanfter Stimme und hob das Messer an Mollys Hals.

Susan fing an zu schreien.

Molly schloß die Augen und betete. Das Messer stach in ihren Mantel und schlitzte ihn auf.

»Hände hoch!« Eine Männerstimme übertönte Susan. Molly riß die Augen auf und sah Will in der Öffnung zwischen dem Raum und dem Schacht stehen. Er hielt eine Pistole in der erhobenen Hand und zielte genau auf Tylers Kopf.

Tyler sprang hinter Molly, schlang einen Arm um ihre Kehle und zog sie vor sich hoch wie ein lebendes Schild. Molly fühlte die kalte Messerklinge unter ihrem Ohr.

»Ich schlitze ihr den Hals auf«, sagte Tyler. Susan hatte aufgehört zu schreien, und die Drohung hallte durch den Raum. Wills Gesicht zeigte keine Regung, seine Hand hielt die Pistole vollkommen ruhig.

»Susan«, rief er. »Komm her zu mir.«

Susan kroch aus ihrem Versteck. Nach einem verzweifelten Blick auf Molly lief sie schluchzend zu Will.

»Okay«, sagte er und machte ihr mit dem freien Arm ein Zeichen, während sein Blick und die Pistole weiter fest auf Tyler gerichtet blieben. »Geh nach oben.«

Er schob sie hinter sich, und nach einem letzten Blick auf Molly begann Susan, die Sprossen hinaufzuklettern.

Gleich darauf hörte man von oben Stimmen; offenbar war Will nicht alleine gekommen.

»Legen Sie das Messer weg«, sagte Will ruhig zu Tyler. »Dann wird Ihnen nichts passieren, das verspreche ich.«

Tyler hielt Molly dicht an sich gepreßt, und sie roch den strengen Geruch seines Angstschweißes. Er atmete schnell.

»Sie können nicht entkommen«, sagte Will. »Legen Sie das Messer weg.«

»Wenn ich nicht entkommen kann, habe ich auch nichts zu verlieren«, entgegnete Tyler. Seine Stimme war mit einemmal wieder völlig normal. Eine ruckartige Bewegung seiner Hand, und das Messer drang in Mollys Hals ein.

Bum! Im selben Moment hörte Molly eine ohrenbetäubende Explosion. Sie fiel vornüber auf die Knie. Dann war Will neben ihr und drehte sie auf den Rücken.

»Molly, oh, Gott, Molly«, sagte er, entfernte das Tuch aus ihrem Mund und drückte es gegen ihren Hals, wie sie annahm, um den Blutstrom zu stoppen. Molly spürte keinen Schmerz und keine Angst. Ihr war nur kalt, eiskalt. Sie zitterte in Wills Armen.

»Ein Arzt, schnell, ein Arzt soll runterkommen!« rief Will. Seine Stimme war heiser vor Angst. Dann waren viele Männer in dem Raum, beugten sich über sie, zogen sie von Will weg.

Das letzte, woran Molly sich erinnerte, war, das jemand neben ihr kniete und ihr die Nadel einer Spritze in den Arm stach.

54

18. November 1995

Als man Molly und Susan fand, fand man auch Libby Coleman. Ihr Skelett lag inmitten der Fetzen ihres weißen Tanzkleides unter einer niedrigen Schicht Erde versteckt. Noch in derselben Nacht klärte sich auch das Problem, das Will noch immer plagte: Wie kam es, daß dreizehn Jahre lang kein ähnliches Verbrechen geschehen war, obwohl Tyler Wyland Farm nie verlassen hatte?

Will war bei Molly im Krankenhaus, als ein Telefonanruf vom Büro des FBI in Lexington zu ihm durchgestellt wurde. Am Apparat war Sarah Wyland, Tylers Mutter, die aus der Schweiz anrief. Man hätte ihr bereits mitgeteilt, daß ihr Sohn tot sei, sagte sie mit gleichmütiger Stimme. Sie hätte von dem verschwundenen kleinen Mädchen über CNN erfahren und wollte nicht länger schweigen.

»Wir sind dankbar für jede Hilfe, die Sie bei der Aufklärung des Falles leisten können, Mrs. Wyland«, entgegnete Will. Es war vier Uhr nachts in Lexington – Gott weiß, wie spät es in Gstaad in der Schweiz war, von wo aus Mrs. Wyland anrief, wie sie sagte. Will hatte auf einem Stuhl neben Mollys Bett gedöst, als sein Telefon piepte. Jetzt stand er auf und ging in eine andere Ecke des Zimmers. Sein Sprechen würde Molly allerdings kaum stören, da sie unter starken Beruhigungsmitteln stand und wie ein Engel schlief.

Wills Blick wanderte zu dem dicken Verband um Mollys Hals, und er spürte ein Ziehen in seiner Brust. Sie hätte so leicht wirklich zum Engel werden können, daß ihn noch immer ein Gefühl der Furcht übermannte, wenn er daran dachte.

Gott sei Dank, daß er noch rechtzeitig gekommen war. Gott sei Dank, daß er von Pork Chop zu dem unterirdischen Versteck geführt worden war und sein Funktelefon dabei gehabt hatte, um die Polizei zu rufen. Gott sei Dank, daß Susans Schreie die Geräusche überdeckt hatten, als er den Steindeckel zur Seite schob und in das Loch hinabstieg. Gott sei Dank, daß er im richtigen Moment geschossen hatte, und Gott sei Dank, daß seine Hand ruhig genug gewesen war, um genau zu treffen.

Gott sei Dank.

Mrs. Wyland begann ihren Bericht. Schon als Kind hatte Tyler seine Haustiere gequält und getötet. Als er älter wurde, verstümmelte er größere Tiere auf der Farm. Schließlich sogar Pferde. Sie flehte ihren Mann an, sich um psychiatrische Hilfe für den Jungen zu bemühen, aber John Wyland lehnte ab. Er wollte verhindern, daß der Name Wyland in den Schmutz gezogen würde; statt dessen verprügelte er Tyler, was natürlich nichts verbessert hatte.

Als dann Libby Coleman spurlos verschwand, Tochter der mit ihnen befreundeten Nachbarn, verdächtigte sie ihren Sohn zunächst nicht. Erst als ein Angestellter der Farm, Howard Lawrence – ja, derselbe, der jetzt Trainer für Cloverlot war, und nein, sie hatte nicht gewußt, daß er tot war – auf der Weide die weiße Satinhaarschleife fand und ihr brachte, schöpfte sie Verdacht; denn sie erkannte die Haarschleife von den vielen detaillierten Beschreibungen der Medien im Zusammenhang mit dem Fall Libby Coleman. Als sie Tyler daraufhin zur Rede stellte, gestand er ihr seine furchtbare Tat. Sarah Wyland wollte die Polizei informieren, unterrichtete aber zunächst ihren Mann. Dieser verbot ihr, die Sache aufzudecken, und bestand darauf, daß alles vertuscht bliebe.

Sarah Wyland zeigte zunächst Skrupel ihrem Mann gegenüber, wollte ihm gleichzeitig jedoch auch nicht in den Rücken fallen. Howard Lawrence erhielt jährlich eine größere Geldsumme und wurde damit zum Stillschweigen über den Fund gebracht. Tyler wurde medikamentös behandelt; jeden Monat wurde ihm ein Stoff injiziert, der seinen Geschlechtstrieb unterdrückte. Angeblich brauchte John Wyland das Medikament, um seine Hengste besser kontrollieren zu können. Die Spritzen verabreichte er seinem Sohn selbst.

Sarah Wyland konnte die Belastung nicht mehr ertragen, ließ sich scheiden und verließ das Land. Seitdem war sie nicht ein einziges Mal zurückgekehrt.

Als sie vom Tode ihres ehemaligen Mannes unterrichtet worden war, hatte sie gleich befürchtet, daß alles wieder losgehen würde. Zwar konnte Tyler sich die Injektionen selber geben, aber sie glaubte nicht, daß er das täte; nur die Drohung ihres Mannes, ihn anzuzeigen, hatte Tyler dazu gebracht, seiner medikamentösen Behandlung zuzustimmen. Als Sarah Wyland dann durch CNN über die Entführung des zweiten Mädchens erfuhr, sah sie, daß ihre Befürchtung nunmehr entsetzliche Wahrheit geworden war.

Sie hatte sofort den FBI angerufen. Gott sei Dank war das Kind in diesem Fall gerettet worden.

Was Howard Lawrence anging, vermutete Sarah Wyland, daß er wahrscheinlich nach dem Tod ihres Ex-Ehemannes kein Geld mehr bekommen und daher begonnen hatte, Tyler zu erpressen. Eine jährliche Zahlung dieser Art war schwerlich testamentarisch festzulegen.

Nachdem das Gespräch beendet war, blieb Will eine Zeitlang regungslos stehen und starrte auf das Telefon in seiner Hand, ohne es zu sehen. Es war kaum zu glauben, daß während all der Jahre, in denen die Colemans tiefem Kummer und Leid ausgesetzt waren, ihre Freunde und Nachbarn ein so schreckliches Geheimnis für sich behalten konnten.

Nachdem Will zuerst unter Susans und dann unter Mollys Verschwinden gelitten hatte, empfand er ein besonderes Mitgefühl mit den Colemans. Was er durchgemacht hatte, ließ ihn erahnen, welch überwältigender Kummer auf den Colemans lastete.

Will steckte das Telefon wieder in seine Tasche und ging zurück zu Mollys Bett. Ein Schlauch führte von einem Flüssigkeitsbehälter zu ihrem linken Arm, der schlaff auf der ordentlich festgesteckten beigefarbenen Decke lag. Ihr von den dichten, kaffeebraunen Haaren umrahmtes Gesicht war fast so weiß wie das Laken. Die Lippen waren leicht geöffnet, und ihre ansonsten kräftige, rote Farbe hatte sich in ein helles Rosa verwandelt. Unter der Decke bewegte sich ihre Brust ruhig auf und ab.

Sanft umfaßte Will ihre schlaffe Hand. Zu seinem Erstaunen öffnete sie die Augen und sah ihn an.

»Will«, sagte sie leise, und langsam breitete sich ein Lächeln auf ihrem Gesicht aus. Dann schloß sie die Augen und war schon wieder eingeschlafen.

Will stand noch lange neben ihr und hielt ihre Hand.

55

Um elf Uhr abends saßen die fünf Ballards und Will in Mollys Wohnzimmer. Susan und Molly waren mittags aus dem Krankenhaus entlassen worden, in dem auch Susan auf Anraten der Ärzte vorsichtshalber die letzte Nacht zur Beobachtung verbracht hatte. Molly war wegen eines Schocks behandelt worden, und man hatte die zwei Platzwunden an ihrem Kopf desinfiziert und verpflastert. Die Wunde unter ihrem Ohr hatte genäht werden müssen. Laut Auskunft des Arztes würde sie nicht mehr leben, wenn das Messer nur einen halben Zentimeter tiefer eingedrungen wäre.

Tyler war tot. Als er Molly mit dem Messer den Hals aufschlitzen wollte, hatte Will ihn mit einem Kopfschuß getötet.

Aber sobald ein Gedanke an diese furchtbaren Dinge in

Mollys Kopf auftauchte, drängte sie ihn schnell wieder beiseite. In ihrem rosa Nachthemd mit der Aufschrift *Morgens bin ich nicht gut drauf!* lag sie gemütlich, in eine warme Decke gehüllt, auf der Couch, und ihr Kopf ruhte auf einem Kissen, während sie die letzten Minuten von *Speed* sah. Will saß vor ihr auf dem Boden, lehnte mit dem Rükken gegen die Couch und hatte die Knie angezogen und seine Arme darumgeschlungen. Susan lag zusammengerollt zu Mollys Füßen, Ashley hatte den Ruhesessel besetzt, und Sam und Mike waren auf dem Boden ausgestreckt. Pork Chop döste wie üblich vor der Küchentür.

Sie gaben ein friedliches Familienbild ab, die Ballards in Nachtkleidung und Will in Sporthosen und T-Shirt. Molly sah von einem – gebannt zum Fernseher – starrenden Gesicht zum anderen, und ihr wurde warm ums Herz vor Glück und Erleichterung. *Danke, lieber Gott*, betete sie, wie sie es schon tausendmal getan hatte, seit sie im Krankenhaus aufgewacht war. Schade war nur, daß Will nicht wirklich zur Familie gehörte. Er würde Montag zurück nach Chicago fliegen.

Aber heute abend wollte Molly auch daran nicht denken.

Der Abspann des Films rollte über den Fernsehschirm. Will stand auf und schaltete den Fernseher aus.

»Ab ins Bett«, sagte er.

»Heute ist Sonnabend«, protestierte Mike und setzte sich auf.

»Genau, und es ist auch noch ganz früh!« unterstützte ihn Sam.

Ashley gähnte und stand auf. »Ich bin müde«, sagte sie und sah Sam mit bedeutungsvollem Blick an.

»Ich auch«, schloß sich Susan an und rutschte von der Couch. »Komm, Sam.«

»Ich denk' ja nicht dran . . .«, begann Mike entrüstet und sah Will an. Da Will mit dem Rücken zu Molly saß, konnte sie seinen Gesichtsausdruck nicht sehen, aber erstaunlicherweise brach Mike mitten im Satz ab und stand ebenfalls auf. »Okay.«

Ungläubig sah Molly zu, wie ihre Geschwister ohne weiteren Protest aus dem Zimmer trotteten.

»Wie hast du das geschafft?« fragte sie Will beeindruckt.

»Nun, offensichtlich erkennen sie die Stimme der Autorität, wenn sie sie hören«, antwortete er scherzhaft und stellte sich neben sie. »Wie geht es dir?«

»Großartig.« Molly lächelte ihn an. Er sah plötzlich sehr ernst aus, und sie fragte sich, was er wohl dachte. Sie griff nach seiner Hand und zog ein wenig daran, damit er sich neben sie setzte.

Er blieb stehen. »Du hast mich zu Tode erschreckt, weißt du das?«, sagte er. »Als ich gemerkt habe, daß du auch verschwunden warst, hatte ich fast einen Herzinfarkt.«

»Oh, ich wußte nicht, daß du dir etwas aus mir machst«, scherzte Molly und klapperte übertrieben kokett mit den Wimpern.

»Das tue ich«, antwortete Will, ohne zu lächeln. »Und wie.«

Seine Stimme klang grimmig, und Molly sah ihn mit großen Augen an.

»Ist etwas nicht in Ordnung?« fragte sie, ließ seine Hand los und setzte sich auf.

Will sah auf sie nieder, öffnete seinen Mund, schloß ihn wieder und wandte sich ab, um im Raum auf und ab zu gehen.

»Was ist denn?« fragte Molly noch einmal.

Will blieb wieder vor ihr stehen. Auf seinen Wangenknochen waren zwei rote Flecken.

»Molly«, sagte er verlegen. »Ich ... ich ...«

»Willst du mir vielleicht sagen, daß du morgen schon zurück mußt?« Molly spürte, wie Enttäuschung in ihr aufstieg. Er hatte versprochen, übers Wochenende zu bleiben, aber es mußte etwas dazwischengekommen sein. Vielleicht hing es mit seinem Sohn zusammen oder mit der Arbeit. Sie wollte nicht, daß er zurückfuhr. Nicht morgen, nicht Montag, nie. Aber natürlich würde er es tun. Es war dumm von ihr, sich einzubilden, daß er zu ihr gehörte, wie sie es in den letzten paar Stunden getan hatte.

Ohne zu antworten, setzte sich Will neben sie auf die Couch. Er nahm ihre Hand, hielt sie fest und sah ihr in die Augen. Dann atmete er tief ein.

»Verdammt noch mal«, sagte er, »ich versuche, dich zu fragen, ob du mich heiraten willst.«

Molly sah ihn völlig perplex an.

»Was?« fragte sie ungläubig.

»Du hast mich genau verstanden.« Das Rot auf seinen Wangenknochen breitete sich bis in seine Ohrläppchen aus.

»Du machst mir einen Heiratsantrag?«

»Ja.« Seine Stimme klang schroff.

Molly sah ihn an, ließ ihren Blick über sein gutaussehendes Gesicht gleiten, über den starken Hals und die breiten Schultern, über die langen, gebräunten Hände, die ihre blasse Hand hielten, über das kurze blonde Haar und die leuchtend blauen Augen.

»Ja«, sagte sie schließlich und warf die Arme um seinen Hals. »Ja, ja, ja, ja, ja!»

»Hurra!« Der Schrei kam von Sam, aber alle vier jüngeren Ballards kamen ins Zimmer gestürzt, schrien und klatschten in die Hände.

Will, der schon seinen Mund auf Mollys gedrückt hatte, hob den Kopf. »Ich habe euch doch gesagt, daß ich dafür mit Molly allein sein möchte«, brummte er.

»Hey, Mann, wir haben euch doch allein gelassen«, entgegnete Mike grinsend. »Und sie hat schon ja gesagt.«

»Ich wußte, daß sie das tun würde«, strahlte Ashley. Molly, die noch immer die Arme um Wills Hals geschlungen hatte, lächelte ihre Schwester an.

»Ja, aber es ist noch nicht vorbei«, sagte Will. »Geht schlafen.«

»Aber Molly hat doch schon ja gesagt!« Susan stellte sich neben sie. Sie sah bezaubernd aus in ihrem blauen Nachthemd mit Rüschen am Hals und am Saum. Vor lauter Aufregung konnte sie nicht still stehen.

Sam stand hinter ihr. »Müßt ihr euch küssen, wenn ihr euch verlobt?« fragte er und sah mit skeptischem Blick von Molly zu Will.

»Das ist doch der Sinn der Sache, Dummkopf«, sagte Mike und zog ihn am Ohr. »Sie wollen sich küssen. Sonst will man sich auch nicht heiraten.«

»Puh«, war Sams einziger Kommentar, während er den Kopf schüttelte.

»Würdet ihr jetzt *bitte* schlafen gehen?« Wills Stimme klang leicht verzweifelt.

»Na kommt, Leute«, sagte Ashley gut gelaunt und legte eine Hand auf Susans und eine auf Sams Schulter. »Jetzt, wo wir wissen, wie es ausgegangen ist, können wir sie doch allein lassen.«

»Danke, Ashley«, murmelte Will.

»Gute Nacht«, rief Molly ihnen nach. Lächelnd sah sie zu, wie Ashley die Zwillinge aus dem Zimmer führte und Mike ihnen hinterherging. Als sie weg waren, blickte sie Will an.

»Ich bin so eine Art Pauschalangebot, weißt du?« sagte sie entschuldigend.

»Ich weiß.« Will grinste. »Deswegen habe ich ja auch zuerst sie gefragt, was sie von der Idee hielten. Alle waren dafür.«

»Du hast sie *gefragt?*«

»Heute im Krankenhaus. Sie wußten, daß ich dich heute abend fragen würde. Was glaubst du, wie ich es geschafft habe, daß sie nach dem Film ins Bett gegangen sind?«

»Sie mögen dich«, sagte Molly und lächelte ihn an. »Und ich mag dich auch.«

»Du magst mich?«, fragte Will.

»Nein«, verbesserte sich Molly. »Ich liebe dich. Wirklich. Wahnsinnig.«

»Ich liebe dich auch«, sagte Will und küßte sie wieder, diesmal ohne gestört zu werden.

56

20. November 1995

Den Montag verbrachte Will hauptsächlich damit, alle möglichen Dinge zu Ende zu bringen. Er war zu dem Schluß gekommen, daß es keine gute Idee wäre, mit seiner neuen Familie nach Chicago zu ziehen. Die Kinder hatten schon derart viel Hin und Her mitmachen müssen, daß es wohl für ihr ganzes Leben reichte; außerdem sträubten sich Will die Haare, wenn er sich Mike in der großen Stadt Chicago mit all ihren Versuchungen vorstellte. Also würde er sein Haus dort verkaufen, hier unten ein neues kaufen und damit dann auch gleich ein ganz neues Leben beginnen.

Als Will Hallum anrief, teilte er ihm also auch mit, daß er vorhatte, eine Versetzung in das FBI-Büro in Lexington zu beantragen.

Hallum brach in johlendes Gelächter aus.

»Elly May hat dich an Land gezogen, stimmt's?« fragte er. »Das ganze Büro hat schon gewettet, ob sie's schaffen würde oder nicht.«

»So was Ähnliches«, antwortete Will und gab sich alle Mühe, nicht verärgert zu klingen. Er wußte, daß man ihn sonst den Rest seines Lebens damit aufziehen würde.

»Mattheus will Ende Januar in Pension gehen«, fuhr Hallum fort. »Mit meiner Fürsprache wirst du den Job ziemlich sicher bekommen.«

So einfach war das. Gleichzeitig versprach Hallum ihm noch eine Gehaltserhöhung für sein neues Leben mit Familie, und Will schwor sich, eine Zuneigung zu dem Geruch von Mist zu entwickeln, und wenn es ihm noch so schwerfallen sollte.

Am Nachmittag wollten er und Molly gerade ins Auto steigen, als der Wagen eines Kurierdienstes in die Zufahrt einbog. Will und Molly hatten vor, die Kinder von der Schule abzuholen und mit ihnen zusammen zum Bezirksgericht zu fahren, um die Heiratserlaubnis zu beantragen.

Die Zeremonie selbst sollte nächsten Sonntag stattfinden. Am Donnerstag würden Kevin, Wills Eltern und Debbies Eltern kommen, und die Liste der Freunde und Nachbarn, die Molly einladen wollte, ließ Will nur den Kopf schütteln.

Aber schließlich heiratete man ja nur zweimal!

Will nahm den braunen Briefumschlag von dem Fahrer des Kurierdienstes entgegen und drehte ihn um. Er war von seinem Büro in Chicago und enthielt eine Karte und eine Tonbandkassette.

»Herzlichen Glückwunsch«, prangte in goldenen Lettern auf der Karte, und darunter hatten seine Kollegen unterschrieben.

Die Kassette war geheimnisvoller. *Spiel mich*, stand auf der weißen Hülle. Mißtrauisch betrachtete Will sie, während er ins Auto stieg.

»Was ist es?« fragte Molly und lächelte ihn an.

»Ich hab' keine Ahnung. Und ich bin nicht mal sicher, ob ich's eigentlich wissen möchte.« Er küßte sie auf den Mund, drehte den Zündschlüssel und steckte die Kassette in den Rekorder.

Ein Lied ertönte. Will hörte seinen laut, fröhlich und falsch grölenden Kollegen zu und fing an zu lachen.

Grüne Weiden, endlos weit,
zu ihnen zieht's mich hin.
Landleben und das Glück zu zweit,
das ist des Lebens Sinn!

Behaltet ihr Chicago nur,
dafür hab' ich die grüne Natur!